Mal de amores

Ángeles Mastretta

Mal de amores

MAL DE AMORES
© 1996, Ángeles Mastretta

De esta edición:
© 1996, Aguilar, Altea, Taurus, Alfaguara, S.A. de C.V.
Av. Universidad 767, Col. del Valle
México, 03100, D.F. Teléfono 688 8966

- Ediciones Santillana S.A.
  Carrera 13 N° 63-39, Piso 12. Bogotá.
- Santillana S.A.
  Juan Bravo 38. 28006, Madrid.
- Santillana S.A., Avda San Felipe 731. Lima.
- Editorial Santillana S.A.
  4ª, entre 5ª y 6ª, transversal. Caracas 106. Caracas.
- Editorial Santillana Inc.
  P.O. Box 5462 Hato Rey, Puerto Rico, 00919.
- Santillana Publishing Company Inc.
  901 W. Walnut St., Compton, Ca. 90220-5109. USA.
- Ediciones Santillana S.A.(ROU)
  Boulevar España 2418, Bajo. Montevideo.
- Aguilar, Altea, Taurus, Alfaguara, S.A.
  Beazley 3860, 1437. Buenos Aires.
- Aguilar Chilena de Ediciones Ltda.
  Pedro de Valdivia 942. Santiago.
- Santillana de Costa Rica, S.A.
  Av. 10 (entre calles 35 y 37)
  Los Yoses, San José, C.R.

Primera edición en Alfaguara: marzo de 1996

ISBN: 968-19-0284-X

© Cubierta:
Proyecto de Enric Satué
© Foto cubierta: Lourdes Almeida
Impreso en México

Para Héctor Aguilar Camín
por el orden implacable
de su cabeza y el generoso
desorden de su corazón

I

Diego Sauri nació en una pequeña isla que aún flota en el Caribe mexicano. Una isla audaz y solitaria cuyo aire es un desafío de colores profundos y afortunados. A la mitad del siglo XIX, toda la tierra firme o flotante que hubo en aquel regazo pertenecía al estado de Yucatán. Las islas habían sido abandonadas por temor a los continuos ataques de los piratas que navegaban la paz de aquel mar y sus veinte azules. Sólo hasta después de 1847 volvieron los hombres a buscarlas.

La última rebelión de los mayas contra los blancos del territorio fue larga y sangrienta como pocas se han conocido en México. Unidos por el misterioso culto a una cruz que hablaba, usando machetes y rifles ingleses, los mayas se lanzaron contra todos los que habitaban la selva y las costas que habían señoreado sus antepasados. Para huir de ese horror que se llamó la *guerra de castas*, varias familias navegaron hasta la costa blanca y el verde corazón de la Isla de Mujeres.

No bien desembarcaron, sus nuevos moradores, criollos y mestizos, gente que descendía de viajeros encallados y de cruces azarosos, sin nada que defender aparte de sus vidas, acordaron que cada quien sería dueño de la tierra que fuese capaz de chapear. Y así, arrancando la hierba y las espinas, fue como los padres de Diego Sauri se hicieron de un pedazo de playa transparente y de una larga franja de tierra, en mitad de la cual plantaron la palapa bajo la que nacerían sus hijos.

El primer color que vieron los ojos de Diego Sauri fue el azul, porque todo alrededor de su casa era azul o transparente como la gloria misma. Diego creció corriendo entre la selva y rodando sobre la invencible arena, acariciado por el agua de unas olas mansas, como un pez entre peces amarillos y violetas. Creció brillante, pulido, cubierto de sol y heredero de un afán sin explicaciones. Sus padres habían encontrado la paz en aquella isla, pero algo en él tenía una guerra pendiente fuera de ahí. Decía su abuela que sus antepasados habían llegado a la península en su propio bergantín, y varias veces él oyó a su padre responderle entre orgulloso y burlón: "Porque eran piratas".

Quién sabe de qué pasado le vendría, pero el muchacho en que se convirtió Diego Sauri deseaba con todo el cuerpo un horizonte no cercado por el agua. Se le había vuelto ya una pasión la habilidad curandera que su padre le descubrió cuando aún era niño, viéndolo revivir los peces que habían traído medio vivos para la cena. A los trece años, había ayudado en el trasiego del parto más difícil de su madre, y desde entonces mostró una habilidad manual y una sangre fría tales, que empezaron a llamarlo otras mujeres en situación de incertidumbre. No contaba con más ciencia que su instinto, pero tenía la destreza y el aplomo de un sacerdote maya, y lo mismo le pedía auxilio a la Virgen del Carmen que a la diosa Ixchel.

A los diecinueve años sabía todo lo que en la isla podía saberse de yerbas y brebajes, había leído hasta el último libro de los que pudieron caer por aquel rumbo y era el más ardiente enemigo de un hombre que de tanto en tanto irrumpía en la isla cargando un dineral con olor a sangre y pesadillas. Fermín Mundaca y Marechaga traficaba con armas, se favorecía con la interminable guerra de castas y descansaba de sus negocios pescando y fanfarroneando entre los pacíficos moradores de la isla. Con eso hubiera bastado para que Diego lo considerara su enemigo, pero en su condición de joven curandero le sabía otra historia.

Una noche alguien llevó hasta su puerta el rostro devastado de la mujer con quien se había visto llegar a Mundaca. Tenía golpes en todo el cuerpo y de su entraña no salía sonido ni para quejarse. Diego la curó. La tuvo en casa con sus padres hasta que ella pudo volver a caminar sin miedo y a mirarse la cara sin recordar. Entonces la puso en el primer velero que dejó la isla. Antes de subir a la pequeña embarcación, ella escribió sobre la diminuta y brillante arena la palabra *Ah Xoc*, que en maya quiere decir tiburón. Así llamaban a Fermín Mundaca, el hombre que a los mayas les vendía las armas, y al gobierno del país los barcos con que los combatía. Luego, aquella pálida y temerosa mujer abrió la boca por primera y última vez para decir: "Gracias".

Esa misma noche cinco hombres sorprendieron a Diego Sauri en la mitad del recorrido que hacía por las casas de sus enfermos. Lo golpearon hasta dejarlo como un montón de trapos, lo ataron de pies y manos y le rompieron la boca con que alcanzó a insultarlos antes de cerrar los ojos que le guardarían para siempre la imagen de una luna inmensa, burlona y amarilla, como la risa de un dios.

Cuando pudo volver a preguntarse qué le estaba pasando, sintió temblar el agua bajo la celda que lo encerraba. Iba en un barco, rumbo a quién sabía dónde y en vez de que lo inundara el miedo, lo estremeció la curiosidad. Por mal que le fuera, iba camino al mundo.

Nunca supo cuántos días pasó en aquel encierro. Una oscuridad y otra y otras muchas le cruzaron por encima hasta que perdió el sentido del tiempo. La embarcación había atracado más de cinco veces cuando el hombre que le llevaba todos los días unos mendrugos le abrió la puerta.

—*So here we are* — le dijo un gigante rojo mirándolo con toda la piedad de que pudo ser capaz, y lo dejó en libertad.

Here era un helado puerto en el norte de Europa.

Varios años y muchos aprendizajes después, Diego Sauri volvió a México como quien vuelve a sí mismo y no se reconoce. Sabía hablar cuatro idiomas, había vivido en diez países, trabajado como asistente de médicos, investigadores y farmacéuticos, caminado las calles y los museos hasta memorizar los recovecos de Roma y las plazas de Venecia. Era un cosmopolita y un excéntrico, pero ambicionaba como nadie que su última peripecia lo llevara de la mano a la misma sopa bajo el mismo techo por el tiempo que le restase de vida.

Apenas tenía veintisiete años la tarde que desembarcó al tibio ardor de un aire que reconoció como a su alma. El puerto de Veracruz era pariente de sus islas y lo bendijo aunque su tierra fuera oscura y sus aguas turbias. Con no mirar al suelo, pensó, bastaría para sentirse de vuelta.

Caminando de prisa se metió al puerto que hacía un ruido desordenado y caliente. Fue hasta la plaza y entró en un hostal bullicioso. Olía a café recién tostado y a pan nuevo, a tabaco y a perfume de anís. Al fondo de aquel escándalo tibio, entre la gente que hablaba muy rápido y los meseros que iban y venían como empujados por un viento continuo, estaban, sin más, los ojos de Josefa Veytia.

Diego llevaba mucho tiempo de perseguir su destino como para no saber que lo estaba encontrando. Había caminado todos esos años, por todo ese mundo, para que la vida le diera la vuelta y le devolviera su futuro en el mismo meridiano en que le arrebató el pasado, así que se acercó a titubear hasta la mesa de aquella mujer.

Josefa Veytia había ido a Veracruz desde Puebla, con su madre y su hermana Milagros, a esperar un barco procedente de España en el que debía llegar su tío, Miguel Veytia, un hermano menor de su padre, con quien éste había tenido la bienafortunada idea de encargar a su familia, antes de traicionarla muriéndose cuando Josefa tenía doce años, Milagros diecisiete y la madre de ambas esa edad ambigua y eterna en que se instalaban las mujeres cuando querían dejar de serlo.

El tío Miguel Veytia vivía medio año en Barcelona y medio en Puebla. En cada uno de los dos lugares dedicaba buena parte de su tiempo a hablar de los negocios y complicaciones que tenía en el otro. Su vida era pacífica y placentera como un domingo permanente. El lunes estaba siempre al otro lado del mar.

Según supieron las Veytia esa tarde, en España se había proclamado la República dos semanas antes y las emociones liberales del tío lo habían obligado a quedarse hasta que la celebración deviniera tedio.

—Quién sabe lo que va a pasar en España —les dijo Diego Sauri una vez que estuvo sentado entre ellas como si fuera un viejo conocido. Y sin más se puso a contarles la fiebre republicana de algunos españoles y a disertar sobre la vocación monárquica de muchos otros.

—Yo no dudaría que en un año estén de nuevo queriendo un rey —profetizó en el tono apasionado que la política le provocó siempre, pero lidiando mientras hablaba con una pasión más tangible que sus profecías.

Quince meses después de aquella tarde, durante el diciembre de 1874, los españoles proclamaron rey a Alfonso XII y Diego Sauri se casó con Josefa Veytia en la iglesia de Santo Domingo, que aún dormita a dos cuadras de la plaza principal, en la muy noble ciudad de Puebla.

II

Presos en el escándalo de la vida, los Sauri gozaron diez años de pausado y bien avenido matrimonio sin que el azar o la fortuna les dieran la sorpresa de un hijo. Al principio habían estado tan ocupados en sí mismos que no tuvieron tiempo de turbarse porque sus eufóricos encuentros diarios no tenían más consecuencia que la paz de sus cuerpos. Empezaron a preguntarse por una criatura sólo cuando se conocían tan bien uno al otro que con los ojos cerrados él podía evocar la forma y el tamaño preciso de cada una de las pequeñas y limpísimas uñas en que terminaban los pies de su mujer, y ella podía decir con su memoria la exacta distancia entre la boca y la punta de la nariz de su marido, mientras trazaba con su dedo en el aire las curvas de su perfil. Josefa sabía que la blanca hilera de dientes con que sonreía Diego Sauri, por igual que pareciera, tenía un matiz distinto en cada diente. Y él sabía que su mujer, además de ser una especie de diosa regida por las leyes de una intensa armonía, tenía muy alto el paladar y las anginas invisibles.

Acaso les quedaron resquicios desconocidos, pero no muchos más de los que cada quien desconoce de sí mismo. Así que se dedicaron a buscar la llegada de un hijo que les contara lo que ni ellos imaginaban de sus deseos y sus alcurnias. Seguros de que habían hecho todo lo necesario para engendrar un ser humano sin conseguirlo, decidieron intentar lo que siempre les había parecido innecesario: desde beber infusiones de una yerba llamada *Damiana* por Josefa Veytia y *Turnera diffusa* por los conocimientos botánicos de Diego Sauri, hasta contar las lunas para conocer los días fértiles de Josefa y enfatizar entonces la pasión de sus cuerpos que de tanto empeño se habían puesto aún más briosos y precipitados que de costumbre.

Todo esto, apoyándose en las consultas y siguiendo los consejos del doctor Octavio Cuenca, un médico con el que Diego había intimado la primera tarde rojiza que pasó en la ciudad de Puebla, y al que con los años y los descubrimientos compartidos quería como a un hermano con jetatura.

Desde que la menstruación sorprendió la precoz adolescencia de Josefa Veytia, un fiero y venturoso mayo, hasta esas fechas, ella había recibido la roja visita con la luna en cuarto menguante, así que a los trece días de esa luna, Diego Sauri cerraba la botica y ni el periódico leía durante los siguientes tres. Sólo descansaban de su intensa labor creadora para que Josefa diera unos tragos enormes del agua en que hervía por dos horas el bulbo de unas flores parecidas a los lirios, que la yerbera del mercado llamaba *Oceoloxóchitl* y su marido *Tigridia Pavonia*. Él había encontrado su nombre científico y la descripción de sus efectos curativos en el libro de un español que en el siglo XVI recorrió la Nueva España haciendo el recuento de las plantas usadas por los antiguos mexicanos. Su corazón había latido más rápido mientras leía: *"Algunos dizen que si las beuen las mugeres les ayuda a concebir".* Entonces puso sus esperanzas en los conocimientos de los indios, porque empezaba a perderlas en los de los médicos y las sustancias que él mismo preparaba en su botica. Había tomado y hecho tomar a su señora cuanta píldora encontró sobre la tierra, y

empezaba a sentirse harto de vivir con las esperanzas como un hielo, paralizándole hasta la placidez de
los días que la ciudad les regalaba.

Vivieron varios años regidos por la desazón
de que sus cuerpos, tan hábiles para encontrarse, no
lo eran para salir de sí mismos, hasta que un día trece,
Josefa se vistió de madrugada, y cuando su marido
abrió los ojos al deber de hacerle un hijo, encontró
vacío el lugar que ella entibiaba con su cuerpo en el
lado izquierdo de la cama.

—Ya no juego —dijo al verlo entrar a la cocina, buscándola con el asombro todavía en la cara—.
Abre la botica.

Diego Sauri era uno de esos extraños hombres
que respetan sin preguntas los designios de la autoridad divina encarnada en su mujer. Le había costado
mucho tiempo de estudio su condición de agnóstico,
había incluso convencido a Josefa de que Dios era un
deseo de los hombres, pero contaba con el Espíritu
Santo que presentía entre las sienes de aquella dama.
Por eso fue a vestirse y bajó a olvidar la pena entre los
matraces, las balanzas y los olores de la botica que
atendía en el primer piso de su casa. No volvió a pedirle nada hasta varios días después. Un amanecer,
cuando la luz empezaba a hundirse en la tiniebla de
su recámara, se atrevió a preguntarle si quería que lo
hicieran porque sí. Josefa asintió, recobró la paz y no
se volvió a hablar del hijo. Poco a poco, hasta creyeron que sería mejor de aquel modo.

En el año de 1892, Josefa Veytia era una mujer de
treinta y tantos que se había acostumbrado a caminar
con la espalda orgullosa de una bailarina de flamen-
co, que despertaba siempre con un plan nuevo en la
cabeza y se dormía siempre después de haberlo llevado a cabo, que coincidía con su marido en la hora de

los deseos y jamás le negó el placer de saberse acompañado en el juego que tantos hombres juegan solos. Siempre tenía entre los ojos hundidos y redondos una pregunta, y en el borde de sus labios la paz contagiosa de quien no urge las respuestas. Usaba el cabello levantado sobre la nuca altiva que a Diego le gustaba besar a media tarde, como un anticipo de la luz con que su cuerpo desnudo iluminaría el anochecer. Por si fuera poco, Josefa tenía el don que equilibra la necesidad de las palabras con la premura de los silencios. Las conversaciones entre ellos no se morían nunca. A veces hablaban hasta la medianoche como si apenas acabaran de conocerse y otras los despertaba el alba urgidos de contarse el último sueño.

La noche en que descubrió que la luna había crecido al doble del tamaño que tenía siempre cuando la primera mancha roja sobre sus blanquísimos calzones le anunciaba el tormento que eran sus menorragias, Josefa inició el coloquio diciendo que sentía miedo. Ella no conocía nada más puntual que su agónica menstruación: faltaban tres cuartos para las once de la mañana cuando por primera vez la sintió correr entre sus piernas, un sábado cinco de mayo en que la ciudad toda temblaba de olor a pólvora y orgullo, poco antes de iniciarse un simulacro de guerra con el que se festejaba el triunfo sobre el ejército invasor francés, varios años atrás. Cuando la campana mayor de catedral sonó ronca para anunciar que había llegado la hora del combate, ella y su hermana Milagros estaban en el balcón, saludando con pañuelos a los grupos de tropa y pueblo armado que atravesaban las calles para cubrir las trincheras y las alturas de los templos. El mundo de entonces tenía el hábito de la guerra, y celebraba los grandes peligros como un vértigo de la costumbre. Como parte de ese mundo, Josefa sintió correr la sangre por sus muslos y en lugar de aterrarse giró en redondo gritando: "¡Estoy herida, pero no me pienso rendir!"

Esa noche la luna brillaba en cuarto menguante. Desde entonces, siempre, durante doscientos quince meses, la sangre llegó con la luna en cuarto menguante. De ahí que Josefa hubiera dicho "tengo miedo", al ver llegar la luna llena sin que una gota de sangre le hubiera negado el paso a su ambición procreadora.

Levantando la vista Diego Sauri perdió los ojos en la contemplación de su mujer, mientras se dejaba regañar por ella que saltó sin más de la luna a reprocharle su apego al mentidero de los periódicos. Porque sólo era culpa de los periódicos, la iba oyendo decirle, a los que dedicaba una buena parte de su vida, que él llevara tres días sin escucharla y con la cabeza mareada por la marcha contra la nueva reelección del presidente de la república. El dictador tenía siete años de mandar cuando Diego empezó a repetir que no podía quedarse ahí mucho tiempo más, y desde entonces otros nueve se habían amontonado sin que Josefa tuviera más aviso de su caída que la ilusión con que su marido se dedicaba a preverla.

Temiendo que los reproches no terminaran nunca si él no se hacía cargo del asunto relacionado con la luna, Diego aceptó levantarse y salir del comedor a la tibia noche de junio. Una luna inmensa lo regía todo.

—Con razón la adoraban los antiguos —dijo mientras sentía el cuerpo de su esposa ceñírsele cálido y apacible.

—¿Quieres que te lo haga? —preguntó.

—Creo que ya me lo hiciste —dijo la señora Sauri. Y lo dijo con tal melancolía que su marido le soltó la cintura para escudriñar su cara y preguntarle qué demonios le había hecho.

—Un hijo —soltó Josefa con el aire que le quedaba entre los labios.

Guiado por la redondez absoluta del vientre que fue haciendo su mujer, Diego Sauri afirmó siempre que dentro guardaba los ambiciosos sueños de una niña. Josefa le pidió que no predijera lo que no podía saberse y él respondió que sabía todo desde el quinto mes y que ella perdía el tiempo tejiendo con estambre azul, porque la criatura sería niña y la llamarían Emilia para honrar a Rousseau y hacerla una mujer inteligente.

—¿Por qué tendría que ser tonta llamándose Deifilia? —preguntó Josefa acariciando el nombre de su bisabuela.

—Porque partiría del error de creerse hija de Dios y no hija nuestra. Y esta niña es hija nuestra.

—Hasta que saque la cabeza —argumentó Josefa, que había pasado buena parte de su preñez temiendo que se le escapara el prodigio.

Como buen hombre del Caribe, Diego Sauri estaba acostumbrado a no discutir con los milagros y reía siempre que su mujer expresaba sus temores, dudando de su habilidad para no equivocarse a la hora de hacer los vericuetos de una oreja o igualar el color de los ojos. Porque ¿cómo podía saber lo que estaba haciendo, si su intervención era igual a la que podría tener un ánfora?

—Un ánfora chiflada —dijo Diego Sauri levantándose a darle un beso.

Tenía los hombros fuertes y los ojos claros iluminando la oscuridad de unas ojeras precoces, la altura mediana del padre que Josefa guardaba en su memoria, las palmas de sus manos marcando un acertijo, las yemas de los dedos hábiles y atinadas. Se movía aún como el nadador que había sido, acechaba los guiños de su mujer con el deseo entre los labios.

—No empieces —se preocupó Josefa—. Has estado entrando y saliendo por el camino de la criatura sin ningún respeto durante todo este tiempo. La podemos lastimar.

—No afirmes cosas de ignorante, Josefa. Pareces poblana —dijo él volviendo a besarla.

—Soy poblana. Que tú vengas de una tierra de salvajes no es mi culpa.

—¿Salvajes los mayas? —dijo Diego—. Por estas tierras no había pasado un pie humano cuando Tulúm era un imperio de dioses terrenales.

—Los mayas desaparecieron hace siglos. Ahora todo eso es selva y ruinas —dijo ella jugando con la vanidad de su marido.

—Todo eso es un paraíso. Tú lo vas a ver —contestó Diego levantándola del sillón de bejuco en que tejía y empujándola hacia su cama mientras le desabrochaba el camisón.

Una hora más tarde Josefa abrió los ojos y aceptó:

—Tienes razón, es un paraíso.

—¿Verdad? —dijo su marido mientras le acariciaba la redonda y palpitante barriga. Luego, volvió como vuelven los hombres a la tierra y preguntó:

—¿Tendrás algo de comer?

Esperaba, recordando las palabras de su amigo el doctor Octavio Cuenca acerca de la relación exacta entre el momento en que una embarazada entra en febril actividad y la cercanía de su parto, cuando sintió a Josefa volver de la cocina como un relámpago.

—Me está saliendo agua —dijo.

Diego saltó de la cama como si estuviera viéndola caerse, pero Josefa adquirió de golpe una calma propia de quien ha parido diez criaturas, y sin más tomó las riendas del asunto, negándose a que Diego llamara a un doctor en su ayuda.

—Tú me juraste que te harías cargo solo —recordó Josefa.

—¿Cuándo? —preguntó Diego.

—La noche del día en que nos casamos —le contestó Josefa para terminar la discusión y dedicarse de lleno al escándalo que recorría su cuerpo.

Por mucho tiempo había creído que aquel dolor sería como un lujo. Durante las horas que siguieron no lo dudó ni un minuto, pero hasta el último rincón de su cuerpo aprendió entonces que algunos lujos cuestan lo que valen y que la íntima orgía de parir es, más que un dolor, una batalla que por fortuna se olvida con la tregua.

Nueve horas después, Diego le puso entre los brazos el cuerpo lustroso y cálido de su criatura.

—Ya ves cómo adiviné —dijo él soltando unas lágrimas gordas que le corrieron por la cara hasta que se las chupó con la lengua antes de sonreír.

—Y está completa —contestó Josefa, revisándola como si en ella cupiera el firmamento.

—Eres más valiente que Ixchel —afirmó Diego extendiéndole un algodón con alcohol y solución de marihuana. Después le besó la punta de la nariz y se llevó a la niña todavía desnuda. Empezaba a salir el sol terco de los inviernos mexicanos. Eran las siete de la mañana del doce de febrero. Josefa cerró los ojos y se durmió con la paz de espíritu que había perdido nueve meses antes.

Cerca del mediodía despertó del primer sueño incompleto de su vida.

—Diego, ¿quién es Ixchel? —preguntó aún prendida a las imágenes de su quimera.

Radiante como una abuela precoz, su hermana Milagros se acercó a contestarle que Diego dormía y que Ixchel era la diosa maya de la luna, las aguas y los curanderos, encargada por eso de proteger el parto y los embarazos.

—¿Ya la viste? —le preguntó Josefa.

—Como bordada por los ángeles —contestó Milagros con la contundencia que Josefa disfrutaba en su voz desde que eran niñas. Cuatro años mayor que ella, Milagros le regaló el aplomo que no tuvo su madre y la quiso por todos los hermanos que le faltaron a su familia. Era un poco más alta y bastante más terca, tenía como ella los pómulos prominentes y la melena oscura, podía sonreír como un ángel y enceguecer de furia como todos los diablos. Josefa estaba orgullosa de pertenecer a su estirpe. Por más que la gente las encontrara tan distintas que parecía difícil imaginarlas congeniando, había entre ellas un pacto remoto que las hacía comprenderse con los ojos. Milagros tenía también los ojos hundidos y curiosos, sólo que ella no estaba en paz sin las respuestas, le urgía saberlas todas, conocer hasta el último lugar del mundo, hendir sus dudas siempre que le apretaban la garganta cruzándose por ella. Era por eso que no se había casado con ninguno de los tantos que la desearon. No sabían las respuestas, para qué destinarles el destino. Tenía su libertad como pasión primera y su arrojo como vicio mejor. Solía desbaratar un argumento con la luz ominosa de su mirada despreciándolo, y era lectora como pocas y erudita como ninguno. Le gustaba desafiar a los hombres con el acervo de sus conocimientos científicos y se divertía memorizando poemas y buscándose retos. Odiaba el bordado pero era una bruja para diseñar sus vestidos o cambiar el ambiente de un cuarto con sólo mover algunos cuadros. Era drástica en sus juicios y exigente con los ajenos, disimulada en sus afectos, desprendida en sus pertenencias, cautivadora con sus historias. Tenía por su hermana Josefa una predilección que nunca intentó disimular y era capaz frente a ella de deponer cualquiera de sus armas. Por el sólo haberse enamorado de Josefa con mirarla, Milagros quería a Diego Sauri como a un hermano y hubiera dado por él la misma vida que daría por su hermana. Además compartía con su cuñado creencias y fantasías políticas y lo ayudaba a sobrellevar las críticas y llamados a la cordura que de tanto en tanto hacía Josefa esgrimiendo para el caso su afilada y pertinente lengua. Al contrario de Josefa, cuyo espíritu conciliador la ayudaba a pasar sin apuro entre los preceptos y prejuicios que regían el mundo en que vivían, Milagros se llenaba de furia cada vez que un juicio ajeno le parecía irrespetuoso y poco universal. Jamás pasaba de largo frente a la posibilidad de una batalla ideológica acerca de Dios, las religiones, la fe, el absoluto y otros riesgos.

Desde la cama, Josefa la vio caminar hasta la cuna en que dormía su hija.

—Según la hora y el día en que ha nacido, tu niña es Acuario con ascendente Virgo —dijo Milagros—. Un cruce de pasiones y dulzuras que le dará tanta dicha como penas.

—Yo sólo quiero que sea feliz —ambicionó Josefa.

—Lo será muchas veces —dijo Milagros—. Alumbrará su vida la luna en cuarto creciente que aún se veía en el cielo cuando nació. Rigen este mes la Osa Mayor, la Cabellera de Berenice, Procyon, Canopo, Sirio, Aldebarán, el Pez Austral de Eridano, el Triángulo Boreal, Andrómeda, Perseo, Algol y Casiopea.

—¿La luz de tantas estrellas le hará ser una mujer dueña de sí misma, con un cerebro sensato y un corazón devoto de la vida? —preguntó Josefa.

—Eso y más —dijo Milagros detenida bajo el tul de la cuna.

Josefa le pidió que repitiera para ella el conjuro que escuchaban desde siempre las mujeres de su familia cuando nacían.

Milagros aceptó rendirse a la tradición familiar para que nada le faltara al rito que la convertiría en madrina. Puso la mano sobre la cabeza de su sobrina y recitó:

—Niña que duermes bajo la mirada de Dios, te deseo que no lo pierdas jamás, que vayas por la vida con la paciencia como tu mejor aliada, que conozcas el placer de la generosidad y la paz de los que no esperan nada, que entiendas tus pesares y sepas acompañar los ajenos. Te deseo una mirada limpia, una boca prudente, una nariz comprensiva, unos oídos incapaces de recordar la intriga, unas lágrimas precisas y atemperadas. Te deseo la fe en una vida eterna, y el sosiego que tal fe concede.

—Amén —dijo Josefa desde su cama, poniéndose a llorar.

—¿Ahora puedo decir el mío? —preguntó Milagros.

Era más que una mujer hermosa que a veces se vestía como un dibujo de *Le Moniteur de la Mode* y usaba los sombreros más finos que podía diseñar madame Berthe Manceu, porque también tenía en su guardarropa una colección de los mejores huipiles que se hubieran bordado jamás. Acostumbraba ponérselos en las ocasiones solemnes y era capaz de caminar por la calle con el cabello en trenzas sobre la cabeza y aquella ropa de india como una bandera de colores cayéndole por el cuerpo. Así estaba vestida esa mañana. Josefa la miró admirándola y le pidió que siguiera.

—Niña —dijo Milagros con la solemnidad de una sacerdotisa— yo te deseo la locura, el valor, los anhelos, la impaciencia. Te deseo la fortuna de los amores y el delirio de la soledad. Te deseo el gusto por los cometas, por el agua y los hombres. Te deseo la inteligencia y el ingenio. Te deseo una mirada curiosa, una nariz con memoria, una boca que sonría y maldiga con precisión divina, unas piernas que no envejezcan, un llanto que te devuelva la entereza. Te deseo el sentido del tiempo que tienen las estrellas, el temple de las hormigas, la duda de los templos. Te deseo la fe en los augurios, en la voz de los muertos, en la boca de los aventureros, en la paz de los hombres que olvidan su destino, en la fuerza de tus recuerdos y en el futuro como la promesa donde cabe todo lo que aún no te sucede. Amén.

—Amén —repitió Josefa bendiciendo la fe y la imaginación de su hermana.

Cobijada por los deseos de su madrina, Emilia comió y durmió con una sensata placidez los primeros meses de su vida. A sus oídos no llegaban las historias de horror que su padre leía en los periódicos, pero lo escuchaba todas las mañanas contarle lo que sucedía en el mundo, opinar sobre las cosas que lo perturbaban o entristecían y describirle las sorpresas del día con la certidumbre absoluta de que la conmovían tanto como a él.

Josefa aseguraba que la niña era demasiado pequeña para interesarse en el surgimiento del partido laborista en Inglaterra, la anexión de Hawai a los Estados Unidos, la pérdida de cosechas y la mortandad de ganado por todo el país. Regañaba a su marido por entristecerla hablándole de la prohibición de las corridas de toros, del desastre de que se reeligieran los gobernadores o se gastaran cien mil pesos mensuales en obras para el imposible desagüe del Valle de México. Diego respondía diciendo que ella hacía peor hablándole de la Inglaterra de Charlotte Brontë y leyéndole *Shirley* en voz alta.

—Eso lo hago para dormirla —dijo su madre.

—Los avatares de Julián Sorel o las penas de Ana de Ozores ¿qué le interesan? —preguntó Diego—. Yo por lo menos le cuento la realidad.

—Sí, pero toda la realidad. Hasta lo del impuesto al tabaco ha de saber la pobre niña. Cuando cerraron *El Demócrata*, le repetiste durante una semana los nombres de los redactores encarcelados.

—Sirvió que se lo contara —dijo Diego Sauri. Y luego dirigiéndose a la niña: —Por fin se le grabó a tu madre una arbitrariedad del gobierno.

—Las sé todas. Pero no te fomento la ira porque no quiero que te encierren también a ti.

—¿A mí por qué? —preguntó Diego.

—¿Quieres que te lo diga?

—No—. El señor Sauri se pasó el dedo sobre el bigote rojizo que se había dejado crecer para celebrar la llegada de su hija.

Ambos sabían, aunque lo hablaban poco, que Josefa tenía razón. Hacía más de tres años que en la botica habían empezado a reunirse todos aquellos que por motivos justificados, viejos anhelos democráticos o pura vocación conspirativa, tenían algo en contra del gobierno. Primero los acercó el azar, luego el acuerdo, después la necesidad. Y para ese momento, un día sí y otro también, había en la botica algún parroquiano dispuesto a insultar al gobernador delante de cuanto cliente la pisaba. Así las cosas, Diego no tardaría en pasar de antirreleccionista a temerario, y como andaba el mundo, pasar de temerario a loco y de loco a preso sería asunto de un rato.

—Vamos a mudar la tertulia política a la casa del doctor Cuenca —dijo Diego.

—Bendito sea Dios —contestó Josefa tranquilizada con la noticia.

—¿Cuál de todos? —preguntó el señor Sauri.

—Cualquiera que te haya inspirado esta vez —contestó su mujer.

III

En 1893 el doctor Cuenca tenía además de sus cincuenta y cuatro años de vida, un justo y bien consolidado prestigio profesional. A eso se apegaba sin reticencias desde la muerte de la mujer en la que había engendrado dos hijos y a la que no se cansaría de añorar cada mañana, como si fuera la primera en que le negaba su presencia.

Había vivido con ella y seguía viviendo con su recuerdo y su prole en una casa cercana a los primeros maizales que rodeaban la ciudad y a siete cuadras del zócalo y la catedral. Una casa regida por dos ejes: la indeleble y mítica compañía de su jardín y el gran salón dedicado a las reuniones de los domingos. El doctor Cuenca tocaba una flauta dulce y ambigua que contradecía la rigidez militar con que iba por la vida a las horas de trabajo. Algunos de sus amigos cercanos eran músicos o escritores y los domingos lo visitaban para declamar sus últimas ocurrencias o hacer música en grupo. A cambio, durante la semana, el hombre vivía con un rigor profesional que incluso merecía el respeto de sus enemigos, un sentido del deber y del orden que sus hijos temieron aun después de haber cumplido los veinte años, y una austeridad verbal que en vida convirtió a su mujer en una de las más hábiles descifradoras del silencio que ha dado la larga historia de esa profesión entre las mujeres, y que después de muerta, la hacía volver de vez en cuando a rozarle la frente con sus pestañas y a escuchar su silencio diciendo todo lo que le pesaba.

El doctor Octavio Cuenca nació en tierra caliente, en el siempre húmedo pueblo de Atzalan. Su padre se llamaba Juan Cuenca y su madre fue conocida desde niña como Manuelita Gómez, la hija del señor cura. Según sabían sus descendientes, el padre de Manuelita terminó usando sotana para cumplirle a la Virgen del Socorro la promesa que le había hecho un atardecer durante la guerra de Independencia, cuando perseguido por tropas españolas como uno de los líderes criollos que intentaban rebelarse contra la Corona cerca de Veracruz, halló escondite en el planchador de una casa cuyas dueñas tenían la buena costumbre de usar muchas enaguas blancas y almidonadas bajo el vestido. Ellas lo escondieron tras el altero de ropa por planchar, entre los canastos en los que se amontonaban crinolinas enormes, faldas de tafeta y encaje, sábanas, toallas, fundas y cubrecamas.

Oyó entrar a los soldados maldiciendo su nombre y se encogió tras la ropa que los sables picoteaban en busca de su cuerpo, tembloroso por primera vez. Era un viudo todavía joven y necesitaba vivir hasta viejo. Así que en esa inolvidable tarde de martes, le prometió a la Virgen que tomaría los hábitos si lo salvaba de aquel infortunio. Cuando los hombres abandonaron el planchador y el alma le volvió al cuerpo, él tembló otra vez recordando su descabellada promesa: tendría que hacerse clérigo y su hija Manuela sería la hija de un cura.

Quizás para vacunarse contra semejante promesa, Manuela se casó con Juan Cuenca, un hacendado liberal, de piel morena y ojos brillantes, que al reírse enseñaba unos dientes tan grandes que ni con la boca cerrada disimulaban su presencia. Juan Cuenca era dueño de tierras fértiles, ríos y ganado en cantidades tales que podía mantenerse a salvo sin la ayuda de

Dios. Así que se daba el lujo de ser un incrédulo con-
feso y una persona confiable a pesar de su prominente dentadura y sus largos silencios. Hizo con Manuelita
un matrimonio sosegado y sin reproches, del que
nacieron diez hijos. Octavio fue el tercero y quiso ser
médico. Pero no pudo librarse de la guerra que durante casi todo el siglo XIX persiguió la vida de su
país, así que estudió medicina en la Universidad de
Jalapa, sólo para terminar convertido en médico del
ejército juarista.

Jacobo Esparza, su compañero de estudios, fue
también su compañero de armas. La primera vez que
Octavio Cuenca lo acompañó a su casa, descubrió los
labios brillantes y la implacable lengua de su hermana menor. María Esparza tenía entonces dos años y se
había dado una de las muchas libertades domésticas
que se dio en la vida: estaba en mitad del corredor,
entre los helechos y los geranios, chupando una pale-
ta roja, sentada en una bacinica. Casi dos décadas
después, tras muchos estudios y varias guerras, creyendo que sabía todo del amor y sus trasiegos, Octavio
Cuenca volvió a encontrarse con ella entre las plantas
de la casa inmutable:

—Ya cásate conmigo doctor, te estás haciendo viejo —le propuso.

—Tengo un hijo con otra mujer y te llevo veinte
años —contestó el doctor Cuenca.

—Ya lo sé —dijo ella—, por eso te estoy apurando.

La casa del doctor Cuenca tenía una gran puerta de
madera tallada, presidida por un aldabón de hierro
que hacía sonar sus golpes por el jardín y el corredor hasta que llegaban a la cocina, donde alguien
interrumpía su ajetreo para correr y abrirle a todo el
que tocara. Era una casa que tenía la puerta cerrada

porque en Puebla las puertas siempre se han cerrado, como si un continuo temor al mundo de la calle cercara las moradas. Pero en la práctica, la puerta de esa casa podía considerarse abierta, como están abiertas las puertas en los pueblos de la tierra caliente. Todo el que llamaba tenía derecho a entrar y buscarse un sitio entre los árboles del jardín, una silla en la sala junto al piano o un lugar en el comedor frente a la sopa de arroz.

Era una casa por la que solían correr niños haciendo ruido y en la que los adultos tenían su encuentro semanal sin inmutarse demasiado por los pleitos o las dichas escandalosas de las criaturas. Así que era ideal para las parejas con hijos en edad de romper cosas y almas en edad de conversaciones inteligentes. Por eso y por razones de simple afinidad, los Sauri pasaron ahí muchos de los más claros domingos de su vida.

La primera vez que los Sauri llevaron de visita a su hija Emilia, la niña tenía tres meses y no hacía más gracia que sonreír y mover las piernas cuando la poseía lo que su padre consideraba un desmesurado gusto por la vida. Josefa llegó a la reunión de aquel domingo con el gesto de quien esconde algo excepcional entre los brazos. Su marido iba delante de ella cargando una canasta forrada de organdí, con la que entró golpeando las piernas de la gente a la que saludaba. Los guiaba Salvador, el primer hijo de la pareja Cuenca Esparza, un muchachito de once años, conversador y vivaz, que compensaba la ausencia de su madre queriendo a su padre por partida doble. Los seguía, empeñado en indagar qué cargaba Josefa con tanto cuidado, Daniel, el menor, un niño de ojos indecisos entre el café y el verde en cuya mirada burlona el doctor Cuenca evocaba a María Esparza. Lo había llamado Daniel, como ella alcanzó a pedirle, y había puesto su crianza en manos de Milagros Veytia, como ella le rogó que hiciera. María Esparza quiso a Milagros como se quiere a las amigas con las que se comparten varias predilecciones esenciales y una labia capaz de contar hasta el último secreto. Cuando vio acercarse la muerte, una sola obsesión le había llenado la boca: *dale el niño a Milagros*.

El doctor Cuenca le juró que así sería y mientras su hijo fue un bebé permitió que Milagros lo tuviera con ella, pero en cuanto supo que ya no la necesitaba para cambiarle los pañales o llevarle la cuchara a la boca, lo quiso de regreso para enseñarlo a ser hombre con los mismos rigores con que enseñaba a Salvador.

En secreto, Milagros lloró durante meses, dijo una maldición diaria y retardó la entrega cuanto pretexto pudo inventar. De tanto haber hablado con su amiga, conocía de más al doctor Cuenca, así que supo desde el principio que poco le serviría mostrar su enojo, y como era respetuosa de la paz de los muertos, se guardó de apelar a los designios de María, para no convocarla a un litigio tardío con su marido. Devolvió al niño tras su tercer cumpleaños y no aceptó a cambio ni el discurso de agradecimiento que el doctor intentó darle.

—¿Puedo quedar como su tía? —preguntó al desprenderse de su mano.

—Será un honor para nosotros —le dijo Cuenca, devolviéndole con aquello el derecho a intervenir en su destino.

En el uso de ese derecho y porque seguía siendo el cobijo del niño, Milagros lo consentía de más y lo corregía de menos. Esa tarde, previendo los riesgos que podía acarrear su espíritu indagador, le pidió que tuviera cuidado porque dentro de la cesta iba una niña. Por toda respuesta, Daniel jaló la punta del envoltorio que cargaba Josefa y le ofreció a Milagros la sonrisa más seductora que hombre alguno podría brindarle.

Detenida en el umbral del salón, Josefa buscó a su marido con los ojos, hasta encontrarlo en el centro de la tertulia, con la canasta en los brazos y un discurso político en los labios. Lo llamó desde lejos. Sin moverse de su lugar, Diego Sauri le pidió que entrara a la sala, pero ella permaneció en la puerta, dilucidando si debía enfrentar el bullicio humeante de aquel salón. Mientras tanto, el niño Cuenca jaló otra vez de la cobija que escondía a la chiquita y la sacó a relucir quisiera o no su aturdida madre.

El poeta Rivadeneira, un hombre de gesto desencantado y facciones de animal fino, a quien mantenía en vilo su pasión por Milagros Veytia, se acercó a mirar el tesoro de los Sauri y encontró que la niña se parecía a la tía. Había acabado por entender las razones que Milagros le dio para no casarse con él ni con nadie, pero si no hubiera sido así, las habría aceptado de cualquier modo como algo fatal contra lo que no valía la pena rebelarse, y de lo que nunca le sería posible escapar. Por eso ya no intentó el amor en otra parte.

Milagros quitó a la niña de los brazos en que la protegía su hermana y se encargó de que recorriera el salón levantada por el aire. Todo en esa sala olía al mundo de los hombres. Las pocas mujeres que discurrían entre ellos, era porque se habían hecho al ánimo de parecérseles en el modo de razonar y equivocarse. No porque ése les resultara el mejor de los modos, sino porque tenían claro que el mundo de los hombres sólo se puede penetrar portándose como ellos. Lo demás genera desconfianza.

La misma Josefa Sauri, que tanto y tan bien hablaba a solas con su marido, se consideraba fuera del reino masculino que presidía esas tertulias. Eso no le importaba gran cosa, porque se sabía representada por los bríos de aquella hermana suya, inasible como una exhalación, que prefirió negarse al matrimonio antes que abandonar lo que juzgaba el privilegio de vivir como los hombres.

Tengo la fortuna de que ésta sea mi hermana, pensó Josefa aquel domingo mientras la veía pasear a su hija como si fuera una muñeca con la que se puede juguetear.

En sus brazos la niña iba y venía entre señores, cada vez con menos cobijas y más ruido, cuando la sala con todo y su descalabrado candil tembló completa. Jalando la falda de Milagros, despeinado y furioso, Daniel Cuenca había gritado con tal fuerza para exigir su parte de niña, que los adultos enmudecieron por un segundo y el juguete de los Sauri se puso a llorar.

Avergonzado, el doctor Cuenca se acercó a Daniel y con una de sus elocuentes miradas de reproche le exigió que pidiera perdón, usando un tono seco que implicaba su propia disculpa por tener un hijo así.

—No tiene ni cinco años, doctor —alegó Milagros Veytia revocando el reproche con el anís de su aliento. Luego, con la mano que le quedaba libre tomó la del niño y huyó por la imprevista pero perfecta brecha que le abrían todos aquellos hombres cargados de libros, cigarros, rapé francés y prejuicios científicos.

—Miren a Milagros con un niño en cada brazo —pidió el poeta Rivadeneira. Y recordando un juego que consistía en dar con versos ajenos en los que poner los propios sentimientos, le preguntó al verla pasar:

—*¿Qué te parece, Lucero/la fuerza de mi desdicha?*

—*A no tener mi valor, pienso que el vuestro envidiara* —le contestó Milagros siguiendo su camino.

En tres pasos llegó a la puerta donde Josefa la esperaba meneando la cabeza. Nada más la tuvo cerca y le extendió a su hija con el brazo en que la niña se mantenía dando de gritos. Luego, sin soltar a Daniel, caminó hacia una recámara en silencio. Ahí Josefa se acomodó en un sillón y puso a Emilia a la altura de los ojos del niño que en cuanto la tuvo cerca, se inclinó hasta casi rozar su frente y le pidió perdón por haberla asustado.

—Lo único que nos faltaba, un seductor de cuatro años —dijo Milagros.

Al oírla reír, Daniel se enderezó, borró de su gesto la placidez de la curiosidad satisfecha, dio la vuelta y salió corriendo.

Josefa desabrochó hasta la cintura los botones de su blusa, mandó a su hermana de vuelta a la reunión y se dejó beber por la niña que aún suspiraba contra su cuerpo.

Había un goce recién conocido en aquella ceremonia. Josefa estaba hundida en él, cuando sintió una mano apoyarse sobre su pecho desnudo. Abrió los ojos y encontró a Daniel Cuenca con la cara encima de la niña que se prendía a su pezón. Apenas se sintió visto, Daniel se alejó caminando hacia la puerta, sin darles la espalda. Josefa lo vio desaparecer y al poco rato aparecer en el jardín frente a la ventana. Había terminado de cerrarse la blusa y se levantó de la mecedora fingiendo no verlo.

—Los hombres son así desde que nacen —le comentó a su hija Emilia mientras la acomodaba en su cesta—. Quieren todo, pero no lo saben pedir.

La niña se dejó envolver en las cobijas como si buscara dormirse para descifrar un enigma. Pero ni ése ni otros muchos dormitares consiguieron alejarla del embrujo que las reuniones de aquella casa provocarían en su espíritu. Esa tarde conoció el desasosiego de sus habitantes, y desde entonces la perturbó la efervescencia que regía la vida de sus domingos.

IV

Sauri ocupaba parte de una antigua mansión colonial que sobrevivió con heroísmo a los once sitios padecidos por la ciudad de Puebla durante los primeros sesenta años del siglo XIX, y a la división de sus tres patios en los centros respectivos de tres casas distintas. Fue la única herencia de Josefa Veytia, y con ella le bastó para ser la más satisfecha de todas las mujeres que algo heredaron por esos tiempos. Tenía una larga historia, pero Josefa la recibió sin conocer más que la última. Don Miguel Veytia, el hermano de su padre, aficionado a los toros y las peleas de gallos, cuya más entrañable propiedad era una tienda de libros sobre el portal de Iturbide, tuvo una encandilada tarde de abril el atrevimiento de apostársela al valor de un gallo pinto. Su amigo de jaleos y dominó, un español sin escudos que era el mayor comerciante de la ciudad por ahí de mil ochocientos ochenta y uno, se empeñaba en denostar la bravura de tal gallo.

—Ese animal se ve muy indio —había dicho el español mordisqueando un cigarro.

—Por eso es más bravo —le contestó Veytia, que todas las noches jugaba a los dados con el comerciante y tenía establecida con él una eterna polémica empeñada en dilucidar qué sangre era más valiente, si la de los indios o la de los españoles.

—¿Le apostarías tu tienda con todo y libros? —preguntó el español.

—¿Qué apuestas tú? —respondió el tío de Josefa.

—Mi parte de la Casa de la Estrella —dijo el español, sacando de su bolsa la vieja escritura de la casa fragmentada.

Miguel Veytia aceptó el acuerdo dándole la mano a su amigo y disculpándose porque él no acostumbraba cargar por todas partes las escrituras de su librería. La fortuna hizo que el gallo indio clavara el pico cuatro segundos después que el colorado, y que el peninsular aquel estuviera tan lleno de alcohol como una bota de cuero. Nadie ha cumplido una apuesta con tanto rigor. Por más que don Miguel se empeñó en no aceptarlo, el título de propiedad de la Casa de la Estrella fue puesto en la bolsa de su saco una y otra vez por la contumacia de su amigo. Veytia terminó por aceptarlo, pensando en que al día siguiente podría devolvérselo sin reparos al comerciante mesurado y sensato que era aquel asturiano cuando estaba en sus cabales. Por desgracia para tan leal apostador no hubo día siguiente. Antes de la madrugada discutió con la navaja de alguien más borracho y mejor armado.

—Díganle a Veytia que se quede con la casa —fueron sus últimas palabras.

Mientras lloraba la pérdida de su bullicioso compañero de ferias, Miguel Veytia mantuvo las escrituras en un cajón y se olvidó de ellas. Pero cuando Josefa su sobrina dio en enamorarse del recién llegado Diego Sauri, el honorable coleccionista de cajas y experto en libros antiguos no encontró mejores dueños para la Casa de la Estrella que esos dos jóvenes poseídos por un fuego del que su memoria encanecida guardaba algunas cenizas. Gracias a ese regalo, la sociedad conyugal formada por Josefa Veytia y el boticario falto de pesos que era Diego Sauri, inició sin mayores abismos económicos la indescifrable travesía del matrimonio. No se sabía bien a bien de qué vivirían, pero al menos ya tendrían en dónde vivir.

Los Veytia descendían de un señor Veytia que emigró de España para ayudar a la fundación de la ciudad en el año de 1531. Y desde que aquel primer Veytia se había atrevido a cruzar el océano del modo en que se cruzaba por esos años, todos los que heredaron su apellido, con la reciente excepción del tío Miguel, heredaron con él la certeza de que Puebla era el mejor lugar para vivir y morirse que ser humano alguno pudiera escoger. Así que ninguno tuvo jamás entre sus ambiciones la de viajar y nadie, en trescientos cincuenta y dos años, había tenido la ocurrencia de emprender una luna de miel que acarreara el peligro de perder de vista los volcanes. Sabiéndolo, Josefa guardó en secreto los planes viajeros en que la involucraba Diego Sauri, guardándolos hasta que la Santa Madre Iglesia le hubiera impuesto la obligación de obedecer a su marido antes que a nadie. Como no se les ocurrió ningún lugar cercano al que partir el mismo día de la boda, Josefa pasó la primera semana de amores con Diego en la semivacía y soleada Casa de la Estrella.

Toda la ciudad supo que en ocho días la pareja Sauri Veytia no salió de la cama y que Josefa no fue ni para abrirle la puerta a su madre, cuando al cuarto día esa mujer que se consideraba un dechado de prudencia tuvo el arrojo de llamar para asegurarse de que vivían. La recién casada se había asomado al balcón con la melena suelta y cubriéndose sólo con la camisa blanca que su marido llevaba puesta durante la boda, y había dicho para que la oyeran hasta las nubes, que no podía bajar.

Después de aquella escena, ya nadie consideró digno de preocupación el aviso de un viaje de bodas sin destino preciso, dedicado a recorrer el país juntando yerbas y pócimas, durante varios meses. La familia más bien agradeció que ese par de extravagantes la dejara respirar con libertad mientras se iba haciendo al ánimo de asumirlos como eran.

Cuando Diego y Josefa volvieron cargando una colección de arcones que cuidaban como si en ellos viajara el tesoro de la corona inglesa, después de andar por todas las sierras o valles transitables que encontraron en quinientos kilómetros a la redonda, la parentela los acogió como a los pródigos más queridos y añorados desde aquél cuyo retorno cuenta la Biblia.

Con la paz de ese recibimiento, Josefa y Diego se instalaron en la Casa de la Estrella y dedicaron cuanto tiempo y dinero fueron teniendo libre a lo largo de los años, a convertirla en la taza de plata que según ellos había sido alguna vez.

En los bajos de la casa, Diego Sauri puso una botica con olor a madera y brillos de porcelana. Eran de cedro desde los estantes sobre los que descansaban los tarros hasta el mostrador y la mesa de trabajo en el laboratorio de la trastienda, y no le faltaba un remedio. Para cualquier dolencia tenía Diego solución entre sus frascos blancos y sus cientos de cajitas numeradas y olorosas. Tardó muy poco tiempo en convertir su local en algo mucho más refinado y completo que una droguería como cualquier otra. Tenía en ella desde agua de Anhalt para la debilidad de los ancianos, hasta polvos de cocaína.

Durante el tiempo que vivió en Europa, había juntado en pequeñas cajas los principales remedios de cada lugar. Había aprendido las fórmulas para obtener muchos de ellos y podía distinguir para qué servía el polvo de cada una de sus cajitas, aunque cualquiera los hubiera confundido a todos con el mismo talco para después del baño.

Para fines del siglo, el corredor del segundo piso era un espejo apretujado de plantas y flores, por el que entraba el sol de un modo casi violento. Emilia descubrió los encantos de aquel túnel iluminado en cuanto fue capaz de gatear, y durante algunos meses llevó manchadas las rodillas y las palmas de sus manos con el polvo hasta entonces invisible del mosaico.

La primera vez que Emilia se puso de pie, Josefa Veytia la vio de lejos, asida al brocal de una maceta, levantando la cabeza como una bailarina, y bendijo la hora en que había sembrado la hilera de plantas que acompañaba como una selva la audacia de su hija. Emilia vio los ojos de su madre, la oyó llamarla bajo, con el temor de quienes miran a una equilibrista que anda sobre un hilo en las alturas, y fue soltándose de un tiesto para arriesgar dos pasos hasta la siguiente, mientras Josefa se inundaba en la sal de dos lágrimas enormes.

Ajeno al gran acontecimiento, Diego Sauri estaba en el laboratorio anexo a su tienda preparando los famosos polvos dentífricos del general Quiroga: una mezcla de coral rojo, cremor tártaro, asta de ciervo calcinada, talco de Venecia, cochinilla y esencia de clavo, que se había puesto de moda ese año y que él vendía siempre acompañada por la anticomercial especificación de que el mejor dentífrico era uno mucho más sencillo, que se preparaba con la mezcla de dos partes de carbón de corteza de pan y una parte de quina, todo finamente pulverizado.

Mientras hacía sus mezclas, a Diego Sauri le gustaba cantar fragmentos de arias famosas. El júbilo con que su mujer entró al laboratorio lo sorprendió a la mitad del *Se quel guerrier io fossi*.

—¡Ya camina! —le anunció Josefa agachándose y poniendo en el suelo a la niña que había bajado en brazos hasta ahí. La tenía sostenida de la cintura y le pidió a su marido que se arrodillara para mandar a Emilia hasta sus brazos, pero él se negó con horror a tal experimento.

Burlándose de sus miedos Josefa la soltó y Diego no tuvo más remedio que agacharse. Miró a Emilia parada en el centro de su laboratorio, vestida de azul pálido, con las manos asidas al aire y los pies de una muñeca temblando en botas nuevas. Sus ojos no alcanzaban el pretil de las mesas, pero reconocían ese lugar como el rincón del hombre que cuando usaba un largo delantal blanco, andaba por un mundo que parecía el mejor. Muchas tardes la había bajado con él a verlo hacer mezclas y oírlo cantar sentada en una silla alta, pero ésa fue la primera vez que ella ponía los pies en el suelo de su padre.

El boticario tenía los brazos abiertos y en cada mano un matraz con diferente tintura. Emilia perdió los ojos en el morado intenso y caminó hasta su padre.

Gritando bravos, Diego dejó el matraz con la esencia de lirio florentino en las manos titubeantes de la niña a la que vio acercarse como un milagro y se dedicó a pronosticarle a su mujer una parte del luminoso futuro de su hija.

Tan bienaventurado discurso terminó cuando Josefa, practicando el deber femenino de la atención diversificada, descubrió a Emilia teñida de lila desde la punta del fleco hasta la punta de las botas blancas que apenas le había entregado el zapatero esa mañana.

El anochecer los sorprendió en el baño de la casa, con Emilia todavía a medio despintar y ellos lamentando el primer pleito de su larga vida conyugal. Entre doce palanganas y un vertiginoso olor al perfume del jabón que la Droguería Sauri encargaba a una importadora de productos ingleses, Josefa calificó a Diego de inconsciente y Diego se defendió llamando a su mujer quisquillosa. Cuando para las nueve de la noche Emilia tuvo a bien dormirse, aún medio pinta de manchas lilas, Josefa se sentó a llorar en el suelo del baño al que había vuelto para recoger las botas. Era un baño nada común el de los Sauri. Además de la tina con patas de leones y de las tres jarras de porcelana con su idéntico aguamanil, Diego instaló una regadera que les brindara el extraordinario placer del agua limpia mojando sus cabezas sin necesidad de ocupar las manos en sostener la jofaina.

—¿Por qué han de bañarse mejor las plantas que uno? —le dijo a Josefa al verla regar la vegetación que reinaba en su corredor.

Tres días después había logrado convencer a un herrero de que gastara su tiempo copiando en grande un rociador de flores. El hombre aceptó porque la buena labia de Sauri le aseguró que si le salía bien, en la botica él vendería decenas de tan útil artefacto recomendando su uso como la más avanzada medida de salud preventiva.

Con la clientela no tuvieron el éxito que él esperaba, pero eso no le importó gran cosa. El hecho es que su regadera lo hacía feliz imperando en el baño de su casa, bajo el emplomado azul por el que discurría una luz del mismo color que tenía el aire de su niñez. También hizo feliz a Josefa, que en las mañanas cantaba valses bajo el agua, mirándose brillar el cuerpo con que lo embriagaba.

Cuando Diego entró a disculparse aceptando que había sido un error darle el matraz a su hija, el piso sobre el que se acomodó a llorar Josefa todavía estaba mojado por el desorden que había sido bañar a la niña.

—No tengo nada que perdonarte —dijo ella abriendo una sonrisa que él se agachó a besar. Después se fueron a dormir.

Josefa se apegó a su marido como a un derecho natural, con la paz de quien recupera el alma mientras acaricia el raro tesoro que hay en un hombre capaz de pedir perdón.

Habían tenido suerte, no volvieron a disgustarse sino hasta la noche en que Emilia entró a su recámara llorando como no lo hacía desde las pesadillas de los dos años.

Poco antes ellos habían despertado tocados por el mismo deseo y se buscaron en la oscuridad para exorcizarlo con el ensalmo de sus cuerpos juntos, librándose del mismo precipicio.

Josefa besó el hombro de su marido agradeciendo que la prisa no le hubiera dado tiempo de salirse completa del camisón, y se vistió con la agilidad que habría invertido en terminar su guerra. Le preguntó a su hija qué había soñado y la dejó subirse a la cama para sosegarla abrazándola. Emilia respondió que no se acordaba.

—Trata de acordarte —le dijo Diego en el tono áspero con que se habla a los enemigos.

Emilia le respondió volviendo al llanto y Josefa tuvo a bien resolver las dudas de su marido diciendo que la niña tenía miedo de cantar y bailar en casa de los Cuenca el domingo siguiente. Furioso de haber vuelto a la realidad de modo tan abrupto, Diego le pidió a su mujer que no interpretara las emociones de su hija, y exigió que la niña dijera cuál había sido su sueño y volviera cuanto antes a su cama. Entonces Emilia se atrevió a decir que había soñado con el diablo, y que aunque Diego le había explicado mil veces que el diablo no existía, ella le había visto la cara burlona de Daniel Cuenca diciéndole "sí existo". Tras oírla, Diego increpó a Josefa por permitir que la niña tratara con gente que le hablaba del diablo y Josefa se defendió diciendo que era la cara del niño Cuenca y no el diablo lo que tenía espantada a su hija. Diego la llamó burra y ella le dijo que era él quien rebuznaba.

La luz del día siguiente los sorprendió en distintas camas por primera vez en diecisiete años de vida juntos. Josefa se había quedado dormida a un lado de Emilia, sin darse cuenta. Lo último que recordó fue que había estado un rato rascándole la espalda y riéndose del diablo y de Daniel Cuenca. Quién sabe qué soñaría, pero despertó con el peso de una plancha en el hueco del alma. Se levantó sin hacer ruido y caminó a su cuarto de labores en el otro lado de la casa. Ahí tenía un sillón de respaldo alto en el que se acomodaba a leer o a bordar, una mesa redonda de encino claro sobre la que siempre había un desorden de papeles que, en los últimos tiempos, le había servido para a enseñarle a Emilia el abecedario, un pequeño librero y un escritorio lleno de cajoncitos en el que guardaba desde las escrituras que la hacían dueña de su casa, hasta las notas de la mercería y la tienda de ultramarinos. Buscó en una caja forrada de tela, sacó un papel claro y escribió: *Querido: Tienes razón, el diablo no existe, la niña no es tímida. ¡Cesen las armas! Josefa.*

Cuando volvió del mercado había sobre la mesa del comedor un ramo de flores pálidas del que colgaba una notita que Diego escribió en el papel de sus recetas. Decía: *La niña sí es tímida. Su papá espera rendirte las armas en mejor ocasión. Diego.*

Para antes de la comida el pacto se formalizó sobre el terreno que lo había roto la noche anterior. Diego volvió de la botica chiflando, y entró hasta la recámara sin detenerse. Josefa reconoció el estilo de sus pasos y fue tras él preguntándose si se habría quitado los zapatos. Si Diego se quitaba los zapatos durante el día, era señal de guerra santa, si no, podía pensarse que sólo había ido al cuarto por una siesta de perro que hacía con los zapatos sobre la colcha, porque así era la costumbre yucateca. Al menos eso creía Josefa, cuya única referencia de lo yucateco provenía de su marido. Por eso, para ella, todo lo que Diego hacía distinto de los poblanos era señal de su origen. Llamarla *lechuga* en los momentos más arrobados era muestra inequívoca de su ser yucateco. Así la llamó esa tarde antes de rendir sus armas. Al día siguiente Emilia fue a su primer ensayo en la casa de los Cuenca.

V

Fue un domingo memorable.

Josefa Veytia había crecido sabiendo que la ropa de los domingos debía ser elegante y que desde los niños hasta los viejos estaban obligados a pasear sus mejores disfraces en ese día. Sólo entre aquel grupo de amigos estrafalarios que su marido y el doctor Cuenca habían ido pizcando, se usaba vestirse los domingos con atuendos más desvalijados que los de la semana.

—Así va a ser en el futuro —le dijo Diego sacando del ropero su chaquetón más viejo—. Y a nosotros nos toca abrir el camino a esa libertad.

—¿También eso te toca? —le preguntó Josefa—. Diego, por favor no te des tantos deberes. Un grupo de treinta locos no puede hacerse cargo de cambiarlo todo.

—Todo no. El modo en que fruncen el ceño algunas mujeres cuando discuten, no hay para qué cambiarlo —dijo Diego poniéndose el saco que tenía un codo zurcido y una rotura en el forro.

—Yo no creo que dentro de cien años haya alguien capaz de salir a la calle en tus fachas —aseguró Josefa saltando sobre el elogio.

—Lástima que no voy a vivir para demostrártelo.

—En eso estamos de acuerdo. La gente como tú no debería morirse, pero por lo pronto que la niña se vista hoy como es correcto —pidió Josefa.

—¿Por qué lloras si te dejaron como muñeca de porcelana? —le preguntó Diego a su hija cuando la vio ataviada con un vestido lleno de olanes y adornado con una banda color de rosa en la cintura.

—Por eso —contestó Emilia, corriendo a meter la cara entre las cortinas de la sala, para que nadie la viera llorar.

Cuando la llamaron para salir había recuperado el control y se puso junto a Diego con una sonrisa. Dejó que su madre la contemplara como a una obra maestra y salió con los dos rumbo a casa de los Cuenca.

Milagros Veytia esperaba en la puerta cuando vio acercarse a los Sauri caminando como si el tiempo fuera todo suyo. Parado junto a ella, estaba Daniel Cuenca con sus diez años dentro de los primeros pantalones largos de su vida y una camisa de lino azul, heredada de su hermano.

—Disfrazaron a la niña de muñeca, por eso tardaban —dijo Daniel.

—No la molestes —le ordenó Milagros cuando los Sauri estuvieron a veinte pasos de la puerta. Después se quedó callada viendo caminar a Emilia con la escasa libertad de su cuerpo entre tantos olanes. ¿Por qué se empeñará Josefa en vestirla así?, se preguntó sintiendo cierta compasión por su ahijada. Sin embargo, cuando la tuvo cerca, no pudo sino rendirse ante la fuerza con que miraban sus ojos de almendra oscura. Había tenido razón la mañana en que nació aquella niña. Ese par de ojos era la muestra más nítida de que su ahijada no conocería jamás la delicia de ser inocente.

—Tómenlo con calma —dijo con sorna cuando los Sauri pudieron oírla—, al cabo que nadie los está esperando desde hace dos horas.

Diego se acercó a besarla y ella lo saludó preguntándole si podría hacerse cargo de colgar el telón que se necesitaba para darle a la sala el aspecto de un teatro. Luego le preguntó a Josefa si recordaba la música con la que acompañaría la canción a cargo de los niños y a Emilia si ya se había aprendido la letra.

Emilia sintió sobre ella los ojos burlones de Daniel y respondió que la había olvidado, pero como si no la hubiera oído, Milagros le ordenó que se la enseñara a Daniel, porque él no se sabía ni una palabra. Luego tomó a Josefa del brazo y se alejó junto con ella.

—Ni don Porfirio ha de ser tan mandón como tú cuando te vuelves empresaria de teatro —concluyó Josefa.

—No lo llames "don Porfirio". Es un viejo arbitrario, ruin, seco, malvado.

—¿Será para tanto?

—Pregúntale a tu marido.

—No necesito preguntárselo. Todo el día repite cosas así.

—¿Y tú te haces la sorda?

—Por supuesto. No quiero que lo maten por andar de hablador.

—Aquí se van a morir hasta los mudos, Josefa. No vale la pena callarse.

—No digas esas cosas —pidió Josefa.

—Como si no las supieras —le contestó Milagros.

Los niños se habían quedado junto a la fuente. Daniel tenía en una mano la rama de un arbusto y la meneaba rascando el suelo sin dejar de recorrer a Emilia con la censura de su mirada.

—No me mires así —dijo ella.

—No te estoy mirando —le contestó Daniel riéndose con unos ojos distintos de los que la habían aterrado en su pesadilla.

—Ya sé que estoy horrible.

—No estás horrible, pero no puedes correr —dijo Daniel.

—Te gano —contestó Emilia.

—Gáname —retó Daniel echándose a correr.

Emilia corrió tras él como si no la estorbara la rigidez de sus crinolinas, lo siguió hasta el fondo del jardín y lo vio encaramarse por una escalera de palos hasta la mitad de un fresno enorme. Supo que con aquel vestido no podría ir más allá del segundo escalón. Se lo quitó. Abajo llevaba un fondo almidonado del que también se deshizo. Libre de trapos subió por la escalera.

Daniel no le dijo una palabra, pero tampoco dejó de mirarla mientras ella, todavía jadeante, se montaba sobre una rama y recargaba la espalda contra el tronco del árbol. Miró su cara sonrojada y brillante, miró sus piernas columpiándose, sus medias blancas hasta las rodillas, sus zapatos de moño yendo y viniendo como el colgante que hace sonar una campana.

—¿Cómo dice la canción? —preguntó.

—*El limón ha de ser verde/para que tiña morado/el amor para que dure/ha de ser disimulado* —cantó Emilia moviendo los pies como si bailara sentada en el aire.

Daniel siguió el ir y venir de sus piernas, dejándose tocar por un encanto parecido al que le provocaba ver su cometa cortando el aire. Lo hacía llegar muy alto y cuando estaba lejos, pero sujeto a él por la cuerda que lo reconocía como su dueño, se ponía a gritar de orgullo lo mismo que si también él anduviera en el cielo.

Emilia le notó algo de aquel vuelo y dejó de cantar para dedicarle una de sus más satisfechas sonrisas. Entonces, Daniel brincó a las escaleras y bajó del árbol como un gato perseguido por una escoba.

—Ahí te quedas —dijo volteando hacia arriba cuando llegó al suelo y recogió el vestido sobre el que habían caído sus pies.

Al final de la huerta, el doctor Cuenca había construido un estanque, poco antes de que su mujer muriera, en el que ella había sembrado unas truchas. Hasta allá corrió Daniel con el vestido de Emilia. Salvador, su hermano mayor, estaba cerca acompañado de un amigo, fumándose el cigarro que le habían robado a un visitante, y lo vio llegar como a la caterva de siempre.

Daniel en cambio ni los vio. Se detuvo un momento junto a la orilla antes de dejar caer todos aquellos olanes al agua. No sería ésa la mejor manera de evitar que su padre lo mandara cuanto antes a un internado, pero no pudo negarse el placer de mirar aquel vestido suspendido en el estanque como un barco con muchas velas, así que lo echó al aire y lo vio revolotear hasta que sus alas y la reverencia con que Josefa las había cosido se aposentaron sobre el agua. Un aire suave lo hizo girar sin hundirse, como si de verdad hubiera sido hecho para flotar igual que los barcos.

—Chamaco cabrón, ¿de quién es? —dijo Salvador festejándolo.

—Mío —gritó Emilia empujando a Daniel por la espalda para que fuera a flotar junto al vestido.

Ni Salvador ni su amigo la habían visto acercarse. Pero nada pudo divertirlos tanto como aquella niña gritona que había aparecido de pronto en paños menores, lo mismo que un conejo a medio pelar, para vengarse. Porque aunque Daniel hubiera ya sacado la cabeza para decir que estaba feliz dentro del agua, Salvador sabía reconocer muy bien lo que era el orgullo vulnerado de su hermano.

Él y su amigo se reían tanto mientras seguían echando humo, que Emilia dejó de celebrar su triunfo y recordó que no llevaba puesto el vestido. Sintió que la quemaban con su risa los muchachos mayores y no encontró mejor salida que saltar al estanque para esconder su confusión en el agua.

Así acabó el ensayo de aquella tarde.

Poco tiempo después, el doctor Cuenca decidió que Daniel debía dejar las sonrientes faldas de Milagros Veytia para obedecer de una vez por todas las normas de vida que le parecían necesarias a su padre.

Todavía pudo conseguir Milagros, tras el inteligente palique con que era capaz de alegar que su legitimidad como tutora le venía de las últimas palabras que María Esparza le había puesto en el oído, la anuencia del doctor para esperar. Lo convenció pidiéndole que lo dejara cerca al menos hasta concluir el siglo, y quién sabe qué cosa tocaría en su ánimo con tal súplica, pero el hecho fue que Daniel permaneció en la ciudad un año más, cerca de la voluntaria tía postiza cuyo rescoldo se le había vuelto imprescindible para salir bien librado de cuanta temeridad se le ocurría.

Sólo al empezar 1901 la cabeza alborotada y el acertijo que vivía en la risa de Daniel Cuenca fueron enviados al colegio para jóvenes que dirigía don Camilo Aberamen, un italiano riguroso, experto en formar el carácter de niños imposibles.

Para entonces Emilia y Daniel habían cambiado su litigio por complicidad. Pasaban las tardes del domingo trepando árboles, intercambiando las piedras que coleccionaban durante la semana, pateando el agua del estanque mientras se turnaban para rascarse la espalda. Esto último en cumplimiento de un contrato que había establecido Emilia para evitarse una desavenencia con su amigo.

Una tarde, mientras mojaban los pies con el ánimo de no curarse jamás la tos que compartían, Daniel le pidió que le rascara la nuca.

—¿Cuánto tiempo?

—Hasta que yo te diga.

—No —dijo Emilia—. Te rasco toda la espalda, pero cuento hasta sesenta y luego tú me rascas a mí.

A Daniel le había parecido justa la idea, y de aquella conversación se derivó un acuerdo.

El último domingo de aquel febrero, cada uno de los juegos tuvo el cuidado de un rito. El cambio de piedras duró menos tiempo que otras veces, porque Emilia no tuvo que exhibir una por una todas las ganancias de su colección para ver si con alguna convencía a Daniel de que le cambiara una piedra negra, brillante y tersa como la seda, a la que él llamaba su amuleto y que llevaba consigo a todas partes. La ponía bajo su almohada antes de dormirse y era lo primero que tocaba al despertar. La habían encontrado juntos una seca mañana de invierno en que Milagros los llevó a caminar junto a las aguas del río Atoyac. Emilia la había visto brillar entre las otras y había perdido el tiempo en señalarla mientras Daniel seguía su dedo con los ojos y se agachaba para ganársela.

—¡Es mía! —gritaron los dos al mismo tiempo, pero estaba en la mano de Daniel y ahí se quedó por varios meses de intercambios durante los cuales Emilia pasó de la condescendencia al chantaje sin lograr jamás nada.

—Abre la mano —dijo Daniel al empezar el intercambio de aquel domingo.

Emilia extendió su mano y sintió caer la piedra en el cuenco de su palma. El amuleto de Daniel brilló un segundo bajo el sol que palidecía.

—¿Estás seguro? —preguntó Emilia como si apretara un brillante entre sus dedos.

—Vamos al estanque —le contestó Daniel, al que desde niño le costaba trabajo exhibir su generosidad.

Metieron los pies al agua helada. Empezaron a moverlos asustando a los peces de la orilla.

—¿Te rasco la espalda? —preguntó Emilia.

—Hasta sesenta —le contestó Daniel.

Emilia empezó a recorrerle la espalda con sus dedos delgados, mientras contaba despacio como ninguna otra vez. Iba en el veinte cuando Daniel cruzó su brazo con el de ella y se puso a peregrinarle la espalda sin contar. Emilia se detuvo en el veintitrés y tampoco habló más. Estuvieron así un rato, sin aquietar los pies hasta que Emilia dejó caer su mano y se atrevió a decir:

—No quiero que te vayas.

—¿Y eso qué?

—Te prometo cuidar tu piedra.

—Ya es tuya —le contestó Daniel.

—¿Allá te vas a buscar otra?

—No. Allá no hay piedras —dijo Daniel sacando los pies del agua.

—¿Y niñas?

—Tampoco —dijo Daniel.

Caminaron rumbo a la casa con los zapatos en la mano y la tos de febrero en la garganta. Milagros Veytia había salido a encontrarlos y fingió un disgusto.

—Par de escuincles locos: ¿qué hacían con los pies en el agua? —dijo al encontrarlos.

—Despedirnos —contestó Emilia, que aprendió de su madre a contar sin recato las tribulaciones de su corazón.

Milagros los llevó a una recámara, les frotó los pies con alcohol, les preparó una infusión de yerbas olorosas y les contó uno de sus cuentos aventureros y heroicos. Cuando Josefa entró al cuarto para recuperar a su hija, encontró a Milagros presa de una extraña sonrisa, sentada al borde de una cama en la que dormían dos niños exhaustos.

—Te ayudo a cargarla —le dijo Milagros al verla mover despacio el cuerpo de Emilia.

—Que despierte y camine.

—Hoy no —dijo Milagros como si no hubiera otra autoridad que la de su voz. Y como si así fuera, Josefa la obedeció sin protestas.

Cuando salieron al corredor, Diego Sauri las vio caminar unidas por el cuerpo abandonado de su hija y una vez más ratificó su certidumbre de que las mujeres eran lo mejor que había en el mundo.

El lunes en la mañana el doctor Cuenca y su hijo menor emprendieron el viaje al internado en Chalchicomula. Sólo así, se decía el doctor Cuenca, haciéndolo vivir junto a su hermano, en un mundo planeado para educar hombres, se repondría Daniel del exceso de mimos que le había procurado la generosa pero inmoderada amiga de su mujer.

Milagros Veytia estuvo en cama una semana pretextando la gripe más atroz de su vida. Josefa la visitó el martes para prepararle una sopa y hacerla tomar las píldoras de *Drosera* y el jarabe de *Tolú* que mandaba su marido.

—Es absurdo —le dijo Milagros—, los niños se mojan y una se enferma—. Luego tosió dos veces y se puso a llorar su orfandad sobre las piernas de su hermana.

VI

Emilia empezó con un catarro tan escandaloso como el de Milagros y terminó con viruelas locas. Durante dos semanas, Josefa no pudo hacer más que bañarla con yerba mora varias veces al día y soportar las críticas que casi todo el mundo tuvo contra el método curativo inventado por Diego.

—¿Estaremos haciendo bien? —le preguntó a Diego una mañana en que el boticario leía el periódico *Regeneración* con la misma concentrada paciencia que hubiera puesto en estudiar la más novedosa receta médica.

—No. No creo que se logre.

—¿Crees que le quedarán muchas marcas?

—Ya está marcado por sus infamias.

—Diego, hablo de Emilia. De momento no me importa el destino del gobernador de Sonora.

—Es gobernador de Nuevo León.

—No me haces caso. Tendré que pedir trabajo en un periódico para que me oigas. Al *Imparcial* voy a ofrecerle mis servicios.

—No menciones ese periódico de porquería.

—Emilia tiene un aspecto lastimoso y a ti no te importa —le reprochó Josefa, que de sólo ver a su hija quería llorar. Su cuerpo era un territorio purulento. Le dolía la garganta, le picaba la espalda, sus facciones se deformaron con un montón de granitos blanquecinos.

—No te aflijas —le dijo su marido—. Dentro de doce días tendrá la piel de siempre.

Josefa lo escuchó escéptica.

—Nadie baña a sus hijos —dijo.

—Porque la medicina es una racionalidad imperfecta —le contestó Diego Sauri sin abandonar su periódico—. Todo el mundo cree tener la razón hasta que alguien enmienda la receta. Y las recetas médicas se enmiendan de a poco. Aún existen grandes eminencias practicando sangrías.

—Ahora los bárbaros parecemos nosotros.

—No importa —sentenció Diego—. Hacen más por la medicina quienes buscan que quienes concluyen.

—¿Dudas cuando me dices qué hacer con Emilia? —preguntó Josefa.

—El que no duda se equivoca dos veces —dijo Diego.

—Con que no la dejes marcada.

—Marcada no se queda con ninguno de los dos métodos. Sólo que el mío es más limpio.

Josefa asintió en el tono irónico que usaba cuando su marido concluía irrebatible algo que ella encontraba más bien incierto.

Una semana después, Emilia dejó las últimas costras en la tina del baño azul y pudo volver a la escuela que tras varias discusiones y muchas dudas le habían escogido sus papás.

—Todo menos meter a la niña con las monjas —había dicho el señor Sauri cuando hubo que pensar en la instrucción de su hija—. Ahí lo único que le enseñarían son rezos y de lo que se trata es de formar una criatura que se entienda con las antinomias del mundo moderno.

—¿A los siete años? —preguntó Josefa y se enfrascaron en un litigio que terminó con Emilia inscrita en el colegio de una solterona severa y puntillosa que guardaba consigo una historia de amores prohibidos.

Enseñaban catecismo en su colegio, pero los Sauri contrarrestaban esa información diciéndole a Emilia que era una teoría como cualquier otra, tan importante aunque tal vez menos certera que la teoría sobre los dioses múltiples que predicaba la cabeza de Milagros. Por eso Emilia creció escuchando que la madre de Jesús era una virgen que se multiplicaba en muchas vírgenes con muchos nombres, y que Eva fue la primera mujer, salida del costado de un hombre, culpable de cuantos males aquejan a la humanidad, al mismo tiempo en que sabía de la paciente diosa Ixchel, la feroz Coatlicue, la hermosa Venus, la bravía Diana y Lilith, la otra primera mujer, rebelde y sin castigos.

En las tardes, Josefa le enseñaba piano y pasión por las novelas, mientras Diego le hablaba sin juicio ni tregua de política, viajes y medicina. A los once años, el doctor Cuenca empezó a enseñarle cómo tocar el chelo. Era un maestro exigente y de poquísimas palabras, pero la niña aprendió a quererlo así, porque él la quería como a la hija que nunca había tenido.

Cuando llegó a Puebla el kinetoscopio de Edison, costaba treinta centavos una función que duraba medio minuto. Ahí se acercó Emilia por primera vez a la ilusión de conocer el mundo, que su padre le alimentaba sin tregua. El norte de África, San Petersburgo, Pompeya, Nápoles y Venecia, fueron algunos de los primeros lugares que sus ojos tocaron desde lejos, mientras oía la voz de Diego Sauri, infantil y cálida en mitad del silencio:

—Un día tienes que ir allá.

Al volver del jacalón de madera al que llamaban sala de cine, Josefa sentenciaba a su marido:

—Vas a convertir a Emilia en una insatisfecha permanente. Si la sigues llenado de imposibles crecerá como una planta de selva en mitad de un patio. No quiero que vuelvas a decirle que viajar es una forma de destino.

—¿Eso le digo?

—La inquietas de más. Yo tengo cuarenta años y no he salido del país. ¿Cómo va a hacer ella para ir a la tercera parte de los sitios en que le aseguras que estará?

—Ella vivirá toda su vida en otro siglo —contestó Diego acariciando con su voz el aire que imperaba en su casa.

Mientras Emilia iba creciendo cobijada por las libertades de ese aire, Daniel Cuenca aprendía el mundo bajo la tutela de don Camilo Aberamen, un hombre de formación anarquista que ponía toda la fuerza de sus creencias en educar a un grupo de muchachos elegidos por él entre los aspirantes a su remota escuela, justo por el temple que los recomendaba. Tenía la certeza de que la inteligencia crecía mejor en los niños de espíritu indómito. Y era su placer y su orgullo enseñarlos a tramar razones y a gobernar su emoción, sin perder la bravura. Con él aprendían lo mismo música que latín y estudiaban tantas horas de matemáticas como horas subían cerros y saltaban obstáculos entrenando sus cuerpos para batallar con la vida.

Sus alumnos salían de aquel colegio perdido en un pueblo polvoso en las faldas del volcán Citlaltépetl, los meses de diciembre y enero. Entonces Daniel volvía a la casa de su padre y a los juegos con Emilia.

Una de aquellas veces fueron juntos a conocer el mar.

Diego Sauri, Manuel Rivadeneira, las dos hermanas Veytia y Emilia tomaron el tren en la estación de Puebla. Por única vez en su vida Milagros había aceptado mostrar en público que un trozo de su libertad lo cedía a veces al poeta Rivadeneira: lo invitó al viaje en tren hasta la playa, después de largas discusiones con Josefa.

—Si lo invito, vas a querer que me case con él. Y no voy a correr ese peligro —dijo. Sin embargo, la mañana en que salía el tren, se presentó en casa de los Sauri acompañada por Rivadeneira y su inagotable erudición.

Manuel Rivadeneira era un hombre rico, de placeres sencillos. Disfrutó siempre todo lo que la vida le fue dando, sin pedir nunca más de lo que le tocaba. Con esa resignación había aceptado la negativa de Milagros a casarse con él, y con esa sabiduría había logrado quedarse junto a ella sin más explicaciones.

Vivía solo, pero tenía instantes de luz que ningún casado soñó jamás. Se encontraba con Milagros cuando ella quería. Así que nunca vio una mala cara, ni sintió la oscuridad del tedio cruzar por la sonrisa de la mujer que le llenaba la vida. Leía sin horario y vivía sin prisa. Su casa tenía un silencio de iglesia.

El tren arrancó haciendo un ruido que a Emilia le entibió la piel. Por primera vez emprendían un viaje de los mil que a diario ambicionaba su padre para ella.

Tres estaciones y casi dos horas después, llegaron a San Andrés Chalchicomula. Cuando el vagón en que viajaban cruzó despacio frente al andén, Emilia vio por la ventana la figura larga y la cabeza alborotada de su amigo. Tenía a sus pies la maleta de cuero con la que iba y volvía cada fin de año y sobre la cara una larga mecha de cabello cobrizo con la punta levantada. Al verlos aparecer, Daniel sacó de su bolsillo una flauta y se puso a tocar algo de su propia invención.

—A este niño se le nota la libertad en cuanto lo dejan suelto —dijo Milagros viéndolo desde la ventana con toda la complacencia de la madre que no era.

—Se nota que lo adoras —dijo Rivadeneira.

En cuanto se abrieron la puertas, Daniel irrumpió en el vagón haciendo más escándalo que una feria. Emilia le dio la bienvenida a gritos. Se abrazaron riéndose hasta rodar por el suelo y sólo cuando el movimiento volvió a sacudir el tren, Josefa logró acomodarlos en dos sillones contiguos dándoles unas barajas españolas y una bolsa con galletas para que se hicieran al ánimo de entrar en paz.

Jugaron brisca y discutieron hasta llegar a las cumbres de Maltrata. El tren subía una cuesta muy empinada y estaban rodeados de nubes. Caía una llovizna menuda sobre los cerros que perforaban la niebla. El valle por el que habían viajado un rato largo se convirtió en un acantilado por cuyas laderas a veces se suspendían cabañas y a veces giraban arroyos. Todo era verde o agua a su alrededor.

Anduvieron por ese paisaje hasta quedarse dormidos uno contra otro. Empezaban a sentir frío cuando un largo silbar de la máquina les anunció que habían llegado a Boca del Monte. Las puertas del vagón se abrieron de par en par y el tren quedó enfrente de una cabaña con la mesa servida y una gran lumbre de colores. Desde entonces, siempre que sentía frío, Emilia añoraba esa noche junto al fuego de la posada.

Al día siguiente, cuando llegaron a Veracruz para instalarse en el Hotel de México, justo en la playa del muelle, frente al primer mar de sus ojos, Emilia conoció el calor del trópico y el café en que sus padres se enamoraron de golpe y sin regreso.

Otras vacaciones, Milagros los hizo recorrer todo el estado de Puebla. Les enseñó el valle que según sus conocimientos habían gobernado en otro tiempo los designios del dios Xólotl, y les habló durante horas de los conocimientos astronómicos que cabían en la reverencia a un dios cuyo nombre quiere decir Caminante Celeste. También los llevó a Cholula, el centro religioso más importante del valle de Anáhuac, para que subieran la pirámide erigida en honor de Quetzalcóatl, el dios del aire.

—Era el dios inteligente y bueno, había enseñado a los hombres el arte de trabajar los metales, y el arte, más difícil aún, de gobernar a los pueblos. Cuando le hablaban de guerra se tapaba los oídos —les dijo Milagros Veytia mientras se acercaban al templo en un tranvía jalado por mulas.

Al llegar corrieron por la cuesta que sube a la punta de la pirámide hasta la iglesia que los españoles del siglo XVI plantaron encima del gran templo, sin ningún respeto por el dios con que los habían confundido los primeros habitantes de México.

—Españoles arbitrarios —dijo Daniel contemplando el paisaje sobre el que reinaba el atrio de la iglesia construida para la Virgen de los Remedios.

—Su religión y su tiempo eran los arbitrarios. Además, hijo, no conviene criticar a los antepasados —le dijo Milagros Veytia.

—Mis antepasados eran aztecas, no españoles —dijo Daniel.

—¿Por eso tienes nalgas de torero? No es como uno quiere, sino como es —dijo la tía.

—Y los aztecas también eran arbitrarios —afirmó Emilia. Tenía las mejillas ardiendo y el fleco húmedo rizándose contra su frente:

—¿Cuándo regresas al colegio? —preguntó.

—El martes —dijo Daniel pasándole un brazo por el hombro mientras caminaban hacia una mujer que vendía naranjas.

Ese domingo, por primera vez, Emilia encontró urgente pedirles algo a dos dioses al mismo tiempo. Sin embargo, ni Quetzalcóatl ni la señora de los Remedios pudieron ayudarla a evitar que el doctor Cuenca llevara a su hijo de regreso a Chalchicomula.

—Ya entiendo por qué ustedes no le rezan a ningún dios —les dijo a sus padres al poco tiempo.

—¿Ya? —le preguntó Josefa levantando la cabeza, que había perdido entre los hilos con los que bordaba una servilleta.

—De todos modos no conceden nada —dijo Emilia.

—La única que concede cosas es la vida —intervino Diego tras las hojas abiertas de su cuarto periódico del día—. Y es generosa. Muchas veces concede lo que no se le pide. Pero nunca nos basta.

—A mí me ha bastado —confesó Josefa.

—A ti porque naciste con luna llena —le dijo Diego.

—¿Yo con qué nací? —preguntó Emilia.

—Tú naciste con luz eléctrica —contestó su padre—. Quién sabe cuántas cosas vas a querer de la vida.

Los domingos extrañaba a Daniel más que los otros días. El jardín de los Cuenca se le hacía tan inmenso como era largo el tiempo.

A su amiga Sol García nunca la dejaban ir con ella a lo que en su familia llamaban tertulias de anarquistas. Así que mientras los adultos preveían la democracia, Emilia recorría la casa como un gato aburrido o se quedaba quieta en una silla de mimbre escuchándolos hablar de música y política. Se entretenía mirándolos desde lejos mientras ellos imaginaban y discutían el futuro como si dependiera de sus designios. Al hablar, Milagros movía las manos de un modo que a Emilia le resultaba elocuente de por sí. Verla desde el silencio era presenciar una danza memorable que sólo a ella le pertenecía y que se le quedó para siempre en el abismo donde uno acomoda sus mejores recuerdos.

Algunas veces, los Sauri llegaban tarde a las reuniones del doctor Cuenca, porque con la misma intensidad de sus pasiones republicanas, Diego cultivaba una irrebatible pasión por los toros que se propuso contagiarle a su hija. Ésa era tal vez una de sus escasas diferencias con Milagros su cuñada, quien no bajaba de carnicería lo que él exaltó siempre como un arte mayor.

Durante todo el siglo XIX, el asunto de los toros fue motivo de discusiones no sólo entre cónyuges y familiares, sino hasta en el Congreso. En 1867 el presidente Juárez prohibió lo que consideraba "una diversión bárbara, salvaje y estúpida que sólo podía agradarle a un gobierno despótico".

En ese punto Diego Sauri no estaba de acuerdo con aquel presidente al que llamaba en sus conversaciones "el implacable y buen señor Juárez". Así que cuando las corridas de toros se aprobaron en la Cámara, él fue uno de los primeros en celebrarlo.

Los Sauri habían conocido mucha gente inolvidable durante el largo itinerario en busca de yerbas medicinales al que llamaron su viaje de bodas. Su amistad con Ponciano Díaz, el primer torero mexicano de la época, se inició en aquel entonces, durante una pesada travesía entre Querétaro y Guadalajara. Cuando recibió la alternativa en la plaza de Puebla, el torero vivió y bebió unos días en la casa de sus amigos poblanos. Al poco tiempo se hizo famoso.

Ponciano Díaz era un hombre sencillo al que Emilia conoció una tarde en que su padre la llevó a los toros, vestida de china poblana y cargando un ramo de claveles más grande que ella.

A mitad de la corrida Diego bajó al ruedo con su hija y ella le entregó las flores a aquel hombre sudado y exhausto vestido de andaluz, a quien la autoridad de la plaza en Puebla había condecorado con una banda verde, blanca y roja igual a la que usan los presidentes de la república.

Emilia le dio los claveles con una sonrisa más bien tímida y Ponciano, que tras la niña descubrió a su amigo Diego Sauri, no tuvo mejor idea que cargarla y dar de vueltas con ella en brazos.

Le habían puesto una corona de laurel, tenía manchado el traje oscuro y olía a sangre como si él mismo fuera un toro lastimado.

Yo no quiero a Mazzantini
ni tampoco a Cuatro Dedos,
al que quiero es a Ponciano
que es el rey de los toreros

cantaba la gente para acompañar la danza de su torero preferido.

Cuando Ponciano la regresó al suelo después de besarla mientras felicitaba a Diego Sauri por su "hermosa vaquilla", Emilia vio su falda bordada de lentejuelas, sucia de sangre y tierra, miró a los tendidos en que la gente seguía gritando su delirio patrio por el primer torero mexicano y se encajó los dientes en la orilla de un labio para no ponerse a llorar. Desde entonces, la fiesta de los toros provocó en ella una mezcla de horror y entusiasmo que le costaba esconder.

Trece meses y dos días después, el famoso primer torero mexicano murió de lo que llamaron una afección hepática. Bien sabía Diego cuántos fueron los tragos que se la causaron.

Una multitud de fanáticos desfiló atribulada ante su féretro. Emilia entró al comedor cuando su padre leía la crónica sobre el entierro en uno de los periódicos que tenía extendidos sobre la mesa.

—Cómo es que no se muere mejor el otro Díaz —le oyó decir mientras una lágrima grande caía sobre su taza de café.

Porfirio Díaz llevaba entonces veinte años gobernando México. Veinte años durante los cuales pasó sin reparos de héroe republicano a dictador. Por eso mismo Diego Sauri lo había convertido en su enemigo personal.

Empezaba a iluminarse la mañana. Emilia sintió frío. Estaba descalza y medio desnuda.

—Me piqué con algo —dijo extendiendo su dedo para que Diego pudiera verle sangrar la yema del índice.

Su padre revisó la pequeña herida, la chupó y luego le dio un beso.

—¿Por qué me lames?

—La saliva desinfecta. Te picaste con algo.

—¿Con qué? Si estaba durmiendo.

—Tu mamá va a saber —dijo Diego cuando su mujer entró al comedor y tras besarlos estuvo de acuerdo en que la niña se había picado con algo.

—¿Con qué? —volvió a preguntar Emilia, aún estremecida por la sorpresa que la había despertado.

—Con algún alambre —le dijo su madre llevándosela a vestir.

—¿No sería tu amigo Ponciano? —le preguntó Emilia a Diego—. Dicen que los muertos regresan.

—Regresan, pero no así —contestó Diego Sauri. Luego volvió al fondo de los periódicos con todo y su alma.

A media mañana Josefa se presentó en el colegio para llevarse a Emilia. El punzón que le había herido el dedo era el diente de una rata encontrada bajo su cama.

En su casa, congregados en torno al animal que Diego logró guardar en una jaula, estaban el doctor Cuenca, Milagros Veytia y hasta el poeta Rivadeneira. Todos miraban al animal con el horror de quienes ven tras él a la peste bubónica y a la rabia, pero al entrar Emilia disimularon el pánico mientras ella saludaba enseñando su mordida a cada uno de los presentes.

El doctor Cuenca consideró que no podía saberse nada de momento, y los Sauri decidieron conservar a la rata en la casa para observarla durante ocho días. Diego puso la jaula en el patio trasero del primer piso y ahí la dejó correr su tiempo. A los diez días de observarla viva y sana, quedó claro que Emilia estaba a salvo de cualquier daño. Para entonces Diego y su hija habían trabado amistad con la rata y cada tarde posponían su ejecución para el día siguiente. Como al mes no se habló más de ejecutarla y la rata se volvió una invitada habitual, a la que Diego le bajaba zanahorias cada mañana y Emilia pasaba a visitar al volver de la escuela.

—Es un encanto ese animal —dijo Diego Sauri durante la comida de un jueves—. Hasta voy a creer que algo tiene de Ponciano.

—La gente no reencarna en animales. Uno se muere y ya —declaró Josefa.

—Y ya ¿qué? —preguntó Emilia.

—Y ya quién sabe, hija —le contestó Josefa con una tristeza que puso a temblar a Emilia.

—Mi tía Milagros dice que uno se convierte en árbol, Sol García dice que uno se va al cielo, la señorita Lagos dice que al infierno, en casa del doctor Cuenca creen que los espíritus se quedan en el aire y ustedes dicen que quién sabe.

—Eso decimos —aceptó Josefa—. Así que te aseguro que la rata no es Ponciano. Pobre hombre, tanto bregar para que lo quieran ver en un animal de porquería. Ya que se muera, Diego, dale algo.

—Le voy a bajar una copita de oporto —dijo Diego sirviéndose un brandy—. ¿Tú quieres una, Emilia?

—Tienen razón mis amigas —dijo Josefa—. La estamos haciendo una niña rara.

—Pobre criatura si la dejamos ser como las demás —dijo Diego.

—Soy como las demás. Sólo que ustedes son más raros que otros padres —opinó antes de levantarse con la copa de la rata en la mano—. Si se la toma fue torero, si no la envenenamos —dijo.

A la rata no le gustó el oporto, pero Diego se había encariñado tanto con ella que sólo aceptó sacarla de su casa quince meses después y para otorgarle la libertad.

Subidos en uno de los primeros autos de motor que circulaban por la ciudad, los Sauri la dejaron atrás muy temprano en busca del campo. La ceremonia de abandono cobró tanta importancia que iban como invitadas Milagros Veytia y Sol García. El auto era un préstamo a Diego de su amigo el poeta Rivadeneira, quien además de su pasión por Milagros Veytia tenía en su haber una fortuna menos inasible que aquella mujer ingrata y luminosa.

Todos formaban un cortejo, en el que prevalecía la tristeza, presidido por la contundente Josefa Veytia y Rugarcía, como llamaba Diego a su mujer cuando ella se daba la obligación de comportarse como el único miembro de la familia capaz de mantener la cabeza en su lugar.

Caminaban entre las flores lilas que pespuntean el campo en octubre. Diego llevaba la jaula con una mano y de la otra iba colgada Emilia, tarareando una cancioncita que su padre insistía en silbar de madrugada: *Agua quisiera yo ser a donde vas a bañarte*. Cruzaban un llano buscando el centro.

—Aquí ya está bien —decidió Josefa al poco rato de andar.

Diego Sauri se detuvo a poner la jaula en el suelo.

—Yo le abro —dijo Emilia agachándose para levantar el pestillo que abría la puertecita. Ni un segundo tardó la rata en salir corriendo a estrenar el campo en que se perdería.

—Adiós Ponciano —murmuró Diego cuando la vio desaparecer entre unos matorrales.

—Ponciano era más educado. Ésta ni las gracias dio —dijo Milagros.

—Tienes razón —aceptó Diego melancólico—. Ustedes las Veytia siempre tienen razón.

—Hasta cuando les creemos a los yucatecos —soltó Josefa que había sacado un mantel de la canasta y lo hacía volar contra el viento empeñada en colocarlo sobre el pasto sin una arruga. Cinco veces lo dejó caer y volvió a levantarlo porque no le gustaba cómo había quedado. La última lo abandonó como estaba para evitarse las burlas de su hermana en torno a su espíritu perfeccionista.

Sentada en el suelo, Milagros la vio trajinar hasta que hubo acomodado sobre el mantel platos, vasos, vino, queso, ensalada, pan, mantequilla y hasta un florero al que le clavó unas flores que le llevaron Emilia y Sol. Milagros detestaba los trabajos que la costumbre les había dado a las mujeres, le parecían suertes menores en las que miles de talentos mayores dejaban el ímpetu que debía ponerse en cosas más útiles.

Cada vez que la tomaba por ahí, su más ferviente interlocutor era nada menos que Diego. Así que

ambos pasaron esa tarde previendo un futuro luminoso para Emilia y las otras mujeres del planeta, mientras Josefa reía y las niñas corrían hasta perderse como
dos puntos en el paisaje y regresaban a jugar damas
chinas o darse el placer de irrumpir en la conversación de los adultos.

—Así está repartido el trabajo. Él pasa todo el
día en la botica y no se queja —oyó Emilia decir a su
madre mientras ponía queso en un pan.

—De acuerdo, hermana. Lo que no me pare-
ce es que Emilia vea tu actitud como algo ineludible
y natural. Porque será muy tu hija, pero es mi ahijada y ella puede tener otro futuro.

—Yo voy a trabajar en la botica —dijo Emilia
pasando cerca del grupo.

—Ella vivirá en otro siglo —sentenció Diego.

—Nosotros ya vivimos en otro siglo —dijo
Milagros encontrando un asidero para empezar otro
de sus discursos.

—Bendita seas cuñada, alguien que se dé
cuenta —dijo Diego. Luego dio un largo trago de
vino tinto.

—Llevamos cinco años dándonos cuenta. ¿Y
de qué ha servido? —preguntó Josefa.

—Entre otras cosas ha servido para que el
gobernador se reelija por tercera vez en nuestras narices —dijo Milagros.

—¿Eso qué cambia? —preguntó Josefa.

—Lo que no se ve hasta que se ve —dijo Diego.

—Tu marido puesto en filósofo —rió Milagros.

—Tú empezaste —acusó Josefa—. Con que no
sigan con los Flores Magón y eso de ir a visitarlos a
Canadá.

—No va a dar a tiempo. Ellos van a volver
antes.

—Los van a encerrar en cuanto lleguen —opinó Josefa.

—Avisarán su llegada con tiros, no con discursos —dijo Diego.

—No asustes a Josefa —pidió Milagros.

—Ni tú me protejas, hermana. Eso de la insurreción es una barbaridad. Va a fracasar. No entiendo por qué no lo entienden ustedes —dijo Josefa volviendo al discurso que no se cansaría de repetir: tener un Club Antirreleccionista era una cosa necesaria y correcta, pero convertirlo en un grupo de profesionistas con afán de justicia metidos a disparar, sería una barbaridad.

Oscurecía. Las niñas volvieron de su última expedición y entre todos guardaron los trastos en la canasta.

—¿Te caíste? —le preguntó Diego a Emilia.

—No —contestó la niña.

—Tienes sangre en la falda. ¿Ahora qué te mordió?

—Nada. ¿Dónde tengo la sangre?

—¿Dónde la ha de tener? —preguntó Milagros—. También para eso pasan los años.

—No lo digas, no lo digas —pidió Josefa mirando el tiempo en la falda de su hija, en la palidez de su cara infantil, en el asombro de sus ojos, en la prisa con que puso la mano entre sus piernas .

—¿Qué tengo? —preguntó Emilia que veía una respuesta en el gesto de los demás.

—La sangre de las mujeres —le dijo su amiga Sol que era un año mayor y hacía tiempo se había conformado con esa frase oscura y unos trapitos blancos para solucionar su pregunta de cada mes.

Diego Sauri se supo fuera de la conversación. Echó a andar hacia ese otro misterio que era el automóvil de su amigo y las dejó hablando entre ellas, bajo un cielo al que empezaban a brotarle tres luceros.

Al rato, las mujeres dieron por resuelto su cónclave. Empezaba a llover. Volvieron cantando. Milagros se hizo cargo de llevar la voz:

Santa Bárbara doncella/tú que fuiste estrella/ líbranos de un rayo y de una centella.

Josefa no hubiera podido decir una palabra más.

Durante la noche despertó varias veces a llorar el primer cambio de su privadísimo siglo XX.

—¿No te gustan los cambios del siglo? —le preguntó su marido.

—No —contestó ella con la cabeza escondida entre los brazos.

—Éste tampoco me gusta a mí —dijo Diego acariciándole la espalda.

VII

El siglo fue cambiando muchas cosas, no nada más en lugares que Emilia creía sólo vivos en la imaginación de su padre, como Panamá, donde se firmó un tratado con los Estados Unidos para hacer un canal que abriera en dos la cintura de América, o Inglaterra, donde tuvo a bien morir una reina cuya vida duró una eternidad, o Japón y Rusia, que se mantuvieron en guerra durante cuatro años, sino en México, el país cuyas noticias sacudían los desayunos de su casa, y en Puebla, la ciudad que aprendió a querer junto a los pasos de su madre y bajo la lengua inclemente de su tía.

Resguardadas por la costumbre de la paz, habían llegado al país más novedades de las que Diego Sauri hubiera podido imaginar. Veinte mil kilómetros de vías ferrocarrileras cruzaban frente a las minas y los campos sembrados de henequén, hortalizas y granos para la exportación. Yacimientos de oro, plata, cobre y zinc creaban pueblos de la noche a la mañana. Compañías inglesas y norteamericanas contendían por la fertilidad endemoniada de los pozos petroleros. Se multiplicaron las plantas de textiles, las fundidoras, las fábricas de papel, yute, glicerina, dinamita, cerveza, cemento, jabón. Todo esto a una velocidad incontenible que iba convocando catástrofes al tiempo en que florecía.

Por ahí de 1904, las tertulias en la casa del doctor Cuenca cedieron los espacios de inocencia musical y literaria que tuvieron alguna vez, a la discusión sin tregua de los desperfectos acarreados por la bonanza modernizadora y el autoritarismo del régimen que la prohijaba: los salarios compraban cada vez menos, el país se liaba sin remedio a los ires y venires de la economía estadounidense, el ferrocarril socorría el enriquecimiento de los más ricos, los mineros discriminaban la mano de obra de los mexicanos, el progreso de la república se daba en desorden y las reglas de la política estaban regidas por la improvisación y el capricho.

Los domingos en la noche, el poeta Rivadeneira volvía a la intimidad de sus diarios y reproducía, dueño de una memoria sin equívocos, cada una de las intervenciones que escuchaba. Sabía como nadie quién de los asistentes era más lúcido, quién más hábil, quién más bravucón, quién más valiente.

A mediados de 1907, registró las muestras de rabia y desolación provocadas por la noticia de una matanza de obreros en Cananea, una mina de cobre en el norte del país. La información, llevada a la tertulia por un hombre delgado y medio calvo, de ojos ardientes y voz firme, hijo de una empobrecida familia de fabricantes zapateros, llamado Aquiles Serdán, provocó desde gritos de furia hasta silencios de piedra.

Ya en su casa, Rivadeneira resumió lo sucedido, mientras esperaba que Milagros Veytia se metiera por fin en la cama que compartían cuando las noches eran avaras con el resto de su destino. El doctor Octavio Cuenca hizo esa tarde el mejor análisis de cuantos pudieron hacerse:

"Esta sociedad —dijo apesadumbrado—, que hace cincuenta años soñábamos republicana, democrática, igualitaria, racional, se nos entrega ahora gobernada por minorías, autoritaria, lenta, cerrada sobre sí misma, y cosida por sus peores tradiciones coloniales."

A fines de ese año, una comisión de poblanos obsequiosos tuvo la ocurrencia de hacerle un regalo al gobernador Mucio Martínez, el hombre que llevaba muchos años haciendo su voluntad sobre la gente y las tierras del estado.

Pensando en un regalo para quien parecía tenerlo todo, estos señores dieron con la idea de un gran álbum que agrupara el reconocimiento y las firmas de los hombres más importantes de la ciudad.

No faltaron ofrecidos dispuestos a buscar celebridades. Tampoco faltaron decenas de celebridades anuentes. ¿Quién que fuera dueño de algo, aunque sólo fuera prestigio, no iba a ponerlo a los pies de quien protegía su derecho a poseerlo?

Firmaron todos. Los dueños de latifundios que ni por tren podían recorrerse en un solo día, los dueños de las fábricas en las que los obreros trabajaban dieciocho horas diarias, los dueños de las tiendas y los honores. Todos los posibles firmantes, y hasta varios de los imposibles.

Al doctor Cuenca le llevaron el álbum cuando ya estaba repleto de bendiciones y firmas notables. Nadie podía desconfiar de un hombre tan austero y generoso, de un hombre con un diagnóstico tan preciso, de un hombre tan fino que le daba vergüenza cobrar por su trabajo, de un hombre cuya única rareza consistía en curar gratis a los pobres.

Diego Sauri llegó de visita con Emilia bajo el brazo, la tarde en que el doctor Cuenca revisaba sonriente las genuflexiones verbales de sus compatriotas.

—¿Qué le parece, mi amigo? —le preguntó el doctor Cuenca.

—Puras abyecciones —dijo Diego metiendo la nariz en el libro—. ¿Qué piensa usted hacer?

—Ya hice —contestó sin alardes el doctor.

Diego tomó el libro y empezó a hojearlo hasta encontrar la firma de su amigo: *Una sola herencia quiero dejarles a mis hijos: parálisis en la espalda ante el tirano.*

Diego sonrió pasándose la mano por la cara.

—Pero con su permiso voy a recortarlo. ¿No pensará usted meterse en un lío de este tamaño? Creo que no necesito recordarle quién es el gobernador.

—No —dijo el doctor Cuenca—. Pero vamos a dejar el mensaje. Hay placeres que uno no debe negarse. ¿Verdad hija? —le preguntó a Emilia.

Tres días después llegó la orden de aprehensión: una semana de cárcel por escandalizar borracho a las tres de la mañana.

—Usted no se ha emborrachado jamás —enfureció Diego Sauri.

—Pero no es mal argumento —dijo el doctor Cuenca—. La queja está firmada por tres vecinos. Despreocúpese, no me pasará nada. Ya ve cuántas veces entra y sale José Olmos y Contreras.

Olmos era director del diario *La voz de la Verdad,* y en efecto, Diego Sauri lo había visto entrar y salir de la cárcel como quien entra y sale de ejercicios espirituales: inmutable.

Igual que él salió el doctor Cuenca ocho días después. En la puerta de la cárcel, cerca de medianoche, lo esperaban sus amigos de cada domingo, lidereados por el boticario Sauri, las hermanas Veytia y Emilia muriéndose de sueño.

Desde entonces, el doctor y sus amigos quedaron registrados como peligrosos. Repentinamente, dos o tres amigos de amigos de amigos quisieron asistir a las tertulias, y como no hubiera sido posible negarles la entrada a personas que aparentaban tantísimo interés por el arte, la medicina y el trato con los espíritus de los que ahí se hablaba tanto, las reuniones de los domingos perdieron de una semana para la siguiente todo su contenido político y exageraron su vocación por el teatro, la música y otras artes. La primera y fundamental: el disimulo.

No se hablaba con frecuencia de los problemas sociales ni se hacían críticas al gobierno, todo parecía cosa de canción y poemas, pero todos los que debían saber algo lo sabían y cuanto secreto creció en ese mundo de conspiradores se guardó entre ellos como se guardan los tesoros.

Daniel Cuenca, que al terminar el bachillerato quiso estudiar leyes, acudía como su hermano Salvador a una universidad en el sur de los Estados Unidos. No había cumplido veinte años cuando empezó a viajar por Chihuahua y Sonora para conocer a los grupos de liberales dispuestos a levantarse contra Porfirio Díaz. Sin embargo, los domingos, de eso no se habló nunca una palabra en voz alta y todo se resolvía preguntándole al doctor por la salud de sus muchachos y el éxito que conseguían en sus estudios.

Entre semana, los tambores escondidos el domingo llamaban a guerra de boca en boca y de carta en carta.

Emilia los oía a veces a sus espaldas y a veces en el centro mismo de su despabilada y hermosa cabeza adolescente. Su fiesta de quince años se aprovechó para hacer en casa de los Sauri la primera reunión de un club antirreeleccionista. Tales agrupaciones, no sólo no estaban prohibidas, sino que abundaban como una muestra poco peligrosa de la voluntad democratizadora del gobierno. El cumpleaños de Emilia terminó entre vivas a la patria y mueras al autoritarismo.

—¿Algún día va a regresar ese estúpido? —le preguntó a Milagros, por ahí de las tres de la mañana, ya medio ebria del oporto que su padre servía como aderezo del jolgorio democratizador.

Al siguiente domingo, Emilia llegó a la casa de los Cuenca con sus padres y el chelo que había prometido tocar en público por primera vez.

Con los años, Milagros Veytia se había especializado en montar escenarios y dirigir espectáculos. Aquella tarde no dejó que su sobrina entrara a la sala por donde entraron los demás, sino que la hizo ir al jardín y brincar por una ventana escondida tras del telón.

—Así nadie te verá antes de tiempo.

—Pero si ya me tienen muy vista —alegó Emilia.

—No como vienes hoy —dijo la tía.

A Milagros, su sobrina le pareció siempre una criatura excepcional. Pero esa tarde la encontró como recién tocada por una gracia extraña y misteriosa. Había crecido bien. Seguía teniendo la perfecta nariz de su madre, aunque la varicela le había dejado ahí una pequeña marca de su paso. Milagros aseguraba que ese toque de imperfección la hacía aún más elocuente.

—Es tan perfecta que sugiere un equívoco —le dijo a Josefa cuando ella se la enseñó preocupada.

Los ojos que su padre le llevó de la costa eran oscuros y grandes como un enigma. Milagros elogió siempre los buenos huesos de su cara. Según decía su hermana Josefa, porque le daba placer mirarse en ellos. Emilia tenía, como Milagros, los pómulos salidos, la frente amplia, las cejas altas y precisas.

Cuando era niña, se auguraba que Emilia no sería muy alta. Para esas predicciones Milagros tenía un argumento irrefutable:

—Los perfumes nunca se han envasado en garrafas y los diamantes no alcanzan jamás el tamaño de un ladrillo.

Como si debiera inutilizar aquellos alegatos, entre los once y los quince años Emilia creció hasta ser un poco más alta que su tía.

—Ya deja de crecer —le dijo Milagros la tarde del concierto—, pareces una planta tropical.

—Ay tía —contestó Emilia encogiendo los hombros.

—Ay tía. ¿Qué respuesta es esa? Nunca des respuestas así. Es mejor callarse cuando no sabe uno qué decir.

Emilia empuñó el arco de su chelo y lo cruzó por las cuerdas. Un sonido corto y arisco le respondió a Milagros, que se había parado junto al telón y le hacía señas para que caminara hasta su silla en el centro del escenario.

—Ésa es una respuesta mejor —le secreteó antes de apagar la luz y dejarla en penumbras buscando la silla.

Por primera vez Emilia llevaba una falda larga. Su madre le había hecho un traje de seda clara, idéntico al que ilustraba la penúltima portada de *La Moda Elegante*.

—Todavía camina como niña —se dijo Milagros Veytia jalando los cordones con que movía su telón y encendiendo la luz para que comenzara el espectáculo.

Emilia no miró a quienes aplaudieron para recibirla como si estuviera en el centro de un teatro de ópera. Cerró los ojos y se puso a jugar con el Bach riguroso que le había aprendido al doctor Cuenca durante dos tardes a la semana en los últimos tres años.

Su público era un grupo de estrafalarios engarzado en el corazón de una ciudad que sólo reconocía las artes del dinero, que había olvidado entre guerras el afán de armonía que le dio origen, que murmuraba en la calle y le rezaba tras las puertas a un dios inmisericorde y analfabeta.

Su público forjaba los domingos una quimera audaz: los ángeles nunca bajaron del cielo a trazar las calles de la ciudad —la leyenda fue falsa, como siempre—; los ángeles nacían entre esas calles, sólo era cosa de verlos y de irlos educando para su alada y misteriosa profesión.

Dentro de aquel sueño latía sin remedio la solemnidad liberal del siglo XIX, pero también la convicción de todo buen poblano, por ilustrado y agnóstico que se dijera, de que no era posible regatearle a la ciudad el trato con aquellos que acompañaron su nombre hasta el día en que Ignacio Zaragoza venció al perfecto ejército francés en la batalla de Loreto y Guadalupe, el ardiente 5 de mayo de 1862.

Puebla era la Puebla de los ángeles. Si no los hubo nunca cruzando su cielo, era porque vivían en esa tierra. Al menos eso creían los hombres y mujeres que ese domingo le aplaudieron a Emilia Sauri como si ya fuera un ángel.

Emilia estaba acostumbrada a la calidez de aquel grupo, pero nunca supo escuchar sus aplausos sin algo de vergüenza. Apenas terminó, hizo una caravana y corrió a ocultarse tras la tela negra que Milagros Veytia había considerado una perfecta bambalina.

En el pequeño espacio entre esa tela y la puerta que daba al jardín, estaban escondidos y le aplaudían sin juntar las manos para no hacer ruido, los intérpretes de los siguientes números: el poeta Rivadeneira, en su carácter de maestro de ceremonias, un compositor con su guitarra y tres mujeres vestidas de tehuanas que bailarían acompañando su nueva canción, una cantante de ópera que andaba de trabajo en la ciudad y se dejó invitar a comer mole con ajonjolí a cambio de tres arias italianas, una pareja disfrazada para bailar el *Dúo de los paraguas* y una niña de ocho años que cantaba en náhuatl.

Entre ellos, atravesado justo en el camino de Emilia, estaba el gesto cómplice de un niño crecido que no era y era el Daniel de su memoria. Tenía la misma sonrisa, traía en sus ojos al mismo enredador, pero cuando la jaló hacia él con un abrazo y varias palabras aventurándose en su oído, el nuevo Daniel enhebró en las emociones de Emilia Sauri el terror a un intruso. Ella nunca había sentido el corazón latiéndole tan abajo.

—Hija, después saludas —susurró Milagros Veytia como si gritara—. Ahora sal a dar las gracias.

Emilia volvió al escenario y dio las gracias con unas caravanas largas y una sonrisa quieta.

—Tienes ojos de feria —le dijo Daniel cuando la tuvo cerca otra vez.

—¿Cuándo llegaste? —preguntó Emilia.

—No me había ido —contestó Daniel y se pasó los dedos de una mano por la frente y la cabeza.

Hacía tres años que no se veían y los dos habían cambiado, pero algo al mismo tiempo extraño y viejísimo tejió una trenza entre ellos.

—Emilia, sal otra vez —pidió la tía Milagros.

—Ya no quiero —le contestó Emilia acuclillándose mientras le mandaba una sonrisa enorme y negaba moviendo las manos de un lado a otro por si ella no podía oírla.

—Niña chirrisca —dijo Milagros en voz baja cerrando el telón y antes de dirigirse a un cantante para que tomara su lugar en el escenario.

Los claros sonidos de una música triste empezaron a salir de la guitarra esgrimida por un hombre que la tocaba tan de prisa que a veces sonaba como arpa. Emilia y Daniel habían apoyado una frente contra la otra para poder escucharse, y hablaban quedo bajo la voz dolorida y filosa que iba cortando el aire del salón.

No recordarían sus palabras, porque más que oírse estaban perdidos cada cual en cada uno. Daniel veía a Emilia con la sorpresa de quien descubre que un juguete ha mutado en diosa. Tenía los ojos vivos de la niña que él conoció, pero miraba con la destreza de una mujer y su boca se había convertido en un milagro que ambicionó para sí. Emilia no podía creer que los ojos de animal desafiante que tenía el Daniel de su infancia hubieran adquirido el lujo que los aclaraba. Le habían crecido las manos, tenía los dedos largos y se notaban sus venas latiendo bajo la piel. Había adelgazado, casi lucía cuerpo de hambriento y su piel asoleada tenía un aire de campo. De puro sentirlo cerca, Emilia se dejó llorar dos lágrimas típicas de su condición Sauri que odió con toda su condición Veytia.

—Llorona de azul celeste —le dijo Daniel repitiendo la canción que acompañaba su diálogo.

—Estúpido —le contestó Emilia mientras se levantaba de golpe.

—Llorona y majadera —canturreó Daniel yendo tras ella.

Emilia saltó por la ventana hacia el jardín. Él la siguió como antes.

—¿Ya no les tienes miedo a los fantasmas? —le preguntó al dar con ella en la penumbra de la huerta.

—Menos del que ahora me sacas tú —contestó Emilia dándole la espalda, pero sin moverse de junto a él.

—¿Me tienes miedo? —le preguntó apoyando los brazos sobre sus hombros.

—Sí —dijo Emilia hurgando en la oscuridad y sin voltear a verlo, pero asida como algo muy aprendido a los brazos que descansaban en ella.

—Volví para verte —se dejó decir Daniel.

Emilia seguía teniéndolo a sus espaldas. No quería mirarlo, pero tampoco podía impedirles a sus manos que lo apretaran, ni quiso correr de sus palabras. Se quedó quieta, escuchándolo como si oyera una caída de agua que iba dándole sosiego.

Qué le dijo no importó gran cosa, no se recuerdan nunca las palabras cuya suma nos convence. Una por una no las hubiéramos creído jamás.

Emilia le abrió la palma de una mano y se la llevó a la boca, la probó un rato con los labios y después le encajó una mordida con la que se tragó todo lo que no pudo contestarle a ese hablador que había estado lejos tanto tiempo.

—¿Habré perdido las mañas? —le preguntó dejándose abrazar.

Milagros Veytia se había echado a la oscuridad del jardín desde que le abrió la cortina al penúltimo número de su espectáculo, y buscaba a sus sobrinos como un tigre furioso.

Le gustaban las sombras y la humedad del jardín, pero ni eso la sosegó. El último número estaría a cargo de Daniel y cómo iba a salir ella con que andaba perdido.

Los vio desde lejos recargados contra un árbol y pensó que de no estar furiosa les confesaría que daba envidia verlos.

—¿Me pueden explicar por qué abandonan su deber? —les preguntó de lejos para que la oyeran acercarse—. A ti Danielito ¡qué rápido se te olvidó la revolución! Ayer ibas a incendiar el país y mira dónde has venido a poner toda tu lumbre. Y tú Emilia ¿cómo vas a explicarle a tu madre dónde encontraste el lodo que acarreas en el vestido? Vamos, muévanse de su atolondramiento que apenas alcanzamos a llegar a tiempo para el número de este diablo —dijo palmeando a Daniel.

—¿Qué va a hacer? —preguntó Emilia que no acertaba a imaginar si su amigo se había vuelto cantante o poeta en el tiempo que ella lo había perdido.

—Va a decir unas palabras —dijo la tía.

—¿Otras? —preguntó Emilia en voz baja.

Daniel y su hermano Salvador estaban en Puebla para asistir a una reunión clandestina de varios clubes antirreleccionistas. Volvían del norte llenos de información y cruzados por una rabia nueva. Dos semanas antes habían estado con Ricardo Flores Magón y otros mexicanos presos en California. Regresaron en tren. Cada tanto se detenían para conversar con otros líderes de inconformes. Un año antes, había fracasado un intento de revuelta armada contra el gobierno, pero a pesar de la cárcel y los muertos, no había dejado de promoverse una segunda. Esto último se podía decir frente al público heterogéneo de una velada como aquella, pero en el ánimo de despistar a los soplones y convencer a los indecisos informando vaguedades acerca de la democracia y sus urgencias, se creyó necesario un breve discurso a cargo de Daniel.

Emilia sólo encontró lugar en el suelo, junto a Milagros. Ahí se puso en cuclillas a mirar a Daniel más que a escucharlo. La encantaron sus piernas largas, su espalda delgada y sus hombros tensos. Le gustaba la voz que salía de su garganta y el hechizo que tenía entre los ojos.

Pausado y ceremonioso, Daniel empezó con unas palabras sobre la necesidad de un cambio en la organización social que hiciera posible reponer con sangre nueva la de tantos honrosos restos del pasado. Pero poco a poco, la sonrisa y los ojos de encanto con que Emilia lo miraba, lo llevaron a describir un país lastimado por la infamia y las acciones de los viejos chochos que lo tenían bajo su gobierno. Daniel se había hecho adulto bajo el influjo del anarcosindicalismo y las corrientes socialistas que tenían tomadas algunas aulas y muchos sindicatos en los Estados Unidos. Estaba lleno de fe y fiebre. Hablaba con la pasión de un soldado que invoca la batalla. Oyéndolo, Emilia se sintió fuera de aquel territorio y de verdad sintió el miedo que había dicho tener.

Apenas unos años antes habían ido en tren hasta Veracruz, con sus padres y la tía regañándolos cuando sacaban la cabeza por la ventana para oler el verde encendido de los cañaverales, apenas se habían correteado frente al primer mar que vieron sus ojos. Apenas hacía poco Emilia creía conocerlo tan bien como aún recordaba sus rodillas huesudas, sus manos empujándola al agua. Sin embargo, había pasado una eternidad.

¿Por qué los hombres crecían para volverse extraños, para que los tomara esa pasión por la política que a ella le daba tanto terror como a su madre? ¿Por qué lo estaba oyendo contar una tragedia sobre otra y en vez de taparse los oídos y correr a esconderse, seguía quieta y en calma como si aún lo escuchara junto al estanque contando sus hazañas de la semana?

Porque había vuelto, y eso parecía ser el único peso que reconocía su boca como una adivinanza haciendo crecer la euforia con que Daniel iba prediciendo un futuro justo, un país que aprendería de golpe y sin regreso el vértigo de la democracia.

Aún no había informado nada que no estuviera en los periódicos, nada que Emilia no le hubiera oído a su padre, pero todos le gritaban bravos, vivas, mueran, y sólo hubo silencio cuando Aquiles Serdán, el más radical de los líderes antirreleccionistas, tomó la palabra para reconocer en los muchachos Cuenca a unos militantes imprescindibles para la causa de la libertad.

Nada más a Emilia le disgustaron tantos elogios.

—De seguro la causa queda en otro sitio —le comentó a Milagros Veytia.

A su alrededor todo era un festejo. Los hombres y mujeres de cada domingo estaban aún más eufóricos que de costumbre. Muchos de ellos se acercaron para abrazarla y bendecir su música, para felicitar a sus padres por la hija que les había crecido como de repente, para decirles lo bonita que era y el arrobo que provocaba.

Olvidada del chelo y sus encantos, Emilia no quería saber nada sino cuánto tiempo iba a quedarse en la ciudad el mentiroso de Daniel.

—Dijo que había vuelto para verme —les contó a las hermanas Veytia.

—¿No te dio gusto? —le preguntó Josefa.

—Creí que volvía para quedarse.

—Imposible, hija. No se lo tomes a mal, ya tendrá tiempo para quedarse cuando cambien las cosas —le pidió Milagros.

—¿Y cuándo van a cambiar las cosas? —preguntó Emilia.

—No me pidas que adivine. Ese juego es especialidad de tu padre —dijo Milagros.

—¿Cuándo se va?

—Tendrá que ser rápido, pero no sé. Tú pregúntaselo.

—No lo quiero ver. Vámonos —le pidió a Josefa en un tono que desentonaba con el júbilo general.

Desde el centro mismo de la conversación que bullía en un grupo vecino al que hacían las tres mujeres, la voz de Diego Sauri, que siempre andaba oyendo dos cosas a la vez, salió para preguntarle a Emilia a dónde quería irse. No recibió respuesta. Su hija tenía los labios apretados y una luz de ira en los ojos con que lo miraba.

Diego estaba envuelto en el humo de un cigarro y antes de abandonar a su grupo de escuchas terminó su crítica al viejo presidente de la república: otro escondería sus atrocidades, éste las exhibe. *Restablecer el orden* llama a los crímenes de sus rurales. Y como si nada se larga con cuatro trenes llenos de basura a inaugurar más vías de tren. Y tú Emilia no inventes irte a ninguna parte, ven y déjame que te abrace. Estoy orgulloso de ti. Las mujeres como tú van a cambiar este país.

—¿De qué hablas, papá? —le preguntó Emilia cuyo humor no estaba para discursos.

—De ti —dijo acercándose a darle un beso—. ¿Qué te pasa? ¿No estás contenta? Tocaste muy bien, vino tu amigo Daniel, ¿por qué tienes cara de dolor de muelas?

—Daniel vino para volver a irse.

—¿Eso te pasa? —preguntó Diego olvidando a sus contertulios para dedicarse por completo a explicarle a su hija lo importante que estaba siendo el trabajo de Daniel en la frontera norte—. ¿No quieres tener un amigo que hace su deber?

—Quiero tener un amigo que no se vaya.

Diego escuchó lumbre en los labios de su hija. Nunca quiso enterarse de que iba creciendo y en ese momento, frente a la voz y los ojos que esgrimía, tuvo que aceptarla distinta y distante como una desconocida. Un dolor no imaginado le cruzó el ánimo: no eran la misma cosa. Para asirla, aunque fuera un rato más, como había sido, le pasó un brazo sobre los hombros y caminó con ella.

Fueron juntos hasta el estanque. Emilia no podía tener conversaciones largas en otro lugar de esa casa. Cuando su padre intentó hablarle después de abrazarla, ella lo fue llevando hacia aquel silencio.

Diego y su hija no habían conocido un desacuerdo en toda su vida. A ella le gustaba tanto su padre que no necesitó desafiarlo jamás. Siempre le parecía que la razón y las mejores ideas estaban de su parte y si en algo lo creía equivocado fue tan insignificante que nunca consideró necesario contradecirlo. Lo mismo le sucedía a Diego: encontraba a Emilia tan perfecta y adorable como el futuro que tanto le gustaba predecir.

En cuanto estuvieron cerca del estanque, Emilia se sacó del pecho un montón de agravios contra quienes pretendían que el futuro invocara un desorden y un cambio que ella no veía necesarios. Su voz hendía el jardín haciendo reclamos. Diego se había sentado sobre un tronco cerca del estanque y la escuchaba con la cabeza entre las manos.

—Tú y todos éstos quieren meterse a una guerra —dijo Emilia—. ¿Por qué te gusta que Daniel se vaya a ver si alguien lo mata? ¿Para tener otro por el que lamentarse? Otro que les sirva de pretexto para insultar al gobierno. Odio todo esto, al idiota de Daniel ya hasta lo hicieron sentirse importante. ¿Para qué lo van a mandar a Estados Unidos? ¿Para que lo encierren como a Flores Magón? Odio todo esto. Los odio a ustedes.

Josefa, que recorría el jardín buscándolos, oyó la voz de su hija llegar desde el fondo. Caminó entre los árboles y cuando estuvo cerca no pudo aguantarse las ganas de intervenir.

—Emilia ¿qué te pasa? —dijo acercándose como una aparición y dueña de una furia que no se conocía—. ¿De dónde te sacas las estupideces que estás diciendo?

—Del corazón —dijo Diego con la voz derrotada—. ¿No la estás oyendo?

—¡Muy mal, hija! —regañó Josefa—. Parece que tu papá habló en balde todos estos años. Tienes que pensar en quienes sufren este país.

—Y ¿quién piensa en mí? Ni a ustedes les importa lo que me pase —contestó Emilia.

—Estás diciendo tonterías —se aclaró Josefa—. Debe ser el cansancio. Mañana pensarás otra cosa, pero hoy pídele perdón a tu papá o no vas a tener ni derecho a cama.

—No la regañes Josefa, está triste y algo de razón puede que tenga. Ojalá y yo le pudiera guardar a Daniel en un ropero —dijo Diego levantándose del tronco. Movió las manos frente a su cara para espantarse el desánimo y caminó hacia su niña recién crecida.

—No me odies tontita. No ves que soy el único hombre en el mundo que te adorará siempre sin pedirte nada a cambio —dijo sacando de la bolsa de su viejísimo saco el pañuelo con su nombre que Emilia le había bordado durante la clase de costura el quinto año de primaria.

Emilia se lo agradeció encimando una media sonrisa a la tormenta que le corría por los ojos. Abrazó a su padre que empezó a cantarle despacio la canción de piratas con que lo arrullaba su abuela. No necesitó pedir perdón. Oyéndolo cantar, fue recuperando los pedazos de razón que le habían dado prestigio de prudente, fue llenando su cabeza y su corazón de cierto sosiego y aceptando lo que sabía desde que el doctor Cuenca estuvo en la cárcel: que el grupo de amigos al que pertenecía su familia, era un grupo de apóstatas, al que el gobierno consideraba su enemigo, sin más salida ni mejor destino que participar en la conspiración para derrocarlo.

Desde la casa llegó la voz de Daniel llamándola.

—¿Dónde andas? Ya me voy.

—Junto al estanque —le contestó Emilia sosegada como el mar cuando por fin acaban de atormentarlo los ciclones—. Ven.

—Al estanque no, porque tú empujas —le dijo Daniel caminando hasta ellos.

Llevaba puesto el abrigo y Diego lo notó ansioso.

—¿Tienes que irte ahora mismo? —le preguntó.

—Para mañana ya alguien habrá dicho que aquí estamos y de dónde dije que veníamos. Hablé de más.

—Ten cuidado —le dijo Diego.

Antes de irse tras su marido, Josefa le pidió un beso.

Daniel se había puesto un abrigo grueso, como el que usaban los soldados del ejército porfirista.

—Me lo consiguió la tía Milagros —le dijo a Emilia cuando sintió contra él su melena oscura.

—No salves a nadie que no se lo merezca —pidió Emilia hundiendo su cabeza bajo la solapa.

—¿Perdiste mi piedra? —preguntó Daniel.

—Está bajo mi almohada —contestó Emilia peinándole con los dedos el mechón que siempre le caía sobre la frente.

VIII

Acuérdate de mí una vez al día, las demás espántame —le pidió Daniel mientras le recorría el perfil con el dedo, como si quisiera llevárselo dibujado. Luego la soltó y se echó a correr.

Entrando a la casa encontró en su camino los ojos de Milagros Veytia. Le dio un abrazo.

—Me partes en dos, yo no tengo quince años —protestó Milagros.

—Convence a Emilia —dijo él guiñándole un ojo. Luego salió a encontrarse con su hermano.

Salvador Cuenca era cuatro años mayor que Daniel. Llevaba tres estudiando leyes en la Universidad de Chicago cuando su hermano llegó a inscribirse. Ambos compartieron desde entonces el arrebato por esa quimera que unos imaginaban como una gran revolución y otros como el mágico acceso a un nuevo régimen que les daría el derecho a elegir autoridades como en cualquier país que se dijera moderno.

Se parecían. Salvador también era desasido pero febril, de pocas palabras pero enfático, escurridizo y sonriente, de ímpetu fantasioso y educación estricta.

Aquella noche, mientras Daniel daba con Emilia y sus recuerdos buscando la certeza de que tenía un asidero que al mismo tiempo lo hacía vulnerable, Salvador descubrió a Sol García. Vio su figura entre las sombras cuando ella se levantó a gritarle vivas tras su concierto. Luego, al prenderse la luz del escenario, la miró unos segundos a medio alumbrar y sintió que nadie le había parecido más luminoso en toda su vida.

Tras el discurso de Daniel, el candil de la sala se la mostró completa y quiso ir hacia ella como algo natural.

—Me llamo Salvador Cuenca —le dijo extendiendo la mano—. ¿Y usted?

—Soledad García y García —dijo Sol abriendo una sonrisa perfecta—. ¿Tú eres hermano de Daniel?

—Él es hermano mío —dijo Salvador.

—Yo soy como hermana de Emilia —explicó Sol.

—¿Y de dónde les sale la hermandad? —preguntó Salvador.

—De las ganas —dijo Sol.

—No creo que haya un lugar más legítimo —contestó Salvador—. ¿Tú dónde vives? ¿En el cielo?

—Aquí en Puebla —dijo Sol.

—¿Por qué nunca te había visto?

—Vivo en otra Puebla —explicó.

—¿En cuál? —preguntó Salvador extendiendo un brazo para invitarla a sentarse en un sillón cercano.

Atraída por el imán que la hacía colocarse siempre en medio de las situaciones difíciles, Milagros Veytia se acercó a sugerirle a Sol que ella hiciera las preguntas.

—¿Dónde vives tú? —preguntó Sol contenta de no haber tenido que explicar el mundo en que vivía.

—En Chicago. Ya lo informó Daniel, que no se puede quedar con los secretos —dijo Salvador y se soltó a contar las dificultades por las que habían atravesado para volver, por cuán poco tiempo podrían quedarse, cómo veía él las cosas en el país, cuánta falta hacía una organización que agrupara el trabajo de los inconformes con la dictadura y todo lo que tenía entre ceja y ceja de una mañana a la siguiente.

Sol lo escuchó con tal avidez que Salvador quiso contarle todas las cosas que hacía además de estudiar. Terminó hablando hasta de lo que se le atoraba en la lengua frente a la mayoría de la gente, hasta de sí mismo y sus ambiciones para después, para cuando la dictadura hubiera desaparecido y las personas como él pudieran vivir con la conciencia en paz y el futuro como algo menos incierto.

Cuando el doctor Cuenca le avisó que debían irse a la junta en casa de los Serdán, Salvador no quería desprenderse de aquella escucha. Extendió con tristeza una mano firme y recibió a cambio la suave mano de Sol y el claro de sus ojos sin decir nada. Siempre fue tímida, pero nunca se había sentido tan incapaz de hablar.

—Me dicen Sol —dijo por fin—. Sol con un solo García.

—Muchas gracias Doña Sol. No se haga de dos maridos —pidió Salvador al despedirse esgrimiendo la sonrisa ladeada de los Cuenca.

Cuando Sol nació sus padres discutieron tanto y con tantas personas cómo llamarla que a la hora del bautizo todavía no habían logrado ponerse de acuerdo, y para que no hubiera ni problemas entre ellos, ni resentimientos familiares, ni carencias, le dieron al cura parroquial una lista de nombres que el sacerdote derramó sobre su cabeza junto con el agua bendita de la pila y con la misma solemne irresponsabilidad de quien tenía la costumbre de cometer barbaridades cada vez que trataba con ese sacramento.

Fue así como aquella inocente acabó llamándose de golpe María de la Soledad Casilda de la Virgen de Guadalupe de los Sagrados Corazones de Jesús y de María.

Con esa letanía se le dio gusto a su padre, que consideraba Soledad un nombre sonoro y contundente digno de acompañar sin más el cuerpo de su hija, a su abuela materna empeñada en ponerle a la niña el mismo nombre duro con el que ella vivía, a su madre que como toda mexicana con riesgos en el presente y temblor ante el futuro acudía para todo asunto a la dulce y muda presencia de la Virgen de Guadalupe, y a su abuela paterna que no era muy dada a tratar con los santos porque consideraba torpe meterse a pedirle algo a gente que por muchos méritos que tuviera no tenía ni de chiste el poder de los iluminados corazones de María y Jesús que, como cualquiera debía saber, eran importantes miembros del poderío central. Porque no en balde Jesús formaba parte de la Santísima Trinidad y María era su madre.

Total, de todo ese barullo resultó que la niña creció con dos nombres. El que le puso su padre y el que le dio su madre con aquella su vocación de quedar bien con todo el mundo, incluidas las dos partes en que su cabeza siempre acababa dividiendo el mundo para no tener que elegir demasiado: María José le dijo, desde que la tuvo entre sus brazos al volver de la ceremonia hasta que la niña cumplió siete años y enfrentó su fe de bautismo, cuando la llevaron a inscribir al colegio. Entonces supo que su primer nombre era Soledad y que estaba sola frente a eso y la rigidez de las monjas que así la llamaban.

Por ese tiempo, Evelia García de García, su madre, una mujer a quien la paciencia de Josefa mantenía como amiga más por serle fiel a la mutua infancia en que se quisieron, que por cualquier otro interés o afinidad, empezó a llevarla de visita a la casa de los Sauri. Emilia fue la primera en llamarla Sol.

No se le olvidaría nunca. Estaba sentada junto a su madre en un sillón acolchonado de los que Josefa Sauri tenía en su sala contra todas las leyes de la elegancia tradicional y a favor de la paz y el descanso de quienes la frecuentaban, cuando llegó del jardín, chapeada y brillante, una niña dos años menor que desde el primer día se hizo cargo de ella como si fuera la mayor.

—¿Invitas a Soledad a jugar contigo? —le había pedido Josefa al verla entrar.

—Ven Sol. Te enseño mis tesoros —dijo Emilia sin más trámite.

Se hicieron amigas esa tarde y habían crecido buscándose, adivinando que una tenía lo que a otra le faltaba y que no había mejor manera de sentirse completas que andar juntas. Con el tiempo aprendieron tanto una de la otra que a primera vista eran menos profundas sus diferencias. Sólo ellas sabían que en momentos extremos, cada una era cada cual de la misma intensa y remota manera.

Por eso, cuando Salvador la dejó sin saber qué decirse de aquella conversación, y tras él vio pasar a Daniel corriendo, Sol buscó a su amiga y supo sin haber estado nunca ahí que la encontraría en el jardín.

Emilia seguía sentada cerca del estanque. Empezaba a caer una lluvia de gotas pequeñas.

—¿Estás llorando? —le preguntó Sol agachándose para mirar de cerca su cara.

—Ya voy a terminar —dijo Emilia sacando de su bolso un pañuelo delgado de los que llegaban de Holanda. Luego abrazó a su amiga un largo rato. Sol la recibió sin hablar y estuvieron así hasta que las dos empezaron a mecerse.

Emilia había dejado de llorar y silbaba una cancioncita que iba marcando el ritmo con que bailaban abrazadas como dos osos.

—Conocí a Salvador —dijo Sol.

—¿Te gustó? —preguntó Emilia interrumpiendo su música.

—Sí —le contestó Sol.

—Pobre de ti —dijo Emilia y retomó el silbido donde lo había dejado pendiente.

Abrazadas y silbando las encontró Josefa Sauri cuando salió a buscarlas. Había terminado de ayudar a su hermana para que la casa de los Cuenca no quedara hecha un caos.

—Están empapadas —les dijo.

—Lo de menos es lo de afuera tía Josefa —le contestó Sol que estaba por completo al tanto de la discrepancia entre la madre y la hija y se proponía suavizarla.

—Pobrecitas. Vengan, vamos a ver si podemos dormir.

—Nadie duerme cuando lleva a cuestas la fantasía de la revolución —dijo Milagros Veytia acercándose.

—¿Ya te dijo Sol que deslumbró a Salvador? —le preguntó a Emilia.

—Es incapaz —contestó Emilia.

—Pero si yo la vi.

—Incapaz de decirlo —explicó Emilia.

—¿Y a ti qué te pareció él? —quiso saber Josefa—. Tu mamá diría que es muy mal partido.

—Entonces ¿qué crees que me pareció?

—El hombre ideal —dijo Emilia.

—Casi —dijo Sol—. Por suerte, tardará tanto en regresar que para entonces estaré casada.

—¿Con quién? —preguntó Emilia.

—Con alguno —contestó Sol en el tono que usaba para hablar de los inabordables designios de su madre.

—Eso si tú quieres —dijo Milagros Veytia.

—Voy a querer —le contestó Sol, como si adivinara el futuro.

—Por lo pronto vámonos o no vuelves a salir con nosotras —pidió Josefa viendo el reloj de la Waterbury Company que movía su péndulo en la sala de los Cuenca.

La buena pero poco ingeniosa Evelia García, como la calificaba Milagros Veytia, y su intachable pero colérico marido, como lo llamaba la propia Evelia, esperaban a su hija detenidos en la puerta de su casa frente a la Plazuela del Carmen.

Eran las diez y cuarto de la noche cuando las cuatro mujeres llegaron ahí en el auto que Rivadeneira les había prestado.

En cuanto las tuvo cerca pero aún con el coche andando, el señor García empezó a gritar. Sin que mediara mayor trámite calificó de inmorales a las Veytia y a la gente con que ellas se reunían los domingos y le reprochó a su hija lo que él consideraba un acto de libertinaje que manchaba la honra de su apellido y ponía en riesgo su condición de mujer decente.

—Pero si le traemos a su prenda más cuidada que nunca —gruñó Milagros cuando terminó de estacionarse.

—Mejor no hables Milagros —le pidió Josefa al ver el gesto de los García. Y saltando del coche con una destreza inusitada se disculpó por la tardanza.

—A ustedes no hay nada que perdonarles, ya las conocemos —dijo el señor García, que tenía a su mujer paralizada de terror—. ¿A qué horas vas a bajarte Soledad? —preguntó.

—Cuando a usted se le haya aquietado el tono de voz —dijo Milagros Veytia.

—A mí no tiene por qué bajárseme ningún tono, señora —dijo el señor García—. Soledad es mi hija y yo mando en ella. Por fortuna no me tocó ser padre de ustedes.

—Dice usted bien, la vida nos salvó de esa desgracia —dijo Milagros.

—Deje bajar a mi hija si no quiere que le diga al gobierno a qué dedican sus reuniones —contestó el señor García.

Sol iba sentada justo atrás de Milagros y en voz baja le pidió que la dejara salir.

—Como ve usted, la niña quiere bajarse —le dijo Milagros al señor García—. Lo mismo pasó en la reunión de la que venimos. Ella hubiera querido salir antes, pero no la dejábamos. Nos parecía necesario que usted se diera cuenta de que a cualquier hora está a salvo si la protegemos nosotras —agregó.

—¿Acepta usted que había peligros? —preguntó el señor García.

—Sí —dijo Milagros—. Incluido el de la policía. Cualquier peligro de los que usted se imagina.

—Yo no imagino, señora.

—Perdóneme. Debí suponer que un hombre como usted no tiene ese vicio —dijo Milagros abriendo la puerta y bajándose para dejar salir a Sol. Se había puesto para esa tarde uno de sus más vistosos huipiles, y se veía tan imponente con aquella ropa que apenas estuvo abajo suavizó incluso al aire que la rodeaba. La elegancia de su cuerpo en medio de tantos bordados pareció atemperar también al señor García.

—Después de todo no le pasó nada —dijo el hombre revisando a su hija mientras intentaba imaginar, quizás por primera vez, de qué demonios estaba hecha Milagros Veytia. Cambió de tono.

—En alguna otra parte habrá un hombre preocupado por ustedes. ¿Qué me dices de tu marido, Josefa? —preguntó tratando de que se olvidara su grosería.

—Su marido es un hombre de criterio bien formado —dijo Milagros dando la vuelta para subirse al coche que arrancó haciendo un escándalo de guerra.

Anselmo García había pasado la mañana en su rancho viendo cómo marcaban a las reses con la gran G de su apellido. Era tarde para sus horarios y la cólera le había quitado las energías que le quedaban. Por ventura para las mujeres de su familia, estaba exhausto, tenía sueño y entró en la casa sin decir una palabra.

—Pobre de tu amiga —dijo Milagros Veytia rumbo a casa de su hermana—, debe ser agotador vivir con un hombre así. Y mira que llamarlo "mi cielo". ¿Te puedes imaginar la idea que tiene del infierno? Con razón le teme tanto a condenarse.

—Le tiene miedo a todo. Te lo he dicho mil veces —contestó Josefa—. Y el miedo aturde. Yo creo que el miedo mata más gente que el valor.

—Pero se siente y ¿qué hace uno? —preguntó Emilia.

—No dejarse vencer. El que nunca siente miedo es un suicida, pero el que sólo sabe sentir miedo es otro.

—Pues yo ahora sólo tengo miedo —dijo Emilia.

—Estás cansada. Mañana te sentirás valiente —le prometió su madre para consolarla—. Te quedas a dormir, ¿verdad Milagros?

—Si hago falta —contestó Milagros.

—Siempre haces falta —le aseguró Josefa. Diego no había llegado todavía de la junta clandestina y ella se propuso acordarse bien de sus opiniones sobre el miedo para poder dormir.

Dos horas después lo escuchó subir las escaleras. Un escándalo anunció su llegada porque al entrar tropezó con el largo cilindro de tela relleno de arena que ella ponía contra la puerta del pasillo, para que no se colara el aire hasta su cama.

—Ya estoy en la edad que resiente los chiflones —había dicho Josefa al colocarlo ahí tres meses antes. Los mismos tres meses que Diego había pasado protestando contra lo que llamó un ridículo artefacto propio del altiplano.

Cuando lo escuchó caer, Josefa corrió hasta él sin ponerse la bata ni pensar en los peligros de chiflón alguno.

—¿Sobreviviste? —le preguntó al verlo en el suelo, guardándose una colección de improperios con la cabeza bajo los brazos.

—¿Qué es lo que pasa? —preguntó Milagros saliendo al pasillo para encontrarse a su hermana echada sobre el cuerpo de Diego y hablándole al oído.

Tembló. En un segundo le cupieron muchas preguntas: ¿lo venían persiguiendo? ¿Le habían disparado? ¿Estaría muerto? Maldita fuera la santa idea de la revolución. ¿Para qué se habrían metido ellos donde nadie los llamaba?

—Se tropezó con el rodapiés que puse tras la puerta —explicó Josefa respondiendo a la pregunta que su hermana había hecho en voz alta y de paso a todas las que había recitado para sus adentros.

"Esto va a conducir a un pleito conyugal que no quiero presenciar", se dijo Milagros dando la vuelta tras hacerle a su hermana una seña con las manos, para enviarle su complicidad.

—¿Por qué discuten? —le preguntó Emilia somnolienta cuando la vio entrar de regreso a la recámara que compartían algunas veces.

—Nada grave, se cayó tu papá —le contestó Milagros. Pero aún no lograba reponerse de la sensación de catástrofe que le había provocado su imaginación.

—¿Qué?

—Se tropezó al entrar, pero está vivo —dijo Milagros—. Sabes, hija, yo también le tengo miedo a la revolución.

Emilia estaba acostumbrada a que Milagros hablara dormida, pero no a que dijera incongruencias mientras deambulaba por la recámara con su larga bata clara haciéndola parecer un fantasma. Así que en cuanto se creyó despierta del todo, se levantó y fue al pasillo a ver qué sucedía.

Para entonces Diego Sauri se había sentado en el suelo y Josefa hablaba de prisa pidiéndole disculpas.

—¿Qué te pasó mi amor, mi corazón, mi luz, mi torero, mi tesoro? —dijo Emilia acercándose a su padre.

—Venía pensando en ti y se me olvidó pensar en las trampas que me pone tu madre —le contestó Diego dejándose querer por su hija.

—¿No será que te preocupó de más la junta esa? —preguntó Josefa que de repente dejó de sentirse malhechora y decidió echarle la culpa de todo a la reunión en casa de los Serdán—. ¿Por qué tienen que verse a media noche? Esos tipos son unos encaminadores. Como la junta es en su casa no corren el peligro de salir a estas horas a caminar por la ciudad como si fuera lógico.

—En Madrid a estas horas la gente anda cantando por los callejones. Lo que pasa es que esta ciudad es recatada y tediosa como una iglesia —dijo Diego Sauri levantándose.

—No empieces, Diego, que vives aquí porque quieres. En tu tierra ya te hubieran comido los piratas, los mayas o los federales —se defendió Josefa, que consideraba los ataques a la ciudad como insultos a su estirpe.

—Los federales nos van a comer a todos en alguna parte —dijo Milagros volviendo a salir de la recámara.

—¿Por qué? —preguntó Emilia.

—No le hagas caso a tu tía, ya sabes cómo exagera —pidió Josefa.

—¿Por qué la engañas? —indagó Milagros—. Si nos vamos a meter en esto, que lo sepa la niña que ya no es tan niña.

—¿A qué llamas "esto", Milagros? —preguntó Josefa.

—A estar en contra de la dictadura, a tener amigos que trabajan para hacerle la guerra, a saber dónde están escondidos los exiliados políticos y cuántas armas consiguen sus partidarios —dijo Milagros.

Emilia los oía con los ojos creciéndole en la curiosidad. Ya le había dicho Daniel algunas cosas. Había presentido un peligro en que él se fuera, pero no se le había ocurrido pensar que la paz de su casa podría perturbarse.

—Tiene razón, Milagros —aceptó Diego—. ¿Cómo andas de sueño, Emilia? Te ves despierta como ardilla. Ven, vamos a platicar lejos del chiflón que puede matar a tu mamá.

—Ves cómo sí hay chiflón —dijo su mujer ayudándolo a levantarse y caminando con él hasta la estancia en el centro de la casa.

Después fue a la cocina a preparar un agua de azahares que pusiera en orden el estómago de toda la familia, y se instaló con él como auxilio en la conversación.

Eran más de las dos cuando Emilia regresó a su cama.

—Habrá que espantarse el miedo —le dijo a Milagros que aún estaba de pie dando vueltas por el cuarto.

—Nada le va a pasar a tu Daniel —aseguró Milagros sentándose junto a ella.

—Que te pudiera oír la diosa Ixchel —dijo Emilia.

—Ya me está oyendo —le contestó Milagros metiéndose por fin entre las sábanas.

La mañana del día siguiente sorprendió tarde a Josefa que desde siempre tenía la responsabilidad oficial de hacer las veces de un reloj. Eran casi las ocho cuando despertó con el ruido de protesta que hacían los pájaros del corredor, acostumbrados a la puntualidad cotidiana con que ella les quitaba las capas a sus jaulas. Como los pájaros, Emilia y Diego amanecieron también protestando por lo tarde que los había despabilado.

Emilia se fue a la escuela con una trenza a medio cepillar y la raya de la sábana aún marcada en una de sus mejillas. Diego abrió la botica sin haber preparado el jarabe de Ruibarbo y el vino de Peptona que tenía como encargos desde el sábado anterior. Sólo Milagros había desaparecido con el alba. Porque así era ella, olía la madrugada y se le abrían los ojos y el camino de las obsesiones.

Sin embargo, pensó Josefa mientras alborotaba en el aire las sábanas de su cama, a pesar del desbarajuste con que empezó el día, todo estaba más claro después de la conversación de media noche, y no había nada que temer aparte de lo imprevisto.

—Claro que en estos casos, lo imprevisto es justo lo que uno supone que debió prever —le dijo Milagros cuando se encontró con ella al regresar del mercado.

—Por eso te quiero, hermana —sonrió Josefa—, por la delicadeza con que me arruinas la vida.

—Te pongo en la realidad, Josefa, pero tú no vas a salir nunca de las novelas. Hago esfuerzos inútiles, todo lo quieres ver color de rosa.

—Las novelas están llenas de catástrofes —defendió Josefa.

—Entonces no te quejes de la realidad —contestó Milagros.

IX

Durante los siguientes años, Josefa Veytia se volvió tan asidua lectora de los periódicos como lo fue siempre su marido. Todos los días el recuento de lo que iba sucediéndole al país la mantenía en vilo igual que una novela por entregas de aquellas que la hacían despertar a media noche tratando de imaginarse lo que seguiría.

Su pasión por los escritores y sus ocurrencias se redujo frente a las historias que la realidad le iba regalando cada mañana. Leía tantos periódicos como Diego y les dedicaba aún más tiempo. Se conocía como las tablas de multiplicar quién quería qué y quién vaticinaba qué, quién buscaba o quiénes se oponían a la octava reelección del dictador que en sus recuerdos era el héroe de muchas batallas importantes, y en su juicio había estado siempre como el único hombre que logró conseguir un largo periodo de tranquilidad desde que no sólo ella sino sus padres nacieron en el aguerrido país del siglo XIX.

Sin embargo, de tanto leer los elogios que a diario le hacían en los periódicos los favorecidos con su régimen y enfrentarlos a las docenas de folletos clandestinos que informaban de las arbitrariedades que se permitían en todo el país, y en el caso de Puebla de la perversión del gobernador al que respaldaba desde hacía varios lustros, Josefa dejó de llamarlo *don Porfirio* y se convirtió en otra militante de la causa antirreleccionista.

Hasta entonces se dio cuenta Diego de lo benéficas que habían sido siempre las treguas de sus conversaciones con Josefa: cuando las vio perdidas y ella empezó a parecer otro de sus compañeros de causa. Su mujer sólo quería hablar de las posibilidades electorales que tenía el señor Madero, del Club Central Antirreleccionista y de lo que le parecía cada uno de los folletos y libros que fueron apareciendo.

—Ya no sé qué cosa es peor —se lamentó Diego Sauri un miércoles durante la comida—, si el mutismo de antes o esta logorrea dominante. Desde que el viejo declaró que está listo para la democracia, toda murmuración se convierte en folleto y cualquier delirio se vuelve libro.

—¿Quién te entiende, Diego? ¿No estabas siempre quejándote del silencio temeroso que dominaba al país? —le preguntó Josefa.

—Sí, pero también la ingenuidad invita al tedio. ¿Quién puede creer que la candidatura de Madero y su sueños espiritistas van a servir de algo?

—Yo —afirmó Josefa—. Yo que no quiero una guerra y que estoy tan harta como tú de esta paz.

—Antes te gustaba la paz —dijo Diego.

—Me sigue gustando. Por eso soy partidaria de Madero, porque tiene cara y actitud de paz.

—Pues ni tú ni él van a llegar a ninguna parte.

—Ya estás de pesimista, papá —opinó Emilia que se había vuelto una escucha implacable.

—Hija, lo que hago es ver, es lo que he hecho siempre con más gusto —dijo Diego.

—Me ofendo si vuelves a decir eso —coqueteó Josefa levantando la cabeza de los periódicos que leía en las tardes.

—Vanidosa —le contestó Diego mordiendo la punta de su gran cigarro.

—Vanidoso tú que caminas con la verdad y el desencanto por todas partes.

—Josefa, yo he reconocido siempre el talento con que puedes adivinar la trama de una novela, pero esto es distinto, no lo rige la lógica de la literatura en que tú eres experta: Madero va a perder.

—Milagros opina lo contrario.

—Milagros cree, como yo, que si el viejo Díaz no permitió ni siquiera el tonto juego del general Reyes y sus seguidores, menos va a permitir una elección que pacíficamente gane el señor Madero.

—¿Qué pasó con el general Reyes? —preguntó Emilia.

—El general Reyes —dijo Diego— era gobernador de Nuevo León. Se volvió el candidato de unos gobiernistas ingenuos, que creyeron en eso del cambio de poderes, nada más porque Díaz quiso impresionar a un periodista gringo diciéndole cosas como que él acogería como un signo del cielo el hecho de que en su país surgiera un partido de oposición. Y qué bonito, qué bonito: hagámosle caso al Señor Presidente, busquemos quien releve al vejestorio.

—¿Y? —preguntó Emilia interrumpiendo la carcajada con que su padre había detenido su narración.

—Les duró poco el gusto —dijo Diego—. Díaz llamó a Reyes, Reyes se desdijo y decepcionó de golpe a las logias masónicas, a los burócratas menores y al ejército. Negó su candidatura y ofreció su apoyo a la reelección de Díaz. Como premio le quitaron el gobierno de Nuevo León y lo mandaron a Europa a aprender nuevas técnicas de guerra. Es un zorro el famoso presidente Díaz —dijo Diego—. Y tu mamá cree que lo puede combatir un hacendado coahuilense metido de golpe a predicador, que tiene el mérito de ser valiente, de estar furioso y de haber escrito un libro lleno de disquisiciones históricas que no conducen bien a bien a ninguna parte.

—Ah —dijo Emilia tratando de organizar toda esa información en su cabeza—. Daniel me contó en una carta que es un buen hombre.

—Eso sí es, Diego, acéptalo —pidió Josefa, a quien la bondad le parecía una virtud superior a cualquier otra.

—Nada más le faltaba ese desorden al desorden que trae —dijo Diego.

—¿Cuál desorden? —preguntó Josefa.

—¿Te parece poco? Sólo en el estado de Puebla hay noventa clubes antirreleccionistas.

—Eso ya lo sé —aclaró Josefa—. ¿Y qué tiene de malo?

—Que están peleados todos contra todos. Son noventa y ninguno.

—No es cierto, mi amor.

—Josefa, no me digas que no es cierto lo que compruebo todos los días. Yo hablo con ellos, tú los lees.

—Tú también los lees —dijo Emilia.

—Nada más para ver cómo no cumplen con lo que predican —aclaró Diego cambiando el tono juguetón por el de pesar. No le gustaba su casa convertida en campo de batalla verbal, temía más que la guerra, que la contingencia lastimara el refugio sedentario y paradisiaco de su armoniosa vida conyugal.

—Diego —siguió Josefa—, Aquiles Serdán estuvo dos meses en la cárcel por cumplir con lo que predica.

—Estuvo en la cárcel por bravucón. ¿A quién se le ocurre querer marchar con todo y su grupo antirreleccionista en el desfile anual del día de la Independencia? Y después se dio el lujo de escribirle una carta al presidente para quejarse del maltrato que le había dado su gobernador. Figúrate tú: "Es muy conocida la frase de Usted: *hay que tener fe en la justicia*, y la verdad Señor, que si esta vez queda todo impune, ni mis correligionarios ni yo volveremos a

tenerla" —dijo Diego imitando la voz de un niño—. Se
oye atrevido, pero es una tontería, Josefa. Como si Díaz
fuera autoridad con la cual quejarse. En eso, Serdán se
parece a Madero. Están peleándose con el gobierno, y
con qué gobierno, pero quieren que el gobierno los
trate bien.

—Tienen razón —dijo Josefa.

—Pero aquí todo está regido por la sin razón.
También tenían razón los trabajadores de las fábricas
en Orizaba y los de las minas en Sonora y ya vimos
cómo les contestaron a sus razones.

—Entonces ¿qué sugieres Diego? ¿Que se quede todo igual?

—No me insultes Josefa, que eres una recién
llegada —le contestó Diego—. Hace veinticinco años
que te empecé a hablar de lo que ahora es la gran moda.

—En eso tienes la verdad completa —conce-
dió Josefa levantándose de su mecedora y soltando el
periódico que no había dejado de sujetar a lo largo de
su desacuerdo—. Por eso te quiero, por terco.

—Haces bien —dijo Diego irguiendo los hombros y contoneándose como un ganso—. ¿Cenamos?
—preguntó tranquilizando su ánimo.

—Ahora que todavía hay —intervino Milagros
Veytia. Llevaba un rato parada en el quicio de la puerta oyéndolos hablar.

—Qué cosas dices, Milagros. Eres más pesimista que Diego.

—Soy menos optimista —dijo Milagros al mismo tiempo en que besaba a su sobrina. Luego le preguntó por su amiga Sol, cambiando la conversación
para no cargar la cena con el aire tenso de las pre-
ocupaciones.

Como bien lo había previsto Sol García unos
años antes, su madre, casamentera obsesiva y eficaz,
consiguió acercar el resplandor de su hija a los ojos de
uno de los vástagos de la familia más rica de la ciudad

y el país. No resultó difícil que tal vástago perdiera por Sol hasta el hambre que siempre se caracterizó como su pasión única, y buscara el modo de hacerla suya de una buena vez. Dueño junto con su familia de haciendas varias, ingenios azucareros, tierras de tabaco, casas y dineros dentro y fuera del país, el muchacho conquistó a Sol más rápido de lo que Emilia hubiera imaginado. Y cuando hizo falta, porque una luciérnaga de duda cruzó el ánimo de la muchacha, su madre gestó la torpe pero eficaz metáfora de que su hija era una joya y de que las joyas necesitan guardarse en cofres de lujo. Así las cosas, se preparaba una boda digna de recordarse a lo largo de los tiempos.

—¿Ya está listo el ajuar de princesa? —preguntó Milagros cuando estuvieron frente a la sopa.

—Todavía no acaba de llegar —avisó Emilia—. Encargaron a París hasta los calzones y les faltan baúles. Unos están en Veracruz y otros todavía ni salen. Al paso que andan se va a casar con los fondos de encaje de Brujas que llegaron ayer.

—Esta niña heredó tus tijeras —le dijo a Milagros su hermana.

—Mejor para ella —dijo Milagros—. Y adviértele a tu amiga la casamentera que si su niña no se casa rápido se va a casar con un hombre en la ruina —dijo Milagros.

—Pero si son dueños de medio estado de Puebla y de una parte de Veracruz. ¿Por qué crees que la está casando Evelia? —preguntó Josefa.

—Porque nunca ha tenido talento previsor y está contagiada del ánimo comerciante del marido —criticó Milagros.

—Que se contagia bien —dijo Emilia—. A Sol ya se le contagió. Ayer me habló durante una hora de todas las cosas que va a tener. De la casa en la Reforma, de los muebles ingleses, de la vajilla de Baviera y las copas de cristal sueco. Está muy difícil tratarla, a veces me dan ganas de abandonarla a su suerte. Total, ella confía en que será buenísima.

—No hay que desearle otra cosa —invocó Josefa.

—A ti quién te entiende, Josefa —dijo Diego—. O estás con unos o estás con otros, pero no se puede estar con todo el mundo al mismo tiempo.

—¿Por qué lo dices? —preguntó Josefa mientras olisqueaba el pescado—. Creo que se me pasó de chile —comentó.

—Lo que quiere decir Diego es que no puedes pretender que cambien las cosas, y que les vaya bien a los actuales dueños de las cosas —dijo Milagros—. Y sí te pasaste de chile, pero está rico.

—No está rico —corrigió Josefa.

—Está mejor que nunca —intervino Diego—. ¿No te gusta Emilia? ¿Por qué no comes?

—El anillo de Sol le abarca medio dedo —contestó Emilia—. Hasta parece que se va a ir de lado.

—¿Y por eso no pruebas tu comida? —preguntó Josefa.

—No tengo mucha hambre.

—Come de todos modos —dijo Milagros—. Que se te guarde en una pierna para cuando no abunde.

—¿Por qué ahora estás tan terca con eso? —le preguntó su hermana.

—Porque he leído muchos libros sobre guerras —dijo Milagros.

—No nos los cuentes —le pidió Diego—. Y tú, Emilia, por si las dudas no desperdicies. ¿Quieres un anillo como el de Sol?

—¿Para qué lo ha de querer? —preguntó Josefa—. Ella es una niña sensata.

—Para ser insensata —dijo Milagros—. Es lógico que una niña de diecisiete años quiera ser insensata.

—No quiero un anillo como el de Sol —dijo Emilia probando su pescado.

—Pero sí quieres ser insensata. ¿Vamos al circo el viernes o ya te sientes muy grande para eso? —le preguntó Milagros Veytia.

—Vamos al circo —dijo Emilia abandonando de nuevo su pescado—. ¿Cuándo es?

—Hay una función mañana y otra el domingo.

—¿De cuál circo hablas? —le preguntó Josefa.

Milagros hablaba del Circo Metropolitano. Su dueño donaría a la campaña de Madero la mitad de sus ganancias en la ciudad de Puebla.

—Si lo dice, perderá la tercera parte de su público —dijo Diego.

—Pero no lo hará. Yo lo sé porque me tocó convencerlo ayer en la noche.

—¿Cómo lo convenciste? —le preguntó Josefa.

—Con métodos convencionales, hermana. No te apures, no puse en riesgo el decoro del apellido.

—Si alguno le queda —dijo Diego.

—La verdad es que desde el matrimonio de Josefa no nos hemos repuesto. Mira que casarse con un desconocido recién llegado del Caribe.

—Llegué del Caribe, pero no era desconocido. Aquí no sabían de mí por ignorantes. Los poblanos siempre han pensado que no existe lo que para ellos es desconocido. Pero yo era famoso en mis rumbos —dijo Diego refugiando su boca tras el oído de su mujer.

—Vámonos Emilia que aquí va a haber cónclave. ¿Me acompañas a visitar a tu suegro? —preguntó Milagros refiriéndose al doctor Cuenca.

—Sí —contestó Emilia saltando de la silla.

—Milagros, no la encandiles. Un buen día se presenta Daniel casado con una gringa y a ver cómo la curas del desconsuelo —advirtió Josefa.

—De los desconsuelos no cura nadie, pero lo que sí puede uno hacer es apacentar la esperanza. Nada más vemos si trajo carta el mensajero y

regresamos —dijo Milagros que parecía la adolescente—. Anda Emilia, dale un beso a tu madre para
que no vaya a secarse con tu ausencia de media
hora. Nos vemos en un rato cuñado, a ver si logras
tranquilizar a la nueva radical.

—No te burles Milagros —pidió Josefa.

—Lo digo con entusiasmo, hermana. Adiós
—dijo Milagros jalando a Emilia, que se había regre-
sado a meter el dedo en el caramelo del flan.

Una hora después estaban de regreso en la tibia
estancia de los Sauri. No había ruido, pero las luces
aún permanecían encendidas.

—Tus papás gastan luz eléctrica como si se las
regalaran —dijo Milagros—. Mira que dejar todo iluminado. ¿Qué te dice Daniel?

—Ya sabes, mentiras —contestó Emilia doblan-
do su carta hasta convertirla en un cuadrito que se
guardó bajo la blusa.

Milagros se dejó caer sobre un sillón, como si
acabara de bailar y estuviera rendida. Emilia se acomodó frente a ella subiendo los pies a una mecedora
de mimbre y enroscando las piernas como si fueran
las puntas de un pan dulce.

—Pareces víbora en esa posición —le dijo
Milagros.

—Soy una diosa maya —dijo Emilia.

—Así no se acomodaban las diosas.

—Mi papá tiene una que así es —dijo Emilia,
desenroscándose para ir en busca de una figura que
Diego Sauri guardaba en un cajón de su escritorio y
que Emilia había considerado siempre uno de los
objetos más valiosos de su probable herencia.

Volvió con la escultura y se la entregó a Milagros que le dio vueltas entre sus manos.

—Vuelve a sentarte como ella —le pidió a
Emilia, dejando la figurita sobre la mesa para ella
misma intentar imitarla.

—¿Algún don obtendrían con esta postura? —preguntó.

—La paz —dijo Emilia—. Al menos eso cuenta mi papá, pero ya sabes que imagina demasiado.

Al rato de oírlas hablar Josefa salió de su recámara en penumbra para unirse a la conversación. Emilia empezó a contarle cosas y una hora más tarde sus lenguas habían calentado tanto el aire que despertaron a Diego.

—¿Qué no piensan dormir? —les preguntó a voces desde la cama—. Ya son las doce.

Sin dejar su sillón Josefa le pidió que se les uniera:

—Estamos arreglando el mundo, nos pueden servir tus consejos.

—Mis consejos les sirven siempre para hacer justo lo contrario —dijo Diego sin quitar la cabeza de su almohada.

—Pero son referencia, mi vida —le aseguró Josefa—. Ven aquí —volvió a pedirle cuando lo vio aparecer en el pasillo, como una promesa de que la conversación estaría viva por lo menos dos horas más.

—Se están llevando a los presos políticos para Quintana Roo —le avisó Milagros en cuanto estuvo sentado—. Hay muchos aterrados, ya no quieren ni salir al recibimiento de Madero.

—Mañana me presento en los clubes a informar cómo es aquello. Les temen a las serpientes y al calor, pero se puede vivir.

—Es bonito, ¿verdad papá? —le preguntó Emilia que desde niña lo había oído hablar del olor a piña y flores que despedían las solitarias islas del Caribe. No había una luz como ésa en todo el mundo, no había un perfume igual, ni pájaros ni langostas como los que habitaban ahí.

—Vamos a ir para que lo compruebes, verás cómo es verdad lo que te digo —empezó a decir Diego con el temblor de los recuerdos entre los ojos. No hablaba con frecuencia de su primera patria, pero cuando empezaba era cosa de oírlo durante horas, sin interrumpir, sin dudar, creyéndole como sólo las hijas creen en las historias de sus padres.

—¿Tú de veras supones que el único camino son las armas? —le preguntó Josefa interrumpiendo los juegos de su imaginación.

—Yo estoy perdiendo las creencias y lo supongo todo —le contestó Diego, todavía con el verde de su isla dándole vueltas—. Cada quien tiene una idea distinta y todo el mundo tiene ideas. Vamos a ver cómo nos va con la visita de Madero. Por el momento no hay ni dónde se quede.

—Se puede quedar aquí —ofreció Josefa.

—¿Para que a los tres días de que se vaya te lleven a la cárcel? —le dijo Milagros.

—¿Será para tanto? —preguntó Emilia.

—¿Por qué crees que no hay donde se quede? —le dijo su padre.

—Hace rato me dijeron que tal vez lo acepte José Bracheti, el italiano dueño del Hotel del Jardín —dijo Milagros.

—Ojalá —dijo Diego—. De todos modos no hay permiso para usar ninguna plaza pública, ni para hacer reuniones en los teatros. Tal vez la manifestación tendrá que hacerse en un baldío del barrio de Santiago. A ver quiénes se atreven a ir.

—No te preocupes desde ahora —le pidió su mujer, que detestaba verlo decaído. En momentos así lo consolaba como si fuera su hijo.

—Será cosa de que nos traigas una manzanilla con anís —le dijo Milagros, que había descubierto la propensión de su hermana a poner hierbas a hervir en agua siempre que las cosas externas le parecían inmanejables.

—Pondré tila —aceptó Josefa sin darse cuenta del tono irónico que había en la voz de Milagros.

—No vayas a ningún lado —le dijo Diego—. Ven a descansar. Tú, Milagros, ya no vuelvas a tu casa, no son horas. Voy por una cobija —dijo acariciando a Emilia que dormía cuatrapeada en un sillón con el pelo revuelto sobre la cara.

—Quién sabe cómo será mejor tu marido, si triste o mandón —le dijo Milagros a su hermana.

—Mandón —supo Josefa—. Cuando se pone triste no sé cómo tratarlo. Cuando se pone mandón no le hago mucho caso.

—Yo no le haré ninguno. Tengo que irme —dijo Milagros echándose un rebozo sobre los hombros.

—Cuídate —le pidió Josefa—. Me muero si algo te pasa.

—¿Qué me ha de pasar? —le contestó Milagros desde la puerta, antes de escabullirse por la oscuridad de las escaleras. Un minuto después sonó el zaguán grande cerrándose a sus espaldas.

—¿Quién llegó? —preguntó Emilia despertando.

—Nadie, mi amor. Se fue tu tía, ven a tu cama —le pidió Josefa ayudándola a levantarse. Emilia se apoyó en ella y la sintió temblar.

—¿Por qué la dejaste ir? —preguntó Diego que apenas volvía con la cobija.

—Porque no puede hacerse otra cosa con ella.

—¿Se fue la tía? —dijo Emilia despertando de un golpe—. Yo quería ir con la tía.

—Ni se te ocurra pensarlo —le pidió Josefa sirviéndose una taza de tila fría—. Ven a dormir —dijo peinándola con los dedos como si aún fuera su niña de hacía unos años—. Ven, te canto, te rasco la espalda —le pidió llevándola hacia su recámara, hipnotizándola con su voz como una droga, como un último perfume de infancia al que Emilia no pudo resistirse.

Al día siguiente, cuando Josefa salió a caminar la ciudad como todas las mañanas, la encontró tapizada con los papeles amarillos que, avisando la llegada del candidato Madero, invitaban a la gente a recibirlo en la estación de trenes.

De su casa a la de su hermana eran siete cuadras en línea recta y dos a la izquierda. Josefa las voló en unos minutos. Siempre llevaba en su bolsa la gran llave que abría la puerta de Milagros. Era como saberse a salvo de cualquier catástrofe. Entró a la casa y cruzó corriendo el patio que en ese momento invadía una luz dorada. Subió las escaleras de dos en dos, cruzó a la sala tibia de aquella casa. El piano estaba abierto como siempre, porque Milagros decía que cerrarlo podría traerle infortunios. Todo lo demás tenía también una razón de ser y un destino en aquel lugar. Todo estaba regido por una silenciosa pero deliberada armonía.

Josefa no se detuvo, como hacía siempre, a buscar qué nueva antigüedad había conseguido su hermana, fue directo a la recámara y empujó la puerta haciendo un ruido de diablos. Las maderas para impedir el paso del sol y los ruidos de la calle estaban cerradas sobre el largo balcón que daba a la Plazuela de las Pajaritas. Josefa cerró los ojos intentando acostumbrarse a la oscuridad, pero al abrirlos siguió sin ver más que una negrura que la estremecía. Entonces caminó hasta el balcón y tanteando buscó el modo de abrir las maderas.

Un gajo de luz entró sin miedo por el cuarto y se detuvo en el cuerpo de Milagros que dormía inmutable como la Iztaccíhuatl, todavía vestida con la ropa del día anterior, sin haberse quitado siquiera los botines. En el suelo, junto al brazo que extendía al aire como si apenas lo hubiera utilizado para desprenderse de ellos, quedaban algunos de los mil volantes que pintaban la ciudad de amarillo.

—¿Hermana? —murmuró Josefa mientras le quitaba los zapatos.

—¿Qué? —dijo la voz de Milagros encajándose en su almohada.

—Te quiero mucho.

—Ya lo sé.

—¿Estás muerta?—insistió Josefa, segura de que nunca la había visto tan cansada.

—Sí —dijo Milagros hundida bajo las cobijas para librarse de la luz que entorpecía sus delirios.

—Bendito sea Dios —suspiró Josefa cerrando la entrada de luz.

—¿Cuál dios? —preguntó Milagros desde su letargo.

—El de la guerra —contestó Josefa.

X

Volvió a la Casa de la Estrella caminando despacio
mientras silbaba. Se le había hecho tarde y pensó que
su marido estaría en la botica junto con Emilia, que en
los últimos meses bajaba con él desde temprano para
quedarse el día entero entre los frascos y los olores
del laboratorio. Le había aprendido a Diego muchas
de las recetas y algunas de sus mañas, había leído la
tercera parte de los libros de medicina que encontró
sobre las mesas y les había dado un orden a los estantes que desde niña se acostumbró a desempolvar,
mientras su padre cantaba las tristes arias con que alegraba sus tardes.

Cuando terminó el arreglo, Diego le reclamó.
Estaba seguro de que a partir de ese momento no
sabría qué hacer.

—Lo confundiste todo —dijo llevándose las
manos a la cabeza mientras iba a sentarse en un banco alto para desde ahí pedirle cuentas—. Por eso nunca
permití que tu madre trajinara en este rumbo. ¿Cómo
voy a saber dónde encontrar las cosas?

—Están por orden alfabético —dijo Emilia—.
Me he pasado la vida viendo cómo revoloteas para
encontrar algo. Yo me tardaría años en entender lo
que tú manejas con intuiciones y recuerdos. ¿No te
has oído? Por lo menos veinte veces al día te preguntas "¿Dónde lo puse?". Ahora será muy fácil.

Diego la escuchó pontificar pensando que aún no se hacía al ánimo de verla crecida.

—Vanidosa —dijo—. A ver, a que no encuentras la *Cañafístula* en conserva.

Emilia dio la vuelta sobre sus talones y se dirigió al tercer estante.

—¿Qué quieres, flores o cañutos?

—Flores —murmuró Diego.

Emilia tomó un frasco de cristal color ámbar, lleno hasta la mitad con un almíbar en el que nadaban pequeñas flores blancas. Lo destapó para olerlo antes de entregárselo a Diego, que no necesitó comprobar de cerca para saber que era el correcto.

—¿De qué sirve?—la desafió.

—No sé —dijo Emilia sentándose en el banco de madera clara que desde siempre le perteneció.

—Se usan como purga para personas delicadas.

—¿Por qué se hacen en miel? —preguntó Emilia.

—Porque como lo dijo Nicolás Monardes desde el año de 1565 en que publicó su famoso libro, "con el cocimiento y el azúcar quítaseles la aspereza y la estepticidad".

—Pídeme otra —quiso Emilia.

—*Palo de Sasafrás* —dijo Diego.

—Lo encuentras en S porque hay palo y hay raíz. Tampoco sé para qué sirve. Sólo sé que mi mamá lo toma cuando anda confundida —dijo Emilia entregándole una lata gigante llena de cortezas y palitos parecidos a la canela.

—Tiene mil usos —explicó Diego—. Hasta para enamorar dicen que sirve.

—Habrá que darle a Sol. No creo que haya una novia menos enamorada y más cerca del matrimonio que ella —dijo Emilia.

—Hoy en la tarde le preparamos un jarabe —dijo Diego—. ¿Dónde están las piedras bezoares? —preguntó para seguir jugando.

—Quinto estante, muy a la mano. Es potentísima su virtud contra todo veneno.

—¿Cómo lo sabes? —preguntó Diego.

—¿No son ésas de las que habla la carta de un soldado español que guardas como reliquia junto a la diosa maya?

—Ésas mismas —le contestó Diego—. ¿Te leí la carta?

—Nunca —respondió Emilia pensando que ya estaba en edad de regalarle a su padre el gusto de contar otra vez una historia que le había oído veinte veces.

Al ver a su hija morderse los carrillos para no descubrir una sonrisa, Diego recordó que tal lectura había sido su regalo de trece años, pero Emilia se mantuvo en que no sabía nada y lo urgió a que le contara toda la historia sobre las piedras bezoares descrita en la carta de don Pedro de Osma y Xara y Zejo. De sobra sabía ella lo que para su padre significaba el ejemplo del soldado español nacido en el siglo XVI que, abandonando las batallas de conquista, se dedicó a buscar y reconocer las virtudes y provechos de las plantas de Indias. Le gustaba oír la vida de ese hombre que entre la guerra y la ciencia, escogió la ciencia. Su padre la contaba con una pasión por tal destino, que ella se prometió en voz alta no olvidarla nunca.

Al oírla prometer como quien hace un juramento, Diego tuvo ganas de soltar una retahíla de esos elogios que los padres de aquellos tiempos consideraban poco formativos, así que haciéndose fuerte preguntó por la *Yerba de Juan Infante*.

—Cura heridas y flechazos. Eso dice tu libro. Está en la I de Infante.

—Mira bien ésta —dijo Diego—. Tiene hojas diminutas y vellosas. La encuentra uno fácil en el campo, pero hay que saber distinguirla de otra que no sirve de nada. Ésta cicatriza las peores heridas. ¿Y el ácido fénico? —preguntó.

—Aquí lo tiene usted, maestro —dijo Emilia haciendo una reverencia.

Engolosinado con el juego, Diego le siguió preguntando por los polvos de arsénico, la *Belladona* y cuanto nombre acudió a su cabeza. Sin buscar tregua, Emilia siguió contestándole hasta que llegó un cliente a interrumpir el coloquio.

Esa conversación fue como el sello de un pacto cuyos cimientos estaban puestos desde hacía tanto tiempo que era imposible recordarlo. Se volvieron una pareja laboriosa y divertida que hasta los domingos pasaba las mañanas bajo la mezcla de olores que hacía palpitar su laboratorio. Por eso Josefa buscó a su hija cerca del mostrador junto a Diego.

—¿Quieres ver dónde está tu niña? —preguntó Diego pidiéndole con un gesto de la mano que se acercara sin hacer ruido.

Caminó hasta los estantes que había a espaldas del mostrador y buscó el tarro de *Cannabis Indica* en la segunda repisa de la izquierda. Josefa estaba en el secreto: al quitarlo se podía mirar el laboratorio a través de un cristal. Quedaba a la altura de los ojos: Diego lo puso ahí desde que inauguró la botica, para poder trabajar en la parte de atrás dándose cuenta cuando alguien lo buscaba en el mostrador.

Con unos dedos como de ladrón, sacó el tarro, se lo pasó a su mujer, se aseguró de que Emilia aún estaba del otro lado y dejó el camino abierto para que Josefa mirara. Ella metió la cabeza entre los frascos, miró durante unos tres segundos y se fue de espaldas hasta los brazos de su marido, que no bien la acostó en el piso, corrió por un algodón con amoniaco.

—Ni me acerques ese horror —le ordenó Josefa levantándose más rápido de lo que había tardado en desvanecerse. Se pasó las manos por la cara. ¿Había visto a su hija?

En el laboratorio, parada de puntas, moviéndose como si la rigiera una música interior, Emilia besaba a otra mujer en la boca, mientras le acariciaba la cara, llorando y riéndose al mismo tiempo. Josefa no lo vio, pero bajo el rebozo que cubría la cabeza y las trenzas de esa mujer, las manos de Daniel ceñían la cintura de la Emilia más feliz que había pisado esa botica.

Vestido a veces así, a veces de señorito encumbrado y a veces de campesino, Daniel cruzó la frontera y llegó a Puebla después de tanto tiempo de ausencia que la boca de Emilia le pareció el primer toque de agua tras el denso desierto.

—Están besándose —dijo la voz de Josefa descompuesta.

—Lógico —dijo Diego.

—¿Eso también será normal en el siglo XX? —preguntó Josefa—. Me voy a tener que morir, yo no tengo sitio en este siglo.

Buscando la cabeza de Daniel, Emilia le desprendió el rebozo y la peluca sin dejar de besarlo. Después él se quitó la blusa de mangas largas abotonada hasta la barbilla y guareció su pecho desnudo en el vestido claro bajo el que latían los pezones de Emilia.

—¿Dónde estuviste? —preguntó ella recorriéndole la espalda con los dedos.

—Aquí —dijo Daniel poniéndole un dedo entre los dientes. Ella lo apretó como un sello de fuego contra su lengua y cerró los ojos para que nada la distrajera de ese hallazgo.

Diego había devuelto el tarro de mariguana a su lugar y más muerto de celos que de preocupación por la moral sexual del siglo XX, se distrajo con la zozobra de Josefa. La llamó puritana, la abrazó, le secó las lágrimas y se la fue llevando al segundo piso en busca de un desayuno.

Una clienta entró a la botica. Como la encontró desierta, dio sobre el mostrador los tres golpes con que Diego había pedido a sus asiduos que lo llamaran y regresó a Emilia del mar abierto en el que navegaba. De un brinco se desprendió de Daniel, soltó un *¡yendo!* idéntico al de su padre y alisándose los cabellos cruzó la puerta y apareció tras el mostrador con una sonrisa tan blanca y precisa como la porcelana de los tarros a sus espaldas.

La mujer iba a recoger unas gotas de *Pulsatilla*, gracias a las cuales había dejado de vivir mareada. Al encontrar a Emilia tan brillante como un trozo de sol cortando la mañana lluviosa, pensó que el mundo se había vuelto mejor gracias a la bendita intervención del boticario Sauri.

No bien la vio marcharse, Daniel salió al encuentro de Emilia, vestido con un traje de casimir y una corbata de seda. Se había mojado la cabeza y por un rato consiguió que su melena estuviera peinada hacia atrás. Todo él podía pasar por el hijo del gobernante más atildado, pero ni así, su gesto intrépido y sus ojos de fiera dejaban de ser un desafío.

Por única vez en lo que llevaba de vida, la botica cerró sus puertas a media mañana. Emilia y Daniel subieron a desayunar junto a los Sauri que aún estaban perdidos en las conveniencias y desastres del nuevo siglo. Diego había tranquilizado a Josefa descubriéndole que la mujer causante de sus espantos era Daniel disfrazado. Sin embargo, cuando ella lo vio entrar al salón con un brazo prendido a la cintura de su hija hubiera podido desmayarse otra vez.

—Estás muy guapo —le dijo con la frescura que las mujeres usan sólo para elogiar a los hombres que podrían ser su hijos. Sin soltar la cintura de Emilia, Daniel la abrazó. Llevaba meses malcomiendo y pasando peligros, estaba urgido de cobijo y cariños, de un retazo de infancia y un pan horneado en la cocina de quienes lo querían.

Desayunaron mientras Daniel les contaba la situación del maderismo en otras ciudades del país y se ponía al tanto de la complicada división entre los antirreleccionistas poblanos.

—Madero no es lo mejor que nos puede pasar. Es lo único —dijo cuando llegaron al café.

Diego aceptó que lo alegraba oír a alguien cuerdo y ambos criticaron a Madero por querer todo al mismo tiempo, cuando, según ellos sabían, en política no se puede querer todo al mismo tiempo, sin fracasar en casi todo. Después volvieron a la ciudad: existían noventa grupos de apoyo hechos un desbarajuste. Los principales clubes antirreleccionistas estaban divididos entre los moderados y los radicales, no había acuerdos específicos, ni proyectos coherentes, ni nada que no fuera desorden.

—Madero es un buen hombre —apuró Josefa.

—¿Y eso qué? —le contestó Daniel.

—De algo le ha de servir —aseguró Josefa.

—La política es de malos —dijo Emilia con la contundencia de la juventud entre las cejas.

Daniel intervino para contradecir a Emilia y Diego para contradecir a Josefa. Discutieron si debía haber tantos clubes antirreleccionistas, si tenían razón los moderados o los radicales, si Madero apoyaba o debía apoyar a unos o a otros, si había riesgos de guerra y si la guerra cargaba siempre con los ingenuos, los soñadores, los jóvenes y los pobres. Hasta que la conversación se diluyó con Josefa como la única interlocutora de su marido.

Daniel y Emilia habían abierto un balcón que daba a la calle y estaban recargados en el barandal viendo hacia el poniente. Los volcanes rompían el cielo con el azul oscuro de sus cuerpos, y no parecían inmutarse con nada.

—¿Extrañas? —le preguntó Emilia.

—Cuando puedo —dijo Daniel.

Sin acusar resentimiento, Emilia quiso saber qué hacía con su vida. De sobra sabía que Daniel podía vivir sin ella y sin los volcanes, como había sabido vivir sin su casa, su paisaje y sus juegos, desde muy niño. Lo escuchó un rato largo hablar de las elecciones. Eran su obsesión inmediata y Emilia había aprendido temprano que a Daniel, como a cualquier hombre, había que oírle una larga lista de obsesiones inmediatas si uno quería que dijera lo esencial. Lo escuchó explicar por qué estaba seguro de que los comicios serían un desastre y decir que bien podrían ahorrarse todos el esfuerzo de esperar hasta julio para saberlo. Dijo que en eso tenían razón los radicales, pero que él estaría con Madero hasta que su prudencia lo contradijera y que a ella la quería más que a la democracia aunque viviera al revés de lo que le decía. Luego, pasándole un brazo por la espalda como cuando eran chicos, la invitó a ir con él al barrio de Santiago. Bajaron la escalera trotando mientras a gritos contaban los escalones al ritmo de una tonada vieja.

—Hacen más ruido que una revolución —declaró Josefa que estaba regando las plantas del patio. Al pasar junto a ella, Daniel le dio un beso y le avisó que se verían a la hora de la comida. Josefa asintió y dirigiéndose a su hija le preguntó a dónde creía que iba, porque a Santiago, que era un barrio peligroso, con Daniel que no estaba para cuidar a nadie, ni soñarlo.

Emilia iba a rezongar, pero no fue necesario. Como siempre que era precisa, Milagros apareció para ayudarla. Venía engreída de recorrer las calles contemplando su trabajo de la noche y contradijo a Josefa diciendo que no había tal peligro, que ya Diego había dado permiso de que Emilia faltara a sus deberes, y que volverían en un pestañeo. Mientras hablaba empujó a los muchachos hasta la puerta. Ahí se dejó alcanzar por la voz de su hermana que no había tenido tiempo de responder a su palabrerío.

—¡Milagros! —dijo—. Ya he pestañeado dos veces.

La ciudad, y en particular el barrio de Santiago, donde hablaría Madero dos días después, estaba sitiada por los policías de todo el estado que, aunque tenían órdenes de no llamar la atención sino hasta que Madero se hubiera ido con todo y el grupo de periodistas que lo seguía, no dejaban de trabajar ejerciendo la sospecha en torno de cuanta cosa les parecía rara. Y eran raros Daniel, Emilia y Milagros, tres bien vestidos por el barrio de Santiago, un lugar que acunaba las viviendas de adobe y tierra, la desesperanza y el lodo de familias muy pobres.

Los notaron llegar a la placita que cercaba la iglesia porque una parvada de niños corrió a encontrarlos. Milagros era asidua visitante del lugar. Tanto que los niños todos la rodearon llamándola tía, para sorpresa de Daniel y Emilia. Colgando de su enagua, un niño le preguntó qué había traído. Milagros respondió señalando a sus sobrinos. Una niña vestida a medias, sucia por entero, quiso saber qué más había.

Emilia llevaba la bolsa de pan y Daniel una muy pesada de la que fueron saliendo toda clase de cosas. Milagros se acuclilló para quedar a la altura de sus interlocutores y les fue repartiendo desde caramelos y naranjas hasta medicinas y consejos. Su ahijada la observaba con una mezcla de admiración

y horror. Ella no se creía capaz de acercarse a gente
tan pobre con la naturalidad con que lo hacía su tía.
Quiso pegar de gritos cuando la tocó un niño con el
cuerpo lleno de granos, y tuvo que hacer un esfuerzo para no alejarse de ahí, sitiada como estaba por
un dolor y un miedo que no había sentido jamás.
No era que no hubiese pobres por toda la ciudad,
limosneando en los rincones o en los quicios de las
iglesias, ni siquiera que Emilia no hubiera aprendido, como todos en su mundo, a convivir con la idea
de su existencia sin resentirla, sino que por primera
vez al verlos en su refugio, sin los edificios y las
calles en los que se les trataba como intrusos, Emilia
sintió vergüenza y culpa. Dos sentimientos que nunca
había tenido la desdicha de padecer.

Quería salir corriendo de regreso a su casa en
el centro luminoso de la ciudad, quería cerrar los ojos
y que se le tapara la nariz, quería librarse de aquel
paisaje empolvado y chaparro, de las voces, los rue-
gos y el olor hiriente de aquellos niños, pero Daniel
y la tía ni siquiera notaron su desconcierto: se habían
puesto a repartir cosas y a conversar como si estuvieran en la sala de su casa, junto a la chimenea.

Sin saber cómo, Emilia había quedado encargada de un costal de pan en cuyo fondo parecía agitarse un montón de volantes iguales a los que
Milagros había pegado en la noche por las calles del
centro.

—A repartir, a repartir —les decía Daniel a los
niños que salían corriendo con pequeños bultos de
pan entre los brazos.

Hasta ahí, los policías que vigilaban desde la
puerta de la pulquería El Gato Negro, se habían limitado a observar. Pero cuando se acabó el pan y sólo
quedó el costal del que salían como palomas los papeles que invitaban al mitin del lunes, los policías se
olvidaron de la condescendencia con que habían con-

templado lo que al principio les pareció tan sólo un jugueteo caritativo, y salieron de su escondite para ir sobre ellos.

—Deja todo y corre —le dijo Daniel a Emilia que por fin había soltado el cuerpo y estaba platicando con un niño que acariciaba el lujo perfumado de su cabello.

Tendría unos diez años. Al oír a Daniel saltó con la rapidez de una ardilla y le ordenó a la muchacha que lo siguiera. Tras él corrieron hasta una de las tantas casas que Emilia veía idénticas entre sí. Pensaba que de perderse, no encontraría nunca la salida de aquel laberinto. Y eso lo pensaba antes de empezar a recorrer el camino que iba de una casa a otra por entre las ventanas o tras fingidas paredes de petate, sin salir nunca al aire.

Corrían por una serie de madrigueras con pequeños fogones y muy pocos muebles. Los pisos eran siempre de tierra y de los techos a veces colgaban cunas o reatas. Tropezaban lo mismo con niños que con guajolotes, con viejos impávidos que con mujeres trajinando, pero no detuvieron la carrera guiada por el niño hasta que Emilia vio desaparecer a Milagros tras un bulto de leña y sintió que Daniel jalaba la punta de su manga para llevarla hacia la boca de un temazcal.

Entraron arrastrándose por el estrecho agujero que servía de acceso y el niño lo tapó con un petate para cerrar el cuarto redondo en el que no cabían de pie. Emilia no había estado nunca en ese tipo de cuartos de baño, aunque su padre le había explicado que antes de la conquista, los poderosos se encerraban en esa oscuridad tibia para ensimismarse y descansar al mismo tiempo. Justo enfrente del agujero de la entrada había un fogón. Ahí encima ardían las piedras sobre las que se arroja agua con yerbas olorosas para crear un vapor que invade el cuartito de paredes redondas.

—Quítate la ropa —le dijo Daniel, desaboto-
nándose la camisa mientras murmuraba que si abrían
y los encontraban vestidos, lo diera por muerto.

Emilia perdió la duda bajo el pánico que le
produjeron esas explicaciones. Se quitó todas las faldas y los fondos que podía usar una mujer en ese
tiempo. Cuando aún le quedaban sobre el cuerpo el
corpiño y los calzones de encaje, Daniel le pidió que
se apurara y levantó un balde de agua para mojar las
piedras rojas de tan calientes. Un vapor tibio nubló
el aire. Emilia iba a decir algo, pero Daniel se puso
el dedo en la boca para recomendarle silencio. Afuera se oían los pasos de los policías, sus voces preguntando, el niño respondiéndoles vaguedades.

Emilia se desató la trenza que llevaba enre-
dada en la cabeza y su melena de rizos oscuros le
cubrió toda la espalda.

—Busca ahí —le ordenó un hombre al otro.

—Se está bañando mi hermana —dijo el niño.
Pero un policía se empeñó en ordenar al otro que
buscara dentro.

Con una seña, Emilia le pidió a Daniel que se
pegara a la pared. Luego se revolvió el pelo sobre la
cara y se arrastró hasta el petate que cubría el hoyo de
la entrada. Lo empujó con una mano y asomó la cabeza y medio cuerpo.

Los policías vieron media Emilia desnuda en el
centro de la niebla que brotaba del hoyo: los cabellos
húmedos y revueltos como una red sobre sus pechos.

Varios perros sarnosos con los dientes de fuera, empezaron a ladrar en las piernas de los policías,
haciéndolos huir. El niño cubrió el agujero de luz con
el petate y Emilia se arrastró de nuevo hacia el cobijo
redondo en que Daniel la esperaba deslumbrado. Cien
palabras como agua dejó caer sobre su oído mientras
se acostaba sobre su espalda. Emilia sintió su cuerpo
contra el del ella, húmedo y firme. Lo recorrió urgida

de aprendérselo, temblando, pero libre de temores, segura de que la más omnipotente de las diosas no merecía su envidia.

Afuera, Milagros había salido de su escondite convertida en una menesterosa con anteojos de ciega. Mientras la luz se iba y sus sobrinos volvían en sí, ella buscó acomodo en el suelo y se quedó dormida. Dos horas después interrumpió el silencio tibio del temazcal.

Salieron de entre las casas cuando oscurecía. Había llovido como llueve en mayo, de un modo escandaloso que metió a la gente en sus chozas y a los policías en la cantina donde aún los entretenía con un cubilete, el nevero pata de palo al que los niños llamaban Satuno Posale.

Caminaron por el lodo hasta salir del barrio. Cuando llegaron a un sembradío de maíz tierno corrieron entre la milpa dando de gritos a un aire que sentían el más libre de sus vidas. Un camino al lado de la vía del tren los llevó a las afueras de la ciudad. Emilia lo mismo podía haber estado en París en una fiesta.

—¿Es inevitable que pongas cara de felicidad? —le preguntó su tía Milagros cuando estuvieron sentados en el carro de mulas que los acercaría a su casa.

Cerca de las siete entraron a la Casa de la Estrella, riéndose de los policías y de la vida. Josefa oyó su historia sin poder perdonarles el miedo que le habían provocado con su tardanza. Los llamó irresponsables y prepotentes, lloró de furia y amenazó con encerrarlos a los tres hasta que pasara la fiebre de las elecciones.

—¿Ya no te interesan las elecciones? —preguntó Diego saboreando la dulzura de los tiempos en que sólo las novelas conmovían a su mujer.

—Las detesto. Voy a volver a Zolá y a la poesía.

—¿A Zolá?

—Para que si hay peligros, sean por escrito.

—¿Y amores? —preguntó Daniel mirando a Emilia con el deleite de la complicidad.

—Esos también por escrito —contestó Josefa.

XI

Daniel se despidió para salir con Milagros, pero pasada la media noche volvió a la Casa de la Estrella. Abrió el portón con una llave que le prestó su tía. Sin hacer ruido subió las escaleras, cruzó la estancia y empujó despacio la puerta del cuarto en que dormía Emilia.

—Cásate conmigo —le dijo desnudándose para entrar en su cama.

—¿Cuántas veces? —le contestó Emilia sacándose el camisón por la cabeza.

—Muchas —pidió Daniel mientras ella lo guiaba hacia su cuerpo en la oscuridad.

No durmieron. Tampoco hablaron demasiado. Durante horas se buscaron jugando, presos uno del otro, aventurados y curiosos.

—Tienes una estrella en la frente —le dijo Daniel vencido contra su pecho.

Emilia le acarició la cabeza y hundió la frente en su regazo para llorar como si necesitara salir de una congoja.

Con el alba se quedaron dormidos. No destrenzaron el letargo de sus piernas hasta que el sol estuvo muy alto y el olor del café entró a la recámara a turbar el aire y la memoria de su sueño común.

Emilia oyó a Josefa cantar en la cocina y abrió los ojos. Miró el cuerpo de Daniel respirando junto a ella. Desde los dedos de sus pies hasta la punta de sus cabellos desordenados le parecieron el mejor paisaje que había cruzado por su mirada. Pensó que no sólo su memoria, sino el aire, se quedarían marcados por esa presencia tan ajena a la fuerza que despedía y al yugo con que le ataba.

—¿Qué sueñas? —le preguntó al verlo despertar.

—Mentiras —le contestó Daniel con la voz amodorrada y el gesto de ángel que cruza a los afortunados en el amor. Después volvió a guardarse en ella diciéndole que no tenía en el mundo otro escondite.

No desayunaron. Antes de las diez corrieron escaleras abajo y atravesaron el patio con sigilo. Emilia abrió la puerta y Daniel la besó antes de escapar. Luego ella entró a la farmacia con el cielo entre las cejas. Diego no hizo ninguna pregunta, Emilia no dio ninguna explicación. Tenían mucho quehacer juntos antes de la comida.

A las dos volvieron a la casa sin haber hablado de Daniel, jugando adivinanzas. Ahí, frente a la sopa, hubo que enfrentar a Josefa, que tenía un amor por las palabras claras, parecido al que Diego sentía por las plantas medicinales.

—¿Daniel durmió aquí? —preguntó.

—Sí —dijo Emilia.

—Sea por Dios —rezó Josefa—. Y no me pregunten cuál Dios.

Al terminar la comida, Milagros llegó a buscar a su sobrina para ir al circo.

—No me da ninguna confianza que te lleves a Emilia sin más resguardo que tu inconciencia —le asestó Josefa al verla.

—¿Cuándo le ha pasado algo malo a Emilia yendo conmigo?

—Hasta que le pase. Pero qué he de hacer, quererte siempre es un riesgo.

—Cualquiera diría que soy alpinista. Vámonos Emilia que ya oigo la música en el aire —dijo Milagros mirando el reloj.

El bullicio de la carpa le pareció a Emilia el mejor sitio para estar y no estar que pudiera encontrarse. Había allí dentro tanta gente que al mirarla con los ojos entrecerrados su ropa de colores parecía un puño de confeti contra la cara. Tenían un buen lugar, llegaron a tiempo para ver el desfile de los monos y los elefantes, los equilibristas, los domadores, los leones y los trapecistas. Emilia estaba tan feliz que pudo reírse hasta con los payasos a los que temía cuando era niña.

—¿Por qué será que los circos dan tristeza? —le preguntó a Milagros.

—Con lo que deje esta función sacaremos algunos presos de la cárcel —le contestó su tía sin contestarle, porque odiaba no saber la respuesta y a ella los circos también le daban pena.

En un diálogo de sordas, sin enderezar la cabeza que tenía echada hacia atrás, Emilia dijo:

—Se va a caer.

Con los ojos prendidos a una trapecista que se había soltado de un columpio y volaba hacia el otro preguntó:

—¿Cuántos hay en la cárcel?

—Muchos —le contestó Milagros—. No se cayó.

—Esta vez no —dijo Emilia.

—Hablas como si hubieras estado allá arriba —ironizó Milagros.

—¿Tú no? —preguntó Emilia—. ¿Quién decide a quién sacan?

—Esta vez decido yo —dijo Milagros.

—¿Y a quiénes vas a sacar? —preguntó Emilia

aplaudiéndole a la trapecista que levantaba los brazos para celebrar su triunfo.

—Hoy en la noche, a Daniel —dijo Milagros.

Emilia sostuvo el aire entre dos aplausos, pero no se dejó ganar por el terror. Sabía que a Milagros no le gustaban los desmayos ni transigía con las mujeres que palidecen y se atontan.

—¿Cuando esto termine? —preguntó.

—Más vale. Si lo queremos vivo —dijo Milagros.

—¿Qué les hacen? —preguntó Emilia abandonando el disimulo.

—Mejor no imaginamos —dijo Milagros.

Emilia perdió la vista en una muñeca viva que daba vueltas parada en un caballo. Parecía que jugaba y a cada salto iba ganándole a la vida su derecho a tenerla. Se mantenía sonriente y erguida como si anduviera en el suelo, como si su andar fuera lógico. Continuó con el mismo gesto y la misma aparente tranquilidad cuando seis caballos más entraron a la pista y se pusieron en hilera para que ella saltara de uno a otro siguiendo el compás que le marcaba una banda.

Con los dientes apretados y una sonrisa de mentiras, Emilia sentía al mundo moverse bajo sus pies, como si también ella anduviera brincando de un caballo a otro. Cuando la miniatura de mujer vestida de blanco y dorado soltó el bastón que bailaba en sus manos y se dejó caer sobre la crin de un caballo que la recibió alzando el cuello mientras ella lo acariciaba hablándole al oído, Milagros Veytia pasó un brazo por los hombros de su sobrina y le dijo:

—Nos lo van a dar completo.

—¿Qué hace Daniel para que lo persigan así? —preguntó Emilia.

—Nada hija, está vivo y quiere ser libre —dijo Milagros levantando su figura metida en un huipil blanco sobre el que caían tres collares de plata con coral.

—Yo también quiero ser libre y nadie me persigue.

—No han de tardar —le dijo Milagros.

El poeta Rivadeneira las esperaba cerca de la puerta con su pequeño Oldsmobile del año 1904, un auto verde oscuro que en lugar de volante tenía una dirección a la cual Rivadeneira llamaba correctamente manubrio de *tiller steering*, y un frente curvo que subía desde el suelo y a poca altura se doblaba como la punta de los trineos. Para 1910 esos autos ya no eran la última palabra, existían automóviles más caros y modernos, sin embargo aquel pequeño *curved dash* hacía las delicias de Milagros Veytia, cada vez más especializada en manejarlo a velocidades tan imprudentes como los treinta kilómetros por hora.

Rivadeneira sabía hasta dónde estaba metida Milagros en el lío antigobiernista. Él había empezado ayudándola y había acabado involucrándose en el asunto, sólo que por ser hacendado y tener fama de juicioso, le tocaba trabajar en la retaguardia. Sin embargo, aquella noche Milagros pensó que sería conveniente pedirle que las acompañara a la cárcel. Un hombre con su prestigio y su automóvil pesaría en el ánimo de los celadores a los que habría que comprar mientras estuviera oscuro.

Milagros había recibido el informe de que a Daniel aún no lo identificaban con el muchacho enérgico que era el brazo y el pie derecho de un prominente colaborador de Madero. Cuando lo aprehendieron repartiendo propaganda, él les habló a los guardias en inglés, dijo no entender palabra de castellano y fingió que además de gringo era tonto. En eso había quedado con Milagros y los miembros de su club antirreleccionista. Si había que buscarlo en la cárcel que lo llamaran Joe Aldredge, porque de tal nombre y tal personaje no saldría aunque le rompieran la cabeza o lo ahogaran.

La penitenciaría ocupaba un lugar enorme rodeado de muros muy altos, con un torreón altanero en cada esquina. Apareció en el centro de la noche como un monstruo que hizo temblar a Emilia.

—¿Ahí lo tienen? —preguntó.

—Eso espero —dijo Milagros.

—Ahí debe estar —afirmó Rivadeneira con su voz apacible—. ¿Le avisaste a su papá?

—Claro que no —dijo Milagros—. Pobre doctor, ya bastantes líos tiene. Si oye que su hijo está preso viene a buscarlo y en ese instante lo encierran también a él.

—¿Y nosotros cómo vamos a sacarlo?

Milagros explicó que algunos celadores aceptaban dinero a cambio de hacerse tontos y dejar libre un preso de poco nombre.

—Están hambreados. Lo sé por un muchacho que trabaja como médico ahí adentro. Hay cuatro que nos ayudan. Uno es jefe en el turno que vigila hoy en la noche. Ése es el que va a entregarnos al "gringo". ¿Qué horas son, Rivadeneira? —preguntó Milagros.

—Once y cinco, ya podemos ir tocando —dijo el poeta Rivadeneira. Se vestía como francés fino, con unos trajes cortados en la capital del país por un sastre muy exigente de la calle de Alcalcería. Sus camisas eran de Lévy y Martín, y todas tenían bordadas sus iniciales sobre el pecho con unas letras pequeñas y muy complicadas.

Milagros se burlaba de aquella ropa cada vez que la vida la ponía en condición de permitirle algo más que unas caricias a ese hombre que jamás tuvo en su existencia un sentimiento más intenso y desolado que el de su amor por ella. Esa noche, el poeta estrenaba un sombrero redondo recién adquirido en una tienda del Portal de Mercaderes, famosa desde 1860. Emilia pensó que lucía digno de compasión con toda esa elegancia encima y apretado entre ella

y Milagros, a quien nadie se hubiera atrevido a sugerirle que le permitiera hacerse cargo del manubrio.
Sin embargo, al bajarse del auto, el atuendo del poeta volvió a quedar sin arrugas y aristocrático. Milagros lo revisó con una sonrisa y no sin razón se dijo
que aquella frivolidad ayudaría muchísimo en el trabajo de convencimiento que les esperaba.

Por fortuna, Emilia también estaba vestida
como una muñeca de magazine, porque el huipil
blanco de Milagros resultaba discutible aunque la
hiciera parecer un trozo de luz enrareciendo la noche.

El portón de la cárcel tenía cortada una puertecita por la que entraron de uno en uno. Pregunta-
ron por el guardia que según sabían era el jefe de
aquel turno. Ya el médico había hablado con él, y
estaba al tanto de lo que se trataba, incluso ya les
había puesto precio a sus servicios, pero los hizo
esperar un rato para darse la importancia que creía
merecer.

Cuando apareció hizo un saludo remilgoso y
recibió el sobre que Rivadeneira le entregó, con tal
vergüenza y poco hábito, que se puso colorado como
la cabeza de un chile. Eligió a Emilia para hacerla cruzar la reja inmensa que cortaba en dos el vestíbulo, e
ir tras él hasta el galerón en donde se apretaban los
encerrados de aquel día.

Aún no habían encontrado tiempo ni de to-
marles los nombres. Los habían echado ahí a esperar
la mañana siguiente. O la semana siguiente. Muchos
pasaban meses dentro, antes de que su nombre se
apuntara en la lista de llegada. Desaparecían y ya. De
nada servían sus mujeres todos los días preguntándole por ellos al guardia del portón. Aún no estaban
registrados. Tal vez no los registrarían nunca.

Milagros vio a Emilia perderse tras la reja y
buscó una banca donde apoyar su cuerpo y sus te-

mores. Si su hermana supiera lo que estaba permitiendo, dejaría de quererla para siempre. Pero ella
tenía el alma partida en dos mitades exactas y creyó
que si una podía salvar a la otra no sería su voz la que
lo impidiera. Rivadeneira se acomodó cerca y la consoló dándole unas palmadas en la mano. Sólo ella podía
saber lo que significaban, viniendo de aquel hombre.

Durante unos minutos, Emilia y el guardián caminaron por un pasillo iluminado a medias. Por fin dieron
contra la reja que impedía el paso a un cuarto en
penumbra. Emilia pegó la cara a los barrotes para
hurgar en busca de Daniel.

—Ése es —dijo, señalándolo. Su cabeza cas-
taña se distinguía de las otra veinte, de ojos y piel
oscura, que se apretaban en aquel cuarto.

—¿Dónde agarraron a éste? —preguntó el jefe
a los carceleros de turno.

—Pos sabe —contestó uno de ellos—. Ya estaba cuando nosotros llegamos.

—Pobre gringo —dijo Emilia, usando las habilidades histriónicas que aprendió en las tardeadas de
los domingos—. Eso le pasa por andar haciendo turis-
mo en las cantinas. No debería yo ni venir a buscarlo,
pero tiene mejores ratos. Y si usted supiera lo importante que es en su país, no dudaría en soltarlo. Para
mañana, el cónsul americano va a estar quejándose.

—Jálenlo pa' acá —pidió el jefe a los celadores.
No fue necesario. Daniel había descubierto a
Emilia y ya se abría paso hasta la reja del galerón. Emilia
divisó a unos metros su gesto enfurecido. Se mordía
los labios y tenía en los ojos la lumbre de ira que muy
pocas veces lo prendía.

—*I am very sorry, you should not be here* —dijo
al acercarse a la mirada bendita de Emilia.

—*I am just fine* —le contestó ella sintiendo

las lágrimas subir desde su estómago. Empezaba a costarle trabajo la farsa.

—Así que éste es su gringo —dijo el carcelero jefe de turno, un hombre feo, como deben ser los carceleros, tosco y bruto como fue imaginado. Emilia asintió con la cabeza porque había perdido las palabras. Luego levantó la cara y las recuperó para preguntar, con el tono más dulce que jamás salió de su garganta, si sería posible que lo dejaran salir.

—Ándale cabrón, sácate al gringo —le ordenó el jefe al hombre que cuidaba la reja.

Acostumbrado a escuchar instrucciones mezcladas de improperios, el guardia le dio vueltas al llavero regido por la invariable lentitud con que hacía todo. En silencio, con los ojos puestos en la penumbra de aquel chiquero, Emilia esperó sin parpadear.

—¿Tienes frío? —le preguntó el carcelero pasándole un brazo por la cintura y jalándola hacia su barriga inflada y tiesa.

—Un poco —contestó Emilia.

Hizo un esfuerzo para no perder el aplomo. Luego se quedó muda otra vez porque el hombre le puso una mano en los pechos y se los tentó como si estuviera escogiendo fruta en el mercado.

—Llévatelo ahora, chula —le dijo—, porque mañana ya quién sabe.

—Muchas gracias —contestó Emilia sin alejarse, sin temblar, sin perder la sonrisa de gratitud que se había puesto en la cara.

Después se fue zafando de aquel abrazo sin hacer escándalo, con la suavidad de una reina. Ya libre, se prendió a la mano que Daniel le extendió al cruzar la reja.

—No vayas a pegarle porque nos matan —le dijo usando el inglés que su padre la había obligado a aprender cuando ella estaba segura de que jamás le serviría de nada. Mantuvo la sonrisa todo el camino de regreso entre las celdas. Ni siquiera cuando enfrentó la cara de Milagros, angustiada por primera vez desde que la conocía, se deshizo de aquella expresión beatífica rigiéndole la boca.

—Emilia está bendita —dijo Daniel, mientras intentaban acomodarse en el pequeño Oldsmobile del poeta Rivadeneira. La llevaba sobre las piernas, la besaba y se reía de su aplomo y sus habilidades teatrales—. Sin ella no me hubieran soltado nunca, tía.

—Ya le habíamos pagado —dijo Emilia, apretándose a él sin reparar en el olor a pocilga que le había quedado en el cuerpo.

—Si no me lo impide mato al tipo aunque me maten después. ¿Pero sabes qué hizo ella, tía?

—No le digas —pidió Emilia.

—Me lo imagino —dijo Milagros.

Guardando para ellos una parte de la historia, Daniel se empeñó en contar algo y dijo todavía medio confuso:

—Me dominó con la mirada. Con una voz muy dulcecita, como si fuera una diplomática saludando a su embajador, usó el inglés para pedirme que yo no hiciera nada, pero en el español más claro que pueda existir me dio con los ojos una orden de militar. Es terrible, tía. Le voy a tener miedo, no sabes la frialdad con que actuó. El guardia llegó a pensar que la farsa con que estaba de acuerdo era la pura verdad.

—Me imagino —volvió a decir Milagros secándose una lágrima con la punta del pañuelo que le extendía Rivadeneira.

—No tía —dijo Daniel—. No te la puedes imaginar. Es un monstruo —dijo Daniel apretándola contra él.

—Sí me la puedo imaginar, pero no quiero. ¿Me oyes Daniel? No quiero y te lo digo en serio.

—Tampoco fue para tanto, tía Milagros. Así

tentamos siempre a las naranjas y nadie se aflige —dijo Emilia.

—Tú no eres naranja, Emilia. Si te oye tu papá se muere —dijo Milagros.

—Sí —contestó Emilia—. Pero no me va a oír. Ya no te aflijas. ¿A dónde vamos?

—Tú a tu casa —dijo Milagros—. Y este condenado a la mía. Es un imprudente y de aquí al martes lo voy a vigilar como su sombra.

—Yo también —dijo Emilia—. Porque tampoco vamos a estar gastando el dinero a lo tonto.

—¿Y quién va a hacer mi trabajo? —preguntó Daniel.

—Nadie es imprescindible —dijo la tía—. Ya veremos quién, que sea menos conocido.

—Yo puedo hacer tu trabajo —se ofreció Rivadeneira.

—Ay Rivadeneira, Rivadeneira. Tú no te cansas de ser bueno, pero tampoco te cansas de ser iluso —le dijo Milagros—. Este muchacho se mueve como una mosca y así lo alcanzaron.

—Bueno —dijo Rivadeneira con su habitual parsimonia—, pero no todo será correr.

—En algunas cosas puede suplirme. En otras con que me acompañe —dijo Daniel.

—Ves, Milagros. Nunca me concedes habilidad para nada —dijo Rivadeneira.

—¿Cómo de que no? Siempre he reconocido que eres un excelente poeta y que nadie sabe tanto de Sor Juana como tú, ni Amado Nervo, que se cree su descubridor.

—*¡Justicia, suelta el laurel!* —dijo Rivadeneira—. Muchas gracias por concederme la gloria. Tú siempre habías creído saber más.

—*¡Todo en fin se sacrifique a vuestras divinas aras!* —le contestó Milagros para seguir conjugando en desorden a la veneradísima Sor Juana—.

¡Que es doble el necio que sobre necio, quiere ostentar serlo!

—¿Cómo debo entender esto último? —preguntó Rivadeneira.

—Como un acto de humildad, de esos que tengo pocos, aprovecha.

—*Amor, si tú eres cautelas, a mis cautelas ampara* —dijo Rivadeneira, incapaz de ocultar el gozo.

Sin ninguna cautela y amparados en el olvido de quienes intercambiaban versos remotos, Emilia y Daniel se humedecían con toda clase de baboseos y arrumacos bajo la tibia oscuridad callejera de aquel mayo.

Cuando Milagros detuvo el auto frente a la Casa de la Estrella, los dos bajaron de un brinco y sin hacer ruido se despidieron agitando la mano.

—No pretendas ejercer tu autoridad porque siempre es tardía —le dijo Rivadeneira, temiendo que Milagros pretendiera llevarse a Daniel con ella.

—Tienes razón —le contestó la mujer recargando en él su cabeza exhausta de tanto no darse tregua nunca. Además, sus dos sobrinos tenían un halo común y ella no estaba para perturbarlos—. Quiéreme —le pidió a Rivadeneira que con los dedos de su mano derecha contaba las veces que le oyó tal ruego.

Emilia le tiró un beso a su tía, Daniel le guiñó un ojo y le dijo *te quiero* moviendo los labios sin hacer ruido. Luego la sobrina sacó de su bolsa la gran llave de la puerta y se la ofreció a Daniel que abrió como un experto la mañosa cerradura de los Sauri.

Diego y Josefa esperaban adormilados en un sillón de la sala, y escucharon los ruidos de romance subir por la escalera.

—¿Qué no se había ido éste? —preguntó Josefa.

—Estaba en la cárcel —dijo Diego descansando—, pero se ve que Milagros pudo sacarlo.

—¿Desde cuándo lo sabías? —le reprochó Josefa.

—Desde hace rato —contestó Diego.

—¿Quién te lo dijo y a qué horas? —preguntó Josefa sonrojada y entristecida—. ¿Por qué no me lo habías dicho?

—No quise afligirte en balde. Ya ves que ahí viene. Tiene suerte.

—Aflígeme, pero no me arrincones —pidió Josefa.

—De ahora en adelante —contestó Diego levantándose para recibir a los muchachos y escapar de la furia que sentía crecer en su señora.

—¿Cómo pudiste ganarme en el ajedrez sabiendo tal horror? —le preguntó Josefa sin moverse del sillón.

—Porque soy un buen estratega y me preocupo menos por lo irremediable —dijo Diego abriendo la puerta que daba a la escalera para que entrara el par de embebidos.

Emilia entró con la lengua desatada y el corazón en vilo. Habló y habló durante más de una hora, mezclando, en el desorden de su euforia, al carcelero con la trapecista y a su tía con la necesidad de una revolución, a Rivadeneira con el domador de leones y a Sor Juana con la muchachita que brincaba de un caballo al otro. Sin embargo, se cuidó de no contar lo que había sucedido tras la reja que cruzó para seguir al carcelero en busca de Daniel. Pasó por esa parte como si todo hubiera sido costura y canto.

A veces Daniel la interrumpía para elogiarla. Estaba sentado en el suelo liando un cigarrillo con el papel y el tabaco que Diego le ofreció en cuanto lo vio acuclillarse sobre el tapete, con un cansancio que le recordó sus días de encierro en el barco de Fermín Mundaca, hacía más de treinta años.

No lo podía evitar, le gustaba el hombre en que se había convertido Daniel, y no veía tan dramático como su mujer el hecho de que Emilia lo quisiera tanto. Quizás hasta fuera mejor eso que cualquier otro delirio. Total, en el lío antiporfirista estaban metidos también ellos. Y tal vez, todo eso no fuera ni tan peligroso ni tan desorbitado como parecía. A la mejor hasta tenía razón Josefa y Madero conseguía la democracia y la paz en un resuello.

Le dio el tabaco y volvió a sentarse junto a su mujer.

—Ya sabemos que ayer dormiste aquí —le asestó Josefa a Daniel en cuanto Diego se acomodó cerca de ella.

—Ya sé que saben —le contestó Daniel preguntándose cómo era posible que no le hubiera temido al interrogatorio que padeció en la cárcel, y sintiera congoja frente al que Josefa amenazaba con iniciar.

—Yo lo invité, mamá —dijo Emilia acercándose a la camisa sucia de Daniel.

—¿Por cuánto tiempo? Acaba de llegar y se irá el martes en la tarde tras el *prócer de la libertad* —dijo Josefa, que para efectos prácticos ya no quería ni oír hablar de Madero.

—Josefa —le pidió Diego al oído—, éstos son otros tiempos. ¿Qué más podemos pedir para nuestra hija? Le ha tocado el amor, qué importa si no le tocan el orden y las ceremonias.

—Importa. ¿Por qué no he de querer para ella lo que hemos tenido nosotros?

—Porque sabes que la historia no se repite —le dijo Diego.

—No hagas discursos, esposo. Esto ya es muy complicado, como para empeorarlo con discursos.

Diego estuvo de acuerdo. Se quedó un rato en silencio chupando su tabaco. Luego se acercó a su mujer para tocarla como quien está urgido de dar con la tierra.

—En algo que tenga yo el gusto de coincidir contigo. Porque últimamente no consigo dar con una —le dijo la cavilosa Josefa.

Hacía rato que la discusión no tenía testigos. Emilia y Daniel no quisieron gastar su tiempo en atestiguarla. Se habían metido al baño azul y cuando Diego y Josefa, dando vueltas en círculos, volvieron a enfrentar sus desacuerdos y estaban a punto de gritarse como no lo habían hecho nunca en la vida, los detuvo un escándalo de risas que mezclado con el de la regadera sonaba a feria.

—¿Qué más quieres, Josefa? —le preguntó Diego al escuchar la música que corría bajo el agua—, piensa que hay cientos, miles, millones de seres humanos que jamás atisbarán el milagro en que está viviendo Emilia.

—Apenas tiene diecisiete años —le recordó Josefa.

—Mejor. Más tiempo tendrá para disfrutarlo.

—A saltos —lamentó Josefa.

—Porque lo único durable es el tedio. Eso sí que permanece. Pero el amor —dijo Diego haciendo girar los anteojos que tenía tomados de una pata— es a saltos. Tú lo sabes.

—Sí que lo sé —le contestó Josefa cabizbaja—. Hoy, por ejemplo, no te he querido para nada.

—No te hagas la que no entiende.

—Te entiendo, si eres muy obvio, pero las formas son las formas. Concédeme el derecho a estar triste.

—Con que no estés envidiosa —le dijo Diego sabiendo dónde picaba.

—¿Vas a dejarme por un amor de adolescente? —le preguntó Josefa.

—No de momento —le dijo Diego.

—Entonces de momento no estoy envidiosa.

Diego sonrió.

—No te pongas presumido. Bastante tengo yo con que seas liberal, como para que te eches encima otra vanidad.

—¿Qué vanidad hay en ser liberal? —preguntó Diego.

—La vanidad de los que creen que lo saben todo.

—Culpa de eso a quienes dicen conocer hasta las intimidades de Dios.

—No voy Diego. Nada más me faltaba terminar hablando de Dios. Eres capaz de todo con tal de cambiarme el tema. La niña va a sufrir de más y nosotros tendremos la culpa.

—Nosotros no tenemos la culpa de que ella quiera un destino y se lo busque.

—Ella no sabe lo que quiere —aseguró Josefa.

—No menosprecies su buen juicio. Ella sabe que quiere a Daniel.

—Pues se equivoca como una china —afirmó Josefa.

—¿Cómo se equivocan las chinas? —preguntó Diego.

—Se equivocan así —le contestó Josefa tras un suspiro—, como se está equivocando Emilia. Pero la culpa la tengo yo por haber dejado que la llevaras al ensayo en casa de los Cuenca.

—¿A cuál ensayo? —preguntó Diego.

—A ése al que no quería ir, por algo soñó feo la noche anterior.

—Josefa, creí que esa discusión se había acabado hace once años.

—Nunca se acabó. Ésta es la misma discusión de hace once años, y te lo vuelvo a decir, el niño de los Cuenca es un peligro.

—¿Cuál de los niños? —preguntó Daniel que salía del baño con la mirada luminosa y la endiablada sonrisa de toda su vida. Tenía el pelo mojado y sin peinar cayéndole sobre la frente.

—Tú —le asestó Josefa.

—Tía Josefa —dijo Daniel acercándose para acariciarle una mejilla—, ya sé que no soy lo mejor que le pudo pasar a Emilia, pero tampoco soy lo peor. Haz la cuenta: no soy borracho, no soy jugador, no soy mujeriego, no soy porfirista, no tengo gonorrea. Sé tocar el piano, la flauta, el violín y la chirimía. Sé historia, sé inglés, soy buen lector, no creo en la supuesta inferioridad natural de las mujeres y tengo veneración por ésta.

—Dios diría que es bueno, mamá —dijo Emilia que apareció color de rosa y alegre con un cepillo en la mano y una toalla en la cabeza.

—No le preguntes cuál dios —aconsejó Diego riéndose.

—Ustedes se creen que es juego. Como se han estado abrazando desde siempre. Pero, ¿estás tú para tener hijos? —le preguntó Josefa a Daniel que todavía la tenía tomada de la mano con la que le había ayudado a contar sus cualidades.

—No creo que me salieran mal —contestó Daniel besando a la guerrera implacable que tenía por suegra.

—¿Dónde aprendiste a tocar la chirimía? No puedo creer que eso te dé derecho a regar hijos —regañó Josefa.

—Mamá, tú tardaste doce años en tener una hija —interrumpió Emilia detenida frente a los ojos de su madre.

—¿Y si sales a mi madre?

—Peligroso —dijo sentándose bajo la luz cerca de su padre—. Pero puedo salir a la tía Milagros y no embarazarme nunca.

—Deja de decir tonterías —le pidió Josefa mirándola sin poder librarse de una sensación de orgullo. El brebaje de amores que su hija había bebido esos días le puso en los ojos un matiz de aplomo que no tenían la semana anterior—. Voy a preparar un agua de canela y sea por Dios —dijo caminando con los hombros erguidos y el talle de bailarina que según determinó Daniel, le había heredado idénticos a Emilia.

Diego la miró pensando que había razón en sus argumentos, pero se cuidó de aceptarlo cuando ella volteó la cabeza sin cambiar la dirección de sus pasos y le advirtió apuntándole con el dedo:

—Y tú no me vayas a preguntar cuál dios.

—Tendría yo que estar loco —le contestó Diego levantándose del sillón para ir tras ella hasta la cocina.

Sin más trámite, Daniel quedó instalado en la casa de los Sauri y durante los siguientes días lo puso todo de cabeza. Emilia no volvió a trabajar en el laboratorio, Josefa dejó de leer y se puso a probar recetas de cocina con un fervor de recién casada, *Floberto* el perico enloqueció tratando de habituarse al silencio de las mañanas y el ruidero de las noches, *Casiopea,* la gata con que Josefa acompañaba sus lecturas, fue corrida de la estancia en que Daniel y Emilia retozaban hasta mucho después del desayuno, y *Futuro*, el perro negro con el que Emilia salía a caminar todas las tardes, tuvo que soportar el abandono y el encierro en que lo dejó su dueña.

La casa estaba suspendida en un alboroto constante. Las conversaciones nocturnas se prolongaban sin rigor ni concierto hasta la madrugada, la hora de la comida nunca era antes de las cinco y había hasta cuatro turnos para el desayuno.

Los distintos clubes que se disputaban el liderazgo antirreleccionista en la ciudad tenían, aparte de su vocación maderista, otra única coincidencia: su respeto por la postura independiente y tenaz del grupo de amigos que desde hacía veinte años se reunía en la casa del doctor Cuenca. Tal vez por eso, además de por su audacia y su habilidad conciliadora, fue que Madero eligió a Daniel para trabajar en Puebla los días previos a su visita.

Visto que el muchacho corría peligro andando por las calles, Diego Sauri ofreció su casa para que fueran ahí las reuniones y acuerdos entre los representantes de los distintos clubes partidarios de Madero. Así que desde las siete de la mañana y durante varios días hasta que la luz los alcanzaba dormitando sobre la mesa del comedor, la casa estuvo asediada por toda clase de visitas, iluminada con toda suerte de planes y bendecida por el lujo de cobijar una pasión sin recatos.

—Emilia, ¿es necesario que sobes a Daniel delante de Aquiles Serdán? —le preguntó una tarde Milagros Veytia a su sobrina llevándola a un rincón para no distraer a quienes discutían si era posible tener los partidarios suficientes como para hacer una valla junto a la vía del tren.

—Completamente necesario —le contestó Emilia.

—¿Por qué? —le preguntó Milagros.

—Porque el hombre contagia una cosa rara.

Algo como triste —dijo Emilia—. Cuando quiero librarme de eso necesito tocar a Daniel.

—¿Y cada cuánto tiempo necesitas librarte de eso?

—Cada todo el tiempo, tía —aseguró Emilia con una sonrisa alrevesada y fugaz.

XII

La tarde del martes siguiente, llegó Madero. Una multitud lo esperó en la estación del tren gritando vivas y contagiándose de fervor democrático, en lo que fue la más grande manifestación de fuerza antirreleccionista que hubo jamás en la ciudad.

En el remolino de tal marea, Emilia perdió la mano de Daniel. No intentó retenerla. Lo besó a media calle, largo y tendido, hasta quedarse con el sabor de su lengua entre los dientes. Luego, sin una palabra de reproche, lo dejó irse tras Madero. Vio cómo la muchedumbre se cerraba tras su espalda y volteó a buscar un consuelo en la mirada y los brazos de Diego Sauri.

—¿Quieres un café? —le preguntó Diego tomándola de la cintura, sintiéndose más inútil que nunca.

—Vamos al mitin —dijo Emilia esgrimiendo una sonrisa.

Como se creyó desde el principio, las autoridades no dieron permiso para manifestar en público. Así que la persecución de unos días antes, a causa de los trabajos en el barrio de Santiago, valió la pena, porque pudo hacerse ahí el mitin clandestino en el que se reunió tal gentío que, al rato de iniciado, cualquiera hubiera podido decir que en nuestro castellano *clandestinidad* significaba jolgorio.

Hubo discursos varios, euforias múltiples, quejas y maldiciones a granel. En cuanto Madero dijo la última palabra, Emilia y su padre volvieron a su casa caminando despacio y hablando poco. Diego no quiso enturbiar la tristeza de su hija con sus lamentos políticos, y Emilia pensó que su padre no merecía el espectáculo de su pesadumbre puesta en palabras. Sólo después que cruzaron el umbral del salón y Diego se encontró con los ojos de Josefa como la interrogante que le urgía responder, dejó salir un parte de sus pesares.

—¡Qué horror! —dijo tirándose sobre un sillón—. Este hombre nos va a meter en un lío del que ni él va a salir bien librado. No sabe lo que quiere. Todo se le va en buenas intenciones, vaguedades y sanos propósitos. Mientras encierran a la gente por sólo pronunciar su nombre con euforia, el señor anda queriendo quedar bien con la iglesia, con los pobres, con los ricos, con las putas y las damas de San Vicente. ¡Qué discurso infame! Me quería yo meter debajo de una piedra.

—Estás exagerando —aseguró Josefa, que había preferido quedarse en la casa para no rasguñar a Daniel cuando se fuera—. ¿Tú que dices hija?

—Lo mismo —contestó Emilia lánguida y somnolienta.

—Pero ella lo dice porque está celosa —dijo Diego Sauri—. Yo lo digo con toda objetividad.

—Qué celosa ni qué nada. Por mí Daniel puede quedarse acompañando al chaparrito a escuchar cuanta comisión, club o secta quiera escuchar —dijo Emilia dejándose caer cerca de su padre.

—Te vino a ver Sol —le avisó Josefa empeñada en distraerla—. Está radiante como un caramelo.

—Se va a librar de su madre —explicó Diego.

—Y de su padre —aumentó Emilia jugando a morder la mejilla del suyo.

—¿No la vas a buscar? —preguntó Josefa—. Se casa la próxima semana y no la has acompañado.

—Yo me casé la semana pasada y ella tampoco me acompañó. Casarse es cosa de dos, mamá.

—No siempre, hija —contestó Josefa.

—¿Te hubiera gustado que me casara como Sol? —preguntó Emilia levantándose de junto a su padre y caminando hasta Josefa.

—No sé —contestó Josefa mordiendo la hebra del hilo con que bordaba.

—Sí te hubiera gustado. ¿Por qué no usas las tijeras? —le preguntó Emilia extendiéndole unas pequeñitas que Josefa tenía sobre su regazo y en las que parecía no haber reparado.

—Por idiota —le contestó Josefa.

—Idiota este señor Madero que anda entre los espíritus mientras tiende la cama de un incendio —dijo Diego.

—¿Tú no vas a moverte del tema? Porque yo no quiero iniciar otra vez la defensa de la moderación maderista. Me voy a dormir —amenazó Josefa empezando a guardar los hilos.

—¿De qué quieres que hablemos? —le preguntó Diego Sauri—. ¿El otro tema son las bodas? ¿Quieres que te diga que tienes razón, que no debimos permitirle a Emilia que quisiera a Daniel sin más trámite, porque el muchacho iba a irse de un día para otro? No te lo voy a decir, Josefa de mi alma. Este país va a arder en una guerra y la virginidad de las niñas no le preocupará ni a Nuestra Señora de Guadalupe.

—Me voy a mi cama antes de que llegues a tu discurso sobre la democracia como un asunto civilizatorio —contestó Josefa levantándose.

Abandonó su poltrona y caminó por el centro del cuarto, pensativa y disgustada. Diego la miró caminar, sin querer evitarse el viejo encanto que su mujer le provocaba en los momentos más inesperados.

—No se enoje usted —le pidió—. ¿De qué quiere platicar? ¿Qué sueño ambiciona? ¿Qué estrella le bajo?

—No molestes, Diego —dijo la señora Sauri alejándose de los brazos que su marido le extendía.

Emilia sonrió al verlos juguetear, y una especie de consuelo le pacificó la pena rara que era su amor adolescente, abandonado de buenas a primeras, con la misma contundencia con que osó llegar.

—Mañana voy a ver a Sol y la ayudo en todo lo que necesite. Te lo prometo —dijo abrazando a su madre como si fuera su hija.

Detenidas en mitad de la sala, una apoyada en la otra, le parecieron a Diego el centro del mundo.

—Están exhaustas como dos guerreras —opinó Diego contemplándolas con los ojos perdidos en su abrazo. Le pareció que eran hermosas y firmes. Idénticas y opuestas. ¿Qué importaría una guerra cerca de ellas?

Al día siguiente, hija y madre salieron temprano rumbo a la casa de Sol. Desde el portón de la entrada se oía el revuelo del segundo piso. Emilia y Josefa entraron en la recámara donde se amontonaban todas las prendas de ropa interior que una mujer pueda usar en su vida, junto con todas las toallas, sábanas y colchas que pueda necesitar una casa en veinte años, cuando la niña casadera estaba subida en una silla probándose el vestido que apenas había llegado a tiempo de París, con el inconveniente de ser dos tallas más grande que su dueña.

Josefa pensó que hubiera sido mejor encargárselo a la modista más elegante de la ciudad, en vez de lidiar con un disgusto de última hora, pero se ahorró el comentario movida por su odio a la impertinencia. No conforme con eso, se ofreció a conseguir que el traje le quedara pintado a Sol. Pidió alfileres y empezó a prenderlos en el vestido, con una habilidad de modista. En media hora había terminado de ajustar el traje al cuerpo de la muchacha. Hasta entonces, Sol bajó de la silla y Emilia le ayudó a desabrochar la hilera de pequeños botones forrados de organza que le corría por la espalda como un escalofrío.

—Vas a estar preciosa —dijo y la besó para disculpar su ausencia de tantos días.

Sol se había quedado a medio vestir con su corpiño de varillas y sus fondos de olanes.

—¿Qué te pasó? —le preguntó a Emilia en voz baja y casi sobre el oído.

—Me caí a un río —dijo Emilia jugueteando con sus recuerdos.

Se hicieron hueco entre la corsetería que salpicaba la cama, para acomodarse a cuchichear mientras Josefa y la madre de Sol iban a entretenerse en la sala de los regalos.

Habían montado repisas a todo lo largo y ancho de la gran habitación y no quedaba ni un lugar vacío.

—¿Dónde pusiste el mío? —preguntó Milagros Veytia a manera de saludo al entrar al salón dispuesta a examinarlo todo con gesto de juez. Paseaba entre la plata, las porcelanas y el cristal cortado, con un desparpajo que ponía en riesgo la estantería completa—. Hay vajillas para un ejército —dijo.

—Van a tener dos haciendas, una casa en la capital, un atelier en París y otros lugarcitos. Les harán falta, no creas —dijo la madre de Sol, fingiendo bañarse de sencillez cuando no cabía en su piel. Luego volvió a caminar entre regalos. Como iluminada, se detuvo frente a un reloj metido en madera con incrustaciones. Una joya de marquetería, a la que estaba prendida la tarjeta de Milagros Veytia. Cuando la leyó, la mujer se deshizo en elogios y agradecimientos.

Como respuesta al panegírico, Milagros se limitó a preguntar condescendiente para qué podía ser útil en ese momento. Josefa le había mandado un mensaje pidiéndole que viniera y le explicó que los motivos de la urgencia estaban todos en las cien alforzas por desbaratar y volver a hacer en el vestido de Sol.

Milagros había quedado exhausta tras la visita de Madero, pero en vez de poner un pretexto y salir corriendo del trabajo, se dijo que le vendrían bien un tiempo de reflexión y silla con algo entre las manos. Los últimos días había caminado kilómetros yendo de un lado al otro de la ciudad, así que le gustó la idea de acomodarse en el costurero a conversar con su hermana.

—Esta mujer se ahoga en un charco —dijo en cuanto la madre de Sol tuvo que irse a solucionar uno de los veinte mil falsos problemas que la agobiaban.

—Y tú no tienes vergüenza. Te vi cambiar la tarjeta —le aclaró Josefa deteniendo el bordado para escudriñar los impasibles ojos de Milagros.

—No me delatarás, ¿verdad? —se aseguró Milagros—. Me parece necio gastar en un regalo para alguien que ha recibido envíos de todos los ricos de México. Con lo que me hubiera costado ese reloj saco a veinte hombres de la cárcel —explicó justificándose con la clara sonrisa de una santa.

Durante los días que siguieron, la vida giró sin reparo hasta casi parecer la misma. En las mañanas, las Veytia conversaban largo junto al vestido de Sol. Quien las hubiera visto de lejos, cosiendo sin aparente preocupación el vestido de la muchacha que se casaría con el hijo menor de una de las familias más ricas de la ciudad, el estado y el país, no podría siquiera imaginar el aire que rondaba sus conversaciones. Josefa sabía por Milagros que durante los días siguientes a la visita de Madero, habían desaparecido de la ciudad decenas de sus más entusiastas seguidores. Para aumentar sus pesares, Milagros le contó que una noche había salido un tren con ciento treinta prisioneros que serían llevados como castigo a Quintana Roo, aquel imaginario lugar lleno de prodigios por el que su marido sentía nostalgia tantas tardes.

Por más que le daba vueltas, Josefa no podía creer que tal paraíso fuera considerado un lugar de castigo.

—Los llevan a hacer trabajos forzados bajo un calor que mata —le dijo su hermana—. No van a pescar y a dormir junto al mar que revuelve los recuerdos de tu marido. Van a la selva cerrada, a dormir entre víboras y mosquitos, a pelearse con el monte para abrir caminos, a comer lo que les avienten, a morirse.

—¿Todo eso por querer elecciones limpias?

—Todo eso... —murmuró Milagros, en quien por primera vez Josefa percibió el desaliento.

—Vente a vivir con nosotros —le pidió Josefa al verla por un momento de sus vidas en condición de desamparo.

—No es para tanto. La soledad tiene sus placeres.

—Cásate con Rivadeneira —sugirió Josefa cortando un hilo.

—¿Para arruinarle la vida? —preguntó Milagros.

—Ya se la tienes arruinada —dijo Josefa.

—¿Cómo va Emilia? —preguntó Milagros, que sintió peligros en semejante conversación.

—Va —le contestó Josefa sabiéndola más desolada de lo que era posible notarle.

Desprendida de Daniel y su abrazo, Emilia quiso hundirse entre los frascos y fragancias de la botica. Su padre la recibió cantando el *Ritorna vincitore* y no se volvió a tocar el tema del dolor por ausencia.

Diego estaba seguro de que ninguna palabra podía darle a su hija mejor que el entretenimiento, así que la entretuvo enfrentándola a uno de los problemas más abrumadores del ser humano: cómo descubrir las causas de sus enfermedades para poder librarse de ellas.

Con la naturalidad de quien nunca ha quitado ese tema de su cabeza, Emilia volvió a los libros de medicina que guardaba su padre.

—Mira lo que te tengo —dijo Diego una tarde, esgrimiendo un tomo amarillento y deshojado.

Se llamaba *Historia medicinal de las cosas que se traen de nuestras Indias Occidentales* y había sido escrita por el médico sevillano Nicolás Monardes y publicada en el año de 1574.

—Tu héroe —dijo Emilia.

—Uno de ellos —contestó Diego dejando aquel libro sobre la mesa central del laboratorio.

Emilia jaló un banco alto y se puso a hojearlo.

—Ya conocían los usos del aceite de liquidámbar —dijo levantando la cabeza en busca de su padre—. ¿Por qué me habías dicho que ésa era una preparación original de la botica Sauri?

—Es original nuestra porque ya nadie la usaba. Y el tiempo es el mejor amigo de la originalidad.

—Dice Monardes que calienta, conforta, resuelve y mitiga el dolor. Tal vez me sirva untármelo.

—Todo sirve para el mal de amores, golondrina —le dijo Diego—. Mientras haya inteligencia en el enfermo, cualquier aceite cura, y tú eres una enferma muy inteligente. Tanto, que muchas veces nos engañas. Hasta parece que ni te acuerdas de tu mal.

—De loca pongo cara de pena frente a Josefa Sauri. Si así le sobran discursos, imagínate si me nota la tristeza. No se le acaba el odio por Daniel en todo lo que le queda de vida —dijo Emilia.

—Tu mamá tiene debilidad por Daniel —inventó Diego, a quien lo aterraba la sola idea de una brecha entre su mujer y su hija.

—Eres fantasioso, papá. Te pareces a Monardes —dijo Emilia guiñándole un ojo—. ¿Ya viste para cuántas cosas dice que usaban el tabaco? Para cerrar heridas, para dolores de cabeza, reumas, males de pecho, dolor de estómago, ahíto, lombrices, hinchazones, dolores ventosos y de muelas, carbúnculos, llagas... Con razón no hay cosa que mi tía Milagros no resuelva liando un cigarrillo.

Pasaron la tarde leyendo y transcribiendo todo acerca del tabaco y sus utilidades. Cuando cerraron la botica para subir a cenar se llevaron el libro a la casa y abrumaron a Josefa con las más extrañas anécdotas sobre el opio y los fantasmas e imaginaciones que provoca.

—¿Sabes lo que escribió Monardes? —le preguntó Emilia a su madre siguiéndose de largo a la cita—: "A los españoles cinco granos de opio nos matan cuando sesenta les dan a los indios salud y descanso".

—¿De casualidad no dice cuántos trastornan a los mestizos? Porque yo a veces quisiera privarme de juicio y ver cosas y visiones que me den contentamiento —rió Josefa parodiando las descripciones del libro.

—Tú te mueres con los cinco granos de los españoles —le dijo su marido.

—¿Ahora me vas a presumir de indio, diciendo que tú aguantas cincuenta? —preguntó Josefa irónica y divertida.

—Te lo demuestro —le dijo Diego.

—No inventes desperdiciar —dijo Emilia—. Con ese tanto aliviamos a cinco moribundos, y a ti puede matarte.

—¿Matarme? Tú no sabes de qué estoy hecho —presumió Diego regodeándose en la paz de su sillón predilecto.

El poeta Rivadeneira irrumpió en esa paz, entrando a la sala exhausto y pálido como un cabo de vela.

—Se llevaron presa a Milagros —dijo. Y pareció que fuera lo último que podría decir.

—Vamos por ella —respondió Emilia, creyendo que sería cosa de repetir los trucos de unos días antes.

—Esta vez no va a ser fácil —dijo Rivadeneira—. A ella la conocen bien en las cárceles, no podemos inventar que es extranjera. Además el gobernador la detesta desde la noche en que le preguntó a su esposa de dónde sacaba estómago para vivir con un asesino. La detuvieron por orden suya, no de cualquier policía. Por supuesto, en ninguna cárcel hay registro de su entrada —explicó Rivadeneira. Nunca se había sentido mejor informado ni más inútil.

Diego Sauri abandonó su sillón para ir a sentarse junto a Josefa quien, muda desde que entró Rivadeneira, lloraba sin alardes, pero sin tregua. En su cabeza daban vueltas las mil veces en que le habló a su hermana de los claros beneficios de una vida regida por el sosiego. Y temblaba recordando los labios de Milagros al repetirle siempre como un edicto implacable: "Para que tú me veas quieta, tendrán que enterrarme."

Durante unos minutos, Rivadeneira caminó en silencio de un lado a otro de la sala, mirando a Josefa hacer el inútil esfuerzo de abandonar el llanto, a Diego hundir los dedos entre su despeinada cabeza para jalarse los pelos, a Emilia morder la uña de su pulgar izquierdo, moviendo los labios en un silencioso repetir algo que él descifró como un insulto impronunciable. Después empezó a hablar en desorden, como se habla en los sueños, como si oyéndose pudiera encontrar una respuesta. Los Sauri no entendían su soliloquio, lo escuchaban como a un loco peinando sus locuras, pero lo escucharon un buen rato con esa paciencia que sólo procura la angustia.

Ninguno de los tres se atrevió a interrumpir aquel discurso tan incoherente y, sin embargo, no menos coherente que cualquiera de los que cada uno de ellos dejaba pasar por su cabeza. Así estuvieron durante un tiempo que pareció brevísimo y eterno. Un tiempo regido por el anhelo común de ver a Milagros entrar en la estancia para solucionarlo todo con su presencia como un conjuro. Luego pasó el silencio entre ellos, largo como una legión de ángeles ociosos.

Sólo entonces Rivadeneira detuvo su desorden, se puso el saco, caminó hacia el espejo que le ofrecía un paragüero alto, se acomodó el pelo y descolgó su sombrero.

—Lo que tengo que hacer es sacarla de donde esté y llevármela de una vez por todas a un mundo que la ensordezca menos que éste —dijo poniéndose el sombrero—. No se lo voy a preguntar. Estoy harto de condescender, harto de que me trate como si no existiera, de que me tome y me deje como si yo fuera la esposa de un general en campaña —sentenció mientras volvía a ir y venir por la sala de los Sauri, enmudeciéndolos con aquella beligerancia que le desconocían.

Josefa lo escudriñaba como si por primera vez pudiese atisbar la índole de aquella relación casi secreta entre su hermana y el único hombre que le había dado la medida a su ambición de libertad.

—Eso haz. Me parece una idea prodigiosa —dijo levantándose de un brinco y pasándose las manos por la cara como si así pudiera cambiar el paisaje de sus sentimientos—. ¿Cómo vas a sacarla?

—Pidiéndosela al infame que la tiene —contestó el poeta, dueño por completo de una firmeza que sin duda poseía desde siempre, aunque no acostumbrara mostrarla—. Espero no tardar demasiado. Gracias por aclararme las cosas.

—¿Qué te aclaramos? —preguntó Emilia.

—Todo —le contestó Rivadeneira yendo hacia la puerta seguido por Diego Sauri, que se propuso escoltarlo a donde quiera que se le ocurriese ir.

Eran las diez de la noche cuando se presentaron en la casa del gobernador, acompañados por un notario tembloroso, amigo de Rivadeneira. Dos guardias les impidieron la entrada y uno de ellos tocó un silbato. A su llamado acudieron, en menos de un minuto, treinta hombres armados como para repeler un asalto. Rivadeneira se ajustó el saco, esgrimió su tono elegante y pidió ver al gobernador.

Los guardias lo miraron de la frente a los zapatos como si fuera un loco. Dijeron que el gobernador no estaba y que ésas no eran horas para buscarlo. Como si no los hubiera escuchado, Rivadeneira sacó una tarjeta con su nombre y se la dio al que parecía más importante. Al mismo tiempo, con el tono más afable que Diego le conocía a su noble trato, dijo que el asunto era urgente y que esperarían el tiempo que fuera necesario.

Cinco minutos después, un hombre de traje oscuro con chaleco debajo, se presentó como el secretario privado del señor gobernador, y tras consultar ceremonioso la hora exacta en su reloj de leontina, preguntó si se les había tratado bien y le participó a Rivadeneira que para su jefe sería un honor recibirlo. Escoltado por Diego Sauri y el notario, un hombre bajito que parpadeaba nervioso como si en los ojos tuviera un par de colibrís, Rivadeneira subió las escaleras del palacio en que vivía el repartidor de bienes y desgracias en el estado de Puebla.

Caminaron primero por largos corredores iluminados y desiertos. Luego entraron a un gran salón, de ahí a una estancia y de ahí a un cuarto más pequeño y a otro más pequeño. En ese último el secretario les pidió que esperaran unos minutos, y desapareció tras una puerta de cristales.

—¿Qué vamos a decirle a este demonio? —preguntó Diego Sauri.

—Yo sé lo que hay que decirle —contestó Rivadeneira como si desde siempre hubiera previsto semejante encuentro.

El secretario volvió con la engominada sonrisa que parecía puesta en su boca desde el día de su nacimiento, y con un ademán les pidió que cruzaran la puerta. Una gran sala presidida por el retrato de Benito Juárez se abrió frente a sus ojos. Al fondo, tras un escritorio alrededor del cual podrían comer doce personas, estaba sentado el gobernador.

—Mi estimado señor Rivadeneira —dijo levantándose en cuanto los vio entrar—. Estoy para servirle.

—Deje libre a mi cuñada —dijo Diego Sauri sin más trámite.

—Yo no encarcelo a nadie, ¿señor...? —dijo el gobernador deteniendo sus ojos en Diego Sauri como quien trata de indagar con qué piedra ha tropezado.

—Diego Sauri —dijo el boticario sin dar más explicaciones y sin extender la mano para buscar la de su poderoso interlocutor.

—Mi amigo Diego Sauri —dijo Rivadeneira— está casado con la hermana de Milagros Veytia. Y Milagros Veytia debería estar casada conmigo.

—Para contarme eso viene usted a buscarme.

—Para pedirle que la deje libre, y garantizarle que me haré cargo de ella a partir del momento en que usted me la entregue. Estoy dispuesto a firmárselo ante notario —dijo Rivadeneira con la solemnidad de un emperador.

—Tendría yo que ir contra la ley. Milagros Veytia está presa porque es un peligro viviente.

—No me lo tiene usted que decir a mí. Lo sé de siempre. Pero es también un lujo y los lujos, usted y yo lo sabemos, cuestan caros —dijo Rivadeneira.

—¿Qué tan caros?

—Todas las tierras amparadas bajo el nombre de la Hacienda de San Miguel. Tres mil hectáreas cruzadas por un río.

—¿Tanto vale esa leguleya? —preguntó el gobernador, altanero y burlón.

—No le tolero un agravio —dijo Rivadeneira—. Éstos son los títulos de propiedad. Se los firmo en cuanto me entregue a la señora Veytia.

Sin decir una palabra, el gobernador revisó los papeles hoja por hoja, con el gesto glotón de quien imagina, una por una, tres mil hectáreas siempre verdes. Luego rió escandaloso al tiempo en que tocaba un timbre. El secretario apareció en ese instante haciendo una caravana.

—¿Ya trajeron a la señora Veytia? —preguntó el gobernador—. Nuestro amigo Rivadeneira me ha ofrecido muy buenas y juiciosas razones a favor de su inocencia absoluta.

—Ya está aquí. ¿La hago pasar? —preguntó el secretario.

—Espere —pidió Rivadeneira—. Firmo antes —dijo amarrando el ansia de verla a su voluntad de ocultarle las razones de su libertad. Diego Sauri lo miró firmar, preguntándose a qué Dios debía agradecerle la fortuna de tenerlo como amigo. Nadie firmó jamás con tan clara certeza de que su nombre abría las puertas de un paraíso.

—Debe usted estar loco —dijo el gobernador tomando los papeles y ordenándole con los ojos al secretario que trajera a Milagros Veytia.

—Créame que ha sido un placer —dijo Rivadeneira.

—Será mejor que la encontremos afuera —aconsejó Diego Sauri acercándose a Rivadeneira. Pero para entonces Milagros había cruzado la puerta, y estaba frente a ellos inmutable y altiva, como si no saliera del fondo de una cárcel secreta.

—¿Qué te pidió este pillo? —le preguntó a Rivadeneira.

—Una descripción de tus cualidades —dijo Rivadeneira tomándola del brazo y caminando hacia la puerta, temiendo que el hombre aquel pudiera arrepentirse de su trato. ¿Ceder a Milagros? ¿Él? Ni aunque le escrituraran el país con todo y sus mares.

Una semana después, durante la boda religiosa de Sol, Milagros Veytia, que asistía siempre a esas ceremonias para darse el gusto de conversar sin tregua mientras duraban, le prometió al poeta Rivadeneira que tras las elecciones lo acompañaría en un viaje dedicada sólo a quererlo.

—Y entonces me vas a explicar cómo hiciste para que me dejaran libre —le sentenció al oído hincada junto a él a la hora del Sanctus.

—Entonces... —le contestó Rivadeneira como si rezara.

El poeta sonrió apretando su secreto mientras un coro de niños decía el *Aleluya* de Haendel y Sol tomaba el brazo de su marido para caminar con él hacia la puerta de la iglesia.

Emilia, de pie entre su tía Milagros y su madre, miró a su amiga hecha una muñeca nerviosa y trató de concentrarse en la música.

—¡Qué desastre estamos permitiendo! —le dijo Milagros al oído.

—¿Qué podíamos hacer? ¿Rescatarla de la dicha? —preguntó Emilia— ¿Cómo se convence al cielo de que no es azul sino transparente?

—Hija, te estás volviendo sabia demasiado pronto —le dijo Milagros besándola a media iglesia.

—¿Sabes que el tapete rojo sale desde su casa, cruza el parque, llega a la iglesia y continúa por las banquetas hasta el jardín donde será la comida? —preguntó Emilia informando. Luego, como si una cosa se desprendiera de la otra, cuando Sol pasaba frente a ellas anhelante y blanca, dijo casi en voz alta—: Yo creo que Daniel está perdiendo su tiempo en esto de la lucha por la igualdad y la democracia.

—Puede que tengas razón —le contestó Milagros tras sonreírles a los novios condescendiente como un vaso con leche.

—Claro que tengo razón. ¿No estás viendo? Si todo esto sale de perjudicar pobres, ¿por qué alguien puede querer beneficiarlos?

—Porque no les va a quedar más remedio.

—¿Por qué no va a quedarles más remedio? Tía Milagros, son dueños de todo.

—Ya lo sé, mi vida. Hasta que dejen de serlo.

—Mi papá no se cansa de repetir que para eso tendría que haber una guerra.

—Ojalá y no —dijo Milagros—. En todo caso hoy no vamos a resolver eso. ¿Te parece si caminamos por el tapete rojo hasta los novios y la fiesta?

—No me trates como a una tonta. No me distraigas la pena. Tú eres la única que no se ha empeñado en distraerme —dijo Emilia cuando cesó la música y en un tono de voz destinado a superarla.

Como toda la gente, Diego y Josefa habían salido tras los novios. En la iglesia quedaban sólo ellas, Rivadeneira, el olor estorboso de los nardos y, justo de espaldas a Emilia, un hombre que al oírla volteó su cuerpo de animal fino metido en una levita impecable, y dijo con la voz redonda de un hallazgo:

—Soy Antonio Zavalza y me encantaría seguir escuchando su conversación.

XIII

Quién era Antonio Zavalza además de un escuchador oficioso de las conversaciones ajenas, fue algo que la familia supo por completo en menos de una hora, porque el hombre no tenía remordimientos en la lengua y estaba solo. Apenas llevaba cuatro tardes bajo los techos de la ciudad, dijo, pero hacía varios años que fantaseaba con ella. Quería vivir ahí, caminarla de noche, aprenderse los escondites de sus calles. Quería que lo quisieran y ser todo sobre aquel suelo, menos un extraño.

Salió de la iglesia empeñado en convencer a Emilia de que no era un espía sino un cautivo de su voz. Y cuando llegaron a la fiesta que siguió al matrimonio religioso de Sol, cualquiera juraría que eran amigos desde la infancia. Antonio Zavalza era sobrino del arzobispo, aunque no compartiera con él nada más que el apellido paterno y una herencia. Había pasado cinco años estudiando medicina en París, y llegó a Puebla con el ánimo de establecer ahí su primer consultorio.

En cuanto la madre de Sol lo vio bailando con Emilia como si hubieran ensayado el vals con dos meses de anticipación, se precipitó a la mesa que ocupaban los Sauri y se hizo cargo de completar la información sobre el recién llegado. Antonio Zavalza era además de guapo, uno de los más importantes bisnietos de la Marquesa de Selva Nevada.

Su padre había muerto un año atrás, le había dejado una pequeña fortuna, con la que el muchacho tuvo a bien crear una fundación de auxilio a los viejos. Su amor propio lo tenía empeñado en vivir de su trabajo. Era médico, se había graduado con honores en París, no estaba de acuerdo con don Porfirio, le decía a quien quisiera oírle que la iglesia era una institución caduca, y rompió el compromiso de matrimonio que el arzobispo había hecho en su nombre con una hija de los De Hita.

—Te ha de parecer una ficha. ¿Por qué lo invitaste? —le preguntó Diego Sauri a la madre de Sol.

—Porque me lo pidió su tío, que está empeñado en relacionarlo con gente bien.

—Pues ya picó en mal sitio —dijo Milagros.

—Te encanta desprestigiar a tu familia. Mira que el muchacho se ve encantado con Emilia.

—Se acaban de conocer —argumentó Josefa—. No empieces con tus fantasías.

—Ya ves que prenden mis fantasías. Sol está feliz —dijo su madre.

—Está ignorante —opinó Milagros—. ¿Hiciste el favor de explicarle cómo son las cosas o se va a pegar la sorpresa de su vida?

—Por supuesto que le expliqué cómo debe portarse con su familia política. Sabe disponer como una reina, es elegante y discreta, no habla de más ni pregunta lo que no debe.

—Ni te importa que sea infeliz en la cama —dijo Milagros haciendo palidecer a su hermana.

—Ése no es asunto suyo sino de Dios, querida —dijo la madre de Sol—. Ella entre menos tiempo piense en eso, mejor.

—Pobre criatura —opinó Milagros sacando el abanico como si con él pudiera cortar la pesadez que había en el aire.

Emilia y Antonio Zavalza se acercaron al grupo en ese momento.

—Sol quiere hablar contigo antes de irse —dijo la madre de Sol—. En lugar de tirar el ramo al aire quiere entregártelo.

Emilia dejó a su padre conversando con el médico recién llegado y fue en busca de Sol, que otra vez se perdía entre fondos y vestidos, detenida en medio de su recámara, lidiando con las agujetas de un corpiño que le apretaba la cintura y le daba a su cuerpo la forma de un maniquí erguido y tieso.

—Tiene razón tu tía Milagros, estas prendas son infames —afirmó sonriendo al verla entrar—. Dice mi madre que el matrimonio no es ingrato, pero que hay momentos en que lo mejor es cerrar los ojos y rezar un Ave María. ¿Tú entiendes eso? —preguntó con la mirada llorosa.

—Chula, chula —murmuró Emilia abrazándola. Luego, sin alejarla de su cuerpo, le habló quedo durante un rato largo mientras acariciaba su espalda.

Abajo, la música de una orquesta tocaba un vals de Juventino Rosas y el aire, trastornado por el aroma de unos nardos, anunciaba el anochecer.

Emilia sacó un pañuelo diminuto del centro de sus pechos y se lo ofreció a su amiga. Fue a su bolsa por un poco de betabel para recomponer la palidez que sus explicaciones habían dejado en Sol. Luego, como si se tratara de su muñeca, le ayudó a vestirse con el complicadísimo atuendo de viaje que le había confeccionado la famosa Madame Giron de la calle Pensador Mexicano. Cuando terminó de prenderle el sombrero, la revisó de la cabeza a los pies como si fuera una obra de arte.

—No te has cambiado los zapatos —le dijo y fue al ropero por los botines de ante que se habían quedado, atestiguando la desolación de aquel mueble completamente vacío.

—Me siento tan hostil como se ve el ropero —dijo Sol.

—En el peor de los casos puedes ayudarte con la imaginación —le dijo Emilia desde el suelo en que se había hincado para abrocharle los botines.

—No hagas eso —le pidió Sol jalándole un rizo hacia arriba.

—¿Me estás oyendo lo de la imaginación? —preguntó Emilia concentrada en los botones.

—Sí —le contestó Sol.

—El pájaro que la pone a volar está aquí abajo de tu sombrero —dijo Emilia levantándose a poner sus manos sobre las sienes de su amiga.

Una hora más tarde, en el momento de salir rumbo a la primera noche de su luna de miel, subida en el Panhard Levassor al que su marido dedicaba más atenciones que a ella, Sol buscó entre la gente los ojos de su amiga y, al encontrarlos, se puso las manos en las sienes y le hizo un guiño.

—¿Qué te dice? —le preguntó Antonio Zavalza.

—Que intentará ser feliz —contestó Emilia agitando la mano para despedir a la novia.

El sol del día siguiente entró temprano por la ventana de Emilia Sauri que había olvidado cerrar los oscuros de madera, y le embargó la dicha que se había permitido el día anterior. Maldijo sin abrir los ojos. Buscó en silencio la razón por la cual la tenían tomada unas ganas opresivas de ponerse a llorar. Se lo preguntó en voz alta mientras recontaba con los ojos húmedos las vigas del techo. Luego metió la cabeza bajo la almohada y lloró sin darse tregua ni abrir la puerta durante los siguientes dos días.

Sus padres, que le conocían desde la infancia encierros de un rato, pasaron la primera mañana sin preocuparse demasiado. Pero cuando dieron las ocho de la noche sin que Emilia saliera al menos en busca de comida, Josefa Veytia ya no pudo guardarse los "te lo dije" que le apretaban la garganta. Dejó caer su lengua como una espada sobre los oídos de su marido hasta que el sueño le ganó la pelea cerca de las tres de la madrugada.

No había amanecido bien cuando volvió a las armas. Para el mediodía de aquel martes, hora en que Diego subió por cuarta vez de la botica a preguntar si algo había mejorado y por lo mismo él podía tener derecho a una sopa caliente, la furia de su mujer se había vuelto desolación. Llevaba una hora y media tocando a la puerta de su hija sin obtener ni un sollozo como respuesta.

—¡Este Daniel es un imbécil! —dijo Diego para sorpresa de su mujer—. ¡Estoy de acuerdo contigo en que este Daniel es un muchacho imbécil!

—Yo nunca he dicho que sea un imbécil —aclaró Josefa—. Yo digo que es muy inteligente, pero muy egoísta. Que todos esos que dan en redimir a otros no saben pensar sino en cómo notarse. Al pobre lo mandaron a un colegio de interno, no tuvo cariño suficiente y ahora es un descobijado en busca de notoriedad.

—Por eso: ¡es un imbécil! —gritaba Diego entre frase y frase de su mujer. Pero nada pasaba. Emilia no se movía de su madriguera a pesar del escándalo que hacían sus padres. Lo mismo podía estar muerta. Al menos eso pensaron los Sauri.

Después de un rato y otro en aquel silencio sin respuesta, el mismo Diego se puso a llorar con tal zozobra que Josefa pasó de regañarlo a compadecerlo. Lo acariciaba hablándole al oído cuando Milagros Veytia cruzó la estancia y se detuvo frente a ellos. Con sólo ver la cara de su hermana supo que algo andaba mal con Emilia.

—¿Está encerrada? —preguntó dándolo por un hecho.

—Y no encuentro las llaves de repuesto —explicó Josefa como si fuera una novedad que en su casa se perdieran las llaves.

—Esa puerta se puede abrir de una patada —dijo Milagros.

—Quítate Diego —pidió Josefa sabiendo la distancia que había entre una ocurrencia y una acción de su hermana.

Una tras otra, cinco patadas le puso Milagros a la puerta hasta que la firme chapa alemana encargada de custodiar el cuarto de su sobrina murió cumpliendo con su deber.

La recámara de Emilia se dejó ver clara y armoniosa. El último sol de la tarde caía sobre la cama de latón y la colcha de piqué blanco. Pero Emilia no estaba tirada ahí con la cara contra la almohada en medio de mocos y lágrimas. Emilia parecía no estar en la recámara. Desbaratando el silencio que paralizaba a sus parientes, Milagros Veytia se preguntó en voz alta si la niña no habría escapado por el balcón. Caminó hacia el rectángulo que dejaba entrar la luz contra los visillos. Diego resintió la pregunta porque vivía como una ofensa el solo hecho de que alguien imaginara que su criatura tendría algo que esconderle.

Josefa Sauri caminaba adelante de su hermana y se detuvo de repente como si el piso se le acabara. A sus pies, metida en el camisón color de rosa de su última infancia, sorda a los gritos de sus padres y a las patadas de Milagros, yacía Emilia inmutable como un encanto. Había estado dormida desde quién sabe qué horas. Y se veía exhausta.

Exhausta de crecer, pensó Josefa.

Diego Sauri se acercó a besarle la frente para comprobar que no tenía fiebre. Después levantó los ojos hacia el rostro de su mujer. Así dormía ella cuando era joven, con la misma perdida conciencia de existir. Aunque claro, ella no había tenido un padre y una tía irresponsables. Porque tal vez tenía razón Josefa cuando lamentaba las libertades con que Milagros y Diego cansaron a su hija.

Josefa pareció descifrar su mirada.

—Hay algunos renovadores incapaces de entender lo esencial —le dijo.

—¿Qué es lo esencial? —preguntó Milagros alzando la voz.

—Los hombres tienen pasiones, las mujeres tenemos hombres —le contestó Josefa—. Emilia no es un hombre. No la puedan tratar como si tuviera los sentimientos tan mal acomodados como ellos.

Diego terció con razones favorables a su causa subiéndose a la cama con todo y zapatos para tener más cerca la voz de su mujer. Pero ni al sentir cerca el olor a madera y tabaco que tanto la ataba a su marido Josefa dejó de culparlo.

—Ridícula estaba yo protestando mientras ustedes les tendían la cama a los muchachitos. Como si fuera un chiste que Daniel le quitara a Emilia la paz.

—La paz es para los viejos y los aburridos —dijo Milagros—. Ella quiere la dicha, que es más difícil y más breve, pero mejor.

—No hagas discursos, hermana —pidió Josefa levantándose de la cama y caminando hacia la puerta—. Hace rato que no puedo con los discursos.

—Tiemblo cuando se enoja contigo —le dijo Diego a Milagros tras ver salir a su mujer.

—No te aflijas. Ella sabe que tenemos razón. Lo que pasa es que le cuesta mucho trabajo aceptarlo.

—Yo no estoy tan seguro en este momento de que hayamos hecho bien no casando a Emilia como se casan las demás. Lo nuevo angustia.

—Más angustia lo viejo. Y si quieres entrar en tema, más me angustia el viejo Díaz. No sé qué vamos a hacer. Si sigue tan terco como está con quedarse, esto se va a volver un lío de los mil demonios. La campaña electoral es un sainete. Este hombre no quiere más elección que la suya. Y entre más persiguen a la gente, más se radicaliza. Algunos ya quieren levantarse en armas.

—Líbrenos el destino de los redentores —dijo Diego.

—Mañana llegan de México unos enviados de Madero a intentar que Serdán abandone su idea de la rebelión armada y se limite a combatir con la ley.

—No creo que logren nada —dijo Diego—. ¿Quién convence a ese montón de pasiones? Quiere ser héroe. Y eso es muy peligroso. Los héroes no traen con ellos sino dictaduras. Hay que ver en qué se ha convertido ese gran héroe de la República que fue el general Díaz. ¿Me crees si te digo que tengo miedo? Una cosa es querer vivir en una sociedad digna de llamarse así, buscar justicia para otros como un modo de encontrarse con la propia justicia, y otra meterse en una guerra.

—Aseguran que sería una guerra corta —dijo Milagros.

—No hay guerras cortas. Empezar una guerra es como rasgar una almohada de plumas —opinó Josefa entrando con la charola del té—. Por eso me gusta Madero, porque es un hombre de paz.

—Se pasa de ingenuo —dijo Diego.

—Es un buen hombre. Como tú —le dijo su mujer.

—Con la diferencia de que a mí no se me ocurre acaudillar a nadie.

—Los dejo tan de acuerdo en ese tema como han estado siempre, y me voy a ver en qué va la manifestación, porque ya se me hizo muy tarde —dijo Milagros.

—No vayas, Milagros. Por un día que faltes no pasa nada —le pidió Josefa.

—Ya falté. Voy sólo a ver en qué acaba.

—Quiero ir contigo —dijo Emilia levantándose del suelo, despierta como un gallo.

—¿Y tú de dónde sales? —le preguntó Josefa con una sonrisa.

Diego había tomado una almohada de la cama, y le estaba quitando la funda para sentir las plumas. Se tocaban tan suaves, tan sumisas. Comparar a la guerra con una almohada rota. Eso sólo podía ocurrírsele a su mujer.

Milagros se despidió y corrió a la escalera. Diez segundos después, la oyeron azotar el portón de la entrada.

—Cierra las puertas como si quisiera sellarlas para siempre —dijo su hermana.

—Como si quisiera tirarlas —dijo Diego.

Emilia pidió una sopa y un pan con queso. Josefa le ofreció alubias. Nada le hubiera podido parecer mejor. Las iba comiendo y la cara le cambiaba de a poco. Cuando terminó su segunda ración, era otra.

—¿Hasta cuándo vas a confundir el hambre con la tristeza? —le preguntó Diego—. Llevas dos días llorando y uno y medio has llorado de hambre.

—No te quites culpas, Diego —le advirtió Josefa.

—No las tengo. ¿Tú crees Emilia que yo tengo la culpa de que adores a Daniel?

—¿A quién se le ocurrió eso?

—A tu mamá.

—Qué cosas se te ocurren —dijo Emilia—. Él sólo tiene la cuarta parte de la culpa. Otra cuarta la tiene mi tía Milagros por presentármelo cuando nací. Y de la mitad que queda, una parte es tuya porque me gustó que no te gustara y otra mía porque soy necia.

—Esa repartición me gusta —dijo Diego—. Con la cuarta parte estoy dispuesto a cargar.

—Faltaba menos —murmuró Josefa sirviéndole café a su marido.

El agua de tila se parecía esa tarde al té de la India. Emilia le puso un poco de leche y lo sorbió. Un ángel cruzó la mesa y tras el silencio de su paso se oyeron golpes en la puerta de abajo. Diego diagnosticó que ésa no podría ser otra sino Milagros y siguió a su mujer que fue a comprobarlo espiando desde el balcón. Un desorden de cabezas se apretujaba contra el quicio de la puerta. Los Sauri no entendieron qué pasaba, pero temblaron imaginándolo. Emilia bajó corriendo y abrió la puerta sin pensarlo dos veces. Entraron por ella dos hombres heridos que aún podían tenerse en pie, un joven cargando a otro y su tía Milagros como la pastora de aquella desgracia.

Las tropas habían marchado sobre la manifestación cuando estaba a punto de terminar. Cada quien había huido hacia donde le había llevado el instinto. Ellos llegaron hasta ahí con su olor a pólvora y su pánico a cuestas, guiados por Milagros y su certeza de que no había en el mundo un cobijo mejor que aquella familia.

Como si los hubiera presentido, sin la más mínima muestra de sorpresa, Emilia los condujo al cuarto lleno de libros que Diego Sauri tenía junto a su laboratorio en la planta baja de la casa. Se acercó al muchacho malherido mientras Milagros se ponía las manos en la cara, descompuesta por primera vez frente a su sobrina.

El muchacho se apretaba el vientre. Emilia le separó los brazos para hurgar entre su ropa. Segura de que se necesitaría morfina, se la pidió a su padre que en ese momento entraba en el estudio. Diego la oyó pedir sin aprobar su demanda, pero la contundencia adulta con que su hija volvió a urgirle que preparara la droga hizo al hombre dar vuelta y obedecerla sin más.

Emilia estaba apretando el puño del muchacho para contarle los latidos del corazón cuando él volvió con una jeringa, la droga y la seguridad de que su hija no sabría cómo ponerla. Pero ella, que había rasgado la orilla de su fondo para atarla en el brazo del muchacho, extendió su mano hacia él sin detenerse a verlo dudar. Encontró la vena que necesitaba y le inyectó la morfina como lo hubiera hecho una profesional. Luego se quedó un rato hincada junto al desconocido, pasándole la mano por la frente y hablándole al oído.

Josefa entró con trapos y agua caliente, avisó que Milagros había salido en busca del doctor Cuenca, y obtuvo de su hija una respuesta lacónica que dudaba por completo de que algo pudiera hacerse por aquel muchacho.

Los jóvenes que entraron con él a cuestas no tenían la menor idea de quién sería. Dijeron sólo que lo habían visto correr junto a ellos y luego caerse. No sabían ni cómo alcanzaron a recogerlo. Habían oído sus gritos sobre los tiros que les perseguían el cuerpo y la voz de Milagros pidiéndoles ayuda. A ese muchacho lo habían recogido porque gritaba, pero en el suelo había otros y ahí los dejaron.

Diego quiso saber si hubo muertos, pero ellos le contestaron que no habían estado las cosas como para andar investigando el destino ajeno. Después volvieron al mutismo pálido que aún los dominaba.

Milagros entró con el doctor Cuenca. Los últimos años habían apresurado la pendiente de su vejez, pero sus manos aún eran diestras. Se empeñó en buscar la bala en el cuerpo del muchacho.

—Se va a morir igual —le susurró Emilia—. ¿Para qué lo torturas?

—Eso nunca se dice —censuró el doctor Cuenca—. Ayúdame.

Emilia obedeció. Sabía con cuánta obsesión Cuenca llevaba adelante la consigna médica de pelearse con la muerte hasta el último momento. Pero había visto el cuerpo agujereado del muchacho y no imaginaba cómo sería posible salvarlo.

Las hermanas Veytia coincidían en su incapacidad para lidiar con la sangre y dejaron trabajar al doctor Cuenca ayudado por Diego y Emilia. Hicieron lo posible por dar cura a las heridas leves de los otros muchachos y conversarles hasta medio sosegarlos.

Dos horas después, cuando estuvo claro que el doctor Cuenca había tenido razón, Emilia acarició los párpados del adolescente aún dormido y le besó la cara como a un bendito.

Ni una lágrima, ni un gesto de horror pudo atisbar Diego Sauri en su hija durante todo ese tiempo. A veces la vio parpadear de prisa como si con eso pudiera borrarse de los ojos el destripadero que tenían bajo ellos. Otras, morderse los labios hasta lastimarse. Pero nunca tembló, ni mostró miedo. Parecía una vieja acostumbrada a la pena y sus infamias. Sólo sus ojeras se habían acentuado hasta ser dos manchas intensas bajo los ojos.

El herido tendría que permanecer bajo su techo porque moverlo era imposible. Emilia lo sabía y sabía también que en su condición de enfermera dependía del padre de Daniel. Así que le preguntó si podía salir un momento y, cuando obtuvo su aprobación, salió corriendo del estudio como si la persiguiera un mal espíritu.

Subió las escaleras a brincos, cruzó la estancia sin decirles una palabra a las hermanas Veytia y entró

al baño sin detenerse a cerrar la puerta. Un líquido
amargo le subía del estómago y ya no podía guardár-
selo más. Durante un rato largo, que a su madre le
pareció eterno, la oyeron vomitar entre maldiciones
estridentes y jaculatorias tergiversadas.

El doctor Cuenca había subido tras ella. Impávido y
noble como el buen vino. No le gustaba notarse de
más ni hacerle al héroe, pero esa tarde había ganado
otra batalla y el éxito le permitía concederse un de-
rroche verbal y un júbilo casi escandalosos en él.

—¿La niña está vomitando? —preguntó con una
sonrisa deteniéndose en el umbral de la puerta.

Josefa Veytia le contestó moviendo la cabeza
hacia abajo y con dos lágrimas alargándose por su
cara sin que pudiera remediarlo. El doctor Cuenca se
acercó y se puso a encender un largo tabaco liado en
La Habana.

—Hay que vomitar mucho para convertirse en
médico —dijo—, pero la niña tiene talento y pasión.
Con darle bien de comer, está arreglada.

Después le pidió a Josefa una de las infusiones
con las que ella lo curaba casi todo.

Diego Sauri aprovechó para buscarse un brandy y darle otro a su exhausta cuñada que volvía de
investigar cómo iban las cosas para Emilia en el baño.

—Ahora, de remate, quiere ser médico —dijo
Milagros tomando su copa.

Lo que siguió fue un desorden de increpacio-
nes y preguntas. Sin inmutarse, el doctor Cuenca explicó que Emilia había cambiado las clases de chelo
por las de medicina. Se habían prometido guardar el
secreto por el gusto de saberse libres de observación
y expectativas, pero Emilia había resultado una buena estudiante. Sumando lo que conocía de fármacos
con lo que había aprendido de Cuenca, sabía para

entonces por lo menos la tercera parte de lo que podrían enseñarle en la Escuela de Medicina.

—Me siento como un cornudo —dijo Diego, quejándose del secreto—. Se le va a hacer a usted el sueño de tener una hija doctora.

—Ojalá y fuera mi hija. Yo no tuve sangre para dar mujeres —dijo Cuenca cerrando la conversación en torno a Emilia para volver a su continua aflicción de los últimos tiempos: la guerra como un augurio y la prudencia como el último deber de un viejo cuya vida cruzó por el siglo más aguerrido y doloroso de la vida mexicana.

Temía lo irreversible, pero se empeñaba en moderar la precipitación de quienes aseguraban que un levantamiento en Puebla haría levantarse tras él a todo el país. No confiaba en quienes creían que sería fácil tomar cuarteles, asaltar tiendas, empujar huelgas, dejarse comer por la prisa y los excesos antes que por la mesura y las ideas. Ambicionaba la política, el quehacer político como el más generoso de los quehaceres, la paciencia y la razón por encima de la ira. Como Diego, desconfiaba de los hombres puros, de quienes estaban dispuestos a morirse y matar con tal de romper de una vez con el hábito de la paz que a él le resultaba tan preciado. No creía como otros que en México todo había sido igual los últimos treinta años. Creía que el sueño había sido traicionado, porque la vida siempre traiciona los sueños. La república con que había soñado su generación debió ser democrática, igualitaria, racional, productiva, abierta a las novedades y al progreso. Pero él había envejecido viéndola convertirse en el reino de los grandes ricos, seguir siendo territorio de la desproporción y el autoritarismo. Era como cuando él nació, como cuando su abuelo luchó para librarla de la colonia española, una sociedad regida por el más necio catolicismo, guiada por fueros, privilegios y caciques.

Sin embargo, muchas cosas habían cambiado. El mundo era un mundo distinto al de treinta años antes. Muchas cosas no habían cambiado y muchas otras cambiaban tanto que no daba tiempo de contarlas. Había por todas partes miseria y estancamiento y entretejiendo esa desgracia, había riqueza y cambios. De remate, los viejos se empeñaban en gobernar un país que era ya el país de jóvenes para los que no había más mundo ni más pasión que el futuro.

Conversaron largo durante aquella noche de zozobras. Josefa le había puesto triple llave al portón asegurándose de que si alguien entre los seres por quienes ella respiraba quería rehacer el mundo durante las siguientes horas, lo haría desde su casa y con las pacíficas armas de la imaginación y las palabras.

El doctor Cuenca intentó irse como a las once de la noche, pero como la señora Sauri se negó a quitar la llave hasta que la luz del día siguiente hubiera corrido franca por las calles de la ciudad, él devolvió su sombrero a la percha de la estancia y aceptó un primer brandy.

No había razón para llevarse las penas a otra parte. Quienes ahí padecían el mundo eran todo su mundo además de sus hijos, y sus hijos hacía tiempo que andaban recorriendo el mundo en busca de la política y la libertad que no encontraron cerca de su casa.

XIV

Emilia Sauri no estuvo en ese concilio. Había salido del baño y cruzó el salón dejando un olor a flores y sahumerios.

—Voy a ver a mi enfermo —dijo y desapareció.

Su enfermo dormía. Revisó su pulso, su temperatura, y jaló una silla para sentarse junto a él a velarlo. Estuvo un rato mirándolo, bajo un silencio de espanto, hasta que también ella se quedó dormida.

No supo cuánto tiempo había pasado, cuando la despertó el ruido de la cerradura del portón destrabándose poco a poco. Tembló al imaginar la irrupción de aquella policía sobre cuya fuerza y barbaridades vivía oyendo, pero tras su primer temor, recordó que debía proteger al enfermo que tenía encomendado y fue hasta la puerta. Vio abrirse una rendija, vio cómo la oscuridad de la calle cortaba la tibia luz del farol sobre su patio, y se mantuvo erguida en espera de que una figura de uniforme entrara ordenándole quién sabía qué horror. Entonces, la puerta se abrió aún más y el cuerpo de Daniel, completo bajo la ropa de campesina enrebozada con que ya lo había visto aparecer otra vez, la puso a temblar como se había prometido no hacerlo frente a ningún policía.

No quisieron hablarse, vivían oyendo el eco de sus voces y oírlas ya no era desahogo para el impaciente amor de a ratos que los tenía en la vida. Emilia jugaba siempre a imaginarse desnudándolo y cuando lo hizo en la penumbra que los inundaba de sí mismos había en sus dedos una vieja destreza y en el aire que cortaba su boca una flama que ella sabía de siempre en vilo.

En la madrugada el doctor Cuenca bajó al estudio. Iba entrando a la habitación aún oscura cuando dio con el cuerpo y la voz de su hijo Daniel como un aparecido. Saliendo del amor sin resabios que los tenía tocados por en medio, los encontró a él y a Emilia todavía jadeantes y hermosos. A Emilia podían sentírsele las mejillas ardiendo y a Daniel, que no había terminado de abrocharse la camisa, el corazón le andaba como un loco.

—Quererse así hace daño —les dijo Cuenca con una sonrisa de las pocas que le había regalado al mundo durante su frugal existencia.

Dos días antes, el gobierno había detenido a Madero tras un discurso al que calificó de "conato de rebelión y ultrajes a la autoridad". Lo tenían preso en San Luis Potosí y estaban dispuestos a seguir encarcelando a todos aquellos que parecieran peligrosos amigos suyos en cada lugar de la fulminada república. Sobre todo a los viejos, a los que habían sido amigos del general Díaz en los tiempos de su republicana juventud. A ésos, por no entender, por pasarse de jóvenes, por andar de traidores, les iría peor y más rápido. De ésos era el doctor Cuenca, y sus hijos lo sabían mejor que nadie. Se habían reunido en San Antonio aun antes de imaginarse que a Madero pudieran encarcelarlo y decidieron poner a salvo a su padre, porque dejarlo en manos del grupo con que se reunía los domingos no parecía lo más seguro que pudiera preverse. Daniel había venido a Puebla para llevarlo a los Estados Unidos. Ya entre ellos, había pensado que lo mejor sería llevarse también a Milagros Veytia y con ella a los Sauri y a Emilia.

Para su desgracia sus deseos no eran órdenes y según parecía ninguno de aquellos por los que había hecho el viaje querría irse con él a ninguna parte. Ninguno salvo Emilia, que en dos horas olvidó sus deberes médicos y estaba lista para seguirlo a donde mejor lo decidiera su arbitraria cabeza.

—Cuando amanezca se habla —les dijo Cuenca para librarse al fin de la serie de razones que le daba el hijo y la serie de sinrazones que su alumna hacía militar entre sus labios.

Se acercó al muchacho herido y llamó a Emilia para que lo ayudara en la curación. Daniel prendió la bombilla de luz eléctrica que Diego había instalado en su despacho. Vio después a su padre y a Emilia entregarse a la pasión que ambos compartían. Pasó entonces de sentirse el centro en la vida de la Emilia con la que dio en la noche, a ser tan sólo un testigo intruso en ese universo de signos y términos que no sólo desconocía sino que le provocaron las primeras convulsiones de un sentimiento seco y necio: los celos lo fueron enfureciendo mientras su padre y Emilia tejían en sus narices la red de complicidades más perfecta que él podía haber imaginado. Su padre y su mujer sabían de sí mismos cosas que él ignoraba, compartían un lenguaje que no lo involucraba. Y verlos moverse y entender juntos algo que le era por completo ajeno, lo turbó hasta no saber a quién de los dos quería más o a cuál de ambos detestaba menos.

Emilia descifraba el aliento de ese hombre seco que había sido su padre y su padre hablaba con ella usando una suavidad con la que no había privilegiado nunca a sus hijos. Los dos juntos parecían estar bailando alrededor de aquel desconocido cuya vida cuidaban como no pensó que cuidarían la suya. Emilia quería a otro Cuenca además de a él y su padre quería a Emilia como nunca demostró quererlo a él.

Sólo hasta que terminaron su trabajo ella volvió la cara que le iluminaba un rayo de luz colándose por la ventana. Tenía el pelo amarrado en una trenza rápida y una aureola de cabellos recién nacidos se había ido despeinando sonriente por encima de su cabeza. Lo miró como quien mira al infinito, cerró los ojos y los abrió después muy rápido, en un guiño con el que le pidió perdón de golpe por la hora de infidelidad a la que se había entregado, sin matices, en su presencia.

Daniel también la perdonó de un golpe. Y la quiso de nuevo con la misma necesidad que sintió entre sus costillas mientras le daba vueltas a la llave con la que abriría la cerradura de su casa.

Después del desayuno el doctor Cuenca aceptó irse con su hijo al extranjero. Ya estaba demasiado viejo para andar corriendo riesgos con los que no hacía sino arriesgar a otros. Eso dijo refiriéndose a su completa certidumbre de que Milagros, Rivadeneira y los Sauri no sólo vivían pendientes de él, sino que estaban tan asociados a su nombre que peligraban procurándolo.

Otra vez había vuelto la vigilancia sobre su casa, no iba a ser fácil ver a sus hijos durante los siguientes meses, quién sabía si años, y como su trabajo con Emilia ya estaba descubierto, no tenía ni siquiera que preocuparse demasiado por la continuidad de su educación. Emilia estaba lista para seguir buscándose los conocimientos médicos que le hicieran falta, quizás si él se adelantaba, pronto los Sauri permitirían que su hija se inscribiera en una universidad norteamericana y si la suerte era buena y el cielo iluminaba

el destartalado corazón del dictador, tal vez Madero
ganaría las elecciones y él podría volver a su casa a
esperar el nacimiento de un nieto con los ojos de su
alumna Sauri.

Emilia hubiera preferido no despedirse de su
maestro. Había tenido suficiente con despedirse de
Daniel una vez y otra, tantas que ya ni cuando lo tenía
cerca se permitía la paz de saberlo suyo. Sentía que al
abrazarlo cuando apenas llegaba, lo estaba abrazando al mismo tiempo porque ya se iba. Por eso, porque
lo buscaba en todas partes, había recalado en su padre como en lo más próximo. Perder también ese
consuelo le parecía una infamia doble. Pero no quiso
llorar ni lamentarse frente a su maestro. Le debía tanto, había aprendido tan bien de sus palabras y sus
silencios que un buen médico no se deja aniquilar
por la pena, que sólo mientras lo abrazaba pudo llorar la última lágrima infantil de su vida.

Se habían deshecho de su secreto mayor y sin
embargo, tras dos años de saber a la medicina como
una de las dos pasiones esenciales para aquella muchacha, mitad hija, mitad cómplice de su vejez ensi-
mismada, el doctor Cuenca tenía con ella muchos
pequeños conjuros en común.

Le había enseñado a escuchar la respiración
de los enfermos, a oír con fervor el sonido de su sangre bajo la piel, a buscarles en los ojos la causa del
mal que los lastima, a hurgar bajo sus lenguas, sobre
sus lenguas, dentro de lo que callan o dicen sus lenguas. Le había enseñado que nadie cura sin el deseo
intenso y entero de hacerlo, que ningún médico puede permitirse vivir lejos de tal deseo. Le había enseñado que la vida de los otros, el dolor de los otros, el
alivio de los otros debía regir el aliento, las madrugadas, la valentía y la paz de todo médico. Le había dicho que los intestinos de la gente saben más de ella
que su corazón y que la cabeza de la gente respira el

aire que el corazón quiere mandarle. La había convencido de que nadie sobrevive a su deseo de morirse y de que no existe enfermedad capaz de matar a quien ambiciona la vida.

Además, le había regalado, como la única propiedad que su profesión sin ahorros podía regalarle, los más de cien privadísimos descubrimientos de su larga entrega a la medicina y sus enigmas. Emilia sabía dónde quedaba cada tornillo de los que arman el cuerpo humano. Sabía de qué color era por dentro, cómo corría la sangre y por qué arterias, qué sonidos internos explicaban qué penas. Sabía sacar a los niños de las panzas azules en que los guardan sus madres nueve meses, sabía coser heridas, desinflamar chichones, detener diarreas. Sabía ya que los caminos del dolor humano carecen de rumbo fijo y a veces no tienen fin. Pero sabía también que podían detenerse, que desde el principio de los tiempos la humanidad había encontrado formas para detenerlos, que no había una sola verdad médica y que siempre podría encontrar algo nuevo en las búsquedas de otros.

—Los médicos no sabemos nada, más que lo vamos sabiendo —le dijo Cuenca separándose de ella sin decirle adiós.

Daniel lo tomó del brazo y volvió a perder los ojos en Emilia.

—Ya tú sabes —le dijo.

—¿Irás a la guerra? —preguntó Emilia.

—No habrá guerra —dijo Daniel. Emilia quiso creerle cada palabra.

Las siguientes semanas fueron difíciles para todos. Después de las elecciones, Milagros Veytia llegó a estar tan exhausta y desesperada que durante varios días no fue capaz ni de peinarse. Se mudó a vivir de lleno en la casa de su hermana, porque la soledad que ha-

bía adorado empezó a pesarle como una sartén gol-
peándole la cabeza. En los días previos, el poeta Rivadeneira se había dolido tanto cuando ella no quiso
irse de viaje con él, que tuvo a bien emprender el
viaje de cualquier modo, en un intento más de los
muchos que hacía a diario para vivir sin ella.

Desde antes de las elecciones ya estaba claro
que serían un fraude. Ni Diego, ni Josefa, ni Milagros,
aparecieron en las listas que por ley se publicaban en
los periódicos ocho días antes de las votaciones pri-
marias. Como ellos, muchos otros nunca recibieron
las tarjetas que los autorizarían a votar.

En las cárceles habían desaparecido los guar-
dianes "amigos". Desde su secuestro, Milagros no podía salir sola sin correr el riesgo de quedar otra vez
detenida. Los tres Sauri la suplían en el trabajo de
comprar libertades para los maderistas. Pero ni Emilia,
intentando los caminos cortos con los cuales había
salvado a Daniel, logró conseguir más de una libertad.

Un día se llevaron preso al único hijo de la
mujer que cada semana iba a la Casa de la Estrella por
las camisas de Diego y cada semana las devolvía plan-
chadas y almidonadas como si fueran de azúcar. Parecía que el cielo le hubiera prestado todas sus aguas la
tarde en que se presentó llorando porque su hijo ya
estaba en la estación de trenes y eso sólo significaba
que lo enviarían a morirse.

Como sus padres estaban ocupados escuchando una de las disertaciones de Milagros, Emilia tomó
a la mujer de un brazo y se fue con ella a la estación
de trenes en busca de quién sabía quién. Oscurecía
cuando entraron al andén. Una hermosa máquina
empezó a rugir soltando al aire un humo denso. Emilia
respiró el aire aquel, lo dejó vagar y repetirse en sus
pulmones y sintió volver el eco de un viaje sagrado.
No le pesaron los pies ni la lengua ni la garganta para
caminar de prisa en busca del hombre que tenía a su

cargo el vagón lleno de presos. Subió la escalerilla y golpeó la puerta ajetreando su boca con los gritos de una patrona exigente. Se puso el apellido con que adornaba su nombre el esposo de Sol y se acogió sin dudarlo a la influencia de la familia que poseía más de medio estado. Dijo que el muchacho de doña Silvina la lavandera era peón de su casa y que no veía el motivo por el cual lo tenían preso. Cuando le contestaron que porque había participado liderando una huelga, ella actuó un gesto sorprendido. Miró al encargado con los ojos de superioridad que le horrorizaban en las cuñadas de Sol y alegó que eso era imposible: ella había tenido al preso bajo su mirada noche y día durante los últimos cinco meses. Luego, ayudada por la autoridad que le concedía haber convencido de su alcurnia al militar bajo cuyas órdenes estaba el cuidado de la estación de trenes, se llevó consigo al muchacho tras firmar con su nombre prestado unos papeles que la hacían responsable de su vida y su fidelidad a la patria.

Doña Silvina quedó tan agradecida que al día siguiente se presentó en la casa de Emilia con una de sus nueve hijas. Como retribución por el regreso de su único hombre, le parecía justo entregar a una de sus mujeres. Era una criatura de trece años, mal comida y pálida, que sonreía con una mezcla de timidez y satisfacción mientras su madre explicaba las razones de su regalo. Emilia no supo qué decir. Había aprendido que era una gran ofensa no aceptar el regalo de un pobre. Pero de ahí a quedarse con la hija de aquella mujer como si fuera una gallina, debía haber un abismo.

Durante un rato perdió la locuacidad que tan útil le había sido el día anterior. Miraba a doña Silvina como si quisiera indagar de qué estaba hecha, miraba a su hija buscándole la voz con una respuesta, y se clavaba las uñas en el interior del puño apretado. Hasta que la niña interrumpió con su duda ronca la divagación justiciera del dolor con el que Emilia ya no podía lidiar.

—¿No me quiere usted? —la oyó preguntarle.

Emilia respondió que no era eso y vio cómo la sonrisa tensa de la niña se volvía complacencia mientras le decía a su madre que se fuera ya. La mujer dio las gracias otra vez y se disponía a desaparecer sin más cuando Emilia la detuvo del mandil diciéndole que no podía hacerle eso. Sacó un encaje de palabras con las que explicarle por qué ella no podía quedarse con su hija. La mujer no entendió sus razones, pero terminó aceptándolas convencida más por sus ojos húmedos que por el palabrerío dulzón en que la veía perderse.

Cuando por fin se fueron, Emilia salió corriendo en busca de Milagros que redactaba un manifiesto llamando al mitin en protesta por las trampas electorales. Escribir era ya lo único que la consolaba y escribía manifiestos todos los días y a todas horas, se publicaran o no, salieran o no de su confuso escritorio.

—Le hubieras hecho un bien quedándotela —dijo Milagros—. Ha de estar muerta de hambre.

Emilia recordó a la niña, a su gesto de súplica y coquetería y pensó que tal vez Milagros tuviera razón. Pero afirmó que de todos modos ella estaba más en paz con su negativa.

—Paz es lo que no hay por ninguna parte —dijo Milagros dejándose acariciar por el cepillo con que Emilia se propuso peinarla.

Trenzó primero su melena a la que se le habían multiplicado las canas y después le prendió la trenza en un chongo casi perfecto. Había pasado el tiempo y su ardor sobre Milagros, pero la belleza de sus facciones seguía siendo excepcional, arrogante y noble como en su desaforada juventud.

Decía Josefa que la inteligencia había sido siempre el lienzo sobre el cual la vida pintaba el gesto de su hermana. Y mirando sus ojos aquella mañana, Emilia comprobó esa verdad por encima de cualquier otra que hablara de su tía.

Pero la inteligencia descorazonada es peligrosa, y daba pena escuchar a Milagros prediciendo catástrofes. Cruzaba por su voz el Apocalipsis y una desolación de abismo que Emilia no estaba dispuesta a asumir como su único futuro. Así que se empeñó en corregir las predicciones que Milagros veía contundente en su privadísima bola de cristal.

Dedicó el resto de la mañana a escucharla con una frescura con la que hacía tiempo que nadie la escuchaba y le apostó los cincuenta y seis centímetros de su estrepitosa melena oscura a que Madero sería presidente de México aunque ni ella ni su padre ni al parecer Dios padre y la Coatlicue lo creyeran posible.

—Yo te apuesto la luz de mi ojo izquierdo a que eso no sucede —le dijo Milagros divertida con la oferta. Luego caminó hasta su escritorio y hurgó en una caja que había pertenecido a su padre.

—Toma —dijo extendiéndole un sobre sin abrir, dirigido a ella y cruzado por la letra de Daniel—. A ti ya quién te puede proteger de la vida.

La discusión con Milagros en que Emilia había dejado a sus padres el día anterior, tenía que ver con aquel sobre. Los tres sabían de qué trataría esa carta porque junto con ella habían recibido una del doctor Cuenca comentándola. Desde que intuyeron su contenido los Sauri decidieron escondérsela a Emilia mientras fuera posible. En la conversación de la noche anterior, Milagros había intentado convencerlos de que no se puede tapar el sol con un dedo y mucho menos con un dedo tembloroso, pero Josefa había terminado convenciéndola de que lo mejor sería esperar.

Lo único que pudo conseguir Milagros de su hermana fue la concesión para que nadie sino ella guardara la carta, con lo cual le otorgaban el derecho a decidir el día en que ya no se pudiera esperar más.

En la carta, con la misma tranquilidad con que en los meses pasados le había ido hablando del clima en Chicago, de la última película de Chaplin o de la trama de las novelas que iba leyendo, con la misma irónica rapidez con que un día le contó la historia del fundador del movimiento Scout y otro le describió el tamaño del puente de Manhattan que se terminaría ese año en Nueva York, la desordenada y alegre caligrafía de Daniel le comunicaba a Emilia que por un tiempo no recibiría noticias suyas. Madero había roto el arraigo a que estaba condenado en San Luis Potosí y había llegado a Texas. Desde ahí, él y quienes estaban contra la reelección de Díaz habían lanzado un documento que declaraba nulas las elecciones y convocaba a la insurrección para el veinte de noviembre a las seis de la tarde. Daniel iba a cruzar la frontera para unirse en Chihuahua a un grupo de arrieros y gente de las minas que formarían parte del levantamiento destinado a despertar al país de su letargo.

Después del aviso, Daniel aprovechaba para recomendarle que leyera la tercera sinfonía de un judío austriaco capaz de ordenar en una orquesta la presencia de veinte cornos y diecisiete trombones. "Si no fuera de Viena sería de Guamúchil." De ahí pasaba a despedirse con un beso en la boca de arriba y otro en la sonrisa de abajo.

Emilia terminó de leer despacio, dobló la carta con una parsimonia que sorprendió a su tía y le pagó una sorpresa con otra:

—Viene a comer Rivadeneira a las tres —dijo abriendo una sonrisa de niña aplicada. Luego buscó en su recámara el chelo del que se había olvidado y lo abrazó acariciándolo con el arco hasta arrancarle un sonido hermoso y lúgubre en el que fue quemando la pena que se había prometido no convertir en palabras.

Era el final de octubre y Sol no había vuelto aún de su luna de miel. Rivadeneira la había encontrado en Nueva York, amable, aburrida y preciosa. No quiso decirlo, pero fue la visión de esa pareja lo que lo había hecho volver como un venado en busca de la imprevisible Milagros Veytia. Quería envejecer junto a ella y se lo pidió con ceremonia, brindis y discurso al terminar la comida.

—Rivadeneira querido, lamento decirte que ya envejecimos —contestó Milagros.

Una semana después se mudó a vivir con él a la gran casa de la avenida Reforma que olía a papeles guardados y a hombre solo.

XV

La revolución no empezó el veinte de noviembre a las seis de la tarde, pero empezó. Siempre a distintas horas y durante todos los días que siguieron a la mañana del día dieciocho en la ciudad de Puebla. Esa madrugada el gobierno mandó allanar las casas de algunos antirreleccionistas sobre los que desde siempre tenía sospechas. Sabiéndolo, Aquiles, Máximo y Carmen Serdán, conocidos como los más radicales líderes de los rebeldes poblanos, esperaron la llegada de la policía dispuestos a iniciar la revuelta dos días antes.

Eran las ocho de la mañana cuando llamaron a la puerta. Como si les gustara la visita los Serdán abrieron sin dudarlo. Un hombre con ojos de cuervo, reconocido por todos como el jefe de la policía, entró al patio de la casa en la calle de Santa Clara con una pistola en la mano. Se detuvo al encontrarse con Aquiles empuñando una carabina, y sin cruzar una palabra, hizo un disparo. La bala no tocó a nadie y Serdán no esperó una segunda. Apretó su gatillo y mató al policía. Algunos de los subordinados corrieron hacia el interior de la casa y otros salieron huyendo. Uno de los que entraron, empezó a subir las escaleras tras Aquiles. Entonces, su hermana Carmen, vestida de blanco y con el cabello atado a la nuca, se atravesó en su camino apuntándole al pecho. El hombre le pidió que no disparara.

—Pues déme su pistola —le respondió Carmen sin dejar de apuntarle.

Obediente, el soldado bajó los pocos peldaños que había subido y soltó su arma. Su jefe quedó tirado en medio del patio, como un espanto, con los brazos abiertos y los ojos fuera de sus órbitas.

Quienes estaban en la casa entendieron que en muy poco tiempo les llegaría un ataque feroz. Dieciséis amigos de los Serdán se parapetaron junto con ellos en las alturas de la finca, detrás de los tinacos o cubriéndose con las cornisas de las azoteas. Al poco rato, un número abrumador de policías inició los primeros disparos contra la casa.

Milagros Veytia estaba tomando café en la cocina de Josefa su hermana, cuando el tiroteo rompió a lo lejos un silencio tenso. Llegaba desde la iglesia de Santa Clara, frente a casa de los Serdán, no había equívoco posible. Al oírlos, lo primero que se le ocurrió a Milagros fue correr a la calle y tratar de llegar hasta la casa de sus amigos. Pero la policía había cercado los alrededores y se apostaba en los techos de las iglesias, impidiendo el paso de cualquier ayuda. Cuando el ruido de una batalla dispar y cerrada cercó el aire como único informe de lo que pasaba, Milagros maldijo al poeta Rivadeneira por haberse negado a visitar a los Serdán la noche anterior y se hundió en una tristeza ingobernable.

Diego Sauri cerró la botica y subió a mesarse los cabellos en familia. No había qué decir que no se hubiera dicho, no había qué esperar que no fuera predecible y oscuro. Los Serdán y quienes estaban en su casa no tendrían cómo defenderse por mucho tiempo.

Unos rurales subieron al techo de la iglesia de San Cristóbal, a un costado de la casa crepitante de furia. Tras media hora de disparar consiguieron hacerle daño. Casi al mismo tiempo un batallón del ejército atacaba desde lo alto de un hotel en el otro costado de la casa, y otro escaló los muros del orfanatorio que quedaba a espaldas de las azoteas desde las que disparaban los rebeldes.

Milagros escuchaba el tiroteo sentada en el suelo, comiéndose las uñas y abominando al mundo. Junto a ella, Emilia le acariciaba la cabeza, en un afán inútil de sosegarla.

—Deberíamos estar ahí. Muriéndonos con ellos —dijo Milagros como parte de una deshilvanada conversación con su cuñado.

El boticario Sauri se negó a sentirse culpable de no tener un arma ni quererla.

—La prohibición absoluta de matar a un ser humano debe ser el principio de cualquier ética coherente. Nadie tiene derecho a matar a nadie —dijo como había dicho siempre que necesitaba un argumento para oponerse a la guerra.

—Hablas como si quedara otro remedio —le contestó Milagros.

—Ha de quedar alguno. Yo no quiero ser héroe. El heroísmo es un culto al asesinato —sentenció.

Durante más de dos horas el ruido de un combate encarnizado lastimó sus oídos. Hasta que poco a poco, los disparos fueron dándose tregua y el silencio como un vaticinio tomó el aire de la ciudad.

Máximo Serdán y casi todos los defensores de las azoteas estaban muertos. Carmen se lo avisó a su hermano Aquiles. Él hizo una mueca que su hermana cargaría en el recuerdo el resto de su vida y dejó de disparar. Un grupo de rurales se acercó al zaguán de la casa. Fuera de sí por la muerte de su hermano Máximo, Carmen le dijo a Aquiles:

—Mira, acabaremos con todos esos.

Aquiles la miró desconsolado.

—No hay ningún jefe con ellos. Si yo supiera que con su muerte triunfaríamos los mataría a todos, pero estamos perdidos de todas maneras. Me esconderé —dijo quitándose el abrigo.

Mientras Aquiles buscaba un refugio, Carmen siguió disparando desde la ventana, hasta que Filomena, la esposa de Aquiles, la jaló por la falda y la obligó a suspender el fuego. Hablándole suave, la fue llevando hasta el cuarto en el que habían estado durante todo el combate ella, que estaba embarazada, y la madre de los Serdán.

Tras romper la puerta a tiros, los federales entraron a la casa. Buscando a Aquiles, uno de los jefes llegó hasta el cuarto en que estaban las mujeres y las tomó presas.

Escondido en un sótano frío y sudando tras el combate, Aquiles sufrió un enfriamiento que en pocas horas se volvió pulmonía. Pasada la media noche, no pudo contener la tos. Los hombres que estaban de guardia en el comedor, bajo cuyo piso quedaba el sótano cubierto por una alfombra, lo escucharon. Un oficial de gendarmes se acercó, levantó la tapa del sótano, lo encontró y disparó a quemarropa. El resultado del levantamiento: veinte muertos, cuatro heridos, siete prisioneros y una derrota.

Doscientos soldados llegaron de México en los siguientes días. Más de trescientos milicianos bajaron a la ciudad traídos desde varios pueblos en la sierra, el jefe de la zona militar compró todas las existencias de las armerías para evitar que cayeran en manos de sus enemigos, el sueldo del Batallón Zaragoza ascendió a 37 centavos por día para los soldados rasos. El gobierno ordenó a los jefes políticos que entregaran dos reportes diarios detallando cualquier actividad extraña que ocurriera en sus distritos.

Como si hiciera falta intimidar más, las autoridades exhibieron el cadáver de Aquiles Serdán. Milagros se empeñó en ir a verlo. Rivadeneira fue con ella como una sombra. Volvieron a su casa mirando las piedras de las banquetas, apoyados uno en el otro.

—Eligió la mejor parte —dijo Milagros cuando cruzaban el umbral del mundo que los cobijaría.

La revuelta en Puebla fue un fracaso, pero corrió como el fuego por el país. Para el cumpleaños de Emilia, en febrero de 1911, los rebeldes de Chihuahua habían logrado echar de su territorio al ejército federal y extendían su movimiento a la región de las minas en el oriente de Sonora. Había levantados por todas partes. Muchos fracasaban, pero otros emprendían la revuelta y muchos más celebraban en privado el éxito de sus victorias.

La primera carta de Daniel desde que se inició la guerra, llegó por correo normal, sucia y remota, a finales de abril. La había puesto en la oficina de correos de un poblado en el norte de Zacatecas. Estaba firmada con un *Yo* en letra grande y era una lista de *te quieros* y *te extraños* sin más detalles ni más destinatario que el corazón de la doctora Sauri.

—¡Doctora, yo! Nada más esa mentira me faltaba en su lista —dijo Emilia. Llevaba meses maldiciendo contra la incertidumbre que le impedía ir a la universidad a estudiar para convertirse en una doctora de verdad. Su padre vivía repitiéndole que los médicos no se hacen con diplomas y que si ella sabía curar enfermos sería médico, lo quisieran o no las autoridades de la universidad. En cambio, él podía dar fe, había varios dueños de un título que no eran capaces de curar ni un raspón.

Para no discutir con su padre ni con los rigores de la vida en la república, Emilia había vuelto a trabajar en la botica todas las mañanas. Por las tardes, acudía como el agua a su nuevo maestro. El recién llegado doctor Zavalza puso a sus pequeños pies su persona y sus conocimientos y le pidió que lo acompañara durante las consultas.

A cambio del Daniel que centelleaba de vez en cuando, y que estaba perdido desde el año anterior, Emilia encontró en esa presencia menos drástica pero más generosa, a un hombre inteligente y bueno de esos que, como decía Josefa, no abundan en el mundo.

Además no hubiera podido dar con mejor maestro. Zavalza sabía un montón de cosas y las compartía sin ostentación. Le gustaban las enseñanzas que Emilia traía del doctor Cuenca y se divertía escuchando los argumentos éticos que ella le aprendió de memoria al viejo maestro. Entre enfermo y enfermo, Emilia regaba el consultorio de aforismos y Zavalza la oía como quien oye una sonata de Bach. Su voz lo había encantado desde la primera vez, tanto que en las noches, cuando su muda recámara de soltero no lo dejaba dormir en paz, él cerraba los ojos y la oía como al eco de un deseo. Tenía voz de cristales y de ruina, canturreaba el final de las palabras como sólo hace la gente que ha vivido cada hora de su vida entre campanarios. Para colmo, vivía fascinada por la misma ciencia furiosa que había llevado a Zavalza a olvidarse de las finanzas y el comercio, de los viajes y las tierras, el poder y la herencia que estaban para él. Su padre le había concedido el capricho de convertirse en médico, pero siempre creyó que al terminar la carrera su hijo preferiría la comodidad de administrar una herencia al purgatorio de sobrevivir entre la podredumbre y el desánimo que puede ser la vida de un médico. La verdadera fortuna de aquel padre fue morirse antes de que la batalla con la contundencia profesional de su hijo resultara necesaria. Dejó encargado de darla a su hermano el obispo de Puebla, clérigo al que Zavalza ni respetaba del todo, ni hubiera obedecido jamás. Prefería dedicar su talento y sus horas a llevarle la contra y aprender todo lo que aún no sabía del vicio que era en él la medicina. Además, en los últimos meses podía disfrutar el tono en que Emilia le contaba cosas viejas con la fiebre de quien las descubre como la más preciada novedad.

Mirando a Zavalza, Emilia afianzaba las convicciones que había obtenido de Cuenca. Descubría cada tarde que no hay un ser humano igual a otro y le daba sorpresas a su amigo aconsejándole remedios para curar lo que su ciencia no curaba. Era intuitiva y contundente, sencilla y alerta. Hablaba de Maimónides, el antiguo médico que escribió los libros venerados por su padre, como de un viejo conocido, y de las yerbas curativas que vendía doña Nastasia en el suelo del mercado, con el mismo fervor con que escuchaba de Zavalza los más recientes descubrimientos de médicos austriacos y norteamericanos.

Toda la medicina, acordó con Zavalza, incluso la que funda sus doctrinas en abstracciones y sus razonamientos en inferencias, tiene algo que enseñar. Desde la metafísica hasta la observación, cualquier camino les parecía bueno. Emilia aprendió a no despreciar nada. Menos que nada el lenguaje de los hechos, el que mira en cada peripecia algo único, aunque derive su conocimiento de doctrinas generales. Para curar —pensaba— desde las manos del médico sobre la cabeza del enfermo hasta las pastillas de Tolú o los chiquiadores de papa. Para curar, desde una larga conversación hasta unas cápsulas de opio. Para curar, desde el agua y el jabón hasta el ácido tártrico. Para curar, desde el polvo de raíz de Altea hasta los trabajos y descubrimientos del doctor Liceaga, un amigo con quien Zavalza se carteaba cada semana, lo mismo desde la ciudad de México que desde Saint Nazaire, a donde hizo un viaje con la intención de estudiar todo lo que se sabía entonces sobre el virus de la rabia. Para curar, desde las infusiones de Ombligo de Venus recomendadas por doña Casilda la partera indígena que no hablaba castellano más que para decir insultos, hasta la imprescindible *Pulsatilla* de los homeópatas. Desde el *xtabentún* que Diego Sauri encargaba a sus islas cuando le aparecía un parroquiano con piedras en el riñón, hasta las pequeñas dosis de arsénico o los masajes chinos en los dedos de los pies.

A principios de mayo de 1911, Diego Sauri recibió una carta del doctor Cuenca, que leyó mientras sentía girar en torno suyo las paredes de la botica con todo y sus frascos de porcelana dibujada. Con su letra garigoleada y temblorosa, Cuenca le comunicaba su temor de que Daniel estuviera preso o muerto. Diego corrió a contárselo a Josefa y con ella acordó que de eso a Emilia no le dirían ni una palabra. Pasaron varias noches en vela hasta la tarde en que Milagros y el poeta Rivadeneira volvieron de un complicado viaje a San Antonio cargando con ellos las disculpas de Cuenca por haberlos alarmado en falso. Daniel estaba sano y los rebeldes ganaban una ciudad tras otra.

Esa noche durmieron nueve horas seguidas, pero Diego amaneció exhausto como si él mismo hubiera tenido que asaltar Ciudad Juárez, de cuya toma Milagros había dejado en sus oídos una descripción que hizo correr por sus sueños tanta sangre, como debía estar corriendo por el país sin remedio y sin freno.

—Defenderse también es asesinar —dijo al amanecer en el oído de Josefa—. Al monstruo le encantan las máscaras.

Josefa giró sobre sí misma y lo besó despacio en la frente húmeda y en la boca reseca. A ella también le aterraba la guerra, esa almohada rasgada en la que se habían convertido sus anhelos democráticos.

Milagros y Rivadeneira volvieron de San Antonio dueños de un aplomo que habían perdido durante la represión de noviembre. Pasaban los días ocupados en la escritura de un periódico clandestino. Josefa intuía que también trabajaban como mediadores entre los grupos revolucionarios y los atrevidos que les vendían armas y monturas.

Se sabía por rumores de los levantamientos en algunas fábricas textiles, de las huelgas en los molinos de algodón, de haciendas y pueblos cruzados por enfrentamientos y muertos. Emiliano Zapata, jefe de los insurrectos en Morelos, encontró en Puebla seguidores apasionados que en bandas de varios cientos de hombres cada una, luchaban por el control de los pueblos y por la línea del Ferrocarril Interoceánico. A diario el gobierno trataba de empequeñecer los disturbios diciendo que se trataba de asesinos y ladrones comunes, no de alzados.

La iglesia se colocó íntegra al lado del gobierno y no hubo púlpito desde el cual no se predicara contra la revuelta. Zavalza y su tío el arzobispo tuvieron un altercado que los Sauri celebraron invitando al doctor a una cena. Bebieron la última copa de oporto a las cuatro de la mañana, con Diego volviendo a sus discursos pacificadores, Josefa canturreando un corrido maderista y Emilia bailando con Zavalza, desmemoriada y feliz.

Una tarde a finales de mayo, Milagros entró con la noticia revoloteándole en la lengua. Porfirio Díaz había renunciado al gobierno. No se cansaba de repetirlo, como si repitiéndolo quisiera hacérselo creíble por fin.

Al día siguiente, el viejo dictador se embarcó en Veracruz rumbo a Europa.

—Han soltado un tigre —sentenció en público antes de subir al barco que lo llevaría al exilio.

—Sólo va a faltar que yo acabe coincidiendo

con él —se dijo Diego Sauri mientras trajinaba entre los frascos y los goteros de su trastienda.

Unas semanas después, Emilia encontró a su padre abrazado a los periódicos del desayuno con más fervor que de costumbre. Habría tregua. La revolución había triunfado y se firmarían unos acuerdos de paz que preveían la formación de un gobierno provisional.

Emilia le pasó la mano por la cabeza y se acomodó cerca de él a beber café y oír sus pronósticos. No había nada como su padre a esas horas de la mañana, nada como el olor de su cuello recién enjabonado, como la luz entre sus ojos de presagio.

—Tendrás que decidirte —le dijo Diego para concluir una larga disertación sobre las posibilidades del gobierno que encabezaría Madero. No tuvo que aclarar nada más.

Daban un último trago de café cuando Josefa irrumpió con la noticia de que Madero entraría a la ciudad de México el día siete de junio. Milagros y Rivadeneira irían a ver el espectáculo que sería la recepción y querían permiso para llevarse a Emilia con ellos.

—Esta niña ya se manda sola —respondió Diego, con la certeza de que su hija iría lo mismo si ellos cometían la imprudencia de negarse.

Salieron el día cinco en un tren perseguido por sobresaltos. Cuando no lo detenían unos montados pretendiendo subirse con todo y caballos, lo detenían los dueños de una hacienda pretendiendo subirse con todo y hacienda.

—Acuérdate bien de este espectáculo porque no vas a volver a verlo en toda tu vida —le dijo Milagros a Emilia.

El poeta Rivadeneira estrenaba una máquina para tomar fotografías y oía las admoniciones de Milagros como la mejor música para acompañar las imágenes que iba guardando tras el ojo de su cámara.

Se alojaron en la pequeña casa que un inglés amigo del poeta dejó puesta en la colonia Roma antes de irse a Europa, el noviembre anterior, cuando había visto venir lo que le esperaba al régimen con el que tan buenos negocios había hecho. Al despedirse de Rivadeneira y Milagros, el inglés les prometió que regresaría en cuanto todo acabara y se fue de un día para otro como si se fuera de vacaciones.

Les dejó la casa para que la trataran como suya y como suya la cuidaban y vivían de vez en cuando. Era una pequeña belleza afrancesada como gran parte de las casas en esa zona. Para aumentar sus excesos decorativos, en los últimos meses Milagros había salpicado la sala de ídolos prehispánicos y artesanías.

Amaneciendo ahí, los despertó un temblor de tierra que estremeció a la ciudad a las cuatro de la mañana con veintiséis minutos del siete de junio.

Emilia dormía sola en una recámara cuyo candil de cristal color de rosa empezó a sonar como un diminuto campanario enloquecido. Milagros entró a pedirle que no tuviera miedo y la encontró aún metida bajo las sábanas, presa del regodeo extraño que era ver aquello columpiándose mientras su cama de latón se mecía como una cuna. Desde niña la sedujeron los temblores. No les temía. Había heredado su inconciencia de Milagros, quien durante los tres minutos que duró el temblor, anduvo por la casa dejándose sentirlo y riéndose de la furia con que Rivadeneira la regañaba por no bajar cuanto antes a la calle.

—¿No entiendes que esta ciudad está sobre el agua? Es una aberración. Se puede caer de golpe y matarnos —le repitió diez veces Rivadeneira cuando la tierra y él dejaron de temblar. No volvieron a dormirse. La llegada de Madero estaba anunciada para las diez, pero salieron de la casa desde las siete. Compraron los periódicos y se instalaron a leerlos en un café de chinos cercano a la avenida Reforma. Frente a sus tazones de leche y una canasta con panes dulces, leyeron y platicaron más de dos horas. Luego trataron de acercarse a la estación, pero unos hombres a caballo, mezcla de rebeldes recientes y peones eternos, les impidieron el paso. Fueron a la Alameda Central y caminaron por sus alrededores hasta que cerca de las once, les llegó a la banca en que descansaban la noticia de que el tren del señor Madero ya estaba cerca de los andenes. Total, por ahí de las doce y media lograron acomodarse sobre Reforma cerca de la estatua de Colón.

La gente se había encaramado a los monumentos y ya no se sabía bien cuál héroe yacía bajo los cuerpos amontonados sobre sus hombros o sus rodillas, colgados de sus brazos o pisándole los pies. Los vivas a Madero corrían como un jolgorio y todo era un bullicio sin orden y sin tregua.

Dos horas después de estar ahí bajo un sol de escándalo, Rivadeneira tuvo la peregrina idea de que volvieran a la casa. En lugar de escucharlo Emilia trepó a la estatua de Colón. La mano felina de un muchacho la levantó del suelo y ella escaló la estatua levantándose la falda con la boca para que no le estorbara y enseñando las piernas en mitad de una rechifla.

Desde arriba, saludó a Milagros Veytia que se apoyaba con extraña ceremonia en el brazo de Rivadeneira. Se concentró luego en la cauda de sombreros y caballos que cruzaban bajo sus ojos. Polvosos y pardos daban la impresión de llevar un uniforme, por más que no hubiera uno vestido igual que el otro. Los sombreros de alas muy anchas y copas puntiagudas se intercalaban con las gorras de guerra o los cabellos alborotados y sudorosos contra el sol. De pronto, entre un hombre redondo con las cananas cruzadas sobre el pecho y uno alto vestido como por el mismo sastre del señor Madero, Emilia vio galopar el único cuerpo que le interesaba entre todos aquellos. Tenía la gracia sobre los hombros y un aire infantil regía el garbo de su figura.

—¡Daniel! —le gritó ensordeciendo a los que con ella se apiñaban sobre la estatua. Y con ese grito herético en mitad del alboroto general, bastó para que el espíritu veleidoso que iba sonriendo bajo un gran sombrero de paja igual a tantos otros, volteara en dirección de su voz y la viera agitando el brazo y regalándose como si pudiera alcanzarlo.

Con la sorpresa entre los labios Daniel detuvo su caballo, se quitó el sombrero y buscó a la dueña de la voz que lo llamaba. Emilia volvió a prenderse la falda de la boca y bajó de la estatua como un pájaro. A empujones, sintiendo que se ahogaba un momento y volaba el otro, llegó hasta la orilla del gentío y extendió su brazo hasta Daniel, que al otro lado de la muralla de hombres y cabezas interpuesta entre sus cuerpos, le ofrecía su mano para ayudarla a sortear la salida. Se abrazaron en medio de un griterío. Besándose en el centro del camino, eran la mejor parte del espectáculo que había volcado a la ciudad sobre sus calles. Emilia hundió su lengua en la boca de Daniel.

Para acercarse al perfume de su cuerpo, Daniel apoyó una mano en la nuca que ella mostraba como un cetro. Él olía a mugre de muchos días y traía tierra en las orejas que Emilia le besó despacio. La marcha de hombres y caballos se abría al encontrarlos abrazándose. Con una mano, Emilia acarició la espalda de Daniel, como si fuera dueña del tiempo. Luego buscó su pecho y del pecho bajó al camino hacia adentro que abría un pantalón colgado al cuerpo enflaquecido de su dueño. Sintió su grupa fuerte y su piel. Sólo un respiro. Llamado a gritos por unas voces que se alejaban, Daniel soltó su nuca, dejó sus labios, se libró de la mano que hurgaba bajo su ropa.

—Me tengo que ir —murmuró.

—Siempre —dijo Emilia dándole la espalda.

Antes de subirse al caballo, Daniel prometió que la buscaría en la noche.

—Te odio —dijo Emilia.

—Mentirosa —contestó él.

Sin quitar su cuerpo del camino por el que seguían pasando caballos y hombres presos de otra pasión, Emilia lo vio unirse al desfile. Había una mezcla de alivio y orgullo en el gesto del Daniel que se iba.

Desde lejos, Milagros presenció toda la escena mientras intentaba abrirse paso hacia el borde de la acera. Oyéndola decir su nombre como si la vitoreara, Emilia salió de su pasmo y recuperó la realidad. Caminó hasta los brazos de Milagros con la letanía de improperios que no alcanzó a soltar sobre Daniel, y estuvo maldiciendo el resto del desfile.

Porque siempre era lo mismo, siempre el atisbo y la huida, siempre la sorpresa y la desaparición, siempre la espera como única vuelta de su destino.

—Si el destino es lo que todavía no te pasa —dijo Milagros abrazándola—. Nunca es lo mismo.

Madero cruzó el aire unos minutos. Después, hasta Rivadeneira y su cámara quedaron envueltos en la euforia de tanta gente celebrando una esperanza. Nada era cierto todavía, más que el futuro. De ahí para adelante estaban sólo los límites de un sueño, y por entonces pocos imaginaban que nada es tan limitado como un sueño que se cumple.

Volvieron a la casa pasadas las cinco de la tarde, exhaustos como si ellos también hubieran hecho la guerra de los hombres a los que vieron desfilar. Emilia había tenido tiempo de poner en el oído de Daniel la dirección en que dormiría, pero cuando la oscuridad entró por las ventanas y hubo que apretar los botones para encender la luz, dijo que ya no quería verlo. Ni esa noche ni ninguna otra. Recordaba como un agravio la vehemencia que lo arrebató de su lado en la mañana. Le había notado en el cuerpo un fuego que más que nunca sentía rivalizar con ella y que nada tenía que ver con ella.

La desalentaba sentirse celosa de algo tan etéreo y sin embargo tan implacable. Una parte del Daniel al que siempre creyó conocer de memoria y por completo, se le escapaba, se le iba a escapar siempre porque no lo entendía, porque se había hecho dentro de él con las cosas y la guerra de otros, pero era intenso y le invadía el cuerpo adueñándose de los rincones que sólo a ella le habían pertenecido.

Las primeras horas de la noche, esperaron a Daniel mientras Emilia hablaba de sus sentimientos encontrados y de sus clarísimas furias, ordenándolos y describiéndolos con una precisión casi científica. Rivadeneira y Milagros la oyeron elucubrar sus sensaciones sin aceptar frente al ímpetu de su sobrina el que fuera posible que de todo eso que hablaba se hubiera dado cuenta en un abrazo de dos minutos, pero sin demasiada convicción en las palabras con que intentaron sosegarla antes de perderse en un sueño remoto.

Emilia se quedó con la noche entera para esperar que Daniel llegara. De vez en cuando, Milagros o Rivadeneira despertaban para decir algo que entretuviera la vigilia de la sobrina, hasta que ella se compadeció de su cansancio y como si fueran un par de niños, los guió hasta las sábanas de su recámara. Les apagó la luz y volvió al salón. No tenía sueño. El arrebato es enemigo del sueño y Daniel no llegaba ni llegó.

A solas, bajo la fúnebre mirada de un santo pintado durante la colonia, añoró la paz de sus frascos y sus libros, la taciturna asiduidad de Antonio

Zavalza, su boca como un bálsamo que le curaba el afán de tener a Daniel cerca.

Al despertarse con el sol del día siguiente, Milagros y Rivadeneira la encontraron todavía vestida, ojerosa y escéptica. Para aumentar su desaliento decidieron pasearla por la ciudad, consentirla y regalarle todo lo que ni siquiera se le ocurría desear. Haciendo todo eso consiguieron darle, mejor que de ningún otro modo, lo que necesita un corazón maltrecho para salir de su atolladero. Así que la noche alcanzó a Emilia llorando por fin toda su rabia en una sola sentada.

Tres mañanas después, sin haberle visto un pelo a Daniel, tomaron el tren de regreso a Puebla. Emilia iba vestida de nuevo hasta los calzones y llevaba puesta una sonrisa de lujo y altanería que sólo proporciona el desencanto, mezclado al trato con la Ciudad de los Palacios. Cuando Josefa la vio caminar por el andén para ir a su encuentro, le dijo al padre encandilado que era Diego:

—Dios libre a Zavalza de su nueva sonrisa.

XVI

Nada era tan cambiante como la rutina por esos tiempos. El mundo se había desatado fuera de la botica y su inmutable combinación de aromas y todo lo que se previó entre sus frascos corría por el país perturbando hasta el aire.

Un gobierno de transición preparaba nuevas elecciones para octubre de 1911. Cada mañana los periódicos recién despertados a su arbitrio insultaban a quien mejor les parecía. Y cada tarde un grupo de inconformes con el resultado de su primera guerra, volvía a levantarse contra la voluntad temerosa que inventó licenciar a las tropas insurgentes, sin haber conseguido nada para ellas.

En casa de los Sauri se discutía el futuro de la patria como en otras se discuten los deberes del día siguiente, y la botica parecía una cantina desordenada donde los parroquianos dirimían sus apegos y ambiciones antes de subir a seguir discutiéndolos tras el caldo de frijoles que Josefa tenía para todo aquel que pasara por su comedor.

Cada quien hacía su recuento de agravios y su adivinanza de infortunios, cada quien creía de lo que iban viendo todo lo que mejor le parecía, y de lo que se ignoraba lo que prefería imaginar. Pero todos coincidían en que Madero y los gobiernos instalados en espera de nuevas elecciones, intentaban en vano resguardarse de los zarpazos que lanzaba un tigre inconforme con los deseos de aplacarlo sin darle de comer.

La ciudad, adivinar si también el país entero, se apretujaba en las manos de los mismos que habían peleado por ella durante los años anteriores, con el agravante de que ya no se sabía quién era quién, qué había tras las palabras de un millonario porfirista convertido a la pasión por Madero y qué tras la furia de un maderista incrédulo, dispuesto a guardar una pistola buena, entregando como prueba de su confianza en el gobierno, una carabina mala.

Aprovechando el caos, los conservadores volvieron a la política tratando de que la nueva circunstancia les procurara un gobernador cercano a sus intereses. Para hacerles frente, los revolucionarios no tuvieron más ocurrencia que devastarse entre sí. En lugar de buscar un candidato único, cada bando se hizo de uno diferente hasta que Madero propuso al suyo y consiguió imponerlo.

Diego Sauri estaba desolado y enfebrecido. Durante el día iba recibiendo las noticias y las comentaba sin descanso con todo el que apareciera bajo sus ojos. En las noches se dormía rumiándolas como si pensara que de tanto darles vueltas, adelgazaría la fuerza de su espanto.

Josefa, que cocinaba para una cantidad impredecible de visitantes diarios, le dejó a Milagros la responsabilidad de leer los periódicos, recoger las malas nuevas y tenerla al tanto de cuanto horror sucediera. Para su infortunio, Milagros cumplía con celo su comanda. Se consideraba en el deber de hacerlo, entre otras cosas porque ella y Rivadeneira comían ahí todos los días. Milagros nunca aprendió a litigar con la cocina y le parecía ridículo fingir que a su edad podría interesarse por algo que consideraba tan etéreo. Se presentaba muy temprano con el altero de periódicos y un lápiz y pasaba una hora antes del desayuno y dos después, leyendo hasta los avisos de ocasión. En cuanto terminaba le hacía a Josefa un resumen de los peores acontecimientos, una lista de los titulares más infames, y una descripción de las caricaturas más encarnizadas. Por ese tiempo tenía menos trabajo político y más dudas que nunca. No sabía en qué bando ponerse y aunque no coincidía con el modo en que maniobraba Madero, se resistía a oponérsele, deseando que sus buenas intenciones pudieran más que la perversidad de la inocencia ejercida desde el poder.

—Algo de la necia cordura de Rivadeneira se me ha de estar contagiando —le dijo a Josefa unos días antes del trece de julio, fecha en que Madero visitaría la ciudad.

Había sido necesaria su ayuda para organizar la nueva visita, pero no puso en ello ni la mitad del arrojo que la caracterizaba. Por supuesto acudirían al andén muchos maderistas espontáneos, unos cuantos partidarios apasionados, la mayoría quejosos, gente que anhelaba contar las desventuras que aún padecía. Milagros y los Sauri no pensaban ni siquiera en asomarse. A pesar de la supuesta paz, había en el aire sonidos de guerra y no estaba su desencanto como para salir a vitorear a nadie.

Josefa se limitaba a contar los disparos que alguna vez se oían en la distancia. Sabía con toda precisión cuándo venían del norte y cuando del sur, cuándo de por las fábricas cercanas a Tlaxcala, cuándo de los campos camino a Cholula y cuándo, como la noche larga del día doce de julio, de un rumbo incluso tan cercano como la plaza de toros.

Muy temprano en la mañana del trece de julio, mientras Emilia cimbraba el aire con su chelo y Josefa movía constante un guiso, Milagros entró con los muertos del día. Era para no creerlo, pero las tropas federales, las del gobierno provisional que había impuesto la revolución en espera de elecciones, habían matado más de cien maderistas.

Durante todo ese día no se habló una palabra. Mientras la casa se llenaba de silencio, Madero visitó la ciudad.

Todos esperaban que el hombre condenara en público al ejército federal por asesinar a sus seguidores. Pero nunca sucedió tal cosa.

—No se puede ser neutral cuando la gente se mata en tu nombre —dijo esa noche Diego con una raya profunda entre los ojos.

Ayer en la mañana no la tenía, pensó Josefa cuando volvió a mirársela, imborrable, al día siguiente.

Durante esos meses, Emilia oyó las opiniones más diversas sobre los hechos más extraordinarios que había presenciado su vida. Mientras estaban en el comedor se ocupaba escribiéndolos, y cuando alguien cambiaba de opinión sin que nadie pareciera darse cuenta, ella sacaba su libreta y hacía el registro de la nueva tesis sin darse tiempo para reprochar la incongruencia. Hubo amigos de su padre que en cuatro semanas cambiaron diez veces su apego a Madero por furia antimaderista, y de regreso.

Se había dado esa tarea como un consuelo para sus propias dudas. Si la gente cambiaba de parecer político tantas veces, ¿por qué ella no podía detestar el recuerdo de Daniel una mañana y ambicionar la humedad de su entrepierna la tarde siguiente?

Hacía semanas que las mismas preguntas rondaban por su cuerpo sin que Emilia se atreviera a repetirlas sobre los oídos de nadie. Todos estaban tan preocupados por las grandes razones. ¿A quién podría importarle si volvería Daniel o en qué estaría convertido?

Una mañana, a mediados de agosto, bajó a la botica adormecida por estas preguntas, sola, porque su madre alegó que veía en las ojeras de Diego el cansancio de los últimos meses y que lo obligaría a quedarse en calma un rato más. Los dejó sentados a la mesa de un desayuno tardío y disculpó a su padre de las primeras horas frente al mostrador.

Abrió la puerta que daba a la calle, preparó unas recetas, acomodó contra los estantes la escalera corrediza. Estaba hecha de encino y brillaba siempre como si acabaran de barnizarla. Servía para alcanzar y sacudir los pomos de porcelana que blanqueaban de lujo todas las paredes. Subida en el penúltimo escalón empezó a frotarlos de uno en uno con un trapo limpio. ¿Qué iba a pasarle si Daniel no regresaba?

Lo tenía grabado en las yemas de los dedos. Algunas mañanas hasta creía estar recorriendo la piel de su espalda. Sin embargo, a veces fantaseaba con la idea de perderlo. Fantaseaba con su muerte cuando el entendimiento ya no le permitía estar en paz. Entonces, en medio de un sosiego que muy de lejos ensombrecía la culpa, elucubraba como un río: si me avisaran de pronto que está muerto, si quien tocó la puerta trae un telegrama, si la próxima carta que voy a abrir está acompañada de una nota de pésame que algún amigo envía explicando los detalles de la refriega en que murió, contándome las últimas horas de su vida, tal vez diciendo que su última palabra parecía mi nombre.

Se lo figuraba muerto y al mismo tiempo más cerca que nunca, sin poder irse, asido a ella cada vez que su boca lo llamara, estremeciendo su cuerpo con la certeza de que sus brazos fantasmales la cobijarían cuando los deseara.

Estaba columpiándose en esa fantasía cuando un niño de ojos oscuros y cejas asustadas entró a la botica llamándola a gritos. Su mamá tenía la cara morada y en lugar de empujar para que a él le apareciera otro hermano, lo que hacía era pedir aire muy quedito y no moverse.

Emilia volvió a la realidad y le preguntó si había buscado a doña Casilda, la partera de medio mundo pobre. El otro medio era tan pobre que sus mujeres parían solas, como solas habían nacido y solas se quedaban al rato de que un hombre les dejaba el recuerdo encajado entre las piernas. Sabían parir hijos como ella fantasmas, sin más ayuda que su sangre, y solamente llamaban a la partera cuando algo equívoco se les atravesaba.

El niño le informó que Casilda estaba en su pueblo, como suplicándole que no le hiciera reandar el camino. Entonces Emilia le pidió que buscara al doctor Zavalza. Pero de buscar a Zavalza y no encontrarlo venía el niño. Emilia bajó por fin de las nubes y los tarros junto a los que había estado suspendida media mañana y, preguntándose a dónde habría ido Zavalza sin avisarle, salió corriendo tras la figura del muchachito.

Se llamaba Ernesto y era el mayor de los hijos que había parido una mujer de veinte años cuando tenía trece. Emilia la conocía bien porque dos veces le había regalado los remedios que el doctor Cuenca le recetó cuando había ido a buscarla con un bebé a punto de morirse.

Unos meses más tarde, Emilia la vio pasar frente a la botica con su panza otra vez creciendo. Desde lejos la invitó a entrar y cuando la tuvo cerca conversó con ella y le hizo algunas preguntas.

La muchacha le contó cosas que Emilia trató de olvidar durante muchos desvelos. Cincuenta veces despertó sintiéndose culpable de tener una cama, de tener desayuno y sopa y cena, de saber leer y ambicionar una profesión, de tener padre y madre y tía, de tener a Zavalza y de ir teniendo el cielo entre atisbos que le daba su pasión por Daniel. Esa mujer tenía sólo dos años más que ella y no había visto sino abandono y hambre, infamias y maltrato.

Quizás lo que más perturbaba a Emilia era recordarla haciendo el recuento de su vida. Tener veinte años, cinco partos, tres hijos muertos y dos vivos, ningún cónyuge fijo, ninguna casa además del cuarto en que se amontonaba con unos parientes por el barrio de Xonaca, no parecían entristecerla más de lo que no la entristecía estar chimuela, medir lo que un niño a los once años y acarrear por el mundo el sexto embarazo de un hombre que no la conmovió una sola noche. ¿Enamorarse? ¿Qué invento era ése?

Recargada en el mostrador mientras bebía el jugo de naranjas que Emilia le había dado, hablaba de prisa esgrimiendo de vez en cuando una carcajada para burlarse de las preguntas que iba haciéndole la boticaria. ¿De qué se le murieron tres hijos? Pues de qué había de ser, no quiso Dios que se lograran, decía sin enturbiarse.

El mayor de los vivos corría guiando a Emilia por el otro lado del río San Francisco, por el otro lado del mundo suave y aromático en el cual habían crecido las pasiones y certezas que a Emilia le parecían primordiales. Cruzaron frente a un grupo de niños que jugaban sobre un cerro de basura, frente a una mujer que volvía de ir en busca de agua caminando con la espalda doblada, frente a una cantina que olía a vómito y un borracho que dormía sus pesares acostado sobre un pedazo ennegrecido de crinolinas viejas, frente a dos hombres que echaban a otro de una tienda y lo alcanzaban para patearlo hasta hacerlo llorar y pedorrearse pidiendo clemencia.

Emilia se prendió a la mano del niño y caminó a ciegas para evitarse el horror que la cercaba. Al cabo de la última calle, cruzaron el umbral de un cuarto sin más luz que la de una ventana cubierta con trapos y sin más cobijo que el petate sobre el que vio tirada a la parturienta. A su alrededor daban consejos y opiniones contradictorias unas cinco mujeres de edad imprecisa. Todas parecían coincidir en que la muchacha no hacía el esfuerzo debido. Más que ayudarla, la regañaban, sin dejar de pasarle trapos mojados por la frente, las piernas, el cuello, la barriga.

El único hombre en la casa se le fue a golpes al niño reclamando su tardanza. Emilia intentó frenarlo y explicar la razón de su demora. El hombre no quiso ni oírla, pero se detuvo intimidado por aquella extraña. Cambió los golpes por preguntas. El niño contó que no había podido encontrar a nadie más, mientras Emilia se unía al círculo de opinantes que asediaba a la enferma.

Se moría cuando logró quedar cerca de ella y oír su corazón latiendo extenuado. No hubiera servido de nada pretender que la dejaran sola, así que pidió que le dieran un hueco cerca de sus piernas y metió entre ellas la mano para buscar la entrada a su cuerpo. Quién sabía cuánto tiempo llevaba desangrándose. Quién sabía qué se le había roto por dentro y cómo.

El brazo entero de la aspirante a médico quedó empapado en sangre. Sintió que se moriría junto con la muchacha del susto y la compasión, pero supo disimular su horror con una retahíla de acciones inútiles. Buscó el sedante en gotas que había puesto en su bolso cuando aún creía que un parto no necesitaba más y lo virtió completo en la boca terrosa de la muchacha. Acuclillada en el suelo, revisó el color en sus párpados sólo para no estar inmóvil, con la sensación de impotencia que la devastaba. La mujer tenía medio cuerpo roto, debía estar sintiendo que le arrancaban en pedazos las entrañas, y no se quejaba.

—¿Cómo te pasó esto? —le preguntó.

—Yo me lo hice —contestó la muchacha.

Emilia la besó, compadeciéndola con todo su delirio adolescente y, otra vez, sintió sobre ella la culpa como una golpiza. No pudo guardarse la turbación. Lloró un rato largo junto a la joven moribunda que la miraba como al horizonte. Lloró por la amistad que no tuvieron, por la distancia de sus mundos, por el ángel devastador en el borde de sus labios. Estuvo con ella hasta que la muchacha se perdió en su palidez. Luego Emilia Sauri se levantó del suelo a confesar su impotencia.

El hombre insultó al niño que lloraba unas lágrimas mudas y salió del cuarto echando maldiciones. Se fue sin ver hacia atrás, como se dice que hacen los hombres cuando saben que no pueden regresar.

La dueña del cuarto contó entonces que había oído a la muchacha quejarse cuando todavía estaba negro el cielo, pero que había creído que sus ruidos eran porque tenía encima al hombre. Dijo que la había aceptado ahí arrimada porque era la querida del hermano de su marido, ese borracho sin obligaciones que no tenía ni dónde dormir y que pedía cobijo allí cuando se le atravesaba una mujer.

Mientras hablaba señaló como el culpable al único hombre que Emilia había visto ahí. Era, según todas, un cabrón que nada se merecía. Le habían aceptado a la querida porque ella se reía como si tuviera de qué y porque su chiquillo era muy acomedido, pero si la muchacha se moría, ese cabrón borracho, porque ellas lo juraban, no iba a poner un pie de regreso ahí.

Un cura con la luz entre los dientes entró al cuarto como una gota de agua. Tenía la sotana raída y abierto el botón que cierra sobre el cuello como un yugo. Emilia lo conocía. Era el único sacerdote amigo de su padre. El único cura que ni rezaba por obligación ni hablaba de Dios cuando no era oportuno. El padre Castillo era yucateco como Diego, pequeño y prudente, incansable y buen conversador. Pasaba por la botica cada tercer día para tomarse un café. De él había escuchado Josefa aquello de la guerra como una almohada que se despluma.

Cuando Emilia lo vio entrar, sintió el abrazo de sus ojos y casi pudo sonreír. Se sentía tan perdida de sí misma, tan incapaz. Dio unos pasos para decirle lo que pasaba. Él le devolvió una palmada en el hombro y procedió a buscarse algo en los bolsillos del pantalón bajo la sotana arremangada. Después de algún trajín, encontró en el fondo de alguno su estola desteñida y pidió que lo dejaran a solas con la enferma. Las mujeres salieron a perseguir una sombra bajo el único árbol de aquel terregal.

Emilia conversaba con ellas, inmersa en un mundo que la espantaba, cuando el sacerdote salió. La muchacha había muerto.

—Ya descansó —dijo la dueña de la casa. Todas se precipitaron al cuarto para mirar a la muerta como si acabara de llegar. La rodearon de flores y cabos de cirio encajados en la tierra apisonada que era el piso del cuarto, le pidieron al cura que le rezara y la bendijera.

Castillo accedió con la docilidad de quien cumple su deber sin protestar, ni presumir. Emilia notaba un freno en sus labios tan contundente como el que ella había decidido poner entre los suyos. Nunca había visto morirse a nadie, pero a esa mujer tampoco la había visto nunca vivir más que al reírse. El niño Ernesto se había parado junto a ella y no lloraba más.

—¿A dónde se fue? —le preguntó a Emilia como si fuera la mismísima lengua que ella se mordía. Ella quiso responderle que a ninguna parte, pero se le atoraron esas palabras que su razón siempre tuvo por ciertas.

—A donde viven los muertos —contestó.

Al día siguiente, después de acompañarlo a enterrar a su madre en el panteón municipal, Emilia le extendió la mano para despedirse de él y abandonar por fin la pesadilla. Había acordado con Castillo caminar de vuelta hasta la botica, recoger ahí a Diego y subir a intentar comerse algo bajo la protección que siempre daba la mesa albeante de Josefa. Pero en cuanto el niño tuvo su mano entre las suyas, se aferró a tan conveniente suavidad y le pidió que se lo llevara con ella. Su hermana pequeña vivía regalada con una señora y él no sabía ni dónde buscarla. Tampoco supo nunca quién fue su padre, y esa noche no tendría lugar en qué dormir si ella lo abandonaba.

—¿En dónde acaba esto? —murmuró Emilia Sauri en el oído del padre Castillo.

—En la nada —dijo el cura tomando la otra mano del niño.

Antonio Zavalza y Diego Sauri conversaban tras el mostrador de la botica cuando llegó hasta ahí el caviloso trío. Zavalza tenía puestos los anteojos porque había estado examinando uno de los libros antiguos con cuyas lecturas Diego satisfacía su ambición de viajes. Haber recorrido medio mundo y llevar la mayor parte de su vida en el mismo sitio, atado a los mismo ojos y el mismo delirio por la misma mujer, a veces lo traspasaba de inquietud. Entonces, seguro de que intentar cualquier otra cosa hubiera sido ridículo, Diego Sauri hundía la nariz entre las estampas de sus libros y viajaba tardes enteras por la India y Marruecos, Pakistán y China. Tras varios días perdido en la querella con sus deseos, regresaba completo a la estancia de su casa y al mostrador de su botica, renovado y excéntrico, seguro por todos lados de que no había elegido mal quedándose tras la invisible muralla que cercaba la ciudad de Josefa Veytia.

A nadie le contaba de aquellas escapadas hasta que dio con Zavalza. Ambos conocían otros mundos y compartían la pasión por las Veytia. A uno la madre y al otro la hija los habían vuelto locos por su mundo mentido de sencillez y lleno de recovecos, quieto y alrevesado, temerario y sonriente, trémulo y poderoso.

Zavalza llegó esa tarde a la Casa de la Estrella con los deseos como nudos en la nuca, urgido de vertir en el entrepecho del boticario hasta la última gota de sus incertidumbres. Durante las tres horas que tardó Emilia en el entierro tuvo tiempo para salir de todo y hasta para acompañar a Diego por Turquía y el Golfo Pérsico.

El boticario pensaba con la cabeza que no habría en el mundo mejor hombre para su hija que aquel médico, pero sabía que las cosas no son como uno las prefiere sino como son y que su Emilia estaba dada sin remedio a otro poderío. Sin embargo, había aprendido de Josefa a decir las verdades tan a medias como era posible cuando resultaba preciso no decirlas completas. Así que no descorazonó a Zavalza, y le dejó la responsabilidad de prodigar el desencanto a quien le correspondía. Emilia es una mujer del siglo XX, se dijo orgulloso, y ella sabrá qué hacer.

Zavalza no se quitó los anteojos al ver llegar a la joven de sus martirios. Y por un segundo pensó que tal

vez era a causa de la deformación de los cristales
que la veía acercarse de prisa, casi arrastrando al
niño y al cura que llevaba de la mano.

Emilia le guiñó un ojo a su padre, dejó a
Ernesto segura de que el sacerdote se haría cargo de
explicar esa historia y fue derecho a Zavalza. Le ofreció la mano confesándole cuánto le había dolido su
impotencia y cómo lo había necesitado junto a ella.
Todo en un murmullo que hizo al médico sentirse
tocado por el éxtasis. Sin soltar su mano, Zavalza acarició la mejilla de Emilia Sauri.

—Los médicos inmunes son pésimos médicos
—le dijo como si elogiando su tristeza le dijera todo
lo que él imaginaba de promisorio y bello en los abismos de su corazón.

No fue necesario pedirle que aceptara al niño
en su casa. Él mismo lo propuso, cuando logró volver en sí del abrazo con el que Emilia premió sus
palabras y su consuelo. Lo había abrazado largo rato,
como quien descubre un tesoro. No recordaba una
paz como ésa y no quería en la vida más que tenerla cerca.

—¿Te quedarías conmigo? —le preguntó a
Zavalza.

—¿Crees que tengo otro remedio? —contestó él.

Un mes más tarde, el obispo envió a casa de los Sauri
una carta en sobre lacrado anunciando su visita y pidiendo se le respondiera si tal visita sería propicia.
Diego le respondió en el acto que sería un placer recibirlo, siempre y cuando quisiera visitarlos en su calidad de tío del doctor Antonio Zavalza y de ningún
modo en su calidad de obispo. No se ahorró la explicación de que en su familia a los jerarcas de la iglesia
no se les respetaba sólo por el hecho de serlo.

El obispo recibió tal respuesta como un agravio más de los muchos que ya le hacía aquel boticario, con sólo haber procreado a esa muchacha cuya voz tenía de cabeza a su de por sí descabezado sobrino. De ese modo las pláticas oficiales destinadas a hacer llegar la solicitud matrimonial de Antonio Zavalza terminaron antes de iniciarse. Las no oficiales iban en cambio por muy buen camino. Tras el consentimiento de Emilia, Zavalza habló del tema con Josefa, visitó a Milagros que fue tan amable como se lo permitió su ánimo partidario de Daniel, le ganó a Diego un juego de ajedrez y empezó a pasar los domingos en compañía de la familia. Para la sorpresa de los Sauri y el pánico de Milagros Veytia, Emilia había aceptado casarse con el doctor Zavalza con la misma facilidad y firmeza de carácter con que había escogido ropa nueva cuando estuvo en la capital. Sin mostrar ni un momento de vacilación, sin cambios en la voz ni una gota de llanto, borró a Daniel de sus conversaciones y en apariencia de sus esperanzas.

No era como si lo hubiesen matado, porque de los muertos se habla con más pasión y repetida dulzura que de los vivos. Era como si nunca hubiese vivido. Mil veces intentaron preguntarle por él y las mismas mil veces evadió las preguntas como si no las escuchara. Todo lo que siempre siguió a la luz de su nombre, Emilia se hizo cargo de oscurecerlo con silencios y evasiones.

Decidió casarse con Zavalza aunque a su familia le pareciera apresurado, aunque Milagros hubiera llorado por primera vez en su vida toda una tarde con su noche rogándole prudencia, aunque Josefa la ahogara en tés y abrazos, aunque su padre jugara con el asunto fingiendo que no lo inquietaba. Se casaría con Zavalza porque sentía sosiego bajo sus ojos y confianza con sus manos, porque la quería por encima de cualquier otra causa y le había sacado de encima la pena continua de querer a Daniel.

Todas estas cosas, cuya pura enumeración cansaba hasta la clarividente cabeza de Josefa, que al rato de intentarla sentía su corredor lleno de pájaros habitarle completo entre las sienes, habían pasado en sólo cinco meses. Era el fin de septiembre cuando Josefa encontró en el buzón una carta de Daniel. Al mirarla le brincó el estómago como le brincaba de joven con las emociones impredecibles, y su sobresalto fue doble porque hacía tiempo que había perdido la memoria de aquel brinco en el centro del cuerpo, como un conejo intentando salirse de su agujero.

—Vamos a ver si esto la deja tan firme como presume que anda —le dijo a Diego enseñándole la carta igual que si le mostrara una daga.

Diego alzó los hombros y fue a esconderse entre las botellas de agua destilada, fingiendo buscar algo que le urgía. Ni a Josefa quiso dejarla ver de qué modo estaba trastocado con los amores y desamores de su niña. Ya ocultos los ojos tras el ámbar de las botellas, le apostó a su mujer que nada cambiaría y la vio alejarse escaleras arriba llamando a gritos a su hija.

XVII

Emilia Sauri abrió la carta sin premura. Por primera vez no rompió el sobre ni le temblaron las manos mientras sostenía los seis pliegos en que Daniel le contaba sus hazañas de los últimos meses. Era un texto largo, escrito como diario, sonando a veces a que sería entregado en propia mano, sólo para servir como guía de la voz con que el mismo Daniel pensaba ampliar cada historia. Tenía al principio el tono juguetón de sus mejores tiempos, pero después la prosa se volvía una voz enfebrecida y triste que Emilia desconocía.

Empezaba con una disculpa, contando las razones por las cuales no había podido buscarla en la ciudad de México. Todas razones políticas y revolucionarias que a Emilia le tocaron justo el amor propio que había prometido mantener a buen resguardo, para no dejarse lastimar otra vez por la banal pero inevitable sensación de ser tratada como algo siempre menos importante que la patria. Leyó de prisa, como se leen de compromiso las lecciones que no cautivan el ánimo. Daniel le contaba con detalle cada una de las pesquisas y los líos por los que había transcurrido su guerrera existencia en los últimos meses. Había un párrafo dedicado a describir con una morosidad fraterna, el gesto y los hábitos de un obrero textil llamado Fortino Ayaquica. Otro sobre las costumbres sexuales de Francisco Mendoza, un ranchero de los alrededores de Chietla, y uno aún más dilatado en torno a la sensibilidad de poeta que había descubierto en el corazón de Chui Morales, cantinero de Ayutla. Morales, Mendoza y Ayaquica eran los jefes de las fuerzas zapatistas en Puebla. Cada uno de ellos había jalado con unos trescientos rebeldes que divididos en bandas luchaban con furia pero como en un juego inexplicable, por el control de pueblos y rancherías. Daniel llegó a vivir entre ellos con la representación de Madero. En poco tiempo había aprendido a beber y conversar como uno de ahí, a sentir el mundo y descifrarlo con los ojos de aquellos hombres que no tardó en considerar guerreros ejemplares y que describía como seres humanos de excepción. Daniel explicaba que con ellos había ido a la capital el día que entró Madero, y que por lo necesario que era entre esos grupos, no había podido aún desprenderse de su lado.

Decía Daniel que su padre no estaba muy de acuerdo en que él hubiera ido a dar a los lugares donde la guerra era más a pelo y necesitaba menos de abogados y gente preparada, pero el muchacho pensaba, y así se lo explicó a Emilia, que todo el tiempo de vivir con esa gente le había enseñado cosas que jamás hubiera entendido desde la distancia.

Luego teorizaba sobre los peligros que tal distancia había generado en los liberales cultos y en el propio Madero. Una distancia que los condujo a pretender cosas como que esa gente aceptara licenciarse y dejar de pelear sin haber conseguido más que el puro cambio de nombres en el gobierno. Terminaba la carta lamentando que los muertos del día doce de julio no le hubieran permitido llegar a Puebla cuando la visitó Madero. Como estaban las cosas, él debía quedarse del lado de quienes lo necesitaban y no del de quienes estaban burlándose de los pobres que les habían dado un privilegio de opinión y mando que no se merecían.

Entre cada una de aquellas disertaciones políticas que Emilia leía con la misma distancia con que escuchaba la plática en el comedor de su casa, había párrafos en los que Daniel se quejaba de lo arduo que era estar lejos de sus pechos o le amontonaba en desorden las mismas palabras como un torrente que vertía en su oído a la hora en que perdido de sí, derramaba en ella la bendición que obtiene todos los perdones y borra todas las desdichas.

Sólo al pasar por una de esas frases, puesta entre signos de interrogación tras la pregunta ¿quieres oír?, Emilia Sauri dejó ver un segundo la turbación de su entraña. Luego terminó de enterarse con detalle de quiénes eran los muertos del día doce, de cómo había crecido la ira por los rumbos del sur la tarde en que no sólo los hombres, sino los niños y las mujeres, regresaron a sus pueblos atravesados en el lomo de la mula que los había llevado a Puebla vivos, entusiastas y crédulos como no volverían a estar.

La descripción de ese retorno era algo tan opresivo y tenebroso que Emilia lo leyó mientras ambicionaba irlo borrando de su memoria. La página terminaba con Daniel preguntándole si ella sabía qué maderista quedaría por esos rumbos. Él había dejado de serlo. Después, como si terminara porque ya no quería oírse, se despedía besándola con toda la pena de que era capaz.

Emilia cerró la carta con las lágrimas apretadas como piedras contra sus ojos, pero sin soltar una sola, le participó a la mirada expectante de su madre que Daniel decía lo mismo de siempre, que los quería y los extrañaba mucho. Luego rompió en pedazos los pliegos ya doblados en cuatro y se los entregó diciendo que podía echarlos a la lumbre de su estufa.

Josefa quiso levantar un brazo y hacerle una caricia al rostro impávido como el sol de marzo que su hija le dejaba caer encima. Pero no se atrevió a turbarlo aún más, demostrándole una compasión que le sabía insoportable. En eso y otras mil cosas, su hija era idéntica a su hermana. Y nadie conocía como Josefa la calidad de las murallas con que esas dos mujeres sabían sitiar sus emociones.

—Levantan muros de agua. Y hay que atravesarlos a nado —le había comentado a Diego una vez.

Nada más salió del cuarto en que dejó a su hija, Josefa cambió la paz con que había caminado hasta la puerta por una carrera de puntas hasta la mesa de su recámara. Le echó llave a la cerradura y una hoja tras otra armó el rompecabezas que le había entregado Emilia. Para colmo de sus trabajos la carta estaba escrita por los dos lados, así que le llevó toda la mañana leerla. Cada hoja había que armarla dos veces para poder leerla de un lado y otro, pero Josefa era tan hábil que, al cabo de tres horas, no sólo consiguió leer toda la carta, sino que adquirió la maestría necesaria para repetir el trabajo primero frente a Diego y después en casa de Milagros, frente a ella y Rivadeneira, quien la miró hacer y deshacer mientras pensaba que había en esa destreza un arte sin nombre, tan arduo como la poesía y, como si eso fuera posible, aún menos valorado. Por la noche, una vez que todos supieron el contenido de la carta, Josefa llevó los pedazos a la recámara de su hija y los dejó sobre el tocador, junto al cepillo con el que Emilia cruzaba trescientas veces por noche su melena de rizos oscuros.

Como no sólo los vicios se heredan, la muchacha supo armar la carta con la misma pericia que su madre, y estuvo leyéndola una vez y otra hasta el amanecer. Luego guardó los pedazos en la caja de cedro que Diego le había regalado, tras consumir los cuarenta habanos de lujo que traía dentro. Era una caja memorable porque se la llevó Rivadeneira de un viaje a Cuba y nunca pudo Diego encontrar en México unos puros con el sabor que descubrió en aquellos. Emilia tenía entonces diez años, y con ese regalo inició sin darse cuenta su larga inclinación a reverenciar las cajas.

Una vez encerrado entre aquellas paredes aromadas, el mensaje de Daniel dejó de entrometerse con su futuro. Lo mismo sucedió con la curiosidad de sus parientes, nadie volvió a preguntarle por Daniel, ni siquiera cuando por proclividades de la conversación salía a relucir el doctor Cuenca. El nombre de Daniel desapareció de sus bocas y parecía que hasta de sus recuerdos, siempre que Emilia estaba entre ellos. Eso habían acordado los cuatro tras leer la carta: si Emilia podía vivir en silencio, se dijeron, ellos no eran nadie para llevarle la contra.

Una semana antes de las elecciones de octubre, la Casa de la Estrella aceptó formalmente la entrada de la sabiduría y la paciencia con que iba por la vida el doctor Antonio Zavalza. Josefa preparó una cena inolvidable, no sólo por el asunto que la provocaba, sino por el aroma a duraznos iluminando el pollo que sirvió. Como cualquier soltero, Zavalza tenía devoción por el pollo casero, cosa que no podía decirse del estómago de Diego Sauri, que como todo marido que se respete, veía al pollo con la displicencia con que miran la costumbre quienes han olvidado el horror de no tenerla. Así que Josefa se inventó lo de los duraznos para complacer de una vez la añoranza que su probable yerno sentía por lo doméstico, y la ambición de aventura que Diego necesitaba saciar durante las comidas.

La política fue siempre una de las yerbas importantes de los guisos servidos en casa de los Sauri. Josefa sabía que era su aliada desde hacía mucho tiempo y para asegurarse de que nunca le faltaría su ayuda, se le ocurrió alguna vez poner sobre la mesa, para que la representara junto a la sal y la pimienta, un pote lleno de piedritas que al agitarse hacía ruido. Con ese talismán enfrente, Josefa se sentía segura del éxito siempre que alguna reunión la preocupaba. Al principio, el salero con piedras había sido motivo de cuanta hilaridad les gustó encontrar a sus familiares, pero con los años se había vuelto una costumbre para todos y hasta se habían olvidado de pensar en él. Sin embargo seguía estando en la charola en que se acomodaban la vinagreta, el chile, las sales y las especias en el centro de la mesa.

Esa noche todos parecían haberse hecho la propuesta de postergar el tema de la política. Durante el consomé se habló de viajes. A Zavalza le parecía urgente que Emilia conociera Europa y Diego coincidió con él en que uno era distinto y mejor tras haber caminado París hasta conocerlo como a la misma Puebla. Haciendo alarde de prudencia, Josefa no recordó que ella era quien era sin haber cruzado el Atlántico en toda su vida, y desde el otro lado de la mesa le suplicó a su hermana con los ojos que le hiciera el favor de no mencionarlo. Así que llegaron al pollo sin que la paz de la banalidad se interrumpiera. Quizás todo hubiera seguido tan bien como iba, si Zavalza en su afán por tomar la pimienta, no la confunde con el talismán de piedritas que agitó sobre su pollo haciendo sonar un río. Todos rieron y gastaron unos minutos en juguetear con la creencia de Josefa en los poderes invocadores de la política que tenía su talismán. Unos segundos más tarde, se oyó subir desde la calle el sonido de una flauta que tembló en los oídos de Emilia antes que en ningún otro y que la hizo levantarse de la mesa sin decir una palabra ni quitar de sus labios una sonrisa como un cetro en la mano. Su cara palideció un segundo y se encendió al siguiente. Nadie sino Daniel jugaba así con una flauta. Emilia abrió el balcón y se inclinó sobre el barandal. Al verla, Daniel cantó a gritos las dos últimas estrofas de la canción arisca y suplicante cuya melodía cruzaba el aire como un estilete:

y el consuelo que me queda
que te has de acordar de mí.

Zavalza no había oído nunca esa flauta, pero de sólo ver a Emilia entendió tan bien como sus parientes que se iría tras ella. No intentó retenerla. Nadie lo hizo. Todos miraron a Zavalza como si le debieran una disculpa, a cambio encontraron en los ojos de ese hombre el sello de una estirpe que le da muy pocos hijos a cada siglo. Cortando con su voz el hielo que sitiaba el aire y sin perder el sosiego de sus palabras, el doctor Zavalza los tranquilizó confesando cuán bien sabía él que algo así tendría que pasar tarde o temprano. Dijo que no quería mentirles haciendo alarde de comprensión, ni aceptar que lo prefería mejor de ese modo. Razonó su esperanza en que la pérdida hubiera sucedido más tarde y hasta hizo una broma en torno al fracaso del tan planeado viaje por Europa. Luego, con una suavidad de maneras que envidiaría el príncipe mejor educado, siguió comiendo el pollo con duraznos de Josefa, comparó su aroma con las delicias de una estancia en París y se hizo cargo de que la cena no perdiera el curso beatífico que tuvo desde que fue planeada. Distrajo a sus anfitriones como si fuera él quien les debía una disculpa. En honor a Diego, describió el itinerario de su viaje a Marruecos y durante más de una hora, los tuvo a todos prendidos al perfume de hierbabuena que recorre sus calles, al misterio y las cinturas de sus mujeres, al idioma prodigioso en que cantan sus hombres, a la detallada enumeración de los secretos árabes que permearon la cultura española. Después habló de medicina y de poesía. Cuando llegaron las infusiones de Josefa, hizo el recuento de los afanes curativos que había en cada una de sus yerbas y después se dio el lujo de pedirle que tocara el piano, para cantar con ella la canción de amor infortunado que llevó en su repertorio la última compañía de zarzuela que pasó por la ciudad. Cuando la luz del amanecer iluminó el comedor, Zavalza se despidió sintiendo que de cualquier modo las dos mujeres Veytia y los hombres que con ellas vivían, lo habían dejado entrar a su familia y eran la familia toda que él siempre ambicionó. En Emilia no quiso pensar esa madrugada, su cuerpo aún la estaba sintiendo arrancándose de él, a pesar de la inmensa voluntad que ella había puesto en quererlo. La Emilia de razón lo había querido querer más que a nada. Pero no todo es querer, y porque él sabía eso, no sentía como un agravio el abandono.

La flauta que Daniel había hecho sonar para llamarla estaba tirada en el suelo, junto a sus zapatos. Emilia Sauri abrió los ojos al sol de las diez inundando la recámara, y los puso en el pedazo de carrizo tras el que había corrido la noche anterior. Sonrió. Necesitaba de la risa para perdonarse. ¿Qué le iba a hacer? No tenía remedio. Ni siquiera se había detenido a pensar una disculpa, ni hablar había querido. ¿Para qué? ¿Qué podía haber dicho que no supieran todos ahí? ¿Cuál era la novedad de su yugo? Antonio Zavalza lo sabía mejor que nadie. A él no lo engañó nunca. Aun cuando logró que la renuente Josefa le creyera el olvido, no había visto borrarse una última duda del filo oscuro que hacía aún más negros los ojos de Zavalza. Él sabía de qué estaba hecho su mutismo de unos ratos, de qué su escándalo en otros. ¿Y ella? ¿Qué podía decir de ella? Estaba feliz. Tanto, que no pudo seguir torturándose por su falta de carácter y sensatez más de los tres minutos que dedicó a contemplar la flauta de carrizo. Volvería a seguirla todas las veces que sonara.

Habían dormido en la casa de soltera que Milagros no quitó al mudarse con Rivadeneira. Daniel tenía consigo la llave y no la soltó ni en los momentos de guerra en que se pierde todo con tal de salvar la vida. La llevaba colgada del cuello y era su certidumbre de que tenía un hogar, de que alguien lo esperaba siempre, de que por más líos y muerte que tragara, tenía la vida a la vuelta de la esquina y no necesitaba sino correr a buscarla. Emilia estaba guardada para él. No había tenido jamás la mínima duda en torno a eso. Conocía todos los escondites de ese cuerpo, viajaba con su recuerdo y su cabeza como una parte de él, como consigo mismo. Para él, Emilia estaba también en la guerra, esperando la paz para continuar con el acuerdo sin firmas de toda su vida.

Cuando Emilia le preguntó por qué había vuelto, Daniel le dijo que extrañaba los lunares de su hombro izquierdo. No hablaron de Zavalza. Daniel sabía que si le daba permiso a su lengua de correr por ese tema, terminaría gritando insultos. Prefirió tocarla de nuevo, indagar si le tenía secretos, mientras allanaba hasta el último doblez que ella quiso guardarse en el cuerpo, reconocerla y sembrar en el centro mismo de todos sus deseos, el gozo extenuado que otra vez supo nada más suyo.

Emilia Sauri cerró los ojos y vio el mar, vio una luna inmensa y excéntrica columpiándose contra el cielo, vio a Daniel esperándola frente a la estación del internado a los doce años, vio el árbol del jardín, vio el estanque mojando sus piernas, la piedra negra sobre su mano, la tenue oscuridad del temazcal. Se imaginó por dentro: húmeda, belicosa, triunfante. Y por primera vez bendijo a su fortuna llamándola, por primera vez no quiso guardarse el ruido de montañas brotándole del cuerpo. No estaban los demás. Los que

la protegían, los que la cercaban comprendiéndola,
los que la habían hecho dudar de su fiebre porque a
veces parecía también de ellos. Su guerra y su armis-
ticio con Daniel eran nada más suyos, sólo frente a
ella acreditaban su condición de años los instantes, y
la fe de su queja rompió el aire en pedazos que se
fueron gritando por la plaza.

Esa mañana, Milagros llegó temprano a casa de su
hermana. Se instaló a beber café con leche y trató de
iniciar una conversación.

—Las mujeres no vamos a cansarnos nunca de
perder a los hombres perfectos —dijo.

Josefa levantó los hombros incapaz de saber
qué responderle, apenada pero segura de que las cosas
eran mejor así, y de que algo tenía que ver su hermana con el último ir y venir de las cosas.

—Querrás decir las mujeres de nuestra familia
—sentenció deteniéndose a oír cómo silbaba la tete-
ra, al tiempo en que todos los pájaros del corredor
encendían un concierto inverosímil de un sol tan alto.

XVIII

Izúcar era un pueblo caliente y arisco. Nadie lo hubiera considerado un buen lugar para su luna de miel, pero la luna era de miel sobre las cabezas de Emilia Sauri y Daniel Cuenca la noche que se tendieron en la yerba, al lado de los cañaverales, en la soledad oscura y tibia que los bordeaba. No había duda ni pena que cupiera bajo el cielo que los cubrió. Durmieron como muy pocos han logrado dormir sobre la tierra.

Al día siguiente, entraron al pueblo caminando por unas calles terrosas, a las que regía el olor de la caña fermentándose. Eran calles con casas chaparras por las que andaban hombres vestidos de calzón blanco y sombrero de petate, mujeres descalzas y palúdicas, con los hijos colgando como frutas en sus brazos. En la puerta de un salón, un poco más alto que las casas, había dos hombres esgrimiendo como armas dos vasos llenos de pulque. Uno de ellos sostenía con su mano izquierda la jarra de barro, enorme y brillante, de la que había servido su vaso y el de su amigo. Se miraban muy serios, como si estuvieran comprometiendo su destino con ese trago.

Había cerca de ambos unos doce hombres haciendo con sus voces una conversación densa, y en medio de ellos, tres niñas con los vestidos chorreados de mugre y las caras pringadas con barro de varios días. Los ojos de la más pequeña brillaban entre las piernas de los hombres que hacían brindis sobre su

cabeza, tenía en las manos una muñeca de trapo y
veía al frente tan seria como si también ella estuviera
ahí para vislumbrar su vida.

—¿Qué hacen tres niñas entre una bola de
borrachos? —le preguntó Emilia a Daniel.

—Atestiguan —dijo Daniel, pasándole el brazo sobre los hombros para guiarla al cruzar la calle
ardiendo.

Cuando se acercaron al grupo, el perro que
jugueteaba sobre las rodillas de un viejo se puso frente a ellos ladrando con un escándalo de policía. Para
asombro de Emilia, Daniel lo llamó por su nombre y
lo calmó acariciando su lomo. El personaje con la jarra en la mano se acercó a Daniel misterioso y cálido.
Era Chui Morales, cantinero y líder local de los revolucionarios. Daniel presentó a Emilia como su mujer y
Emilia sintió dos pinzas apretándose a su cintura.
Morales buscó su mano y se puso a sus órdenes con
pocas palabras, luego le hizo saber que ahí casi todos
la conocían de hacía mucho.

La niña de la muñeca se acercó para explicarle
a Emilia que el perro era suyo. Agachándose hasta
tener su cara frente a la de la niña, Emilia le preguntó
cómo se llamaban ella y las demás.

Un hombre recién llegado de Morelos levantó
los ojos del fondo de su vaso, para decir que ahí no se
aceptaban mujeres, que si Morales dejaba entrar a ésa no
habría junta ninguna, ni acuerdo de paz, ni madres.

—Mujeres no, pero niñas ¿sí? —dijo Emilia.

—De estas mugrosas —dijo el hombre señalando a las niñas con un movimiento de la cabeza.

—Ella es de éstas —dijo Daniel—. Viene limpia porque fuimos a ver a su madrina, pero en un rato
se enmugra.

—Llévatela —le dijo otro de los hombres.

—A mí no me llevan y me traen —terció Emilia
levantándose de enfrente a la niña.

—Con usted no estoy hablando —le contestó el hombre tocándose el sombrero.

—Pero yo sí estoy hablando con usted.

—No te metas Emilia —le dijo Daniel—. Las cantinas no son para mujeres. Tienen razón los señores.

—Claro que me meto —dijo Emilia acercándose a la puerta de la pulquería y cruzándola sin dar tiempo para que nadie la detuviera.

Después del sol que iluminaba el día de afuera, la penumbra de aquel cuarto pestilente la violentó. Había aserrín en el piso sobre el que dormitaban dos hombres. Emilia no tuvo tiempo ni de acercarse a ver si estaban vivos, cuando de entre los barriles amontonados salió tambaleándose otro que se fue sobre ella como sobre una aparición. La llamó virgencita y le pidió mil perdones por su borrachera, diciéndole mientras la abrazaba cuánta devoción le tenía y cómo nunca había pensado que tocándola sintiera por fin el cobijo de la madre de Dios.

Emilia tardó unos segundos en reponerse del susto, pero cuando lo hizo empujó al hombre con todas las fuerzas de su ira, y forcejeó con él hasta que se libró de su hedor y sus babas rozándole la cara. El tipo era fuerte, pero traía una borrachera que, ayudada por el empujón, lo hizo caer sobre el aserrín anegado. Entonces Emilia giró en redondo y volvió a enfrentar el sol de afuera.

—Cuando el cabrón se reponga, caerá de nuevo con la pura memoria de que lo tiró una vieja —dijo Chui Morales sin soltar la jarra. Luego buscó un vaso para Emilia, por envalentonada, y entre risas convenció a los hombres de que la dejaran tomarse un trago con ellos.

—Por ti que me mastiquen, ¿verdad idiota? —le gritó Emilia al Daniel impávido contra el que se fue a golpes.

Interviniendo en la pelea con una naturalidad que frenó la rabia con que la muchacha golpeaba a Daniel, la más grande de las niñas le dio un vaso a Emilia, y Chui Morales se acercó a llenarlo con el aguamanil de barro al que parecía caberle un río de pulque. Luego tomó el vaso de Daniel y lo llenó también del líquido viscoso que a Emilia le había parecido siempre la bebida más repugnante inventada por sus compatriotas. Todos, incluyendo a las niñas, extendieron sus vasos. Morales se los fue llenando, moviéndose de un lado a otro, casi danzando con su jarra en alto, como si cumpliera un rito ancestral. Por último llenó su propio vaso y propuso un brindis por la recién llegada.

Emilia había pasado un rato contemplando con asco el brebaje en su vaso. Agradeció el brindis, pero alegó que no tenía sed.

—El pulque no se bebe por sed —dijo un hombre bajo, de gesto encantador, al que Daniel presentó como Fortino Ayaquica. Emilia le ofreció la mano y Fortino levantó su vaso para brindar con ella, mientras le daba toda clase de explicaciones sobre las bondades del pulque que salía de la jarra esgrimida por Morales.

—Éste no es del de allá adentro —le dijo Chui Morales bebiéndose de un trago todo su vaso y sin soltar la jarra.

El de adentro, explicaron, olía mal porque era tlachique, lo dejaban enmugrarse, no lavaban los toneles antes de guardarlo. El de la jarra lo había sacado Chui Morales de los magueyes de una hacienda tomada durante la rebelión. Estaba limpio como un manantial.

—Blanco como las nalgas de las niñas de la casa grande —dijo Fortino soltando al aire una risa.

—Ande bébale —pidió Chui con una carcajada que hacía bailar de arriba a abajo su bigote crespo.

Emilia acercó la boca al vaso. Maldijo el momento en que había querido salir tras Daniel y dio el primer trago preguntándose por cuántas cosas tenía que maldecir a Daniel, por cuántas sería que le provocaba la adicción que le tenía, por cuál centímetro de su boca no estaría dispuesta a morirse de verdad, no sólo de asco. Cuando se dio cuenta, había bebido el vaso entero.

—Qué mujer —dijo Chui, palmeando la espalda de Daniel, antes de escupir un gargajo gigante y almidonado.

Daniel agradeció la lisonja mientras Emilia, que se había agachado a conversar con las niñas, volvió a llenar su vaso y lo bebió con mucho más prisa que al primero.

—Tenemos que irnos —dijo Daniel pretextando que ya era tarde y que tenía que llevarla a casa de una conocida para que la junta empezara alguna vez.

—Nomás me va a faltar que tú digas cuándo nos vamos —le contestó Emilia sentándose en la tierra y pidiendo que le sirvieran la otra. En ese momento llegaba Francisco Mendoza, el tercero de los líderes rebeldes con los que Daniel necesitaba hablar. Lo acompañaba una mujer fuerte, de labios tiernos, ojos bruscos, lacia melena en trenzas oscuras, que reparó en Emilia como en una conocida y sin más se acomodó en el suelo junto a ella.

Atravesando el aire desde arriba, Chui Morales le sirvió su primer vaso con una precisión maestra y volvió a llenar el vaso de Emilia que, mareada sobre la tierra húmeda, empezó a sentir ganas de bailar y echar gritos. Por lo pronto abrazó a la mujer recién llegada y se puso a comadrear con ella. Se llamaba Dolores Cienfuegos y su vida le hacía honor a su apellido.

—¿Te vas a emborrachar? —preguntó la niña

de la muñeca viendo a Emilia haciéndole caricias al
perro que se había echado junto a ellas.

—Ya me estoy emborrachando —contestó
Emilia con la vista perdida en los distintos verdes
que se iban hasta el monte, cruzando el valle aromático y erizado que rodeaba el pueblo.

Las niñas de la cantina eran hijas de Chui Morales y
Carmela Milpa, una mujer paralítica que a falta de
fuerza en sus piernas tenía una sedosa voz de ángel,
con la que cantaba las más desoladas canciones de
amor y las más antiguas canciones de cuna. Ella con
sus hijas, y Dolores Cienfuegos con su lumbre, vivían
en una casa con piso de ladrillos tibios, sobre la que
se derramaba como sudario una enredadera de flores
pálidas que en las tardes olía a jazmín y en las mañanas a clavel. Ahí las dejaban Francisco Mendoza y Chui
Morales cuando se iban a pelear. Ahí volvían a verlas,
adoloridos o triunfantes.

Entre esas paredes de adobe y esas mujeres
de piel oscura con ojos de venado, Emilia Sauri aprendió que el ir y venir de los hombres no era una pena
que la privilegiara sólo a ella. Aprendió que las mujeres tejen la vida con recuerdos y crecen por dentro
cada vez que los señores se marchan. Aprendió a
bastarse con su cuerpo, a callarse lo inútil, a cantu-
rrear entre dientes, a burlarse de la guerra y a lidiar
con el destino como las plantas con el clima. Aprendió el valor de un frijol, de un jarro de agua, de un
trompo, de una tuerca, de un clavo, de un zapato, de
un pedazo de reata, de un conejo, de un huevo, de un
botón, de la sombra de un árbol, de la luz de una
vela. Y enseñó a curar fiebres, a hervir el agua, a
enmendar los dolores de cabeza, a coser una herida,
a hilvanar una falda, a pintar mariposas, a doblar un
papel para hacer un barquito, a limpiarse los dientes

con carbón de tortilla, a matar con una infusión de pirú y flores de tabachín, las lombrices que se comían la panza de las niñas, a conocer los cinco días de riesgo que tiene cada mes, a revolver epazote y yerba dulce con crema de cacao para untarla en la vagina y evitar un embarazo, a distinguir las plantas venenosas de las curativas, mediante la ciencia que había aprendido de Casilda la yerbera. En dos semanas arregló el desorden menstrual de Dolores, les quitó las manchas de ictericia a dos de las niñas y las aftas de la boca a la más pequeña. Sobre todo, hizo dormir a la insomne Carmela con hojas de zapote blanco y unas aplicaciones de tintura de marihuana que ella misma preparó en un molcajete, y que untadas a las piernas de Carmela por la noche, convocaban un descanso del que no había sabido en los últimos tres años. Medio pueblo aprovechó para consultar con Emilia sus dolencias. Todas las mañanas instalaba un consultorio improvisado junto a la puerta de la cantina y revisaba cuanto enfermo quería ponérsele enfrente, cuanto niño con tos o diarrea le llevaban su madres, cuanta llaga, herida, vientre abultado, dolor en la espalda, infección o moribundo quisieron acercarle. En las tardes recorría el pueblo visitando a los enfermos que no podían moverse y todo el día la desesperaban su ignorancia de tanto y su falta de todo medio curativo que no pudiera sacarse de una planta cercana. Por fortuna, la tierra era fértil y desaforada por esos rumbos, así que en las madrugadas excursionaba con Dolores buscando por el monte las hojas que conocía, pero eran muchos los males y ella no sabía qué hacer frente a un niño convulsionándose, frente a una gonorrea o una sífilis. En ocasiones, ni siquiera sabía cómo llamar al mal que le llevaban. A pesar de su éxito en la cura de las enfermedades propias de la pobreza y la falta de higiene, como los parásitos en el estómago y las infecciones menores, se reconoció incapaz muchas veces, y todas esas veces pensó en Zavalza y se ayudó invocando el consuelo que él había sabido darle tras su primer fracaso. Había cien cosas con las que él hubiera sabido qué hacer y en las que ella no supo sino llevarse las manos a la cabeza y maldecir.

Mientras los hombres se iban, las mujeres trajinaban de sol a sol. No había tregua para sus brazos ni espacio que desperdiciaran sus lenguas. Emilia descubrió ahí que era capaz de cansarse mucho después de sentirse cansada, que tras cuatro horas de trabajo, con respirar profundo podía emprender otras cuatro. Descubrió el tamaño de su valor, saltó varias veces el precipicio de sus miedos y supo que el cariño no se gasta aunque se ponga completo en cada gente.

Estuvo menos veces con Daniel de las que se bañó en el río con Dolores, y retozó más tiempo con las niñas Morales del que pudo darse para tocar el cielo y contar cometas. Pero le bastó con lo que tuvo de cada cosa. Cuando al cabo de cinco semanas, Daniel le habló de marcharse, lloraba como si el mundo se le estuviera partiendo en dos.

Las elecciones le habían dado a Madero un triunfo absoluto. Pero su presencia en el gobierno no había mejorado en nada las cosas para los campesinos. Tras la persecución que devastó sus pueblos y cosechas, los amigos de Daniel decidieron apoyar la toma de tierras y la rebelión contra el gobierno que no les cumplía lo que prometió darles a cambio de su apoyo. No querían una paz de a mentiras, no podían salirle a su gente con que tras tanto muerto y tanto grito, los peones seguirían siendo peones y las haciendas tendrían los mismos dueños. No había palabra, ni mensaje, ni orden con los que convencer a los campesinos de quedarse conformes y en las mismas. Avergonzado y harto de representar la tibieza maderista, Daniel había decidido unirse a la revuelta. Para lo cual, lo primero que debía hacer era sacar a Emilia de Izúcar, donde su puro rostro y su modo de caminar la pondrían en peligro al desatarse la guerra.

Emilia se resistía a volver. Durante las varias noches que dedicaron a discutir las dificultades de su vida en esos rumbos, Emilia se negó mil veces a regresar. Alegó que prefería morirse ahí que perderlo de nuevo, gritó hasta que los árboles temblaron bajo el cielo de cristal que los amparaba, lloró, dejó de comer, maldijo a Madero, a la revolución, a la injusticia, a la noche de fiebre en que había vuelto a encontrarse con aquel amor, y al temblar de su boca cuando lo tenía cerca. Daniel la escuchó protestar de un modo y otro, pero se negó a todo lo que no fuera llevarla de vuelta a casa de los Sauri.

—De aquí no me sacan ni con todo su ejército de levantados —dijo Emilia—. Tú no estás para decidir mi vida.

—Pero sí para decidir que no te mueras —le contestó Daniel.

Sabía de sobra cuántas vidas dependían de la luz con que ella miraba y no se sentía en el derecho de ponerla en riesgo. Quería a Milagros y a los Sauri tanto como a su padre y lo mismo que a su causa. Y ni él, ni su causa, ni nadie valían el riesgo de que Emilia corriera un riesgo. Si tenía que amarrarla, la amarraría, pero no iba a dejarla tan cerca del peligro como estaría ese lugar en poco tiempo.

—Esta guerra no es tuya, Emilia —le dijo apretándose contra ella la última noche que durmieron bajo el techo de los Morales.

—¿Qué es mío? —le preguntó Emilia.

—La Casa de la Estrella, la medicina, la botica, mis ojos —le dijo Daniel.

—Como no te los saque para guardarlos en alcohol —dijo Emilia, seca y furiosa con la verdad entre las manos—. Te estorbo, pero si tú te quedas en la guerra, esta guerra es mía. Yo no voy a ningún lugar al que no vayas tú para quedarte.

Harto de alegar sin resultado, Daniel dejó la cama y se echó al campo.

—Hombres —dijo Dolores Cienfuegos acercándose a Emilia—. Ni los matamos, ni nos matan.

Las dos se fueron caminando hasta el río y se sentaron en la orilla, bajo un sauce llorón, con el rumor del agua corriendo sobre las piedras como la otra única presencia entre ellas. Dolores tenía casi treinta años y no era una mujer tímida, ni tampoco en extremo prudente, pero le costó empezar la conversación. Se había encariñado con Emilia y admiraba su voz bien educada, la sonora precisión de sus palabras, el tino con que las usaba. Se pensó más incapaz que nunca de expresar las cosas con la claridad y la emoción con que las pensaba. No porque le faltara inteligencia, sino porque la pobreza le había negado el refinamiento a su lucidez. Y de eso ella no se había dado cuenta sino hasta que llegó Emilia, y midió con ella sus emociones y la escuchó decir las cosas que sentía con la misma habilidad y acierto que ella necesitaba siempre y no había podido encontrar nunca bajo su paladar.

—No es como a uno se le antoja, es que ni modo —le dijo para empezar, mirándola sin compasión, pero sin envidia.

Luego, soltó de golpe todas las cosas que tenía apretándole la frente: Emilia en el pueblo acabaría por estorbar, habría que protegerla, que cuidarla de más, que alimentarla. En cambio si se iba para Puebla y desde ahí los ayudaba, podría serles más útil que un campamento de hombres armados. Ella sabía curar, hablar en inglés, descifrar el idioma que hablaban los del gobierno, preparar medicinas. Ella entendía de leyes, de trámites, de libros, de cosas que ahí nadie entendía. Ella, lejos estaría cerca, estando segura les daría certidumbres, entendiéndose con aquel mundo podría defender mejor el de ellos. Ella era necesaria y muy querida, pero su trabajo estaba en otra parte. Y eso nadie lo sabía mejor que ella, por más que llevara cinco días de no querer aceptarlo. ¿Para qué enturbiaba las horas que les quedaban juntos pensando en el futuro? No era tiempo de lujos, y el tiempo era un lujo que no podía tirarse a los regaños. Ella debía entender, acatar su destino como ellos obedecían el suyo.

Emilia escuchó todo lo que Dolores quiso decirle sin levantar la cabeza del regazo que ella le ofreció cuando se acomodaron bajo el sauce. Oía su voz mezclada con el rumor del agua rodando sobre las piedras. Creía en las razones que le iba oyendo mientras la recordaba caminando de prisa, sigilosa y atrevida, tallando la ropa contra una de las lajas acomodadas en un remanso del río, probando en la palma de su mano cómo estaban de sal los frijoles, limpiando una carabina con el pañuelo de encaje que Emilia le había regalado, palmeando las tortillas con la destreza de un escultor, atizando el carbón bajo el brasero, jugando al escondite con las niñas, gritando su pasión por Francisco Mendoza cuando en la punta de un cerro no las oía nadie, y regañándolo como un militar embravecido dos horas después.

—Oye cabrón, quítame de aquí estos miados —la había oído decir el primer amanecer que compartieron la pobreza de su cuarto con Emilia y Daniel. Toda su vida recordaría el regocijo que le provocó al hablar así.

Desde las primeras frases entendió que ella tenía razón, el resto del tiempo la escuchó extrañándola ya. La mañana de su regreso pasaron a la cantina por un pulque.

—Salud y cielo —le dijo Dolores entrecerrando los ojos para beber de prisa.

Llegaron a Puebla de madrugada. Habían pensado dormir un rato en el refugio de Milagros antes de presentarse a la Casa de la Estrella, pero el camino a uno pasaba por la otra y los caminos del corazón sólo se reconocen andándolos. Aún no había luz natural, un destello del farol callejero se marchitaba contra los balcones de su casa. Emilia Sauri imaginó a sus padres durmiendo tras los oscuros. Abrazados como los había visto dormir desde niña, como seguían durmiendo aunque les amaneciera torcidos. Imaginó la tersura del edredón sobre su cama, la madera brillante de los pisos, la paz acurrucándose sobre los sillones de la estancia, el olor desatado del café en las mañanas, el ruidero temprano de los pájaros, las horas demorándose entre los frascos de la botica y los sueños viajeros de su padre, el sosiego de anochecer mojando en leche un pan de su madre. Corrió a tocar a la puerta. No le importaron ni las razones en contra ni la prudencia que Daniel creía necesaria. Se fue sobre el aldabón y lo golpeó como sólo su tía Milagros era capaz de hacerlo.

Josefa saltó de la cama con el primer sonido que rozó la condición alerta de sus oídos, oyó a Diego protestar contra los modos y los horarios de Milagros, mientras ella buscaba en la oscuridad las mangas por las que entrar en la bata. Cruzó el corredor humedecido por la penumbra del amanecer y bajó las escaleras brincando.

—¿Emilia? —preguntó antes de abrir. Porque ¿quién sino Emilia podría haberle echado a rodar el corazón por el cuerpo?

XIX

Durante los meses de turbulencia y abismos que siguieron a la noche en que Emilia cruzó el umbral,
llevada en vilo por un Daniel cobrizo y despeinado,
Josefa dio en repetir un aforismo en torno al tiempo
haciendo con las pasiones lo que el viento con el fuego: "Si son breves como la llama de una vela, las de-
vasta. Si son grandes como un incendio, las alimenta."

Emilia dejó ir a Daniel sin un solo reproche y
sin querer enterarse de a dónde iba. Zavalza recibió a
Emilia sin preguntarle a dónde había ido y sin un solo
reproche. Luego, el tiempo empezó a correr sobre el
arrojo y el agravio de cada quien.

Los días se hicieron meses y la vida un intenso
litigio con sus estragos y venturas. Zavalza y Emilia
volvieron a trabajar juntos. Hablando siempre de los
demás, de sus purulencias y sus padecimientos, de
sus posibles curas o sus irreparables muertes, se hicieron una pareja incapaz de reposo. Aprendieron a
estar cerca una jornada y otra como piezas de un
mismo reloj. Cada día más gente llegaba al consultorio de Zavalza buscando cura, y la encontraba en ese
par de necios, capaces de pelearle al destino hasta los
infortunios físicos más inesperados.

Un mediodía en septiembre de 1912, Zavalza se
presentó en la botica para pedirles a Emilia y a Diego
que lo acompañaran. Diego tenía una idea del asunto
que lo llevaba y pensó que Zavalza merecía completo

el placer de la intimidad al mostrarlo, así que se disculpó alegando que no podía dejar sola su botica y vio a Emilia salir, inocente y ávida, tras la prisa de Antonio.

A principios de año, los dueños de una finca en las afueras de la ciudad la habían puesto a la venta en mucho menos de su valor, porque se iban del país como de la peste. Zavalza oyó a Josefa comentar el asunto y corrió a comprar la ganga. Durante varios meses conservó en secreto el destino que pensaba darle a ese lugar. Emilia lo veía desaparecer a media mañana o llegar un poco tarde a la consulta de las cinco, sin decir una palabra.

—Tiene una novia y quiere mantenerlo en secreto —le comentó Emilia a su madre.

—Imposible —aseguró Josefa—. Esos secretos son lo primero que se sabe.

Con el dinero que no se había gastado en ir a Europa y casarse, Zavalza convirtió la finca en un pequeño hospital. Por fin había quedado listo para enseñárselo a Emilia.

—Es casi todo lo que tengo y es mucho más de lo que pude ambicionar —dijo cuando estuvieron en la puerta.

Emilia Sauri recorrió el lugar con más entusiasmo del que hubiera puesto en todos los días de sorprenderse con las maravillas de Europa. Fue y vino de un cuarto a otro, se imaginó y dispuso cómo acomodar los muebles, abrió y cerró las ventanas, aprobó el exacto verde del pasto en el jardín, y cuando creía que ya nada podía faltar, un Zavalza resplandeciente la condujo a la pequeña sala de operaciones, donde todos los instrumentos y aparatos eran modernos como un cine.

Zavalza había dado con aquel equipo gracias a los buenos oficios del cónsul norteamericano en la ciudad, un viejo sonrojado y sonriente a quien curó de una dispepsia que él creía crónica y que por lo mismo le tenía al menos tanta ley como a su patria. El embajador de los Estados Unidos en México tenía un empeño personal en devastar al régimen de Madero, y en su afán por lograrlo le contaba a su gobierno toda suerte de historias sobre la inseguridad en las vidas y propiedades norteamericanas. Para apoyar su versión necesitaba tener siempre a mano el relato de un último desfalco, de un grupo de compatriotas perseguidos o en bancarrota, cualquier desventura. Los aparatos que brillaban en la sala de operaciones, los había encargado él mismo para tejer y apoyar la invaluable anécdota de un infeliz e inexistente médico, que habiendo trasladado a México un equipo carísimo, lo abandonó intimidado por la persecución y el horror que lo cercaba, sólo por ser extranjero en régimen maderista. Cuando el embajador terminó de probar su cuento, puso a la venta el equipo y por medio del risueño cónsul en Puebla, Zavalza lo compró en la quinta parte de su precio.

Emilia escuchó a su amigo contar toda esa historia de intrigas que tanto lo había beneficiado, mientras caminaba de un lado a otro de la sala, tocándolo todo. Por fin se detuvo en Zavalza y lo abrazó.

—Creí que tenías una novia —dijo.

—¿Habrías perdido la calma? —le preguntó Zavalza acariciando la melena de rizos que Emilia había puesto cerca de su nariz como un bálsamo.

—No tengo derecho —dijo Emilia cobijada por los brazos y el temple de Zavalza. Olía a tabaco y colonia fina. Cerca de su cuerpo sintió la dócil emoción de la paz, y la encontró tan nueva que se dejó salir de la boca una canción de amores a cuyo ritmo se puso a bailar.

Durante el año que estuvo ausente, las cartas de Daniel llegaban desde los sitios más inesperados. A veces eran juguetonas, escritas con prisa. A veces demoradas y tristes. El humor de Emilia cambiaba con ellas, subía y bajaba por las cuestas de la rebelión antigobiernista en que se había metido Daniel, al no encontrar en Madero al gobernante justiciero que esperaban.

Daniel había vuelto a Morelos y al sur de Puebla, había sido nombrado correo y contacto entre los campesinos del sur y los rebeldes antimaderistas en el norte, había viajado, escrito proclamas, ayudado en la redacción de planes, y pasado más hambres que nunca. Durante un tiempo los rebeldes en el norte hicieron temblar al país, tomaron Chihuahua y parte de Sonora, antes que el gobierno pudiera darse bien cuenta de lo que pasaba. Daniel los había acompañado como periodista escribiendo notas para un periódico en Chicago y otro en Texas. Los acompañó también cuando empezaron a perder frente a una milicia fuerte, que reorganizó un general heredado del porfiriato al que Madero hizo responsable de la campaña contra el norte. Se llamaba Victoriano Huerta. Daniel no hizo sino trabajos de intelectual y abogado hasta que los rebeldes tuvieron que enfrentarse al nuevo ejército en Rellano. Ese día hasta los niños dispararon contra los federales. Después, todo fue ir perdiendo y escapando hasta que no hubo otro remedio que buscar refugio en Texas.

Cuando le abrió la puerta de su casa en la ciudad de San Antonio, el doctor Cuenca, erguido y altanero como en sus mejores días, pero casi ciego y con tantos males como pueden caber en un corazón exhausto, no podía creer que todos sus esfuerzos educativos hubieran terminado por conducir a su hijo a la condición de ruina en que llegaba.

—¿De cuál equívoco sales? —le preguntó.

Un náufrago hubiera tenido mejor aspecto que el costal de huesos en que lo habían convertido las desventuras. Daniel apestaba a una mezcla de pólvora con infierno, tenía costras en la cara, la camisa herida en el hombro derecho, el pantalón inmenso con una pierna agujereada, los zapatos con las suelas desprendidas y un aire de pena en el gesto con que intentaba sonreír.

Después de comer y bañarse, durmió tres noches con sus días. Despertó un martes como a las seis de la tarde y encontró sobre él la mirada vigilante del doctor Cuenca. Conservaba en sus rasgos de anciano la concordia que rigió siempre su vida. Daniel se frotó los ojos con las manos como si necesitara aprisionar bajo ellos una imagen de armonía indiscutible.

—Lástima que no salí a ti —le dijo.

La siguiente semana hablaron de sol a sol, comieron en desorden y a deshoras, durmieron ratos largos en horarios inusitados y llegaron a un acuerdo: Daniel había estado perdiendo sus fuerzas y su valor en el intento por mermar el poder de un hombre que no lo tenía, había luchado junto a sus enemigos más débiles, contra los que guerreaban en su nombre, pero contra su nombre se irían más temprano de lo creíble. Entonces, la libertad de prensa, parlamento y palabrerío que nadie había valorado en esos años, volvería a enterrarse bajo los cadáveres de hombres inocentes. Los demás, los que nada tenían que perder, se matarían entre sí tras causas y nombres inevitables e imposibles, y la revolución correría por el país sin tregua ni destino, hasta quién sabía cuándo.

No fue fácil para Daniel aceptar los argumentos de su padre, pero de tanto oírlos ajetreando su lengua, de tanto acomodarlos en su cabeza ardiendo, no le quedó más remedio que ver con la lucidez de un viejo desencantado lo que no había entendido con la inteligencia febril de sus veinticuatro años. Su hermano Salvador, compañero asiduo de sus primeras luchas, perdía el tiempo de un modo más seguro, pero no menos enfadoso. Había vuelto a la ciudad de México y hacía política con los maderistas. El doctor Cuenca estaba arrepentido hasta los dientes de haber puesto en sus hijos el germen de pasión por la política que ahora los consumía. Pero ya era muy tarde para pretender arrancarla, y lo que el hombre intentaba era buscar sin darse aliento las razones con que mantenerlos lejos del peligro.

A pesar de haber convencido a Daniel de la necesidad de abandonar una guerra sin destino, de la que cada vez entendería menos, porque nada puede entenderse en el bullicio del odio desatado, en vano había buscado trabajos estables y destinos que él quisiera aceptar. Tenía en San Antonio varios amigos, con uno de ellos encontró un puesto en un despacho de abogados, pero Daniel no quería litigar en inglés, ni arreglar herencias y divorcios de infelices sin más causa que sus personas. No le interesaba hacer carrera como abogado y menos en un país que no era el suyo, pero, por un tiempo, nada agradecía más que la tranquilidad cerca de su padre. Lo sabía más débil de lo que al hombre le gustaba aparentar y más enfermo de lo que aceptaba. Dejarlo solo en ese momento hubiera sido la peor de las tonterías. Para entonces Daniel no tenía más guerra ni sentía mejor deber que el de hacerle compañía. Se dedicó a trabajar en las mañanas y a contemplarlo por las tardes. San Antonio era una ciudad apacible, cuyo ritmo lento mitigaba su vocación de audacia y le producía una calma a veces equiparable a la felicidad. Sin embargo, el doctor Cuenca sabía que su paz era falsa y que si no lo ayudaba pronto a encontrarse una pasión, él la encontraría por su cuenta y de seguro en el regreso a la política.

—Cuenta tu país, no lo combatas —dijo un día ilusionado con la posible salvación de su vástago.

Conocía la habilidad de su hijo para escribir en inglés y español, recordaba el castellano elocuente de sus cartas y el éxito de sus envíos al periódico de San Antonio en el que había publicado muchas veces, le sugirió que se volviera periodista de tiempo completo, que caminara el mundo, que buscara la corresponsalía de varios diarios norteamericanos y que recuperara en cuadernos y cuartillas todo lo que pudiera guardar del México que se desvanecía y del que poco a poco iría naciendo.

Semejante sugerencia dejó a Daniel pensativo un rato largo. No estaba muy seguro de que sería posible ganarse la vida haciendo algo tan placentero, pero le pareció que sería un buen modo de seguir practicando su ambición de imposibles. Al día siguiente fue a las oficinas del periódico al que durante un año le había enviado notas desde Chihuahua y Sonora. Lo recibió Howard Gardner, un hombre joven de actitud despistada, cuya conversación nerviosa resultaba una mezcla feliz de juicios contundentes y sentencias escépticas. Era el jefe de redacción y en la práctica el director del diario, porque el director nominal era el dueño y ése pasaba por ahí cada vez con menos frecuencia y más apremio, daba diez instrucciones, se acataban cuatro y la vida volvía a correr transparente y sosegada como el río que podía verse desde las ventanas del edificio. Howard resultó ser un apasionado de los artículos escritos por Daniel, le contó entre risas el modo en que había llegado a necesitar la llegada de una de sus historias cuando el tedio quería comerse las tardes, le preguntó más de siete veces cómo estaban las cosas *down there*, lamentó la guerra, abrazó a su corresponsal como si lo hubiera estado extrañando y le hizo traer de la administración la paga que ahí le tenían.

—Yo siempre supe que no te habías muerto —dijo el editor con una tibieza en los ojos que ruborizó a Daniel.

No esperaba encontrarse con alguien así, había previsto dar con un gringo de ánimo indiferente y otra vez tuvo que reconocer verdad en un dicho de Milagros: *la vida está hecha para desconcertarnos*.

Aceptó sin reticencia una amistad que le aparecía cuando más la necesitaba y salió del periódico conversando con Howard Gardner como si lo conociera de años. Tras cuatro horas y varias cervezas, cada cual sabía la vida y vicisitudes de cada uno. Al salir del bar oscuro y ruidoso que había albergado sus confesiones, caminaron diciéndose un último secreto, con el brazo de uno sobre los hombros del otro, y la certeza de que habían dado con un cómplice, notándose en la cadencia embriagada y cavilante de sus pasos. Un millón de estrellas agujereaban el cielo de la noche.

—Como para besar a una mujer —dijo Howard señalándolas al despedirse.

Daniel entró silbando a casa de su padre, y se acomodó junto al sillón en que reposaba, a contarle la gloria y los presagios que había descubierto. El doctor Cuenca lo escuchó recordándose, con ese gusto que les brota a los padres cuando descubren en sus hijos la luz que los iluminó alguna vez.

—Parece que diste con tu particular Diego Sauri —dijo invocando la amistad que lo unía con el boticario. Y como si tal alusión le hubiera destrabado una duda que se le atoraba en el pecho desde que vio entrar a su hijo, se atrevió por fin a preguntarle por Emilia.

—Emilia es un lujo —contestó Daniel cargando cada palabra. Luego se hundió en un mar de lágrimas ebrias y delirantes, en un desconsuelo sin vuelta que no se había permitido jamás.

Al decidir refugiarse en San Antonio, le había escrito a Emilia dándole cuenta exacta de su situación por dentro y por fuera. En el sobre puso, además de la carta, un mechón de su pelo y una fotografía en cuyo borde escribió un mensaje llamándola *única razón de mi vida*. Después no había sido capaz de volver a escribirle. Lo avergonzaba su alejamiento y no quería confesarle que a pesar de no tenerla cerca, estaba en paz y no era desgraciado. Todo eso lo lloró poniendo su cabeza infantil y borracha contra el regazo del padre benévolo que jamás encontró en Cuenca mientras fue niño. Los viejos se permiten audacias de las que no eran capaces cuando el mundo los tenía como ejemplo de intrepidez y reciedumbre.

Mientras Daniel iba soltando pesares, el doctor Cuenca lo peinaba con los dedos de su mano artrítica y titubeante, sin decir una palabra, hasta que el sueño se robó la cabeza de su hijo con todo y sus desventuras. Era diciembre y estaban a dos noches de la Navidad. Eso fue todo lo que Daniel pudo pensar cuando abrió los ojos en la madrugada, sobre el aterido regazo de su padre. No podía decirse cuánto tiempo había pasado así, no recordaba ningún sueño, su padre aún apoyaba una mano en su cabeza.

El doctor Cuenca murió el 23 de diciembre de 1912. Un aviso de Daniel llegó a la Casa de la Estrella once días después. La sensación de miedo que había padecido cuando lo mandaron al colegio y que sólo superó a los trece años tras pasar una noche en el panteón, volvió a tomarlo por completo. Estaba solo y perdido como nunca desde entonces. Josefa fue al hospital con la noticia y Emilia quedó encargada de contársela a Diego. Hacía rato que su mujer se resistía a enfrentarlo con nuevas catástrofes, no sabía de dónde había salido ella con esa debilidad, pero sabía muy bien que ni de política ni de pérdidas podía hablar con su marido sin sentirse culpable. Como si de ella dependieran la paz y la condición eterna de la vida humana, como si ella fuera la que se las negaba al ajetreado corazón con que su marido contendía con la fatalidad.

Emilia se quitó la bata blanca, buscó a Zavalza y se lo dijo igual que si leyera un veredicto. Él apretó los labios y le puso una mano en la mejilla, ella cerró los ojos y dio la vuelta.

Casi cuatro semanas después, sin haber logrado consolar ni a sus padres ni a Milagros, Emilia llegó a San Antonio. Cargaba una valija de gobelino, un maletín lleno de frascos, una bolsa con dineros de toda la familia, el chelo que un día le regaló el doctor Cuenca y la certeza de que el médico había muerto para obligarla a encontrarse con su hijo.

Saltó del vagón al andén invadido por un olor a galletas con mantequilla. Recién salida del caos que había tomado su país, y apenas hecho el recorrido por estaciones que cuando no olían a pólvora apestaban a muerto, Emilia se dejó consentir por aquel aroma y extendió el ansia de sus ojos en busca de Daniel. Lo descubrió en la distancia y esperó, sin llamarlo, a que él se acercara. Quiso grabarse su figura buscándola entre la gente. Quiso sentir que aún podía volver. Quiso darse un último respiro antes de aceptar que otra vez abandonaba el territorio de la cordura. Luego alzó una mano y la movió de un lado a otro mientras llamaba a Daniel diciendo su nombre. En cuanto lo tuvo cerca, se aferró al cuerpo de animal sitiado que le extendía los brazos.

Lloraron juntos toda una tarde y parte de la noche. Por ellos y por todos, por el sueño que acuñó el viejo Cuenca, por su mundo perdido y su mundo sin límites, por los asesinados y los asesinos, por la guerra que los separaba y la paz que no sabían buscarse. Después, la índole de sus cuerpos los hizo revivir. Amanecieron dormidos uno sobre el otro y estuvieron repitiendo esa ecuación hasta entrado el mediodía.

—No tengo remedio —dijo Emilia recorriendo con sus dedos el camino de huesos que abría en dos el pecho de Daniel.

El cielo de los siguientes días los miró caminar en las mañanas a lo largo del río hasta donde la ciudad terminaba y empezaban los campos bien sembrados y el sabor de la yerba creciendo sobre la tierra. Emilia conoció a Howard Gardner y lo volvió su cómplice y el testigo más fiel de sus dichas y ambiciones. Aprendió dónde comprar la mejor mantequilla y las verduras más tiernas, perdió el miedo a perderse y se acostó todas las noches bajo la oscuridad agujereada por luceros que cubría el desierto.

—Como para besar —decía Gardner levantando los ojos al despedirse de Daniel.

Emilia fue llenando la casa de plantas y convirtió las dos habitaciones de la pequeña vivienda cercana al río, en un rincón salpicado de cajas y cosas, dentro del que Daniel llegó a reconocer hasta el olor que imperaba en la Casa de la Estrella. Volver ahí todas las tardes lo confundía, desnudar a Emilia a cualquier hora era recuperarlo todo de golpe para perderlo en cuanto ponía los pies en la calle. Muy pronto, el consuelo de haberla recobrado se convirtió en nostalgia de todo lo demás.

—Traes a cuestas tu mundo —le dijo una tarde al volver del periódico.

—En cambio tú lo andas dejando en todas partes —contestó Emilia sin levantar los ojos del libro en que los tenía perdidos.

Daniel se inclinó para besarla y le quitó de las manos el tratado de anatomía que ella se había propuesto memorizar.

Cada tarde Daniel volvía del periódico acompañado por Howard y una noticia de México picándole la lengua. Primero un motín en Tlaxcala, después la erupción de un volcán en Colima, luego el principal puerto de Yucatán devastado por un incendio, y un anochecer frío, llevado por un telégrafo tartamudo pero exacto, el estallido, dentro del ejército, de una conspiración contra Madero, presidida por los más asiduos representantes de la vieja dictadura.

Como un ventarrón, levantando cosas para luego azotarlas contra el suelo, Daniel empezó a contar los detalles del cuartelazo contra Madero. Iba hablando de presos liberados por los militares rebeldes, de bombardeos contra civiles, de actos de pánico y barbarie, mientras metía ropa en una maleta y le participaba a Emilia que a la mañana siguiente volverían a México.

—No podemos quedarnos dichosos y quietos, cuando esto sucede —concluyó. Si él había acompañado a quienes se levantaron contra Madero por incipiente, lucharía contra quienes lo traicionaban por reformador.

Con una mirada impávida, Emilia dejó que Daniel hablara y maldijera un buen rato, hiciera planes e imaginara guerras, acordara con Howard la cantidad de envíos semanales que le haría, los lugares por los que iría en busca de historias, la gente a la que entrevistaría y los varios periódicos a los cuales Howard se encargaría de vender sus artículos. Luego, con la misma indiferencia con que Daniel había estado decidiendo sin pedirle su opinión, le participó que ella no cruzaría la frontera. Aún no acababa de llegar, aún le dolía la memoria de su viaje en tren a través de un país en destrucción, aún no tenía valor para intentar recuperarlo. Además, alegó, qué caso tendría que Daniel fuera a morirse en una guerra que ya no se sabía ni para dónde iba ni a quién defendía. Dijo que su madre tenía razón, que la política saca lo peor de los hombres y que las guerras vuelven poderosos a los peores hombres. Estaba segura de que Daniel se iría de todos modos, pero que no contara con arrastrarla de regreso. Le había prometido subir con ella hasta Chicago para conocer al doctor Arnold Hogan, famoso boticario y médico, con quien Diego Sauri llevaba una meticulosa y larga amistad por correspondencia.

—Yo no voy a cambiar de planes. Estoy cansada de ir y venir según el vaivén de tus antojos y los de la república —dijo.

Hablaba con la jarra del café en una mano y bajo los ojos de cachorro sonriente con que la escrutaba Howard Gardner, con un aplomo que a Daniel le recordó a la niña columpiando sus piernas en la rama de un árbol, y un inglés fluido y gracioso que le hubiera encantado a su padre y que usaba en honor y para regocijo del visitante. Cuando por fin cerró la boca, Howard le quitó la taza que temblaba en su mano izquierda y la besó en la mejilla sonrojada por el alegato.

Emilia le sirvió café sin interrumpir el silencio, y Howard se acomodó en un sillón de la sala dispuesto a seguir contemplando el espectáculo de aquel desacuerdo. Daniel había apoyado los codos sobre una mesa y escondía medio cuerpo entre ellos. Cerró los ojos, maldijo en voz baja, y no pudo pensar en nada que no fuera su ambición de tenerla. Lo arruinaba cuando le hablaba como si fuera un chiquito necio, al que había que explicarle la realidad poco a poco, pero con firmeza, para que la entendiera. Lo arruinaba cuando el viento de la indignación confundía sus mejillas y aclaraba sus juicios, cuando especulaba con la firmeza de un historiador y razonaba frente a sus arrebatos con la condescendencia de una vieja. Tanta vida entre adultos cavilosos había marcado sus pensamientos y era imposible discutir con ella porque tenía una perspicacia tan inflexible como la de Josefa, era temeraria como Diego y contumaz como Milagros. Él tenía muy pocos argumentos con los que persuadirla y ninguno era para usarse en público. Así que no se movió, ni dijo una palabra durante un largo rato, hasta que la rigidez del aire se hizo tal, que Howard bebió un último trago de café y tuvo a bien despedirse.

—Egoísta —dijo Daniel en cuanto se quedaron solos.

—Soberbio —le contestó Emilia.

—Insensible —dijo Daniel.

—Mártir —contestó Emilia.

Lo que siguió fue una pelea de animales deses-
perados, en la que se insultaron y mordieron, mientras se prometían olvido, distancia y odio eterno.

—Muérete —dijo Emilia librándose de la trabazón y los empujones a que habían llegado. Tenía
un rasguño en la frente, encendidas las mejillas, abiertos los botones de la blusa.

—Sin ti —contestó Daniel deteniéndose a mirarla por primera vez desde que se inició la pelea. Por
su padre que estaba más bonita que nunca—. Eres
una salvaje —dijo agachándose para levantar su pantalón en busca del dolor que le producía una patada
en la espinilla.

—¿Te duele? —preguntó Emilia avergonzada.

—No —dijo Daniel caminando a buscarla. Bajo
la blusa abierta le temblaban los pechos. Daniel metió
su mano en el hueco que se abría entre y uno otro.
Clareaba cuando juntaron sus cuerpos en busca de una
tregua. Uno encima de otro, jugando a quererse como
si el futuro no existiera, olvidaron sus cuitas. Deshi-
cieron los juramentos de odio y se firmó la reconcilia-
ción. Sin embargo, ninguno se movió de la raya que
pisaba al empezar la noche, y aunque se juraron tole-
rancia, memoria sin fisuras, lealtad, amanecieron sin
un acuerdo para la luz que inundaba el día.

—Tanto te gusta ir a buscarla que acabarás
encontrándola —le dijo Emilia.

—¿A quién? —preguntó Daniel.

—No me hagas nombrarla —pidió abrazándo-
lo para espantarse el horror a la muerte con que se
despidieron.

XX

Daniel regresó a México como lo había previsto desde el momento en que oyó la noticia del golpe militar. Emilia se hizo cargo de vender lo poco que habían acumulado, guardar en cajas todos los libros del doctor Cuenca, pagar la última renta y entregar la llave de la casa. Después emprendió el viaje a Chicago, en busca de la universidad y de un futuro que no pensara en la guerra.

Eran las diez de una mañana oscura cuando llegó a la ciudad aprisionada por su invierno. Nevaba y el aire corría desde el lago hasta los rostros de la gente. Emilia no había imaginado jamás que el frío pudiera lastimar así. Mientras lidiaba con el aprieto de caminar sobre la nieve por primera vez, iba gritándole al cielo gris que se le venía encima. Y fijándose en todo, menos en dónde ponía los pies, tembló sobre el hielo resbaladizo. Cargada con su equipaje y sus furias, intentó no caerse haciendo piruetas durante unos segundos, pero llevaba demasiados bultos y pensaba demasiadas cosas como para conservar el equilibrio. Así que sin meter ni las manos, dio con la cara en la nieve. Toda mojada, helándose, pensó que se lo merecía, por negarse a la evidencia, por huir de su destino, por pretenciosa. ¿Qué hacía ella, nacida para su bien en las tibiezas de un país tropical, rendida sobre un charco de nieve sucia, harta, cansada y sola como nunca pensó que sabría estar? ¿Qué buscaba si bajo las estrellas de su casa, tenía el lugar más tibio y grato del mundo? ¿Ser médico?

Quiso llorar, pero la intimidó la idea de sus lágrimas congelándose. Así que mordió una colección de agravios y se levantó. No estaba ese sitio para entregarse a disquisiciones y nostalgias. Tenía en su bolsa las señas de una casa de huéspedes, se propuso llegar ahí y no volver a salir hasta que las ventiscas se acallaran.

Dos meses después seguía nevando. Sin embargo, ella había aprendido a caminar en el hielo, se había inscrito como oyente en la Universidad de Northwestern y trabajaba en el laboratorio de Hogan, el amigo de su padre, con quien ella se había entendido de maravilla desde el momento en que lo conoció. Hogan tenía un interés por las plantas medicinales sólo comparable al de los Sauri, y acogió a Emilia bajo los frascos de su refugio y el desamparo de su reciente viudez, con un cariño mezcla de voluntad paterna y pasión juvenil. Le ahorró todos los problemas legales que hubiera tenido, como extranjera con pasaporte de turista, para encontrar trabajo en cualquier otra parte. Era un hombre sencillo y sabio. Cerca de él Emilia revolvía dos sentimientos encontrados: extrañaba como nunca el entusiasmo y la música de su padre, pero recuperaba, como en ningún lugar, su fervor. Iba por las mañanas a la universidad y pasaba las tardes ayudando a Hogan cerca de Hyde Park. Se daba trajines desde el amanecer hasta mucho después de que la ciudad se hundía en la oscuridad temprana de su largo invierno. Por dentro, el paisaje de Emilia se parecía al de la ciudad. A ratos intentaba la luz, la certeza de que tenía razón, la ironía como un alivio para su nostalgia y su incertidumbre, pero la mayor parte del tiempo la ensombrecían las noticias que iban llegando de México. Cada catástrofe recibida en la distancia tendía a crecer por las noches. Llenaba de ruidos todo su día, después de la cena entretenía a la dueña de la casa y a los otros huéspedes tocando el chelo con el frenesí de un violinista húngaro, pero cuando llegaba el tiempo de quedarse sola, al apagar la luz de su recámara, lo negro se le agolpaba como un tumor en todo el cuerpo. Extrañaba a los Sauri, a Milagros, a Zavalza y como si no le sobraran aflicciones, tenía siempre en mitad del cuerpo la peor de sus preguntas: ¿Daniel estaría vivo?

No lograba dormir sino en la madrugada, para despertar unas horas después. Entonces, de un brinco salía de la cama aunque fuera domingo, y empezaba algún trajín. Estudiaba de un modo que sorprendía a sus maestros. No sabían bien qué hacer con una alumna sin papeles para comprobar su paso por la carrera de medicina, que entendía y hablaba de algunas enfermedades y síntomas como si fuera una graduada. El doctor Hogan, que hubiera querido ponerle azúcar en las heridas y consolarla por arte de magia de las penas que la veía rumiar, la invitó a las prácticas de hospital que tenía con los alumnos del último grado. Ahí, el modo en que la vio moverse, tocar a los enfermos y, sobre todo, indagar sus emociones para relacionarlas con sus pesares, lo encantó.

Lo que más atraía a Emilia de su nuevo maestro, era su teoría de que los males físicos algo tienen que ver con los mentales, su entonces *loca idea* de que la locura podía curarse con mezclas medicinales, y la nostalgia preverse con remedios de botica. Emilia sabía por su padre y su experiencia, que había yerbas capaces de alegrar un espíritu desolado. Buscando, buscando, junto con Hogan y una colección interminable de cartas a Diego Sauri, dio en preparar un brebaje que devolvía la sonrisa a los melancólicos y paliaba el dolor de un ánimo trastornado.

Hogan había empezado a usar ese tipo de mezclas, primero sólo en casos sin esperanza, cuando tras haberlo probado todo, el enfermo seguía tan mal que corría el riesgo de morir. Pero después también en casos leves, algunos de los cuales se resolvían como por hechizo. Descubrió en Emilia una cualidad para curar la melancolía que no sólo se relacionaba con sus brebajes, sino con las horas que ella dedicaba a escuchar afligidos. No importaba si su palabrerío era incoherente, reiterativo o necio, no importaba si seguían hablando a la media noche, Emilia jamás les mostraba hartazgo, y tras oír y oír la maraña de un pensamiento desolado, conseguía ayudar a los dueños de la madeja a encontrar una punta con la cual empezarse a tejer un alivio. Hogan la hizo su asistente para todos los casos que acusaban problemas mentales o desórdenes del corazón. Lo demás: la distinta actividad de las neuronas, los ritmos cardiacos y sus despropósitos, qué científico estaba dando con cuál antiséptico, por qué motivos el doctor Alexis Carrel había ganado el Premio Nobel, quién descubrió cómo detectar la difteria o por qué razón convenía que un buen médico fuera lector de Shakespeare y la mitología griega, se lo enseñaba de a poco, mientras hablaba de un caso perdido, de una investigación reciente, de una duda que parecía incurable. A veces, en mitad de una lección expresada con la contundencia sajona del buen Hogan, Emilia lo interrumpía para recordar un aforismo de su primer maestro.

—Decía Cuenca que no hay casos perdidos, sino médicos que no encuentran.

Hogan era un hombre alto, color de rosa y enérgico, al que Emilia podía volver púrpura de la risa, y blando como un panqué de la ternura. Hubiera querido conocer a los Sauri, a Milagros, al poeta Rivadeneira, a Zavalza y por supuesto a Daniel Cuenca. En poco tiempo supo de ellos tantas cosas, que le habría parecido lógico reconocerlos si los encontraba en mitad de una calle. Tan atractivas le parecían algunas de sus costumbres, que instauró en su casa unos domingos parecidos a esos que Emilia describía como el rumbo de su infancia. Hogan era un poeta malogrado, pero entre más se le acentuaba la nostalgia por su mujer, se volvía más prolífico. Así que se dio el encargo de inaugurar las tardes del domingo con la lectura de sus versos. Después, Pauline Atkinson, una vieja amiga de Hogan, gran cocinera y descendiente de inmigrantes griegos, tocaba el piano con sus manos pequeñas y precisas haciendo un dueto con Emilia y su chelo.

La pasión del doctor Hogan era contemplar las estrellas. Tenía un telescopio fijo en las alturas de su casa y sabía los nombres, el color y los movimientos de soles, cometas, aerolitos y lunas cuya luz se había apagado hacía siglos, pero aún iluminaba el sueño de los hombres. Así que por la noche hacía subir a sus invitados a una torre construida en su patio, y los sometía a un sinnúmero de mediciones y escrutinios, ya hechos antes por alguien en lugares más científicos, pero no menos apasionados que los suyos. Siempre había una colección de visitantes que enriquecían cada domingo con nuevas aficiones, espectáculos y pasatiempos. En los domingos de Hogan, Emilia conoció desde a un fotógrafo, famoso no sólo por su destreza sino por su colección de reverenciales conocimientos sobre los inicios de la fotografía en los experimentos de un genio italiano del siglo XVI, hasta a Helen Shell, sobrina de un ilustre empresario y homeópata, amigo de Hogan, rubia y hechicera estudiante de filosofía, recién liberada del yugo que había sido su vida de rica neoyorkina, educada para no dar golpe. El filósofo William James era uno de sus afanes primeros, el otro era enamorarse dos veces por semana de un hombre

distinto. Trabó con Emilia una amistad que alimenta-
ban los domingos contándose despacio todo lo que
les pasaba durante la semana. En medio de la descripción minuciosa con que un científico belga discernía
los misterios del átomo, de la entonación sublime
con que un historiador se preguntaba por qué los
chinos no descubrieron Europa, de la humildad con
que un matemático aclaraba que su ciencia no sólo
era un instrumento de exploración, sino también un
método de autodisciplina, o de las disquisiciones de
un economista sobre la existencia del papel moneda
en oriente, tres siglos antes de que en 1640 los occidentales imprimieran los primeros billetes de que se
tiene constancia, Emilia y Helen navegaban entre
anécdotas menores y fantasías impostergables. Hogan,
que las oía cuchichear por lo bajo, mientras algún
sabio documentaba sus dudas o disertaba sobre los
muchos descubridores que duermen en el anonima-
to, no entendía cómo Emilia podía recordarlo todo
para luego conversar con él sobre las nociones del
tiempo o admirarse de que la idea de ponerles un
índice a los libros sólo se hubiera generalizado hasta
el siglo XVIII, cuando a su parecer ella no había
puesto su mente en nada de lo sucedido durante la
tertulia.

Al preguntarle cómo conseguía hacerse de dos
conversaciones al mismo tiempo, Emilia le contestó
que tal práctica estaba en la condición genética de
todas las mujeres de su familia. Y que algunas, como
su tía Milagros, eran capaces de captar hasta cuatro.
Quizás se debiera al país en que habían vivido, en
México pasaban tantas cosas al mismo tiempo que si
uno no atendía varias a la vez, terminaba por ir siempre atrás de los hechos fundamentales. Ahí estaba
como ejemplo la revolución que seguía cuatrapeán-
dolo todo. Después de asesinar a Madero, Victoriano
Huerta —a decir de Diego Sauri el traidor más gran-

de que había dado la historia de México— se quedó
con la presidencia de la República y antes de terminar 1913 había cerrado el Congreso, acallado la prensa, puesto en la cárcel a varios legisladores y
asesinado al más prominente. Sin críticos públicos
de por medio, se regaló facultades extraordinarias y
pospuso para nunca las elecciones. Lo que había
sucedido después, nadie, por mucho que pudiera
mirar y comprender al mismo tiempo, podía siquiera
contarlo completo. En el sur seguían levantados los
zapatistas. En Sonora, Coahuila y Chihuahua estaban
en armas desde un gobernador maderista hasta Pan-
cho Villa, un antiguo forajido, educado en la sabiduría vaquera de la sierra. Según discernía Diego Sauri,
en una de esas largas cartas que Emilia leía y releía:
*el país que sepultó a Madero como gobernante, volvió
a reconstruirlo como símbolo de su esperanza.* Las
fuerzas de la contrarrevolución habían sido suficientes para darle un golpe a la frágil democracia maderista, pero no para restablecer un acuerdo nacional.
Por todo el país, durante un cruento y largo año y
medio, se levantaron en contra del usurpador, unidos por el odio que le tenían, aunque no por un
acuerdo común sobre qué había de hacerse al reto-
mar el gobierno, los grupos y los intereses más
distintos. Hasta que destruyeron al ejército porfi-
riano que Madero no supo desbaratar en vida, y
lograron que Huerta renunciara y se fuera al exilio
como cualquier combatiente en derrota, pero libre
y vivo como no dejó irse al presidente que había
derrocado. Los ejércitos rebeldes entraron a la ciudad de México unidos por la victoria, pero divididos
en sus causas y ambiciones. Unos representaban al
norte laico y emprendedor, ilustrado y arribista, indiferente y ambicioso, otros se erguían en la defensa
de la herencia indígena y colonial, buscaban la repartición de las tierras y una justicia que solucionara

sus miserias y desdichas de toda la vida. La hora del triunfo —escribió el boticario— se ha vuelto también la hora de la ruptura y el enfrentamiento.

Clausurado el pasado, los mexicanos empezaron a pelearse el futuro. Y volvió la guerra. Daniel iba y venía de unos a otros, pero tenía el corazón con los villistas y zapatistas, por más que su cabeza le dijera que la ignorancia y la ferocidad de esos caudillos no podría gobernar un país tan complicado como el que habían conquistado a la fuerza. Sentía por ellos una admiración que no lo cegaba respecto de sus ineptitudes y excesos. Al menos eso derivaba Emilia de la lectura memoriosa de los artículos que le publicaba el periódico dirigido por Howard Gardner.

Las cartas de los Sauri llegaban tarde y mal, tal vez más de la mitad de los pliegos que Josefa y Diego destinaron a contarle a su hija hasta el más mínimo detalle de todo lo que pasó frente a sus ojos o su imaginación en esos años, aún ha de estar durmiendo en algún rincón de esos que esconden los deseos que alguna vez fueron imposibles. También llegaban cartas de Milagros, que aunque a diario protestara preguntando qué necedad podría haberse llevado a su sobrina, entendía mejor que nadie la chifladura que la mantenía tan lejos. Como una novedad con olor a infancia, empezaron a llegar cartas de Sol, que había pasado de su luna de miel a un embarazo seguido de otro. En sus mensajes rumiaba un tedio mezclado de temor que creía esconder, prudente y bien portada, como siempre. Las cartas más fieles y precisas eran las de Zavalza, y las que no llegaron nunca fueron las de Daniel. Emilia se acostumbró a vivir con su silencio como un reproche, porque desde el principio había decidido llorarlo como a esos muertos que se van cuando aún no hemos colmado nuestro deber para con ellos. Daniel

—se había dicho— podía dividirse en dos: uno era el que se montaba con ella en un cuerno de la luna, el que le embebía todos los sueños porque ningún sueño era mejor que la realidad cuando él la colmaba. El otro era un traidor que se subía al caballo de la revolución para irse a hacer la patria, como si pudiera haber patria en otro lugar que no fuera su cama en común.

—Al principio el mundo se descomponía hasta oler feo cuando él no estaba. Hoy ha perdido algo de su aroma, pero ya no lo necesito para respirar —le confesó un domingo de filosofías a su amiga Helen Shell, haciéndola sonreír con indulgencia. Como si a pesar de su paz simple y juguetona, envidiara el perfume de aquella pasión que no lograba comprender, ni acudiendo a las luces de sus más admirados filósofos. Eso de pensar todo el tiempo en el mismo hombre, de tener los deseos puestos en él desde la infancia, de extrañarlo como el primer día y de llevar dos años sin tratos sexuales con ningún otro, le parecía una costumbre escandalosa y una actitud más transgresora e inmoral que cualquiera de las que pudieran ocurrírsele a la sucia mente del pastor protestante, bajo cuyos sermones recontando pecados, ella había crecido.

Con Helen Shell y sus afanes aventureros, Emilia iba al teatro cuando sentía que el mundo quería cercarla. Con Helen compartió lecturas, pasión por las novelas nuevas, por los poemas raros, por las conversaciones hasta la madrugada. Con Helen viajaba a Nueva York de vez en cuando. Se dejaba deslumbrar por los puentes y las extravagancias de una ciudad que la conquistó de a poco y para siempre.

Una mañana, al mismo tiempo en que Helen entró a recogerla para ir a la estación, rumbo a un viaje con el que habían fantaseado durante meses, llegó de México un telegrama urgente. Emilia iba a abrirlo cuando Helen, que era una entusiasta del futuro planeado, le rogó que no lo arruinara abriendo noticias que pudieran turbarlo. Emilia dudó unos minutos, después escuchó el ruego de su amiga segura de que nada bueno podría caber en un sobre enviado con urgencia desde un mundo en guerra. No se atrevió siquiera a indagar el remitente, sabía de quiénes podría venir, no quiso saber de quién. Tampoco tuvo el valor para dejarlo cerrado sobre la mesa de su recámara. Lo puso en lo más hondo de su bolso y lo llevó con ella.

Durante el día, varias veces necesitó hurgar en su bolsa hasta encontrarlo y asegurarse de que aún estaba ahí. En la noche, entró al salón de baile de un hotel lujurioso en el este neoyorkino, en el que por primera vez se tocaba foxtrot y se dispuso a bailarlo con quien mejor se lo propusiera. Helen Shell había encontrado en la universidad a un hombre que por esos días era la ilusión de sus tardes, por el que, a su decir, no había perdido la cabeza porque tenía los pies demasiado grandes. Sin embargo, la noche en que fueron a bailar foxtrot, pasó su prueba de fuego, porque a pesar de los enormes zapatos con los que forraba sus pies de payaso, atrapó entre sus brazos el cuerpo de Helen y la mantuvo cerca de su rostro, dando vueltas con un garbo que provocó en la cintura con que ella lo seguía, un fuego que ningún otro galán había podido encender.

Emilia los miró surcar la gran pista de madera a media luz, sin más envidia que su añoranza y con un deleite de hermana mayor. Helen le llevaba tres años, pero ella la veía con la indulgencia de quienes crecen antes de lo esperado. Vivir entre moribundos, tener en el centro de los recuerdos la primera algarabía de una guerra y haber perdido ya un amor de toda la vida, la hacían irremediablemente menos joven que su amiga.

Habían pasado poco más de dos años desde el amanecer en que se despidió de Daniel. Sabía por los demás y por los reportajes que iba enviando Gardner, al mismo tiempo en que los publicaba, que Daniel llevaba todo ese tiempo de viajar por el país disfrazado de mujer, de gringo, de bandolero, de cura, de norteño cuando cruzaba el norte, de manta cuando vivía en el sur. Sabía por Milagros que unas seis veces había pasado por Puebla con la esperanza de que ella hubiera vuelto, y las mismas seis veces había dejado la ciudad jurando que no regresaría más. Esa noche, mientras Helen bailaba foxtrot, Emilia se empeñó en no cerrar los ojos, en mirarla reír o en tararear el ritmo juguetón que seguían sus pasos sin dejarse siquiera parpadear, porque temía hundirse en el recuerdo de las batallas, persecuciones, horrores y perseverancias que llenaban los escritos de Daniel. Pero mientras la música la hacía sentir mansamente cobijada, le tomaron el cuerpo las palabras de Daniel en su envío de una semana antes: "Como están las cosas, aquí ya no importa qué bando es más valiente, ni quién tiene la razón. Hace tiempo que todos la perdimos y que sólo son cobardes quienes huyeron con su causa a otra parte."

Una mano frente a sus ojos interrumpió el pesar de sus pensamientos y siguiéndola se levantó a bailar foxtrot como quien hace la guerra, divertida con sus pies y su brío, con el abrazo que la llevaba de un lado a otro, con la mezcla de castellano y escocés en que su pareja le preguntaba por su vida, con la sonrisa que iba acompañándola a oírse hablar de sí misma como de otra mujer.

Sólo cuando la música terminó y salieron del salón al cielo de la última noche de febrero, Emilia, todavía recargada en el brazo del rubio eufórico con el que había bailado, sintió debilitarse por completo su compromiso de no abrir el sobre. Buscó con ansia en el fondo de su bolso y cuando lo tuvo en las manos, se detuvo a leerlo a media calle. Un momento tardó en leer la voz de su tía Milagros, entrecortada y seca: Daniel estaba muerto. No sabían dónde, el último pueblo desde el que mandó noticias quedaba en el norte de México.

—¿Qué pasa?—quiso saber Helen.

En el aire de la noche se dejaban sentir los meses de la cercana primavera, pero Emilia no se imaginó capaz de estar ahí cuando llegaran. Tomada de la cintura por su amigo de danzas, intentó una palabra, luego dio en llorar como si le hubieran encargado que inundara el mundo.

Al día siguiente empezó a preguntar cuál sería la manera más rápida de volver a México. No quiso ir a Chicago. Le escribió a Hogan una larga carta de agradecimiento y explicaciones, y tomó el barco que la llevaría a un puerto cercano a la frontera mexicana. Helen la acompañó hasta el muelle, estoica y bromista, sin una queja por el abandono que la entristecía, y con una cantidad de regalos y cosas —entre los que se incluían un maletín con instrumental médico, dos sombreros y varios potingues, a su entender imprescindibles para viajar— que triplicaron el equipaje con el que Emilia había llegado a Nueva York. Antes de abrazarla se comprometió a enviarle todas sus pertenencias a la casa de sus papás y le juró, sobre la fotografía de su nuevo novio, que la visitaría pronto.

XXI

Emilia Sauri entró a México por una aduana que no había recibido viajeros en mucho tiempo. Mientras revisaba su pasaporte y viéndole la facha de muñeca vestida en el extranjero, el guardia aduanal le preguntó qué se le había perdido en un lado del mundo, tan perdido para la gente como ella.

—¿Me creería que la vida? —le contestó Emilia sin descomponer su gesto de princesa.

—No —le dijo el guardia sellándole un papel de entrada impreso en las garigoleadas épocas de la dictadura.

—¿Aquí quién manda ahora? —preguntó Emilia.

—El que va pudiendo —dijo el guardia y se perdió en una explicación larguísima sobre los diferentes militares insurrectos, para su gusto legales o ilegítimos gobernantes de la plaza en los últimos meses. Emilia se detuvo a oírlo hablar el idioma que hacía tiempo no sonaba en sus tímpanos, y no supo qué hacer con el gusto que le provocaba escucharlo, sino prometerse que no volvería a vivir más de un mes en otro sitio del planeta.

Antes de bajar hasta la frontera, Emilia había estado en San Antonio y ahí supo por Gardner el nombre del pueblo desde el cual escribió Daniel su último artículo. Claro que hacía casi dos meses que no sabía una palabra de su rumbo, pero Gardner la consoló recordando que esas desapariciones ya se habían dado otras veces.

—Es un gato —dijo Gardner cuando la vio llorar al mostrarle el telegrama en que Milagros lo daba por muerto y le pedía que lo buscara—. Nació con siete vidas, habrá perdido una —volvió a decir al principio de la cena. Luego se bebió nueve whiskys sin agua. Cuando llegó el postre lloraba más que Emilia.

—Oye, ten mesura que la viuda soy yo —dijo Emilia rasgando una sonrisa como arcoiris en la tempestad de sus lágrimas.

Pasó la noche en el desordenado cuarto de soltero que Howard le ofreció con el orgullo de quien presta un palacio, y en la mañana, después de un desayuno para el que tuvo hambre por primera vez en muchos días, salió, rumbo a la frontera, en busca de las seis vidas que debían quedarle a Daniel. Sus conversaciones con Howard le habían alimentado tanto la esperanza, que durante el viaje hasta se dijo varias veces que su tía Milagros era una exagerada. Pero en cuanto el guardia cerró su pasaporte, y la autorizó a entrar en busca de lo que tenía perdido, el desaliento volvió a prenderla por entero. ¿Adónde iba ella con su persona y su tonta ilusión de encontrarse a Daniel en alguna parte? Estaba entrando a un país, no a la sala de su casa, y a un país cuya frontera con los Estados Unidos era inmensa y cuya extensión no le cabría en los ojos por más que la recorriera de arriba a abajo toda su vida. ¿De dónde sacaba su tía Milagros que ella podría dar con Daniel buscándolo por el norte de México? Como si el norte de México fuera a caberle en una mano en cuanto lo pisara, como si el norte de México fuera un parque y no esa extensión negra y seca que recorrió durante días sin encontrar nada.

Era martes cuando entró a un pueblo que la recibió callado y silvestre. Igual que por otros, caminó buscando que las calles tuvieran nombres de héroes y las banquetas piedras oscuras y bien organizadas. Pero el lugar no tenía para recibirla sino un clima seco y unas casas chaparras con las que Emilia no sabía cómo tratar. No sabía a quién preguntarle por quién, ni qué demonios estaba haciendo ahí que no fuera penar como un perro vagabundo.

Su cuerpo se reflejó en la ventana de cristal de una tienda de clavos y herramientas. Se miró flaca, despeinada, ojerosa, cargando cuatro bultos y una incertidumbre, con cara de ser extraña hasta para sí misma. Y no tuvo mejor ocurrencia que sentarse a llorar otra vez. Desde ese pueblo había escrito Daniel su último envío al periódico de San Antonio, pero eso no quería decir que ahí estuviera. Conociendo su prisa, su incapacidad para estarse quieto, su ambición de absoluto, Emilia pensó que si algo mandó de ahí, habría sido al pasar siguiendo a quién sabe qué rebelde, qué noticia, qué vanidad, qué gloria, qué desfalco. Se preguntó con cuál de los bandos estaría Daniel y sin sombra de duda se contestó que estaría con los que perdieran. ¿Y quiénes irían a perder el litigio que se había desatado por el país? Qué importaba, pensó Emilia secándose los ojos con un pañuelo en el que Josefa había cosido su nombre diminuto y preciso. ¿Por qué no habría salido ella como su madre? ¿Por qué Daniel no sería un hombre estable y generoso como su padre? ¿Por qué había tenido ella la peregrina fortuna de enamorarse así? Habiendo tantos hombres, existiendo Zavalza con su paz y hasta el boticario Hogan con su adoración de viejo que todo lo veía perfecto. ¿Por qué no podía ella librarse de la fuerza que la empujaba hacia un hombre que hasta muerto podría estar? Daniel: con sus ojos como preguntas, su pelo sobre la frente, su cabeza poblada de ocurrencias. Daniel poniéndole las manos donde nadie, metiéndose a su entraña como a su propiedad, llamándola cuando él quería y largándose cuando se hartaba de mirarla. Daniel echándole a latir el corazón entre las piernas, rogándole, maldiciéndola. Daniel pudriéndose quizá en mitad de una sierra encallecida y remota, Daniel que en dos años no le escribió una letra. Si en secreto había soñado con su muerte, ¿por qué salía corriendo a buscarlo en cuanto alguien temía que fuera verdad su quimera?

Lloró con la cabeza metida entre las piernas, bajo un sol de desierto que nadie desafiaba a esas horas, hasta que el olvido la tomó entre sus brazos y el instinto la empujó a buscar una sombra. En la tarde se levantó de nuevo a caminar el pueblo chaparro y medio vacío. Pero ni una calle, ni una voz, ni un pedazo del pantalón café con que lo había visto irse, ni de su cartera, su sombrero de paja o su cantimplora, encontró por ahí tirados a un azar que no fuera su memoria. Oscureció. Tanto y tan negro que Emilia tuvo un miedo de los que había perdido vagando por el mundo con su altiva soledad a cuestas. Sintió hambre, un hambre que se comería pelón a un buey de esos que en Puebla se guisaban escondidos bajo salsas de colores y que ella aún no se acostumbraba a mirar asados, con todos sus pellejos y su sangre chispeando como estrellas, cuando se parten en pedazos. Se detuvo frente a un lugar que olía justo a eso, a buey quemándose sobre las brasas, y empujó la puerta de un túnel que debía ser una fonda abierta al público, aunque no tuviera letreros ni buscara más clientela que aquella que adentro hablaba dando unas voces exageradas. Buscó una mesa en torno a la cual depositar sus bultos y su persona, sus ojos hundidos, su cansancio, y sin más se acomodó indagando con la mirada si alguien podría acercarse a preguntarle qué deseaba.

El lugar estaba lleno de hombres bebiendo, pero ella no se intimidó con eso que le parecía un paisaje poco inquietante. Los hombres juntos tienen que beber porque si no tendrían que hablar a secas, y a secas los hombres no pueden hablar más que de negocios. Del fondo del túnel, acudió una mujer alta y gorda, con las facciones más perfectas que Emilia hubiera visto jamás señoreando un rostro. Tenía la voz ronca y las manos fuertes. Le preguntó qué deseaba, como se lo hubiera preguntado a una vieja amiga. Después le llevó lo que había, acomodándose cerca para verla cucharear mientras le preguntaba en hilera todo lo que quiso saber de ella. Desde a dónde iba y de dónde venía, hasta si no había encontrado muy dura la carne de caballo y los motivos por los cuales tenía los ojos hinchados como sólo se hinchan los ojos de llorar por las necedades de un hombre.

Emilia le contó todo lo que le cabía entre la blusa y la espalda, desde su pasión por la medicina hasta su endemoniada necesidad del hombre cuya foto llevaba apretujada en un relicario junto a la de sus padres y Milagros.

—¿Y éste vale que lo llores tanto? No se le ve lo milagroso por ninguna parte —dijo la mujer tras revisar minuciosa el gesto del muchacho cuyo rostro sepia Emilia acariciaba con la punta de su índice. Siguió, sin detenerse a esperar respuesta, diciendo que ni para qué se lo preguntaba, que cada mujer tiene su necedad entre los pechos y que si ésa era la suya por algo debía ser, donde hasta había dejado la paz y los pasteles gringos para correr en busca de su cadáver. Emilia se deleitó escuchando su voz ingeniosa y ronca, hasta que la palabra cadáver la devolvió a la desazón que la regía desde que recibió el mensaje de Milagros. Viéndola estremecerse, la hermosa gorda se levantó del banco sobre el que plegaba su cuerpo igual que un elefante, y la cobijó entre sus brazos acariciándola como a un bebé. Le ofreció su casa para pasar la noche y volvió a la cocina diciendo que antes de hacerla entrar iba a traerle un agua con canela.

La cocina empezaba tras el último punto iluminado en el fondo del túnel. Desde donde estaba Emilia, no se veían sino una luz y un muro tras el que podría burbujear una cocina como la de su madre: con cada olla en un hueco para su tamaño, cada cazuela con un lazo de color, prendida a la pared en la que completaba un rompecabezas perfecto, y en el centro de todo, una ventana abierta al patio por la que se asomaban los jazmines como presagios. Soñaba la cocina de Josefa con la mirada puesta en la pared blanca que le impedía mirar la del hostal, cuando un hombre con la cabeza cubierta por un trapo salió a la luz llevando un tazón en la mano. Lo guiaba, a punta de cucharazos, la gorda hostelera, usaba un delantal cubriéndole las piernas, cojeaba un poco y era delgado como un pez. Emilia tenía los ojos tan cansados y el corazón tan confuso, que lo mismo podría estar viendo sólo un fantasma, pero vio frente a ella, completo y sin remiendos, a Daniel Cuenca.

—¿Esto es tu alma? —preguntó la hostelera quitándole el trapo de la cabeza.

Emilia miró a Daniel de arriba a abajo como si necesitara unir los pedazos de su cuerpo para reconocerlo.

—¿Qué te pasó en la pierna? —preguntó empeñada en controlar el temblor de su cuerpo.

—Me tropecé —contestó Daniel—. ¿Tienes frío?

—No sé —dijo Emilia acercándose para tocar con su mano la barba de muchos días sobre las mejillas de Daniel—. ¿Estás ahí abajo?

—Idéntico —aseguró Daniel.

—¿No te habías muerto? —preguntó Emilia.

—Varias veces —contestó.

A una seña de la hostelera todos los hombres apretados en su cantina se pusieron de pie y una canción burlona corrió por el salón.

—¿Eso es todo lo que tienen que decirse? —preguntó la gorda.

—En público sí —dijo Emilia.

No se necesitó más para que la hostelera pusiera a su disposición la cama que había cobijado el escandaloso amor de sus progenitores, una española audaz y un tarahumara sin prejuicios. Doña Baui del Perpetuo Socorro, que era el nombre con el que esa mujer ostentaba el cruce de su origen, no aceptó a cambio el dinero que Emilia puso en su delantal como una flor en cuaresma, se lo devolvió alegando que después hablarían de eso y la ayudó a desaparecer tras la puerta y Daniel. Al día siguiente, se levantó temprano a difundir que en el segundo piso de su casa dormía una doctora.

Daniel tenía ese pueblo como su último centro de operaciones, y a él regresaba tras sus viajes por la sierra, sus visitas a los centros petroleros, sus idas y vueltas en trenes que no tenían más fin que ir y venir tomados por quien mejor los tomara. La zona había sido incluso rica, pero desde que cinco años antes la cruzaban por su cuenta las sublevaciones, jamás se tenía segura la cena de cada noche. Daniel pagaba su comida y su estancia en el hostal lavando trastes y pisos, cosa que para su fortuna alguien todavía necesitaba. Porque la gente había ido deshaciéndose de sus necesidades tanto y con tan buen empeño, que nadie necesitaba ya ni de un panadero ni de una costurera, mucho menos de un abogado convertido en periodista. Tampoco se apetecían buenas cocineras, porque para preparar la comida que podía encontrarse, bastaban fuego y un poco de voluntad. Las leyes eran algo que de momento estaba guardado en un cajón, esperando a ser necesario en un futuro más bien remoto, y los abogados, si no sabían lavar trastes o disparar una treinta treinta, eran completamente inútiles. De entre todos los profesionistas, los únicos respetados y necesarios por el rumbo eran los médicos. No importaba su grado de conocimiento ni mucho menos su especialidad, cualquier dentista sin título se buscaba como un trozo de oro. Así las cosas, Emilia y Daniel, que quién sabe cuánto tiempo hubieran podido pasar encerrados, lamiéndose, pidiendo perdón, cogidos de sí mismos, fueron bajados de su nube menos de cinco horas después de haber caído uno sobre otro.

Para las siete de la mañana habían llegado al hostal más de quince enfermos. Baui los había clasificado según sus dolencias, esperando a que Emilia despertara alguna vez del sueño de amores en que perdía su tiempo. Pero como luego de un rato de espera no se oía tras su puerta una palabra, la hostelera entró sin más al antiguo cuarto de sus padres y como si los cuerpos entreverados que vio frente a ella estuvieran conversando en una mesa de su cantina, les pidió que en cuanto acabaran su danza se vistieran, porque Emilia tendría que cambiar de actividad durante la mañana. El cíclope formado por Emilia y Daniel puestos en sí mismos, ni siquiera se turbó con la irrupción de la señora Baui: a ojos cerrados, siguió ejecutando la diligencia en que se había ocupado casi toda la noche. La hostelera aceptó que no le contestaran, porque entendió que le habían entendido, y antes de abandonar el cuarto sentenció que les daba diez minutos: *tres para repatriarse del mundo en que andan y siete para lavarse y bajar.*

Antes de las ocho ya estaba Emilia enfrentando a una clientela heterogénea y explosiva cuyas enfermedades iban del simple dolor de estómago a las heridas más horrendas que sus ojos hubieran visto: brazos a medio arrancar, manos sin dedos, troncos con las piernas pudriéndose, cabezas desorejadas, tripas de fuera. En cualquier otra circunstancia el espectáculo que fue llamada a resolver la hubiera hecho llorar de impotencia, pero tocada como aún estaba por los bríos con que el amor exorciza la derrota, se propuso ir de uno en uno, de lo imposible a lo sencillo, buscando la solución para cada pena de las que se ponían en sus manos. Daniel, dueño de una humildad que ella no le conocía, estuvo dispuesto a ser su ayudante desde ese momento, y mientras iba tras ella, apuntando los nombres y las condiciones de cada enfermo, se maldecía por la impotencia que le impidió ser médico. Desde siempre se había sabido incapaz de contemplar el dolor sin inmovilizarse, y como aprendió que esa debilidad no debía ser propia de su género, prefirió no exponerse a mostrarla. Por eso no quiso estudiar medicina, por eso había existido entre él y su padre un abismo que sólo sortearon al final, por eso huía de Emilia y su facilidad para lidiar con las enfermedades y el dolor, sin turbar su ánimo. Varias veces, durante la mañana, quiso salir corriendo del ostentoso horror al que Emilia se enfrentaba, natural y comprensiva. Él quería desmayarse a cada tramo, aunque trataba de mirar lo menos posible, concentrado en el nombre del enfermo que escribía despacio junto a su edad y sus síntomas. Emilia pensó en salir primero de los heridos graves y de los niños, pero casi todos los enfermos eran niños y heridos de guerra. Una parturienta no hubiera tenido en esos rumbos la imprudente idea de quitarle su tiempo al médico. Así que los tomó a todos a la vez, en un esfuerzo que Daniel aseguró que sólo conduciría al caos, pero que con la ayuda de la gorda hostelera, de su voz de comandante y su capacidad organizadora, se convirtió con el paso de la mañana en una actividad no sólo posible, sino casi bien ordenada.

Viéndola transitar entre los enfermos, Daniel supo que Emilia era más fuerte que él, más audaz que él, menos ostentosa que él, más necesaria en el mundo que él con todas sus teorías y todas sus batallas. ¿A qué podía ella temerle si no la había inmutado el cuerpo lleno de hoyos de un hombre que sobrevivió a su fusilamiento?

El día había sido generoso en desgracias con nombre, y él, acostumbrado a caminar entre cadáveres anónimos, había sentido verdadero espanto frente a los vivos a medias, pero con nombre, cuya podredumbre Emilia hubiera lamido si bastara con eso para curarlos.

—¿Ésta es la redentora guerra que persigues? —le preguntó Emilia esa noche, tras beber de un trago media copa de aguardiente, y antes de probar el plato de frijoles que cuchareó junto con él y la hostelera.

—Así son todas las guerras —alegó Daniel.

—Te lo dije —murmuró Emilia.

—Te crees perfecta —contestó él para iniciar el pleito que le urgía.

—Ella habla menos y hace más que otros —dijo la hostelera echando la leña necesaria para que ese fuego creciera.

Tras los deseos satisfechos, siempre queda un mundo que discutir. Se trenzaron en un litigio acompañado de tragos que terminó en el extremo de una borrachera triste como ninguna había conocido Emilia. Estaba rendida, y no necesitó demasiado aguardiente para incendiar su lengua y convertir su agravio de dos años en una colección de frases hirientes con las que se defendió bien de las ironías que Daniel usaba para hablarle de su valor como una prepotencia disimulada y de su entereza como una falta de sensibilidad a secas. Emilia aguantó una hora de aquel precipicio y después se dejó llorar como había querido hacerlo desde la mañana. Se le habían muerto en los brazos dos niños cuyo mal primero fue sólo falta de agua limpia, un soldado que había dejado el brazo bajo el caballo de su general y una mujer con la purulencia de un mal desconocido entre las piernas. No había tenido medicinas, le faltaba hilo limpio y tenía sólo dos agujas para suturar. Todas las curaciones que había hecho fueron sin un analgésico, y tuvo que mandar a morirse en su casa, por lo menos a seis personas que con diez días en un hospital como el de Chicago hubieran quedado libres de mal. Claro que esa guerra era una porquería, aunque así fueran todas las guerras. Ella no había querido enfrentarla, por eso había huido a otro mundo cuando la vio llegar, pero esa noche sabía de cierto que de esa guerra no podría irse nunca, aunque nunca la viera más que de lejos, aunque sólo le tocara rehacer su debacle y sus ruinas como mejor pudiera.

—Todas las guerras son mierda —dijo la gran gorda mezcla de tarahumara y valenciana, que escuchaba aquel pleito como uno más de los muchos pleitos entre borrachos que le había tocado avivar.

—Pero en todas hay héroes —contestó Daniel dando un trago largo de aguardiente.

Emilia lo miró como si hubiera dicho una verdad de nunca, y ambicionó para sí el alcohol que brillaba en sus labios, haciéndolo atractivo y heroico como no era diez segundos antes. Quiso esa imagen para tenerla siempre entre las cosas que guardara su alma, le chupó el aguardiente de la boca, y se lo fue llevando hasta la cama de tregua que a los dos les urgía.

XXII

No habían pasado más de tres noches durmiendo en el cuarto de cal y adobe que les rentaba la señora Baui, cuando Emilia Sauri ya le había impreso carácter de hogar. Sobre la destartalada cómoda instaló una foto del doctor Cuenca tocando la flauta, una de Josefa y Diego mirándose a los ojos y otra de Milagros Veytia sentada en el borde de una fuente. Después de transplantar dos cactus a macetas, los intercaló entre las fotos, compró un aguamanil de porcelana que vendía en la plaza del pueblo un campesino dedicado a hacer pesquisas por las haciendas abandonadas, colgó un chal con bordados sobre la cabecera de la cama y convirtió la habitación en un hueco festivo en cuyo ambiente se olvidaba la vida tosca y triste del pueblo todo.

Como el clima seco de aquellas tierras permitía dormir sin más albergue que un cielo negro punteado de espejismos, la hostelera convirtió su patio en hospital. Un hospital igual a tantos de los que crecieron en esas épocas, sostenido más en la abundancia de enfermos y el empeño curativo de algunos soñadores, que en su capacidad real para aliviar el pedazo de vida que las balas iban dejando en los cuerpos de tanto mexicano aguerrido. Los esfuerzos de Baui y la contumacia de Emilia las hacían empeñarse en la existencia del sanatorio, soñando como tantos otros que muchas cosas buenas pueden salir de la pura voluntad, cuando no hay otro sitio de donde sacarlas.

Emilia tenía trabajo desde muy temprano y hasta muy entrada la noche, pero volvía al cuarto de la posada peinada y resplandeciente como si volviera de bañarse en el río. Viéndola regresar una noche, Daniel la encontró más bonita que nunca. Tenía las mejillas encendidas de cansancio y algunas de las amapas lilas que llovían de un árbol crecido junto al pozo se habían quedado ensartadas a su pelo. Sin embargo Daniel la miró a medias, la besó sin ganas y siguió leyendo el periódico amarillento que había llegado al pueblo hacía quince días.

—No sabemos ni qué está pasando en otras partes. Daría igual estar presos —dijo.

Emilia no le respondió. Conocía bien esos síntomas y les tenía más miedo que a la fiebre amarilla, por eso procuraba negarle a su buen juicio el derecho a darles importancia.

—¿Por qué serás tan rejego? Ven acá que te rasco la espalda —dijo acercándose a él tras un rato de silencio.

Daniel dobló el periódico y se tendió en la cama. Emilia recorrió con sus dedos los huesos de su espalda.

—No te voy a dejar sino hasta que se te quite la facha de perro encanijado —dijo.

—No se me quitará —contestó Daniel aflojando el cuerpo y las reticencias.

A ratos temía perder su condición de nómada, su certidumbre de que ninguna libertad era más verdadera que la de aquel que un día amanece en una cama y otro en otra, que no duerme más de un mes bajo el mismo cielo y no come en la misma mesa sino hasta antes de que los platillos que en ella se sirven corran el riesgo de volverse costumbre para su paladar. Tenía veneración por la Emilia que cruzaba su vida como una luz que si fuera permanente terminaría por cegarlo, por el amor que le guardaba entre sus brazos, indeleble y curioso como sólo son los amores al principio, y nada le daba más pánico que la idea de que ese cuerpo lo saciara alguna vez, hasta volverse indeseable. Cuando andaba solo por el mundo, cuando su cama era la tierra bajo un árbol, al acostarse dibujaba en el aire el camino inolvidable de sus cejas y se decía despacio que toda ella era perfecta, armoniosa y bien trazada, como esas líneas. Entonces la deseaba más que nunca, y el deseo lo hacía invulnerable y dichoso. No quería acostumbrarse a saciar ese deseo, no quería que llegara la tarde en que de tanto verla dejara de estremecerlo su estampa.

Cuidándose del riesgo que sintió llegar, Emilia empezó a dormir muchas veces entre los enfermos, pretextando urgencias o encontrándolas como el mejor remedio para posponer el día impredecible en que él decidiera que ya no estaban bien en donde estaban, que la vida se había vuelto igual y corría el albur de convertirse en rutina si algo impreciso y por lo mismo anhelable, no irrumpía a tiempo para salvarlos.

A fines de abril, un hombre que huía de la capital con todo y su familia llegó al hostal cargado de historias recientes. Habló con Daniel desde el mediodía hasta la madrugada, llenándolo de noticias y ansiedad. Mientras comían junto con Emilia y la hostelera, el tipo describió la entrada de los ejércitos campesinos a la capital del país, el momento en que Villa y Zapata contemplaron el desfile de sus tropas desde el balcón del Palacio Nacional, se sentaron en la silla presidencial para que ver qué se sentía, conversaron largo y confuso en Xochimilco, acordaron seguir luchando uno en el norte y otro en el sur, y luego abandonaron el centro político del país diciendo y diciéndose que a ellos los mareaban las banquetas, que gobernar no les interesaba, que para eso había licenciados y gente a la que podían dejar representándolos, con la advertencia de que los vigilaba un machete que les caería encima si no se portaban bien con los campesinos.

Semejantes historias alarmaron a Daniel. Para cualquiera con un poco de información estaba claro que dejar la capital por el campo equivalía a perder el poder que alguien más ambicioso y tan arbitrario tomaría para sí más pronto que tarde.

Fue a buscarse una botella de aguardiente. Cuando volvió, Emilia lo besó antes de irse al hospital. Embebido en la conversación, Daniel apenas registró su ausencia. Lo que el hombre contaba, era lo único que él deseaba notar. La guerra seguía por todas partes, la gente en la ciudad de México pasaba hambre y terrores, vivía a merced de los devaneos que cada bando le impusiera al tomarla para después abandonarla. No se sabía en qué iba a acabar todo eso, ni siquiera parecía verse que alguna vez fuera a acabar.

Un aguardiente tras otro, Daniel dio en repetir que lo importante era encontrar un poder que favoreciera a los más débiles. Maldecía la hora en que el país se había tragado la generosidad de la causa que lo alzó en armas y había ido perdiendo su destino en manos de hombres insaciables y sanguinarios. Emilia intentó ponerle fin al abismo de tal conversación cuando volvió al comedor en la noche, pero Daniel estaba demasiado necesitado de hablar y de beber como para irse a la cama. Emilia lo dejó ahí. Estoy cansada, dijo para no decirle estás insoportable.

Era de madrugada cuando Daniel llegó al cuarto, tambaleándose de borracho. Repitiendo cosas desordenadas sobre el horror inútil de una contienda y otra, preguntándose qué había sido de los estúpidos ideales y con qué derecho los caudillos tiraban a la basura la pureza de una causa por la que habían muerto los mejores hombres. Furioso contra sí mismo y de paso contra Emilia, la despertó para quejarse de la suerte que lo había mantenido lejos de lo fundamental. Porque mientras pasaba tanta cosa grave, ellos habían estado ahí mirándose las caras, fingiendo un matrimonio, acurrucados en una paz que distaba mucho de ser la que regía al país.

Todo el día siguiente anduvo pateando las paredes, furioso contra lo que llamaba su debilidad, su falta de profesionalismo, su desidia, su cualquier palabra que encubriera de golpe el hecho sencillo pero inexpugnable de que Emilia lo había tomado entre sus manos y había hecho que se olvidara de todo para ponerse a hacer su santa voluntad por demasiado tiempo. Mientras caminaba de un lado a otro con su rabieta a cuestas, iba soltando lamentos y reproches en los que la culpaba por haber llegado al pueblo unas horas antes de que él lo abandonara, impidiéndole seguir con su deber tras la guerra, logrando que se olvidara del trabajo periodístico que era al fin de cuentas lo único que le quedaba en la vida.

Apenas la mañana anterior Daniel le había dicho diez veces al oído que nada en el mundo lo alegraba como ella, que no conocía destino mejor que su cuerpo. Emilia iba a gritarle una colección de insultos acuñados por las perfectas iras de su tía Milagros, cuando la prudencia de su madre le sopló una manera más eficaz de apaciguarlo, sin desmedro de su honor y su garganta. Contuvo la furia con que iba a responderle y bajó a avisarle a Baui que se irían con el primer tren que pasara por el pueblo. Luego volvió al cuarto en el que había dejado a Daniel hablando solo y en cinco minutos descolgó su chal de la pared, guardó las fotos, dobló la frazada que había cargado desde Nueva York y llenó una valija con dos mudas para cada quien. Mientras hacía todo esto, el discurso de Daniel empezó a palidecer hasta resumirse en una pregunta destinada a saber a dónde pretendía irse.

—A la guerra —contestó Emilia.

Daniel revisó su aspecto de viajera dispuesta y le preguntó qué pensaba hacer con su hospital. Entonces ella bajó la cabeza un segundo y la levantó tras morderse un labio hasta sacarle sangre. Ya estaba encargado y no hacía falta una palabra más. Daniel la miró sin saber cómo enfrentar una actitud tan distinta de la que pretendió conseguir con su berrinche. Suponía que tras tanto grito Emilia lo dejaría ir solo a la guerra y el desorden que ella tanto abominaba. En cambio, respondía del modo opuesto a como había respondido en San Antonio. Debió preverlo, por herencia esa mujer era impredecible. Pasó en silencio un rato largo, mirando su imagen internarse poco a poco en la penumbra que llegaba con la noche.

—Eres una caja de sorpresas. A veces te detesto —le dijo al fin dando una última patada contra la pared.

—Puedes sentirte bien correspondido —le contestó Emilia.

—Vamos pues a la guerra —dijo Daniel.

Pasó un tren cuatro días después. Lo oyeron silbar a lo lejos, cuando casi habían abandonado la esperanza de oírlo alguna vez. Baui perdió el aire que guardaba en sus enormes pulmones y sintió el terror de ir a quedarse convertida en médico de buenas a primeras. Subió corriendo a rogarle a Emilia que no la abandonara con todo. Pero no obtuvo de ella sino un montón de besos y una ampliación rápida de las mil recomendaciones que le había ido dando durante el tiempo en que trabajaron juntas. Mientras bajaban la escalera, Baui alegaba que nadie se vuelve médico con mes y medio de andar atisbando, pero como su palabrerío no logró conmover a Emilia, terminó soltándose a llorar. Nunca en sus cuarenta y siete años de vida en el desierto había conocido esa mujer el llanto. Y el agua mojando sus redondas mejillas la sorprendió de tal modo, que sólo porque el tren se había puesto en marcha tuvo que hacerse al ánimo de no consultar más médico que ella misma. Con la mano derecha Emilia iba colgada de un tubo en la puerta del vagón, así que agitó la izquierda, en la que sostenía su maleta, para despedirse de la hermosa gorda que tanto le había dado, que hasta un montón de lágrimas le regalaba como despedida.

—Si se han de morir, que no les duela —le gritó desde lejos.

Fue volviéndose un punto en el horizonte polvoso. Emilia se bebió las dos gotas de sal que le corrieron por la cara desde los ojos oscuros y trému- los con que veía a su amiga perderse en el paisaje. Buscó a Daniel que ya se había trepado al techo del vagón y desde ahí la llamaba con la misma voz con que ella recordaba siempre sus llamados a lo impre- visto. Había recuperado la luz con que miraba cuan- do la vida era un albur, y le extendía una mano que ella no intentó, ni hubiera podido alcanzar. Lo dejó instalarse entre los miembros de una tropa cuya filia- ción era más bien imprecisa y buscó un lugar para sentarse en el piso que se disputaban los niños, ani- males y braceros de una banda de mujeres que canta- ban como si algo tuvieran que celebrar.

Lo supo desde la primera jornada: jamás olvidaría ese viaje. La experiencia del horror vuelto costumbre no se olvida jamás. Y tanto horror vieron sus ojos esos días que mucho tiempo después temía cerrarlos y encontrarse de nuevo con la guerra y sus designios. Sólo Daniel podría haberla metido en semejante pena

y sólo siguiéndolo pudo ella tragarse la podredumbre y el dolor como algo inapelable. Cruzaba el
tren frente a una hilera de colgados con las lenguas
de fuera, y ella se abrazaba a Daniel para exorcizar
el desfiguro de esas caras, la efigie de un niño
tratando de alcanzar las botas en el aire de su
padre, el cuerpo doblado sobre sí mismo de una
mujer pegando de gritos, los árboles inmutables uno
tras otro, cada cual con su muerto como la única
fruta en el paisaje. Se abrazaban incapaces de cerrar
los ojos, con el asombro de la primera visión negán-
doles el derecho a perderse las siguientes. Varias
horas y pocos kilómetros después, encontraban una
procesión de harapientos huyendo de otra, un tiroteo de hombres a caballo contra los viejos inservibles, los niños viejos y las mujeres sorprendidas tras
casas incendiándose de las que salía un olor que
entraba hasta los huesos y poblaba la imaginación de
infamias. A veces, el tren se detenía una jornada completa con la instrucción de esperar a que pasara un
general a dejarle su carga de soldados purulentos y
llevarse del suyo una nueva redada de inocentes
ansiosos de jugar con las balas. Entonces Emilia temblaba pensando en que alguno pudiera llevarse a
Daniel, como se llevaban a los hombres de soldaderas
abandonadas en el vagón dentro del cual se escuchaban sus voces apagarse, interrumpir el canto para
llorar su desconcierto y empezarlo después, como
una murmuración: *nada me importa perder la vida,
si es cosa de hombres morir, morir.*

Quién sabe qué era peor, si los días plagados
de imágenes o las noches en movimiento oscuro, las
noches de presagio, amontonados como bultos rodando entre bultos, al paso que marcaba el cansancio del
tren desvencijado y polvoriento en que viajaban. No
había en los vagones de ese tren ninguna rudeza destinada a ordenar la convivencia, cada quien hacía con

el espacio que le tocaba, con su cuerpo y sus necesidades lo que le venía en gana. Había quienes prendían lumbre para echar tortillas dentro del vagón, utilizando los restos del terciopelo roto que aún quedaba en alguno de los escasos asientos, quienes orinaban en las esquinas o desde las ventanas, quienes dormían medio encuerados, maldecían a sus parejas o se les iban encima sin interesarse en lo más mínimo por la opinión de los otros viajeros. Al principio, Emilia se había empeñado en mantener en alto las dotes civilizatorias que con tanto cuidado habían puesto en ella sus padres, pero con el tiempo aprendió a guiarse como los otros pasajeros, según sus necesidades se lo pedían. Incluso se hizo al ánimo de esperar a la oscuridad de la media noche para levantar su falda y cobijar a Daniel bajo ella, en un juego que sobre la certeza de la muerte, revaluaba la vida en la trabazón de sus cuerpos.

Estaba en el aire que cada mañana podía ser la última y que era milagroso alcanzar cada noche para quererse en las tinieblas movedizas del tren, o a mitad del campo perfumado por unas flores que crecían diminutas sobre el zacate en que ellos se echaban, cuando la máquina de vapor tenía a bien descomponerse durante horas y horas de espera, que nada, sino el amor, entretenía de buen modo. Muchas veces, mientras Daniel escribía de prisa o conversaba con los soldados, Emilia se preguntaba qué hacía ella contemplándolo, sin más utilidad en el mundo que saberse a su disposición, sin más posible tarea que revisar a un herido para el que no tenía cura en sus manos, enfrentándose un día y otro al hecho de que la medicina no vale sin la ayuda que le dan las boticas. Saber que una mujer tendría cura con alguno de los brebajes que descansaban en los estantes de Diego Sauri y no tenerlo cerca, la enervaba tanto que dejaba de hablar, de

reírse, de comer y hasta de necesitar el cuerpo que
Daniel le ofrecía como consuelo. Aquel tren, visto
por ella, tenía más enfermos que sanos, más débiles
que recios, más gente necesitada de una cama y un
tónico que de una pistola y un general tras el que
irse a dar con la revolución. Pasaba horas preguntándose a la falta de cuál vitamina se deberían las
manchas blancas que abundaban en el rostro de
los niños, con qué antiséptico podrían remediarse
las enfermedades venéreas que iban de entre las
piernas de los hombres hasta las soldaderas y el
fondo de sus tibias vaginas.

A lo largo del tren corrió la noticia de las habilidades médicas que adornaban a la muchacha del
vagón amarillo, de que en su maletín cargaba remedios y en sus manos habilidades para suturar y poner
vendajes, y de lo largo del tren fueron llegando a
consultarla toda clase de dolientes a los que Emilia no
podía ofrecer mucho más consuelo que el de escu-
charlos y darles recomendaciones para el momento
en que dejaran de rodar y pudieran conseguir la yerba tal, el polvo cual.

Una mujer de su vagón llevaba cuatro días
tirada en el piso con la cabeza entre las piernas,
cuando a ella se le habían agotado los analgésicos
la primera mañana, y las palabras el tercer día de
verla sufrir. Maldijo su estancia en Chicago diciéndose que no había sido la mejor manera de aprender una medicina para vivir entre pobres, y con todas
sus fuerzas invocó algún conocimiento con el que
pudiera sacarse cura de la nada. Pero no encontró
más que lo que había agotado ya, así que se acuclilló junto a la mujer que se quejaba tan quedo como
aprenden a hacerlo quienes saben de siempre que
su deber es no dar molestias, para acompañarla como
única solución. Ahí estaba, sintiéndose más incapaz
que nunca, cuando se les acercó una vieja pequeña

y medio encorvada, diciendo que ella podría hacer algo. Emilia la miró segura de que tendría motivos para decirlo y se hizo a un lado con eso que en los últimos días había dado en considerar su inútil sabiduría de gabinete, para dejarle paso a la magia de la anciana. Con toda solemnidad, le dio su nombre y preguntó si podía quedarse cerca, para mirar. La curandera asintió con la cabeza como quien se espanta una mosca y quitándose el rebozo mostró dos manos fuertes y jóvenes que no parecían tener relación con la pequeñez y la aparente debilidad de su cuerpo envejecido. Con esas manos, con la nada que parecían tener entre ellas, empezó a sobar la cabeza de la enferma, muy despacio, como si buscara lugares precisos en los que detener la suavidad de sus dedos. Luego bajó a la nuca, a los párpados, a un hueco entre el pulgar y el índice de la mano izquierda, a un punto exacto en las plantas de los pies en el que se detuvo más tiempo que en ninguna otra parte. Poco a poco la mujer dejó de quejarse y por fin consiguió el sueño que no había conocido en las últimas noches.

Acuclillada frente a la anciana con una devoción ostentosa, Emilia la miraba como si quisiera meterse dentro de ella.

—¿Sabe usted acupuntura? —le preguntó a la mujer que parecía regresar de otro mundo.

—Yo me llamo Teodora, esto no sé cómo se llame —contestó la vieja volviendo a cruzarse el rebozo sobre el pecho.

—¿Me enseña? —imploró Emilia.

—Lo que puedas aprender —respondió la anciana.

Al poco tiempo habían hecho pareja. Emilia iba tras la vieja por el destartalado tren, con la misma fiebre que había puesto al seguir a cualquiera de sus otros maestros, y no había detalle que se le fuera, ni pregunta que se callara, ni duda que Teodora no supiera acallarle.

—Es cosa de irle sintiendo —decía cuando Emilia sacaba a relucir nombres que la vieja ignoraba o dudas para las que según su saber no había más respuesta que la voluntad imponiéndose a la nada. A veces Emilia desesperaba, porque Teodora iba demasiado rápido y daba por sabidas demasiadas cosas. En una de ésas la mujer le preguntó cortante:

—¿Te pregunto cómo le haces para coser agujeros? Se mira y se aprende, no hay más.

Luego se dispuso a suturar la herida de un enfermo, cosa que hasta ese momento había sido responsabilidad en todos los casos de la suave señorita del vagón amarillo.

Entretenían los días aprendiendo una de la otra cuanta cosa podían enseñarse. Emilia diría siempre que en ese intercambio ella consiguió la mejor parte. Sin embargo, Teodora la trataba con la deferencia que se debe a quienes saben muchas cosas de algo que siempre se ha querido saber.

Adivinar cuánto creería de todo eso que le oyó contar sobre los últimos descubrimientos científicos, la posibilidad de que los seres humanos guardaran sus principales emociones en el cerebro y no en el corazón, la importancia de los antisépticos y el agua limpia, las maravillas de la anestesia y otras modernidades, pero el caso es que tampoco ella se consideraba injustamente favorecida por el intercambio. Sentía por la muchacha un respeto equiparable al que Emilia sintió por ella tras verla trabajar la primera vez, y por eso le iba enseñando sus tesoros, sin menosprecio de los de ella, pero segura de que le harían falta para completar los delirios de su encendida vocación curadora. Poco a poco logró adiestrarla en su arte capaz de conjurar algunos males del cuerpo con la pura sabiduría de los dedos, y le fue regalando un montón de pequeños y grandes conocimientos de esos que Maimónides hubiera registrado ferviente de haberlos escuchado.

Al hablarlo con Daniel, Emilia llamaba *curso de medicina itinerante* a su venturoso encuentro con Teodora, y le agradecía cuatro veces por noche que la hubiera hecho seguirlo en un viaje tan fructífero. Daniel la veía cada tarde más flaca y más desharrapada, pero más intrépida que la anterior, cruzando frente a las desgracias que los primeros días la horrorizaban, con un respeto silencioso y una congoja austera que había aprendido a no externar, la veía hacer a diario el intento de peinarse los cabellos mugrosos, de limpiarse la cara o sonreír a ratos como si el mundo no estuviera desbaratándose, y entendió que la iba queriendo para siempre, como no querría nunca a nadie más.

XXIII

La máquina de vapor y sus vagones haciendo tras ella
un escándalo de gitanos, llegaron a las cercanías de la
ciudad de México como a las tres de la madrugada de
un miércoles, a principios de junio. El aire aún oscuro
latía generoso y tibio en la cara que Emilia sacó por la
ventanilla del vagón para sentir el amanecer contra
sus párpados, la brisa despeinándola, el rocío como
una premonición del altiplano. Al fondo, dibujados
en la oscuridad, estaban los volcanes, vigilando el desastre que corría por esa tierra. Emilia siguió el con-
torno de sus figuras. Por grande que fuera un desastre,
si ahí estaban ellos para contemplarlo, habría un remedio.

El periplo del tren fue tan accidentado que sus
tripulantes hubieran merecido una bienvenida como
romería. Pero sólo los esperaba en la estación su propio ruido y el cielo aclarándose poco a poco. Daniel,
que a veces conseguía dormir como quien se muere,
no perdió la modorra sino hasta que el tren dejó de
arrullarlo con su estrépito. Abrió los ojos y vio a Emilia
cerca de la ventana, con los brazos apoyados sobre
los hombros de la pequeña Teodora, hablando en
secreto como si fuera posible que aún les quedara
algo por decirse.

Tras cuchichear un rato se abrazaron. Emilia
besó a Teodora en las mejillas y se soltó llorando con
una naturalidad que siempre provocaba en Daniel la

misma mezcla de impaciencia y sonrojo. Ella daba poco con el llanto, pero cuando se lo permitía lloraba como quien se ríe, sin inmutarse ni por la opinión ajena, ni por el tiempo que pudiera llevarle salir de su congoja. Así la habían enseñado a llorar en su familia y si no hubiera sido por las quejas que Daniel soltaba cuando la veía hacerlo, jamás se le hubiera ocurrido pensar que su conducta era censurable.

Al verla iniciar aquel homenaje de adiós, Daniel abandonó el piso que le servía de cama, se pasó las manos por la cabeza despeinada, se abotonó la chamarra y carraspeó para ver si ella lograba tomarlo en cuenta de una buena vez. El tren se había quedado vacío y alrededor empezaban a amontonarse sus nuevos pasajeros. Era asunto de bajar al andén y echarse a las calles de la ciudad sitiada, peligrosa y fandanguera en que se había convertido la capital.

En la puerta de la estación tomaron un coche tirado por dos caballos flacos y le pidieron al calesero que los llevara hasta el zócalo. El hombre quiso saber si el lugar en donde pensaban hospedarse quedaba cerca del Palacio Nacional o era sólo por gusto que deseaban acudir a contemplarlo. De ser esta última la circunstancia, él recomendaba no acercarse por ese rumbo. En lo que iba del año, el palacio había cambiado varias veces de moradores, había estado en manos de un bando y otro, con el mismo ritmo que entraban y salían de la ciudad quienes se la peleaban. Esa misma mañana, el rumor era que los villistas y zapatistas, peleados entre sí, habían decidido cambiar al presidente. El zócalo sería una feria de confusiones. La ciudad toda no era el mejor sitio que una pareja pudiera visitar por gusto.

Emilia quiso ir directo a la casa de la colonia Roma. Sabía por Milagros que sus recámaras seguían abiertas para ellos. Daniel la llamó aparte y le pidió que no escuchara los delirios del rumor público recogidos por un cochero. Terminaron dándole la vuelta a un zócalo desierto. Una puerta de la catedral se abrió a medias para dejar cruzar dos beatas. Un pregonero hizo sonar el silbato del carro en que asaba camotes. Una niñera atravesó cerca de ellos en busca de algún muerto con el que entretener al hijo de sus patrones.

Todos los días aparecían cadáveres regados, sin más dueño que el aire, muertos en mitad de la noche por quítame de allá estas pajas. Al anochecer no les recomendaba que salieran, porque según él a esas horas los revolucionarios andaban aún más sueltos que en el día y más borrachos que en la mañana.

Irritado por el palabrerío del cochero, Daniel le pidió que los dejara a las puertas de un café cercano. Emilia alegó que su estado de mugre no estaba para andar rodando por los cafés. Les urgía un baño.

—Primero está la paz interior y después la limpieza. Lo que nos urge es comer —dijo Daniel argumentando que nadie los veía mal, el mundo ya era de los pobres y de los mugrosos, gobernaban el país los soldados campesinos que habían viajado con ellos en el tren.

Bajaron del coche tras pagarle a su dueño una suma que les pareció estratosférica cuando la oyeron en pesos y ridícula cuando la trasladaron a dólares.

—Por diez dólares uno encuentra quien mate —dijo el conductor de la calesa—. Tengan cuidado de no enseñar que los tienen —recomendó lanzando una última queja contra los oídos de Daniel.

Entraron al café seguros de que el cochero mentía y de que un dólar no estaba cambiándose por tantísimos pesos convencionistas. Emilia todavía guardaba algún dinero del que había ahorrado en los Estados Unidos, donde el doctor Hogan le pagaba honorarios de médico no sólo por lo mucho que la quería, sino como parte de las ganancias que ingresaban mensualmente a la botica por la venta de los medicamentos inventados entre ellos y las cartas de Diego Sauri. A Daniel le quedaban dólares de los que Gardner le había mandado como pago de sus colaboraciones atrasadas, pero entre los dos no creían tener un capital que les permitiera gastar sin medida por demasiado tiempo. Los sorprendió que la cuenta por dos huevos fritos y tres panes dulces acompañados por un café con leche y una taza de chocolate, fuera escandalosamente mayor que tres años antes.

—Casi como un banquete de bodas —dijo Emilia preguntándose cuántos dólares le pedirían a cambio.

En tanto, Daniel se había distraído hablando con una mujer que cargaba un niño en el rebozo. Desmedrada y susurradora abrió un puño para mostrarle el brillante más original que él había visto en su vida. Lo ofreció en sólo seis veces lo que costaría pagar la cuenta del desayuno. Antes de que Emilia, perdida en el escándalo de que un plato de frijoles costara dos pesos, se diera cuenta de lo que sucedía, Daniel puso el dinero en la mano de la mujer y se guardó el anillo.

Mientras se preguntaban si alguien abriría la puerta de la casa de la colonia Roma, se detuvieron a contemplar su aspecto. Estaban sucios como un par de guerrilleros y parecían lo que eran: dos sobrevivientes urgidos del paraíso de camas blandas y tinas gemelas de las que Emilia había hecho uso cuatro años antes, sin pensar que alguna vez estarían entre sus anhelos más elementales. Después de media hora de tocar la campana, una voz atemorizada y chillona preguntó quién llamaba. Emilia reconoció el tono de Consuelo, la solterona que se encargaba de la casa cuando ella la visitó, y vio abierta la gloria que guardaba esa puerta.

Entró ofreciendo disculpas por su facha de náufragos terrestres, pero al cabo de unas frases cayó en la cuenta de que Consuelo había perdido la capacidad de sorprenderse. La casa conservaba su carácter elegante y solemne, pero algo había en el tapiz de los muebles y el blando palpitar de las alfombras que la hacía más acogedora, más como a su reformada cuidadora.

—Si supiera de dónde estamos saliendo, no gastaría sus fuerzas en disculparse por su aspecto —dijo Consuelo—. Al fin de cuentas usted, se vista como se vista, es una persona fina y merece cada una de las paredes con que nos complace albergarla.

Contó después que los meses anteriores, la casa había estado tomada en préstamo por un general villista, cuyo estado mayor se hospedaba en la residencia vecina. El hombre, más malhablado que ruin, consideró necesaria cierta privacía, y se instaló ahí todas las noches desde noviembre hasta hacía un mes, fecha en que el general Villa había hecho el favor de irse con su guerra a otra parte. Consuelo había atendido al hombre y a las tantas mujeres con las que dio en dormir, en todos sus caprichos, con tal de que no agarraran la casa por su cuenta. Se habían comido toda la despensa y hasta los vinos de la cava, pero ni un libro de la biblioteca, ni un plato ni una copa se había perdido.

Cuando terminó de contar su historia, segura de que nada peor podría haber traído esa revolución, se persignó y rogó por el alma de su sobrino Elías, un muchacho de catorce años que se había ido tras el general.

—¿Le avisaron que murió? —preguntó Emilia.

—Para mí está muerto desde el día en que abandonó la casa —aclaró Consuelo.

—Sus razones tendría el muchacho —dijo Daniel con la voz como un balde de agua fría.

—Su necia idea de que todos somos iguales —respondió Consuelo—. ¿Les caliento el baño?

Daniel tuvo a bien posponer la discusión en torno a la igualdad. La posibilidad de un baño le resultó en ese momento un ideal tan caro como cualquiera de las más puras aspiraciones revolucionarias.

Nada como el agua caliente, pensó Emilia hundiéndose en la transparencia de la primera tina. Daniel se hundió tras ella y se dispusieron a soltar en el agua su mugre de casi un mes. La tina tenía las dimensiones necesarias como para permitir que ahí dentro pudieran moverse a gusto dos sentimentales. Se enjabonaron uno al otro, se abrazaron bajo el agua y jugaron hasta que las puntas de los dedos se les pusieron arrugadas y a Emilia le salieron unas chapas como dos brasas iluminándole la cara. Entonces, hartos de sopearse en su mugre, decidieron cambiar sus cuerpos a la tina de junto para enjuagarse.

—Qué animal magnífico eres tú —le dijo Emilia a Daniel cuando lo vio de pie, sobre ella que aún no se decidía a salir del agua. Desde abajo, morosa, encontró alegre la parte que veía de sus testículos y le acarició las piernas, le besó una rodilla huesuda, se incorporó para jugar a meter su cabeza bajo el arco que hacían sus muslos—. Eres el techo de mi casa —le dijo.

Daniel se agachó a besarla y la jaló hacia arriba sacándola del agua.

—Qué tonteras dices —dijo atándose una toalla a la cintura y alejándose en busca de quién sabía qué.

Emilia empezó a chapotear en el agua limpia, esperando a que Daniel se metiera por fin y dejara de ir y venir por el cuarto.

—¿Qué buscas que no encuentres aquí? —preguntó poniéndose la mano encima del mechón oscuro que tantas luces guardaba.

—No sé —dijo Daniel entrando por fin al agua tersa en que ella se adormilaba. Tenía ganas de medirle la cintura con las dos manos, de meter la lengua a su ombligo, en el centro de su vientre plano. Pero antes le buscó la boca con la boca y dentro la lengua imaginativa y memoriosa que ella tenía siempre en alianza con sus ojos.

—Hace mucho que no te regalo una piedra —dijo él después, separándose de su boca.

Emilia sintió un escalofrío de oro rozándole los dientes, metió la lengua en un círculo de aire y apretó los labios. Dos lágrimas como enigmas le corrieron por la cara limpia. Daniel le había puesto en la boca el anillo que compró en la mañana.

—No llores que me enervas —dijo—. ¿Te quieres casar conmigo?

Al otro día, planchados y perfumados, salieron a buscar por la ciudad indiferente una oficina de telégrafos, una tienda en la que comprarse ropa, un restorán para celebrar y alguien que tuviera tiempo y ganas de casarlos. Lo primero que encontraron fue la oficina de telégrafos. Emilia envió a los Sauri el telegrama más largo de que se tuviera noticia en tal oficina. Lo segundo fue un restorán lujoso que parecía no resentir los demonios de la carestía. Ahí apartaron dos lugares para las tres de la tarde y salieron a caminar en busca de la ropa y un casamentero.

Casi todas las tiendas estaban cerradas, pero en el mercado encontraron un huipil blanco, bordado por las pacientes manos de una oaxaqueña.

—Qué fortuna no tener enemigos —dijo Emilia mientras caminaban de nuevo, sin rumbo.

—¿Por qué lo dices? —le preguntó Daniel.

—Porque sí —dijo Emilia.

Caminaban regidos sólo por las ocurrencias del ocio. De pronto, sin pretenderlo, estaban en la puerta de un cementerio.

—Aquí está enterrado Juárez —dijo Emilia reconociendo el Panteón de San Fernando. Lo había visitado cuatro años antes con Milagros, en busca de tumbas gloriosas. Se dispuso a cruzar la puerta para volver a recorrerlo.

—¿No pretenderás meterte a un cementerio? —le dijo Daniel.

Emilia le respondió con una sonrisa que subió hasta sus ojos oscuros. Daniel recordó a Milagros Veytia diciendo que los gestos de Emilia estaban tocados por una gracia misteriosa. Tal vez su secreto principal fuera no ser perfecta, tener un huequito entre los dientes de en medio, una pequeña marca de varicela que matizaba la presunción de su nariz de diosa, un modo raro de fruncir el ceño cuando una pregunta le parecía inútil.

Entraron al panteón. Emilia caminó adelante diciendo que ahí también había estado enterrado Miramón, el enemigo de Benito Juárez, hasta que Concha su mujer lo sacó para llevárselo a otra parte cuando supo que Juárez descansaba cerca. Daniel rió con la anécdota y Emilia aprovechó para recordarle lo bueno que era no tener enemigos ni desperdiciar la vida en riñas políticas. Lo único justo que uno podía hacer en la vida era perdonar. La única manera de no ser responsable de un alud era no ser nunca uno de los granos de arena que lo forman. Daniel volvió a reír y la acusó de simple. Segura del trabajo que le había costado llegar a tal simpleza, Emilia le pasó la mano por la cintura y caminó en silencio.

Como toda la ciudad, el camposanto estaba descuidado y ruinoso. A las doce del día ocupaban sus bancas mendigos completos y borrachos a medias. Entre ellos y unos setos que floreaban en desorden, Emilia y Daniel caminaron felices de serlo y divertidos con la idea de casarse.

Un hombre viejo como la vejez misma se acercó a preguntarles la fecha. Ellos la recitaron con todo y la hora, el mes y el año. Luego, a cambio de tan pertinente información, le pidieron que los declarara marido y mujer.

—No puedo —contestó el viejo.

—¿Por qué? —preguntó Emilia.

—Porque tengo mucha hambre —contestó—. Estoy aquí esperando a que regrese mi hija que fue junto con otras mujeres a asaltar la panadería de un español.

—Cásenos mientras espera —le pidió Emilia.

—No —dijo el hombre—. Yo no caso a dos que van a separarse.

—¿Cómo sabe que nos vamos a separar? —preguntó Daniel.

—Porque soy adivino —contestó el viejo yendo a sentarse a una banca. Emilia y Daniel lo siguieron hipnotizados.

—¿Y según sus profecías, quién va a quedarse con el gobierno de la revolución? —le preguntó Daniel que desde en la mañana andaba queriendo preguntarle a quien fuera lo que supiera o adivinara de política.

—Los más malos —dijo el anciano.

—¿Quiénes son los más malos?

—Eso ya le toca adivinarlo a usté —dijo el viejo. Emilia se inclinó para asegurarle que ellos dos no pensaban separarse nunca.

—Eso no es cosa que se piense —dijo el adivino—. Se van a separar, porque lo derecho siempre está chueco. Pero si tanto se quieren los caso. Párense ahí.

Señaló un fresno a medio metro de la banca. Luego, sin más autoridad que su gesto de viejo erudito en asuntos de sobrevivencia y sin más trámite que el de preguntarles sus nombres, don Refugio, como dijo llamarse, los declaró marido y mujer. Cortó luego tres hojas del fresno que cubría sus cabezas. Mordió la punta de las tres y se las pasó a ellos para que cada quien buscara un sitio donde morderlas. Luego las revisó como si fueran pliegos llenos de compromisos, se quedó con una, y le dio una a cada uno de los nuevos esposos.

—Este árbol se alimenta con la luz de los muertos. Así que no necesitamos más testigos —dijo el viejo. Luego les preguntó si a cambio de la ceremonia estaban dispuestos a llevarlo a comer.

XXIV

El restorán se llamaba Sylvain, tenía un espacio abierto al público que pudiera pagarlo y varios gabinetes reservados. Emilia y Daniel con su insólito invitado ocuparon una mesa pequeña cerca de la ventana. Don Refugio eligió un pescado en salsa verde, un guiso de cerdo con alubias y una botella de vino tinto, mientras Emilia dudaba todavía de que supiera leer. Daniel se divertía viendo quién entraba al sitio. Durante el tiempo en que ellos ordenaban sus platillos, los gabinetes privados se iban llenado de generales con facha de políticos y de políticos con garbo de generales. Entraban haciendo escándalo y saludándose a gritos de un lado a otro del lugar. Daniel los observaba con la avidez de quien ha sido arrancado de ese cogollo y no tardó ni cinco minutos en descubrir varios amigos con los que había hecho la guerra contra Huerta en el norte.

—Por nosotros no te preocupes —le dijo Emilia, que lo veía estirar la cabeza, desesperado por ir al encuentro de las aventuras y pasiones que había abandonado dos meses antes. Extendió una sonrisa de princesa que otorga su conformidad para que alguien se suicide si así lo desea, y lo palmeó en la espalda sugiriéndole que fuera en busca de sus antiguos amigos.

Don Refugio hubiera podido empezar a jactarse de la veracidad de su pronóstico sobre la pareja, pero pensó que lo prudente era callarse y esperar sin problemas su ambicionada sopa. Tomó un bolillo de la panera y criticó un servicio que no traía la mantequilla al tiempo en que pedía la orden. Luego se puso a conversar con Emilia como si desde el principio hubieran estado solos, y le contó su vida. Había crecido en una hacienda del general Santa Anna, de donde lo recogió un cura jesuita cuya primera pasión en la vida fueron las matemáticas, las flores y los puntos de coincidencia entre religiones que el mundo consideraba opuestas. De él aprendió a leer y a escribir, a hacer cuentas, a cuidar jardines y a confundir la resurrección con la reencarnación. Cuando el jesuita murió, ciego y mal visto por quienes nunca entendieron la necesidad de conciliar los extremos, ni en las matemáticas, ni en la religión, ni en la política, Refugio tenía treinta y dos años. Encontró trabajo en la casa de un pintor de murales religiosos con el que vivió hasta que Porfirio Díaz alzó en armas al país, diciéndose liberal y protector de los pobres. Entonces estuvo dos años en el ejército, suficientes para aprender a cabalidad que lo mejor que uno podía hacer en la existencia era vivir pobre o rico pero siempre a buen resguardo de un ejército. La pobreza no se curó con el triunfo de Díaz y la vida volvió a regirse por la negación de un futuro promisorio para cualquiera que fuera un cualquiera. Refugio regresó a trabajar como jardinero en una hacienda de Morelos. Ahí se hizo al ánimo de casarse con una mujer de ojos bizcos y alma noble, que tras darle una hija murió a los quince días del parto. Fue poco después de semejante pérdida cuando empezó a reconocer en su interior los poderes adivinatorios. Presintió que su hija moriría de tifo y desde entonces se había dedicado a correr cada vez que sentía cerca la enfermedad. Peregrinó de una ciudad a otra, trabajando con un fabricante de campanas en Querétaro, con un notario en Veracruz, con unas putas en Córdoba, con el inventor de una despencadora de maguey en Tlaxcala, con un libanés que vendía telas cerca de Mérida, con un médico que curaba los huesos nomás tocándolos y con unas monjas milagreras encargadas de cuidar un santuario. En la ermita de las monjas, podando los rosales del atrio, había conocido a una viuda de buen ver que llegó desde Zacatecas a pedir los favores de la Virgen. Como lo que buscaba era un marido, a los tres días de no encontrarlo decidió que Refugio era el enviado de la madre de Dios, y le pidió matrimonio. Sólo para aceptar tal propuesta, Refugio resolvió no hacer caso de sus premoniciones, seguro de que todas le llegaban por el lado de su primera mujer, misma que con el caso debía estar tan celosa que por eso le hacía sentir peligros en los que no quiso pensar. De la viuda se enamoró a los cincuenta años como un chiquillo, a su amparo aprendió a comer con tenedores y a vestirse como patrón, a jugar ajedrez, a escuchar a Bellini y a dormir con ganas de que la noche le procurara sorpresas. Se vio en la obligación de abandonar aquel prodigio de mujer, que no había hecho sino cuidarlo como a un rubí desde el día en que tuvieron amores junto a la ermita, cuando soñó que los hijos de ella, que le odiaban y acusaron de braguetero desde el día en que llegó a Zacatecas, habían resuelto matarlo. Huyó de su ventura y desde entonces andaba por el mundo extrañando los brazos de la viuda y oyendo premoniciones, con la cabeza llena de futuro y mezcal, y el estómago lleno de tormentos cuando el mezcal daba con él como con un elegido en el que perpetrar sus maleficios. Vivía con una nieta a la que llamaba hija, una muchacha de quince años, enferma y encinta, pero febril y dichosa como una cabra en su primera vida.

También Emilia le había resumido su biografía sin evitar detalle importante. Empezando con su apego a una madre dos veces inteligente a quien recordaba como una sonrisa entre las flores de su corredor y su devoción por un padre que cantaba como quien reza entre los tarros de porcelana y los libros antiguos de su botica, y terminando con su viaje a Chicago y su regreso en pos del hombre por el que había perdido el corazón a los cinco años y del que no pensaba separarse jamás. Cuando dijo esto sintió un aviso de temblor entre las pestañas, pero se lo tragó con una elegancia que don Refugio atestiguó considerándola lo mejor que le había pasado en muchos días, después por supuesto de la generosa comida que puso fin a su ayuno de tanto tiempo.

—¿Entonces tú eres doctora? —le preguntó para ayudarla a esconder la emoción que la avergonzaba.

—Sí —dijo Emilia aceptando por primera vez, en voz alta, que también esa pasión la había tomado desde niña y que tampoco de esa quería separarse jamás.

—No te amohines, hay cosas que no tienen remedio —dijo el viejo acariciando con su mano huesuda y temblorosa la mano curva y clara de la muchacha—. Tú no lo sabes, pero le llevas muchas vidas a tu hombre —dijo y dedicó la siguiente media hora de su conversación a informarle cuántas reencarnaciones parecía llevar encima el espíritu que ella albergaba en su cuerpo.

Eran más de las seis de la tarde y un temblor de copas y juramentos tenía en vilo al lugar entero, cuando Daniel regresó a la mesa cargado de historias. Una más fantástica que la otra, las resumió durante la siguiente hora y media. Para Emilia, lo que pusieron en claro era que de todo ese pleito entre villistas, zapatistas y carrancistas, lo único definitivo era que los verdaderos perdedores serían los liberales, los de enmedio, los como ellos.

—De nada sirve lamentar los tiempos en que se vive —dijo Refugio que para ayudarse a oír la cantidad de crímenes indescifrables, traiciones completas y esperanzas a medias de las que habló Daniel, había empezado a beber anís con brandy desde que lo vio llegar a la mesa.

—Refugio tiene una hija que está enferma —dijo Emilia interrumpiendo la euforia con que Daniel contaba las idas y vueltas de la revolución, como si fueran las anécdotas de un libro de suspenso.

—Nunca te importa lo que importa —contestó Daniel. La besó condescendiente y sugirió que empleara el resto de la tarde en visitar a la hija de Refugio, mientras él terminaba una conversación.

Emilia fue con don Refugio hasta el corralón en que vivía por el pueblo de Mixcoac. Ahí conoció a su nieta, frágil y risueña, empeñada en esconder la enfermedad que le había tomado el cuerpo con una violencia cuyos síntomas escondía. A solas, mientras Emilia la revisaba haciéndole preguntas, la muchacha le pidió guardar el secreto en torno a la gravedad de todo lo que le sucedía, que dijera que así la tenía el hambre, total, había tanta hambre y tanta gente con su aspecto que quién iba a imaginarse algo peor.

—Si uno se ha de morir —le dijo—, mejor dar la sorpresa que andar fastidiando desde antes.

Su mal no tenía remedio. Emilia lo supo casi de mirarla. Pero descansar y comer bien la ayudaría a vivir más tiempo del que viviría trabajando hasta que su cuerpo, como el de un animal derrotado, no pudiera moverse. Le pidió que se dejara ayudar, que se estuviera quieta, que no madrugara para la ordeña, ni fuera con su marido a repartir la leche por la ciudad.

—No me pida que me muera desde hoy —le contestó la muchacha con un aplomo irrefutable.

Emilia prometió volver al día siguiente y se dejó acompañar por don Refugio y su pena borracha hasta la puerta de su casa en la colonia Roma.

—Se va a morir mi Eulalia ¿verdad? —le preguntó cuando iban de camino, sin detenerse a escuchar respuesta—. De remate, se van a ir estos cabrones que tanta hambre y tanto susto han traído, para que vengan unos todavía más cabrones. Eso te lo profetizo desde ahora: van a ganar los otros. Y sólo porque saben bien que eso quieren, ni siquiera porque sean más valientes o más vivos que éstos.

Emilia lo abrazó sin darle respuesta y entró a la casa. No tenía qué decir. Hubiera querido llenar su silencio con un palabrerío mentiroso que confundiera la certezas del viejo, pero no lo sintió digno de esa treta. Eran casi las once. Subió las escaleras segura de que Daniel ya estaría de regreso, pero Consuelo no sabía nada de él y se dedicó a estorbar sus cavilaciones con un parloteo sobre lo imposible que había sido conseguir en el mercado algo decente para ofrecerles de cenar. Todos los ultramarinos habían cerrado, no se sabía qué billetes valían ni por cuánto tiempo y a ella le urgía salir de los impresos por el gobierno en boga porque si, como decía la gente, acababan ganando los carrancistas, al cabo de un año ella tendría dos baúles de inservibles bilimbiques sobre los que llorar su dispendio.

Emilia la oyó como a un ruido más en mitad de la tormenta que sentía acercarse sin otro aviso que la pasión con que había visto a Daniel coquetear con la política en el restorán. Sabía de siempre que a él no le bastaba la guerra de sus cuerpos juntos para vivir en paz, que no quería vivir en paz, y que por más intentos que su imaginación hiciera para conservarlo, él buscaría siempre en otras partes un sostén para su índole inquieta y su idólatra veneración por la aventura. Tal vez de eso estuvieran hechos los temperamentos políticos, de una incapacidad para detenerse demasiado en el mundo privado, pero ella estaba cansándose de lidiar con un hombre cuyo empeño parecía puesto en negarse la dicha de una intimidad bien arropada.

Un rato dio pasos de un lado a otro de la sala hasta que llamó su atención la silla en que años antes había pasado una noche de vigilia esperando a que el mismo Daniel, con su risa indisciplinada y su cuerpo enredador, llamara a la puerta. Ese solo recuerdo bastó para hacerle correr desde la frente hasta las piernas toda la rabia que le provocaban siempre sus inútiles reflexiones. Y no quiso permitirse una más. Le dio las buenas noches a Consuelo y se puso un camisón de seda francesa que el inglés guardaba en un ropero para solaz de sus pasajeras amantes.

Se metió en la cama sintiendo la tersura de la tela contra su cuerpo de recién casada y negándose a llorar ni una lágrima que lamentara su desierta noche de bodas.

Daniel volvió en la madrugada. Entró sigiloso a la recámara en que Emilia dormía imperturbable como una escultura entre las sábanas. La penumbra empezaba a romperse cuando metió a la cama su cuerpo aún embriagado por una mezcla de noticias, disquisiciones y tragos. Emilia lo sintió acercarse y despertó abriendo enormes unos ojos de pregunta que en el acto volvió a cerrar. Su melena en desorden cubría las dos almohadas, Daniel se acostó sobre la oscuridad anárquica de esos rizos liándose en su olor como un buen agüero, luego rodeó con un brazo la cintura ladeada y profunda que casi rompía en dos el talle de Emilia y pegó su cuerpo desnudo al único sitio que presintió despierto en el de ella.

El sol de las nueve los alcanzó volteados al revés, sobre sí mismos, ajenos a cualquiera de las pasiones que en otro momento pretendían separarlos. Preso en el cuerpo de esa mujer de la que salían estrellas mientras iba gimiendo su nombre como si lo bendijera, Daniel volvió a sentir que el mundo era un desperfecto por el que resultaba estúpido vagar. Se bebió a Emilia como a una pócima que apaciguó hasta la última de sus inquietudes, durmió un rato largo sin que un solo deseo le turbara los sueños. Cuando despertó era mediodía y el lugar que junto a su cuerpo debía ocupar Emilia había perdido su tibieza desde horas atrás.

Salió de la recámara medio desnudo y llamándola a gritos como si la hubiera perdido en mitad de una batalla. Al verlo la señora Consuelo le dijo que Emilia se había ido hacía dos horas a visitar el hospital de la Cruz Roja. Daniel oyó esa información como un insulto y maldijo el momento en que a ella le había dado por la medicina. Estando el país como estaba, por qué no se le había ocurrido ser cantante o general, por qué médico, por qué esa profesión que ejercía, sin siquiera tener título, con el orgullo y la contundencia de una sabia, esa profesión que la hacía inaccesible cuando era urgente, cuando él la necesitaba como otros una cirugía. Profesión de mierda, profesión incapaz de olvidar el horror, profesión que todo lo abandonaba para no abandonar a un enfermo, profesión de locos, de masoquistas, de engreídos. Profesión para hombres feos, para viejas inmundas, para cuanto desencantado de la debilidad humana quisiera ser heroico, pero no profesión para la Emilia que acababa de abandonar su cuerpo, porque nada, mucho menos la mugre y el dolor, merecía el trato con la mujer cuyas secretas delicias y tesoros le pertenecían sólo a él y desde siempre.

Soltó al aire un juramento que hizo persignarse a Consuelo y se metió a bañar en busca de olvido y alivio para su sensación de traicionado.

Salió de la casa quince minutos antes de que Emilia volviera buscándolo para hablarle de las condiciones de pobreza y abandono en que estaban los hospitales, para decirle que la gente se moría de tifo y que el tifo daba por hambre y que si él y su guerra no sabían cómo arreglar tantos entuertos para qué se habían metido a intentarlo. ¿De qué demonios había servido la revolución?

No encontró para recibir todas sus preguntas más que una nota breve sobre la mesa del comedor diciéndole que estaría en el Hotel Nacional a partir de las cuatro. Ni un beso le dejaba en el papelito con su firma. Lo imaginó furioso, se regañó por haberlo dejado, luego se dio la razón, no podía convertirse en soldadera, ella también tenía quehaceres y destino, había hecho bien en ir a buscarlos. Comió un plato de sopa y se maldijo de nuevo, después subió las escaleras y se dedicó a cepillarse la cabeza para ver si se le aclaraban las ideas. El rito, siempre asociado a los consejos de Josefa, hizo que la extrañara como nunca. ¿Qué estaría haciendo a las dos de la tarde de ese viernes? ¿Comería frente a Diego hablando del país y de su hija como de dos imposibles? Llevaba dos años sin verlos, pero los cargaba a todas partes, la seguían en sus gestos, en sus furias, en su debilidad, en su esperanza. Los encontraba al verse en el espejo, al repetir el gesto de cansancio con que su padre se frotaba los ojos, al tararear la cancioncita que su madre chiflaba mientras se consumía en busca de algo extraviado, al pronunciar una frase de asombro, al guardarse una de dolor, al ir viviendo. ¿Qué tan canosa estaría la tía Milagros? ¿Quién ganaría el torneo mensual de ajedrez? ¿Cuántos poemas nuevos tendría Rivadeneira? ¿Sería verdad lo que le contaba su padre, Antonio Zavalza los visitaba a diario? ¿Tendría que agradecerle eso también?

Admitió que añoraba su mundo: la sopa de su madre, la música de su padre, los pequeños litigios de ambos, los cuentos de Milagros, los brazos de Zavalza, capaces de espantar el demonio de sus nostalgias. Nunca pensó que alguna vez le haría falta ese abrazo a sólo siete horas de haber dormido con Daniel. Un rubor le tomó la cara desprevenida, qué inconsecuencia la suya: extrañar a Zavalza. Como si el mundo no estuviera sobrado hasta el hartazgo de disparates. Dejó el cepillo. Coqueteándole al espejo se ató el pelo a la nuca y dio un pellizco en cada una de sus mejillas. Luego, con la cabeza todavía colmada de añoranzas, salió en busca de Daniel preguntándose si tendría una remota idea del tamaño del universo al que había abdicado para ir tras él.

XXV

Dispuesta a esperar que Daniel apareciera, Emilia Sauri se acomodó frente a una mesa, le sonrió condescendiente al mozo que le llevó café y se aisló de ese rincón perdiéndose en otros.

A ella, que había crecido en un ambiente poblado de conversaciones, el soliloquio se le había hecho un hábito placentero tras tanto viajar y vivir sola. Apenas conseguía un rato sin quehacer, su cabeza se convertía en una feria de recuerdos y fantasmas que jamás se conocieron en vida, pero que ella tuvo la cortesía de presentar y hasta volver amigos. No sabía bien ni en qué momento había empezado a manifestarse aquel conjunto de presencias que conversaban entre sí frente a ella, pero había parejas sin cuyas conversaciones y consejos no hubiera podido vivir. Una de ésas, la que hacían el difunto doctor Cuenca y la señorita Carmela, su maestra en la primaria. La memoria de tan nobles difuntos se empeñaba siempre en discutir dentro de su cabeza los defectos y cualidades de Daniel. El doctor Cuenca, que en vida defendió poco a su hijo de los embates que Emilia quiso hacerle, de muerto llegó a crear una incomensurable lista de elogios para su muchacho. En cambio, la señorita Carmela, que vio en Emilia a la hija que no pudo darle su irremediable soltería, era la encargada de enlistar los defectos del muchacho siempre que Emilia tenía tiempo y ganas de oírla.

Empezaba a llover cuando la discusión llegó a un grado tal de encono entre los contendientes que Emilia ya no quería seguir escuchando. Esa tarde, ante las acusaciones de egoísmo y frialdad que la señorita Carmela utilizó para criticar a Daniel, porque a veces hablaba con una voz metálica que aunque no dijera nada hostil lo convertía en el hombre más hostil del mundo, el doctor Cuenca había sacado a relucir el virtuosismo con que el muchacho metía sus dedos en la tibieza del pubis que dormía con Emilia y se lo acariciaba hasta despertarle completo el cuerpo y hacer que de su garganta brotaran como luces las más extraordinarias onomatopeyas.

Segura de que ambos tenían razón, Emilia trató de ahuyentarlos agitando la cabeza como si ésa fuera la única parte de su organismo que entonces le estorbara. Cuando volvió en sí tenía las piernas cruzadas bajo el vestido y una mano sobre la otra para detenerse la ira que empezó a provocarle estar de nuevo esperando, con el ansia de siempre, la llegada impuntual de aquel extravagante con quien iba por la vida. Entonces vio entrar al comedor a un hombre delgado de ojos oscuros y rizos morenos que jalaba con elegancia de una traba a la que iban atados cinco baúles con ruedas. Lo vio de lejos acercarse y hablar con uno de los meseros. Vio cómo la cara del mozo cambiaba poco a poco con las palabras de aquel hombre y luego vio salir al cocinero que sonreía como en fiesta.

—El señor va con su biblioteca hasta la despensa del patio —le dijo a voces a un muchacho destinado a enseñarle el camino y ayudarlo con su equipaje.

Emilia se preguntó cuál sería la encomienda que un hombre así tendría que cumplir en el fondo de una cocina, cuando oyó a los meseros decir que por fin había llegado al hotel alguien capaz de componer el refrigerador.

Frente a la mesa en que bebía despacio un café frío, Emilia vio desfilar a una procesión rumbo a la cocina y la siguió.

Llegando ahí, todos se colocaron alrededor del nuevo huésped, frente al gran refrigerador vacío. El hombre abrió un maletín pequeño en comparación con sus baúles, pero grande en comparación con su figura que parecía hecha para no cargar nada jamás, y sacó un desarmador, unas pinzas, una llave inglesa, unos cables eléctricos. Después, abrió dos de los baúles que llevaba parados sobre ruedas y exhibió dentro cuatro libreros perfectos. El tiempo empezó a correr sobre la curiosidad general y la parsimonia con que el hombre se hundía en los libros y hurgaba como un médico en las tripas del refrigerador, que no servía desde mil novecientos trece, año en que hasta el último experto en aparatos eléctricos salió del país rumbo a Cuba. Una hora y varias consultas después, el refrigerador empezó a zumbar como un avispero y todos los que lo conocieron en salud coincidieron en que había recuperado su voz de siempre.

—¿Usted de dónde es experto en refrigeradores? —le preguntó Emilia al señor de los baúles.

—Yo soy experto en libros —contestó él—. Me llamo Ignacio Cardenal. Es un placer conocerla —dijo inclinándose hasta la mano de Emilia.

—Emilia Sauri, para servirle —dijo Emilia.

—¿Para servirme? Tenga cuidado con lo que dice.

—Es un modo de hablar, como decir mucho gusto —explicó Emilia deslumbrada con las maneras de aquel señor tan raro.

—Yo vengo de España —dijo el señor Cardenal— y ahí no se entiende así.

—Entonces me desdigo.

—En eso parece usted española.

—Soy mezcla —dijo Emilia.

—Buena mezcla —contestó Cardenal—. ¿Así les han quedado las demás?

—Ha habido de todo. Como en las enciclopedias —dijo Emilia.

—¿Usted sabe de enciclopedias?

—Mi padre tiene una que adora y que me heredó en vida. Pero yo no la quiero tanto como usted a la suya: la dejo en mi casa cuando salgo de viaje.

—Pues hace usted mal. Ya ve qué útiles resultan.

—¿Lo ayudan a todo?

—Menos a venderlas.

—¿Usted vende enciclopedias?

—Las hago, las empasto, las vendo.

—Las pasea.

—Vine a venderlas, pero me encontré con que les ha dado por la revolución. Ahora nadie compra nada para los días de ocio. Y el ministro ese que me dijo que viniera, pues se ha marchado.

El hombre, un español de habla educada y modales de intelectual, le contó a Emilia que había pasado por México hacía cuatro años, y que entonces le encargaron dos docenas de enciclopedias para las bibliotecas. Había vuelto con ellas, pero ni quien lo reconociera, ni quien las quisiera. Iba a tener que cambiarlas por unos días de hotel y un pasaje de vuelta, si alguien se las cambiaba. Si no, tendría que dedicarse a componer refrigeradores hasta juntar para el regreso.

Un dejo en su modo de hablar y en sus ojos inteligentísimos lo hacían tan atractivo y cercano como si fuera un conocido de siempre. Algo por el estilo debió pensar él de Emilia. Fueron a sentarse a una mesa y se pusieron a hablar como si les regalaran el tiempo. Ésa era una cosa buena de la guerra: todo estaba como suspendido, esperando a que algo que dependía de otros se resolviera en algún momento.

Mientras, el tiempo no iba a ninguna parte y la gente metida en él tampoco tenía que moverse demasiado. Esperar era la gran actividad de los que luchaban contra nadie. Y para esperar no había mejor cosa que un buen rato de conversación. Así que Ignacio Cardenal, el editor engañado, y Emilia Sauri, la médico sin hospital, pasaron el resto de la tarde platicando, como si se la debieran.

Bajo los rizos en desorden de su cabeza, Cardenal tenía una mente noble y un corazón ingenioso. Le describió a Emilia su vida y sus amores en España. Tenía una esposa guapísima a la que recordó como la mujer más fiera y bien plantada de Bilbao, y tres hijas paridas a semejanza suya y con los mismos ojos con que él había conseguido enamorar a la madre. Habló de su desproporcionado amor a los libros y de la bancarrota en que había ido dejando a su familia por causa de tan inútil amorío. Comparándose con el editor en quiebra, Emilia respondió hablando de Daniel, de la medicina, de sus maestros, de sus viajes, de su destino sin destino, de sus dudas. Salieron del restorán y caminaron por los alrededores del hotel como si la ciudad no estuviera llena de asaltantes y percances a la vuelta de cada esquina, como si el atardecer rebosara de luz y las chispas de lluvia que había dejado el aguacero no mojaran su cabeza y sus hombros. Les pareció hermosa la ciudad lastimada y oscura que recorrieron hablando sin tregua de sus vidas. Hubieran podido caminar toda la noche, pero un atisbo de sensatez y un hambre para la que no encontraron nada en su recorrido, los devolvieron al hotel cerca de las nueve, seguros de que en esa ciudad no había comida sino en sitios privilegiados. Se conocían para entonces bastante mejor que algunos que se llaman amigos de toda la vida. Comparaban el tamaño de sus manos cuando Daniel entró al comedor, impetuoso y sonriente, como si fueran las cuatro y cuarto.

—¿Quién es éste? —le preguntó a Emilia señalando al español como a un intruso.

—Éste es el señor con el que he pasado la tarde conversando. ¿Quién eres tú? —le preguntó Emilia.

—Mucho gusto señor —dijo Daniel sin mirarlo, pero sin quitar sus manos de los hombros de Emilia.

—El gusto es mío —dijo Ignacio sabiendo a la perfección quién era Daniel y quiénes sus antepasados—. Usted será el caballero que tuvo a esta señora esperándolo toda la tarde.

—Yo no pretendo ser un caballero. Y la señora es mi mujer.

—No me dijo que estuviese casada —aclaró Ignacio.

—Más que casada —dijo Daniel mirando a Emilia.

—Peor que casada —dijo Emilia encarándolo—. Ignacio es mi amigo, le conté todo y no entiende cómo alguien con mi cabeza puede estar metida en algo así.

—¿Tu amigo? ¿Cuándo han podido ser amigos un hombre y una mujer? ¿Y cuándo se mete uno con la cabeza en algo así?—siguió preguntando Daniel.

—Yo no dije que alguien con su cabeza —corrigió Cardenal—. Dije que alguien con la sabiduría de sus emociones.

—¿Y éste qué sabe de tus emociones y sus sabidurías?

—Suficiente —dijo Emilia.

—¿Me podrá decir entonces qué demonios quieres de mí? —preguntó Daniel.

—Te lo puedo decir yo —contestó Emilia—. Quiero que te estés quieto.

Daniel soltó una carcajada de potro feliz, echó hacia atrás el pedazo de pelo que le caía sobre los ojos y pidió un brandy para celebrar la demanda. Esa mañana, cuando él despertó, ¿quién sino ella era la que había entrado en movimiento? ¿Quién sino ella se había ido a buscar líos en la Cruz Roja, a meter su limpísimo coño a ese lugar lleno de enfermos contagiosos?, preguntó.

—Estás borracho —dijo Emilia nerviosa y arrebatada.

—Todos estamos borrachos. Este lío no es sino una borrachera. De poder. De sangre. De altruismo trasnochado. De alcohol en el mejor de los casos. Pero todos andamos borrachos todo el tiempo. Tú, por ejemplo: ¿qué tienes que andar buscando la muerte entre moribundos? ¿Qué buscas metiéndoles la mano en la boca a los enfermos de peste?

—¿Cómo sabes que lo hice?

—Porque me voy, pero no te dejo —contestó Daniel—. Todo lo sé de ti. Desde cómo te brilla la entrepierna hasta la estupidez con que haces filantropía.

Emilia dejó su asiento, se acercó a él, le pasó la mano por el cabello y lo besó en la boca con sabor a brandy de toda la tarde.

Sin moverse de su silla, Ignacio Cardenal disfrutó el espectáculo. Si lo daban frente a él con tantísima frescura, no tenía por qué disimular su arrobo. El modo en que esa pareja había pasado sin más del pleito al beso, le pareció memorable.

—Os merecéis —opinó, riéndose.

—Tú lo has dicho, cabrón —dijo Daniel, abandonando los labios que había sorbido como caramelos.

Durante la siguiente semana los tres fueron juntos al teatro en que una cupletista cantaba conjurando el desastre, a la zarzuela cuyas penas menores ayudaban a la gente a llorar sin vergüenza sus penas mayores, y también al circo, que Emilia no lograba separar del opresivo atardecer adolescente en que supo que Daniel estaba en la cárcel.

El espectáculo parecía repetirse idéntico: dos payasos, una caballista infalible, un domador de leones escuálidos, tres enanos en conflicto, un acróbata exhausto, cinco bailarinas de edad imprecisa. Todo lo celebraron ellos como si no lo hubieran visto nunca, como si la faramalla del circo fuera la perfecta gemela del desvarío en que vivían. Cuando tras columpiarse un rato la trapecista saltó al instante de vacío que se abría bajo ella, Emilia buscó el oído de Daniel y le dijo: "De todos los riesgos que he corrido por usted, el único que no hubiera corrido nunca es el de no haberlos corrido".

No sólo ellos vivían en vilo, la ciudad toda parecía suspendida entre un columpio y otro. Los combates en las afueras se oían como si estuvieran dentro. En las noches, sus habitantes buscaban farra como si fueran soldados con licencia. Cada día era el último, cada día algo se iba perdiendo y algo llegaba a marcar las costumbres y el sol de otra manera.

Daniel trabajaba desde temprano. Escribía crónicas y artículos para varios periódicos extranjeros. Pasaba el día entre revolucionarios de un bando y de otro. A unos los veía en sus oficinas y reuniones públicas, a otros a escondidas, por la noche, en sus casas o en las de quienes los albergaban corriendo toda clase de peligros. Los había conocido a unos y a otros cuando formaban parte del mismo ejército empeñado en echar de la presidencia al que asesinó a Madero. No había participado en las discusiones y litigios que los dividieron después. Creía por eso que todos tenían su parte de razón en el pleito y se negaba a darle a cualquiera de los bandos el derecho sobre su conciencia.

—Acaricias quimeras —le dijo Cardenal, hispánico y contundente—. Acabarás acusado de traidor por los dos bandos.

—No ha hecho sino acariciar quimeras desde que lo conozco —dijo Emilia.

—No hables como si tú vivieras en la tierra —dijo Daniel—. Cada mañana te hundes sin más en el infierno. ¿Existe una quimera mayor que la de pelearse a diario con la muerte a retazos?

Emilia Sauri había ofrecido sus servicios a la Cruz Roja. La aceptaron como a un vaso de agua en el desierto. Todo el que se ofreciera era necesario. Nadie le pidió un título, cada jornada era un examen profesional y para aprobarlo bastaba con mostrar el valor necesario. De las ocho de la mañana a las seis de la tarde, Emilia iba y venía aprobando cuanto examen le era posible. Sobraban enfermos y faltaban camas, había en el aire un olor a podrido y una queja repitiéndose sobre otra como la más siniestra letanía. Pero, como decía Daniel, ésa era la música que a ella le daba alientos. Para vivir no le bastaba su puro amor por él.

Cuando cualquiera de estos temas los alcanzaba por las noches, se abría un abismo que cerraban de golpe. El resto del tiempo vivían en la gloria. Al menos fue eso lo que Emilia le escribió a sus padres y lo que le confesaba su conciencia cuando tenía tiempo de oírla. Porque no era tiempo lo que le sobraba. En cuanto salía del hospital, Daniel la llevaba en vilo por la vorágine de la ciudad, ávido de romper el encierro y conversar con cuanto personaje interesante pudiera existir. Médicos y políticos, embajadores y cantantes, pintores y toreros, todo lo extraordinario que esa ciudad quiso acercarles fue amistando con ellos, aunque su intimidad sólo la permearon, en serio, Refugio con sus premoniciones y Cardenal con su empeño en la razón como primer y único método de análisis.

A principios de julio, el ejército carrancista entró a la capital tras vencer la resistencia de los convencionistas. Otra vez la capital cambió de gobierno, de moneda y de gobernantes. Más que nunca, Daniel creyó que podría convencer a unos de la necesidad de pactar con otros. Visitó al general que mandaba las tropas carrancistas, y habló y bebió con él toda una noche. Refugio opinó que se arriesgaba en balde pidiendo comprensión para unos derrotados que todavía no eran tales. Daniel rió con la certeza de sus aseveraciones, pero no pasó una semana antes de que pidiera perdón por sus dudas: los convencionistas recuperaron la ciudad con un golpe de suerte que sorprendió a todos menos a la plácida previsión de Refugio.

—Ahora sí —le dijo a Consuelo—, a gastarse sus bilimbiques porque ésta será su última estancia.

El dos de agosto los constitucionalistas volvieron para quedarse. Entonces, para su horror, Cardenal se encontró cayendo en el ánimo premonitorio de don Refugio. Esa misma noche le dijo a Daniel durante la escasa cena que Consuelo logró conseguirles:

—En cuanto haya un triunfador seguro te van a perseguir. Nadie va a creer que eres amigo de unos y otros.

También de semejante premonición se rió Daniel. Pero Emilia tembló hasta el fondo de sus huesos. El hospital la necesitaba más que nunca, las refriegas del último mes habían dejado heridos a los que ella cuidaba sin preguntarse a qué bando pertenecían. Sin embargo, entre ellos había aprendido de qué tamaño eran ya el odio y la fiebre que movían a los ejércitos y podía imaginarse sin dificultad lo que los sanos harían con todo ese odio. No habría en ninguna de las partes comprensión y el que no estuviera con uno de los bandos, estaría contra ellos, sin remedio. Ése era el caso de Daniel, aunque se burlara soltando su risa como una apuesta a su favor, y era el viento que otra vez peinaba el mundo

de Emilia, arrasando la casa de naipes que había
logrado construir para su breve vida conyugal.

La lluviosa madrugada de un domingo, llegó a la
ciudad Salvador Cuenca. Venía de Veracruz, el puerto donde hasta esos días residían el gobierno cons-
titucionalista y su primer jefe, Venustiano Carranza.
Llegó junto con un grupo de enviados especiales a
trabajar en el ministerio de Relaciones Exteriores y
fue a desayunar con Emilia y Daniel, que lo recibieron eufóricos tras varios años de no estar cerca.
Salvador Cuenca se había acercado a Carranza y tenía su confianza y su apoyo. Estaba seguro de que
los convencionistas acabarían perdiendo la parte de
país que aún conservaban y de que mejor sería para
todos que esto sucediera cuanto antes. Daniel estaba
tan contento de verlo y tan seguro de que siempre
habían coincidido en política, que con la misma placidez con que lo escuchó se soltó a hablarle de la
necesidad de buscar acuerdos, de no dividir la revolución, de no perder a muchos de sus hombres útiles
por culpa de unos prejuicios y un odio que sólo da-
ñaban al país e impedían gobernarlo con generosidad y honradez. Salvador lo escuchó bebiendo a
tragos lentos un café que encontró insípido y triste.
Luego le explicó a su hermano el peligro en que lo
habían colocado esos consejos, vertidos sin malicia
en el oído de quienes los escuchaban con recelo y
suspicacia. Tenía enemigos por todas partes, entre los
generales con los que había conversado, y entre
los enviados al extranjero que leían en la buena fe
de sus artículos alabanzas a sus enemigos. Provocaba sospechas entre los villistas que lo creían
obregonista y entre los carrancistas que lo aseguraban zapatista. No había para su destino más remedio que el exilio. Ya se haría cargo él de arreglarle

un regreso cuando las cosas se calmaran, pero en los meses siguientes, lo mejor sería que viviera en otra parte. Había de momento demasiados asesinos desenfrenados, demasiadas furias sin cauce, como para que Daniel se quedara a desafiarlas con sus escritos y sus discursos sobre la civilidad y el buen gobierno.

—Nadie quiere ser sensato, ni ponderado, ni bueno —dijo Salvador—. Sin ofender a Emilia, debo decir que el amor es un mal amigo de quienes hablan con hombres en guerra.

Explicó que tenía una oferta para Daniel y que esperaba que fuera tan cuerdo como para escucharla.

Al día siguiente saldría para Veracruz un grupo de curas extranjeros a los que expulsaba del país el ímpetu anticlerical en boga. Como eran más importantes que otros, y Carranza no quería demasiados líos con los jefes de la mitra, le había encomendado a Salvador que los pusiera en un tren a Veracruz y ahí los subiera a un barco que los llevara sin escándalo hasta España. Daniel podría y debía ir con ellos acompañado por Emilia, a la que sería fácil hacer pasar por monja hasta el momento en que zarpara el barco.

La expectativa de tan insólita aventura, palió la pena que a Daniel le provocaba la sola idea de abandonar la ciudad, justo cuando, a su parecer, las cosas estaban más cerca de volverse mejores, dado lo mal que se habían puesto en los últimos meses. Fantasioso y viajero por excelencia, se puso a pensar en lo completo que resultaría un reportaje narrando todo lo que irían viendo en el camino. Además, siempre podrían regresar clandestinos desde Cuba, y andar por el país sin identificarse, y sin que nadie supiera en dónde perseguirlos.

Aceptó la idea de Salvador a condición de que incluyera en la cuerda de presos a Ignacio Cardenal, cuya historia contó en un suspiro. Salvador estaba tan contento con la reacción de su hermano que aceptó la propuesta y hasta le prometió que intentaría vender las enciclopedias si el español quería dejarlas a su cargo por un tiempo. Total, para cuando Ignacio entró a la casa con su delgada elegancia y el aplomo inteligente de su cabeza, Daniel ya tenía puesta una sotana con la que ensayaba su destino de la mañana siguiente dando por hecho que nada mejor podría pasarle a él y a Emilia que acompañar al enciclopedista al menos en parte de su regreso a la patria. Ignacio se alegró hasta las lágrimas con la idea de volver a su país y a su mujer, pero tras dar las gracias por tan generosa oportunidad, le preguntó a Daniel si Emilia estaba de acuerdo en ir con ellos. Sorprendido por la pregunta, Daniel abandonó el espejo en que contemplaba los aspectos más cómicos de su disfraz. Emilia no había dicho que ella iría, aunque estuvo de acuerdo en que Daniel debía quitarse cuanto antes de ahí. Había besado a Salvador cuando aceptó meter a Cardenal entre los exiliados, pero a buen tiempo se había levantado de la mesa para salir corriendo al hospital. Daniel estaba seguro de que tendría todo arreglado para poder irse con ellos.

—¿Qué tan seguro estás? —le preguntó Ignacio—. A veces actúas como si no la conocieras.

—Ella no me puede traicionar así —le contestó Daniel dejándose caer sobre un sillón.

—¿Quién traiciona a quién, entre dos como ustedes? —le preguntó Cardenal antes de irse a recoger sus cosas.

Daniel se quedó solo con la duda como un clavel en el centro de su pecho. Emilia volvió temprano. Lo encontró en la recámara, jugando a elegir los libros que llevaría consigo. Desde la puerta lo miró un rato hacer que trajinaba, como si no la hubiera oído subir los escalones, tan despacio. Luego, caminó a tocar su cuerpo, único amuleto que ella necesitaba para soportarse, y lo abrazó hasta la impredecible luz del día siguiente.

XXVI

Se lo puso en palabras hasta el amanecer, cuando ambos ya sabían que estaba dicho. No iría con él. Ni siquiera tuvo ánimos para vestirse y acompañarlo.

—Traidora —dijo Daniel desde la puerta de la recámara.

Metida en un camisón blanco, Emilia hundió la cabeza bajo la almohada y se perdió entre las sábanas. Oyó la voz de Salvador apurando a Daniel y se mordió la mano en un puño para no rogarle que se quedara.

Una hora después, caminaba en los andenes de la estación de San Lázaro, junto con Ignacio Cardenal y doce curas pálidos. Custodiándolos, Salvador cerraba la fila. Afuera llovía y el agua golpeaba los techos haciendo ruido. Vestido con la sotana negra y el cuello blanco que se había probado el día anterior, Daniel no tenía que fingir para ser el más entristecido y solemne de los clérigos. Miraba al suelo y movía los labios como diciendo una oración, cuando Emilia se cruzó en su camino para besarlo en la boca y prenderse con todas sus fuerzas a la sotana que le cubría el cuerpo. Estaba empapada y jadeante.

—Quiero quedarme —le dijo Daniel a Salvador.

—No pidas imposibles —respondió Emilia otra vez sobre su boca. El tren empezó a moverse. Emilia empujó a Daniel hasta el vagón desde el cual Cardenal le extendía la mano. Un viento helado acompañó el temblor con que Emilia se empeñó en sonreír, hasta que el ruido del hierro moviéndose bajo la lluvia fue alejándose.

Se quedó unas semanas en el hospital, esperando a que los moribundos murieran y los curables recobraran la vida con que a diario se buscaban la muerte. La ciudad había recuperado cierta calma, pero a Emilia su aspecto le parecía desolador. Extrañaba a Daniel en cada esquina, en cada callejón, en el centro de la indiferencia que regía el Paseo de la Reforma, frente a la puerta caída de una iglesia, sentada frente a la mesa de su primer café, hundida en la tina vacía de la casa que la cercaba con su silencio, despierta a media noche con la boca lastimada de tanto morder el brillante de su boda. Llevaba el anillo en la boca todo el tiempo, como un recordatorio de la culpa que no quería perder. ¿Lo había traicionado? ¿Podía llamarse traición a la simple voluntad de no volver al desorden, al litigio, a las mañanas sin quehacer, a la renuncia del mundo cuerdo y fértil que era también su vocación y su destino? Despertaba con esas preguntas como un pedazo de sol irrumpiendo en la oscuridad, y una noche tras otra se le tergiversaban los horarios. Aceptó que el insomnio rigiera sus días y se dedicó a imaginar trucos para no dejarse vencer por la tristeza, cuando la oscuridad se le abría en dos. Volvió a la música con un chelo que Refugio le consiguió prestado de una iglesia, leyó tramos de *Las mil y una noches*, hizo guardias nocturnas y escribió cartas como si se las dictaran. Además, llevaba un diario escrupuloso describiendo para Daniel sus emociones y tristezas, sus esperanzas y arrepentimientos. Alguna vez, la vida sería tan generosa que ambos tendrían tiempo para sentarse a leer lo que se le había ido ocurriendo en esa época ciega que no se cansaba de abominar, pero que tampoco hubiera cambiado por otra. Antes que seguirlo sin más hasta convertirse en una sombra, había elegido perderlo. Y tras elegir se sentía sola, ruin, soberbia y cretina.

Volvió a ser una escucha esencial. Oyó desde a los enfermos infecciosos hasta a las mujeres que velaban a sus heridos esperando que el destino se apiadara de ellas. Oyó desde a Refugio con sus temores hasta a Eulalia su hija, cada vez más enferma y más apta para disimularlo. Oyó sin tedio y sin tregua hasta que aprendió a verse como una aguja más en el pajar lleno de agujas al que se acogía.

Una mañana a finales de septiembre, Refugio llegó a buscarla. Su nieta había ordeñado como si nada las tres gotas de leche de las dos vacas flacas que dormían con ellos en el establo de Mixcoac. Se movía como si ningún mal tuviera, pero Refugio había visto cruzar la mitad de su ánima desde el amanecer y tenía un miedo atroz a quedarse sin lo único que la vida le había dejado.

Emilia fue tras él y la encontró en el establo, haciéndose la dormida junto al único bote de ordeña. No había nada que hacer sino esperar junto al gesto apacible de Refugio, a que la vida terminara de irse en lo que Eulalia se empeñaba en fingir como un sueño. Era de noche cuando abrió los ojos, parecía ya tenerlos en otra parte. Antes de entrar en un largo monólogo con su abuelo alcanzó a decirle a Emilia:

—Tú no hagas trampa. No se vale morirse antes de tiempo.

Le compraron una caja blanca y la llevaron al panteón, llorándola como si fuera la única muerta entre los muchos muertos de esos días. Poco después, los trenes volvieron a llevar civiles de un lado a otro. Entonces Emilia decidió volver a Puebla. Alegando que necesitaba ver los volcanes del otro lado y que ya no era urgente su presencia en la Cruz Roja, se despidió de Consuelo y acordó con Refugio una invitación a ir tras ella en cuanto pudiera. Después, subió a un tren urgida de abrazarse una hilera de días al regazo inaplazable del mundo que la creció.

No avisó cuándo llegaría. Su experiencia en trenes le aconsejaba que era imposible preverlo. El viaje, sin embargo, fue menos demorado de lo que imaginó. Perdida en el campo aún verde y húmedo de octubre, dejó pasar el tiempo sin medirlo, sin lamentar el traqueteo y las incomodidades de un vagón cuyo pasado altanero había desbaratado la guerra y sus afanes. Ya en la estación, recorrió el andén desierto bajo la luz de una tarde que le envolvió los recuerdos, empujándola hasta la Casa de la Estrella como el viento empuja los veleros a la playa que los aguarda.

La botica todavía estaba abierta cuando ella saltó de un carro de alquiler y corrió hasta la entrada llamando a gritos a su padre. Recargado en el mostrador, frente a un legajo de escritos, Diego Sauri abrió los ojos hipnotizado por la imagen que veía acercarse y dijo el nombre de su hija, como si necesitara oírlo saliendo de sus labios para creer que la veía. Emilia sintió la voz de su padre como una mano sobre su cabeza. Sin darle la vuelta al mostrador, lo abrazó con el mueble de por medio, llorando y bendiciéndolo con un júbilo tal que Josefa, desde su cocina, oyó el jolgorio como quien oye un campanario. Bajó corriendo, aunque ya no solía correr desde que el año anterior se había rodado la escalera completa. Los encontró abrazados todavía, mirándose como si no pudieran creer que se miraban.

Sabiendo que se pondría a llorar hasta parecer loca si se dejaba, que se convertiría en añicos si corría llamándola, Josefa se detuvo en la puerta de la trastienda para tomar aire y secarse dos lágrimas con la manga del vestido. Luego silbó como acostumbraba hacerlo cuando su hija era niña y la recogía en el portón de la escuela. Al oír a su mujer, Diego soltó a Emilia y la vio irse hasta Josefa, en vilo, como quien necesita dar con una oración.

Inconforme y hermosa, haciendo más ruido que en sus mejores tiempos, Milagros apareció en la noche junto con Rivadeneira que, a pesar de la guerra, no había perdido un ápice de su elegancia. Cenaron juntos hablando de todo y nada, saltando de la ciudad de México a Chicago, del exilio de Daniel a la guerra como una infamia contra la que ninguno sabía ya qué hacer. Habían puesto parte de sus vidas en la búsqueda del país brioso que se adormecía bajo la dictadura, habían querido un país de leyes, en el que no se hicieran los deseos de un general. Pero de la guerra contra la dictadura no había salido más que guerra, y la lucha contra los desmanes de un general no había hecho sino multiplicar a los generales y a sus desmanes.

—En lugar de democracia conseguimos caos y en lugar de justicia, ajusticiadores —dijo Diego Sauri, irónico y entristecido.

—Daniel se empeña en creer que de algo han de servir tantos muertos —dijo Emilia.

—Como no sea para llamar más vivos a matarse —opinó Milagros que sufría cada fracaso como una herida.

Hablaban de las cosas de Emilia como si junto a ellos le hubieran sucedido y de las suyas como si Emilia las hubiera presenciado todas y cada una. Emilia habló de Baui, la norteña cuya mezcla de espíritus bravíos mandaba en el pueblo convulso en que improvisaron un hospital, imitó su manera de regañar a Daniel por su inútil prisa, y el tono en el que le decía burlona: *Aunque corras, te vas a morir a la misma hora.* Fue de una espalda a otra enseñando el masaje que había aprendido en el tren con la vieja curandera. Describió la ciudad de México en mitad de las catástrofes. Habló de Refugio y su delgadez atónita, llena de presagios, casándola con Daniel el mismo día en que vaticinó su separación. Contó de Eulalia asaltando una panadería para no quedarse sin el cocol de anís con el que había soñado más de tres noches. Luego imitó la agraviada solemnidad clerical que había tenido que fingir Daniel para entrar en la cuerda de curas exiliados, y el modo en que toda su actuación se vino a tierra cuando ella se cruzó en su camino para besarlo.

—Al día siguiente, me dolía el cuerpo como si me hubieran dado de palos —dijo antes de probar el postre de merengue que le supo a cielo. Después, se puso a llorar sin tener otro por qué.

Eran casi las once cuando sonó la campana de la puerta y tras ella unos pasos atravesando el patio y subiendo la escalera. Emilia preguntó quién tocaba teniendo llaves mientras se oían los pasos entrando a la sala. Tan guapo como ella lo recordaba, con sus piernas largas, su amplia frente juiciosa, sus ojos de tregua y sus manos de ángel terrestre, Antonio Zavalza apareció en el comedor. Abriendo una sonrisa que despejó su cara todavía entre lágrimas, Emilia se levantó de la silla en que se columpiaba como una niña, y sin preguntarse qué se esperaba de ella, abrazó a Zavalza como lo que era, y lo llenó de besos que no quiso saber de dónde le salían.

Dócil y generosa, la vida se dispuso a ofrecerse como un riesgo menos drástico pero más audaz. Emilia fue a la universidad y pidió exámenes en busca de una constancia formal. Volvió a trabajar con Zavalza en el hospital nacido en los tiempos de calma y promesas anteriores a su última partida. Como si nunca le hubieran dolido el desencanto y las furias que lo cercaron al perderla entonces, Zavalza la recibió con la misma naturalidad con que se cede al encanto de la luna cruzando el medio día.

Emilia se limitó a hablar de su ausencia en el tono con que se habla de lo irremediable. Trabajaron como antes, compartiendo la intimidad que les daba ir y venir por los cuerpos ajenos como aún no se atrevían a andar por los suyos. Salían tarde, entraban con el alba, practicaban su profesión como quien se aferra a un asidero infalible. Emilia diagnosticaba y ejercía, entretenida y en calma como nunca se había sentido, con un aplomo de alumna que se acerca al maestro para mostrarle lo que no supo aprender con él, y al mismo tiempo con una sencillez de aprendiz.

Con la humildad de los que saben cuánto saben, Zavalza conversaba con ella sobre los nuevos descubrimientos médicos y la escuchaba contar sus afanes, su curiosidad, sus desfalcos. Pasaban las veladas y los domingos imaginando operaciones del corazón humano como la que Alexis Carrel había practicado con éxito en un perro. Trataban de aislar la vitamina A en el laboratorio de Diego, porque sabían que había conseguido hacerlo un químico de la universidad de Yale, y se proponían reproducir las pastillas contra la tristeza cuya fórmula cargó Emilia desde Chicago. Indagaban cuáles serían las cualidades curativas de unas yerbas que, puestas a fermentar por Teodora, producían unos hongos blancos con los que Emilia había visto desaparecer una gonorrea. Como si todo eso no les alborotara suficiente, el hospital y las consultas les dejaban dinero. A Zavalza no como para recuperar las riquezas que había perdido con la guerra, pero lo necesario para mantenerse bien en medio del desorden que eran las finanzas del país. A Emilia un peculio escaso pero seguro, con el que ayudaba a sus padres, compraba los libros, le mandaba un cobijo a Refugio, consiguió un nuevo chelo y de vez en cuando hasta se hacía de ropa nueva. Así, sin más lazo formal que el modo en que se hablaban y la pasión con que iban imaginando el futuro, pasaron juntos más de un año. Cada quien en su casa, y compartiendo casi todo lo demás.

Tras la Navidad de 1916, sin haber recibido de Daniel más que una carta desde España dirigida a toda la familia, Emilia se dejó entrar en una temporada de silencio que sólo interrumpía para dirigirse a los enfermos o tratar con Zavalza asuntos del hospital. No pudieron contra ese silencio ni sus padres, ni Milagros, ni la suave temperancia de Sol, que había sido la única sobre cuyo enfaldo Emilia se había dejado llorar el hueco como un golpe que a veces era la pérdida de Daniel.

—Envidio el modo en que lo extrañas —le dijo Zavalza una noche.

—No lo extraño —dijo Emilia—. Me duele el reconcomio.

Habían caminado desde el hospital y hacía frío. Zavalza no quiso entrar para la cena. Emilia no le rogó que se quedara.

Subió despacio los escalones que llevaban al corredor de los helechos y se dejó caer entre dos macetas. Sentada en el suelo, bajo los cristales de la galería a medio iluminar por un montón de estrellas, estuvo un rato largo musitando resabios.

—¿Vas a pasar ahí toda la noche? —preguntó Josefa asomándose por la sala.

—Una parte —contestó Emilia, tajante.

—Harás bien. Al cabo no tienes nadie que te quiera —dijo su madre, yéndose en busca de Diego.

Emilia los escuchó trajinar y discutir a lo lejos. Luego contestó suave al hasta mañana que le dieron, antes de ir a meterse en la cama de sus reconciliaciones.

Pasaba de medianoche cuando Emilia Sauri tocó a la puerta de la casa en que Antonio Zavalza vivía junto con dos perros y la soledad de su espera. Había caminado diez calles en la penumbra que cada tanto agujereaba un farol y estaba helada. Abrió los brazos en cuanto Antonio apareció, buscándole en los ojos la certeza de que venía por él y no por un vicario.

Todo en el mundo de Zavalza se avenía a la sencillez de quienes saben lo que quieren y no ambicionan paraísos perdidos sino espacios de luz en los que perderse. Era de los que andan por la vida seguros de que la felicidad se encuentra, no se busca, de que es algo que llega siempre, inevitable y puntual cuando menos se le espera. Emilia entró a su casa, más que como si la conociera, segura de que ahí le conocían. Y todo, desde los perros hasta la oscuridad perfumada con el olor de su dueño, la recibió como si muchas otras veces la hubiera visto irrumpir a medianoche. Despacio se quitaron la ropa, despacio recorrieron las aristas y anhelos de sus cuerpos, presos de un coloquio pendiente, sin desear otra cosa que tocarse, sin más queja que la celebración de su potestad sobre un reino cuya bienaventuranza no se cansaron de explorar.

La luz contra sus párpados le avisó a Emilia Sauri que debían ser más de las siete. Los abrió porque el hábito era mayor que su cansancio. Lo primero que encontró en el horizonte de sus ojos, fue una bandeja con el desayuno y tras ella, las manos de Zavalza recordándole todo lo que sabían hacer. Sintió un rubor en las

mejillas y pensó, mirándolo ahí, como una contundencia contra la que nada quería hacer, que lo quería tanto
como a Daniel y que no sabría cómo lidiar con eso.

—No le pienses mucho —dijo Antonio acariciando su melena en desorden.

Emilia le regaló una sonrisa mezcla de luz y
dudas y tomó las manos que le paseaba por la cabeza para guiarlas a otros rumbos.

Eran las diez de la mañana cuando entró a
su casa con la cara de una niña traviesa y un toque
de aire en sus pasos. Reunidos en el comedor, los
Rivadeneira y los Sauri la oyeron entrar y se miraron
con la complicidad que el caso requería. Entre los
cuatro hacían una cabeza de presagios tan apta como
la de Refugio. Habían desayunado juntos para asegurarse de que estaban de acuerdo, y no debían
preocuparse por Emilia que de seguro dormía por
fin entre los brazos de Zavalza. Cuando la oyeron
entrar, se miraron en silencio y siguieron bebiendo
su café. Emilia irrumpió en ese silencio con el gesto
de un pájaro y los besó a uno por uno. Fue a sentarse junto a su padre, se sirvió café, tomó aire y les
dijo con una sonrisa:

—Soy bígama.

—El cariño no se gasta —le contestó Milagros
Veytia.

—Ya iré viendo —dijo Emilia sin quitar de su
boca la sonrisa de bienestar que le tenía tomado el
cuerpo.

—Par de sinvergüenzas —soltó Josefa—. No
he visto tanta fortuna ni en las novelas. Un hombre
como Rivadeneira no aparece jamás. Pero dos, desti-
nados a una misma familia, si lo ponemos por escrito
no lo cree nadie.

—No son tan santos como tú crees —dijo Milagros—. Ellos también han de tener otros líos. ¿Verdad Diego?

—No sé si les alcance el cuerpo para tanto —dijo Diego.

—Ojalá y sí. Me sentiría yo menos culpable —ambicionó Josefa.

—¿Tú de qué tienes que sentirte culpable? —preguntó Emilia.

—De transigir con ustedes —respondió Josefa levantándose—. A ver cuál dios las protege.

—El tuyo —dijo Milagros—. Con el tuyo nos basta.

XXVII

El siguiente año, 1917 según todos los que aún podían llevar la cuenta, entró en vigor un decreto dispo-
niendo que los impuestos federales se pagaran en
plata. A Diego Sauri se le constipó un catarro de tanto
lamentar que la revolución y su locura hubieran servido para hacer presidente a un hombre que no por
ser más joven que él se veía menos viejo y no por ser
antiporfirista, le imponía al país obligaciones distintas
a las del porfiriato. Un congreso de representantes,
formado por los vencedores de la guerra, aprobó la
existencia de una nueva Constitución. Milagros Veytia
sobrevivió con Rivadeneira al terrible incendio que se
desató en la estación de Buenavista cuando llegó ahí
el tren en que ellos viajaban: un carro parque había
estallado frente a sus ojos produciendo la más aterra-
dora feria de luces y detonaciones, tras lo cual Milagros tuvo pretexto para dedicarse a correr toda suerte
de riesgos alegando que ni la muerte verdadera la
espantaría tanto como ya se había espantado esa vez.
Josefa volvió a rodarse la escalera por bajarla corriendo. Rivadeneira no dejó de darle vueltas al rompecabezas que había puesto en su entresijo el general
Álvaro Obregón al retirarse del gobierno carrancista
para comprar un rancho en el que construir un empo-
rio agrícola, él, cuya estrella militar tenía deslumbrado a medio país. Sol García parió una hija tres meses
después de morir su marido y Emilia supo a plenitud

que es posible conciliar la serenidad con el lujo de las pasiones desmesuradas.

Dormía en la casa de Antonio Zavalza, comía con él en la de sus padres, desayunaba camino al hospital, cenaba donde el hambre de la media noche encontrara su estómago. Todo, hasta la política, que vista de lejos le parecía un espectáculo muy atractivo, corrió por ese año como los ángeles que cruzan los salones cuando se hace un silencio. Y de todo, Emilia guardaba un recuerdo minucioso que hacía las delicias de Zavalza. Oírla recordar los acontecimientos de la semana, como si quedaran lejos y merecieran archivarse en el país de la memoria, le gustaba tanto que una tarde, después de comer, la llevó a caminar la ciudad en busca de un regalo. Bajo la tarde pálida del sábado, se llegaron hasta las calles estrechas en las que se alineaban las tiendas de muebles que fueron apareciendo durante los años de la revolución, con el fin de vender en ellas las extravagancias que llegaban a diario desde las haciendas saqueadas o las casas que los ricos abandonaron intactas, para no correr el riesgo de morirse cuidándolas.

La mecedora estaba colgada de un gancho cerca del cielo raso. Era una de esas piezas de encino que llevan el respaldo y los barrotes labrados. En el cabezal tenía la cara de un viejo sonriente, acorralado por sus barbas y sus bigotes. Zavalza pidió que la bajaran. Cuando la tuvo enfrente le mostró a Emilia la cara del viejo y quiso saber si ella pensaba que aquel grabado podría ser un buen oyente. Emilia probó el asiento columpiándose con energía y le preguntó a Zavalza si pensaba irse. Zavalza dijo que nunca se iría por propia voluntad, pero que necesitaba estar seguro de que aunque así fuera, ella tendría siempre un escucha con el que recuperar el tejido de memorias que hilaba empeñosa y febril, como quien teje una obra de arte.

—A él podrás contarle todo —dijo Zavalza—. Hasta lo que no me puedes contar a mí.

Emilia lo llamó celoso y se levantó a besarlo para borrarle de la imaginación todo lo que su ceño fruncido conjeturaba. No hablaban nunca del tema Daniel, pero sabiendo de su inclinación a recordar como quien borda, era lógico que Zavalza tuviera como una piedra la certidumbre de que ninguno de sus encantos y aventuras había ella olvidado en dos años.

Volvieron a la casa con la mecedora. En la puerta de la calle, Zavalza quiso que su mujer se acomodara en ella para cruzar el umbral cargándola con todo y silla. Emilia cedió a sus deseos con una solemnidad poco usual. Acomodó los pliegues de su falda, alzó los pies del suelo, cerró los ojos y avisó que estaba lista. Zavalza vio un temblor agitando sus pestañas oscuras y antes de levantarla se acercó a oír la boca con la que ella murmuraba algo parecido a una jaculatoria. Al sentirlo cerca, Emilia le extendió un beso como un cheque en blanco. Un minuto de cielo los tocó con su embriaguez y su audacia. Luego él alzó la silla y entró en la casa cargando aquel botín de penas y glorias que la vida había tenido la generosidad de poner en sus brazos.

Aquel había sido un día largo: en la madrugada una mujer tuvo a bien parir triates, más tarde un hombre llegó con el brazo a medio arrancar por el machete de su compadre y, para culminar, madame Moré irrumpió como a la una dando gritos presa de una apendicitis que operaron sin quedar seguros de que sobreviviría. Madame Moré era una vieja simpática y cariñosa cuya fama de puta europea había traído a Puebla cuarenta años antes a hombres de todas las regiones del país. Con el tiempo estaba convertida en una especie de abuela exótica dispuesta a pregonar por fin que su condición de europea le venía de un zuavo que tras dormir una noche sobre el petate de una zacapoaxtla, le dejó sembrada en la barriga una niña de ojos verdes y pelo rubio cuyo nacimiento avergonzó al pueblo entero. Horrorizada de haber prohijado semejante rareza, su madre había hecho viaje a la ciudad para dejarla en manos de alguien que tuviera el desfalco de una piel tan clara como la suya. El único sitio de blancos al que la zacapoaxtla pudo colarse a las once de la mañana sin que nadie se lo impidiera, fue el honorable quilombo cercano a la estación del ferrocarril. Ahí, dormida en mitad de un cuarto de blancas mujeres dormidas, dejó a la criatura con la tranquilidad de que entre ellas nadie encontraría extraños su color y sus rasgos. Emilia y Antonio la habían adoptado sin más a pesar de la pestilente fama que la acompañaba, desde la primera tarde en que se presentó a consulta. Porque desde entonces, los entretuvo sentarse a escucharla soltar refranes o describir con minucia las intimidades de todos aquellos que alguna vez se refugiaron contra el poblado vello zacapoaxtla que cubría su blanquísimo pubis bretón.

Era media noche cuando a Emilia la despertó el frío sobre su cuerpo trenzado a la desnudez de Zavalza. Amodorrada y tiritando, Emilia recordó en desorden todas estas cosas mientras jalaba sobre su cuerpo y el de Antonio el edredón de plumas que siempre consideró un símbolo perfecto del cobijo que todo le prodigaba en torno a ese hombre. Se acurrucó contra su espalda dormida y lo escuchó decir entre sueños palabras de esas que penetran la noche con su significado y se quedan para siempre en los tímpanos de quien las escucha. Eso, pensó, debía ser lo que sus padres llamaron siempre felicidad.

Dos años después, para marzo de 1919, el hospital tenía veinte camas y siete médicos más. Sol García se había convertido por azares de la mala fortuna que la revolución trajo a los bienes de familia de su marido, en su administradora, la más perfeccionista y racional del mundo. Zavalza decía que ni con lupa ni en Alemania podrían haberse encontrado una maravilla como ésa y, al escucharlo, Emilia se llenaba de orgullo como si la misma sangre de Sol latiera en ella. Si les hubiera interesado saberlo, ambas se habrían enterado de lo mal visto que estaba entre alguna gente ver trabajar a dos mujeres como ellas. Pero ninguna tenía tiempo ni ganas de preguntarse por la opinión ajena, así que gozaban con su quehacer sin necesidad de que alguien, aparte de ellas y sus corazones, estuviera en paz con el asunto.

Esa primavera Emilia y Zavalza aceptaron la invitación del doctor Hogan para presentar en el Geneve College of Medicine de Nueva York, una conferencia sobre los parásitos intestinales, tema que hasta la fecha nadie conoce con más precisión que los médicos mexicanos. Aun en esas épocas de epidemias y asesinatos, Sol había contado que de cada diez enfermos, cuatro lo estaban de algo relacionado con un mal en sus estómagos.

Emilia tenía particular devoción por el Geneve College porque en 1847, cuando ninguna universidad norteamericana permitía la entrada de mujeres a la carrera de medicina, los alumnos de esa escuela, consultados por el decano sobre si aceptarían a una mujer entre ellos, dieron por escrito un sí unánime, pensando que la pregunta era una broma. Elizabeth Blackwell, como se llamaba la joven en cuestión, armó con semejante asunto tal revuelo que convenció a sus futuros compañeros de que no había motivo para retractarse de lo que decidieron jugando. Entonces, a pesar de que las autoridades habían predicho graves incidentes por la presencia de una mujer en las aulas, poco a poco apareció, entre los

estudiantes y su colega femenino, un aprecio genui-
no. Tanto que cuando uno de los maestros pidió a
la señorita Blackwell que se ausentara durante las
explicaciones anatómicas del aparato reproductor
masculino, sus compañeros secundaron su negativa
a marcharse. Tras los dos años que por esas épocas
duraba la carrera de medicina, Elizabeth se licenció
con las más altas calificaciones de su grupo.

La doctora Blackwell había sido maestra de
Hogan, y el hombre sentía por su historia y su vida una
devoción que sembró completa en la conciencia de
Emilia. Como si la hubiera conocido, Emilia sabía de las
tribulaciones de esa mujer durante su visita a Londres,
donde se le permitió el acceso a las clases y los hospitales, pero fue rechazada por muchas de las mujeres a
las que intentó atender. No había encontrado menos
penas en su paso por Francia, donde en su afán por
aprender aceptó trabajar en la escuela de comadronas,
única en la que se le permitió practicar la obstetricia.

A encontrarse con Emilia y Zavalza fueron a
Nueva York el doctor Hogan y la intrépida Helen Shell,
quienes se habían enamorado como si uno no fuera
treinta y cinco años mayor que la otra, o por eso mismo. Helen seguía siendo la impulsiva que encantó a
Emilia cinco años antes y, tocado por la magia de la
joven filósofa, Hogan se parecía a las fotos de la época en que su primera mujer vivía encendiendo sus
treinta años.

Cuando volvieron a México, Emilia dedicó las
noches del siguiente mes a columpiarse en la mecedora. Tenía la suposición de que todo lo que quisiera
recordar cuando fuera vieja debía archivarlo ahí como
en un sobre del que podría extraer enigmas y sueños
cuando la vida empezara a volverse sólo un manojo
de impulsos y formas inconstantes. De ese paraíso,
tejido con recuerdos, no habría nunca nadie que pudiera expulsarla.

Zavalza la veía columpiarse en la silla lo mismo para recontar sus yerros que para conversar sus ilusiones o quebrantos. Había aprendido a conocerla por completo y sabía, quizás tan bien como ella misma, qué obsesiones la despertaban, qué sobresaltos y por qué abismos de nostalgia cruzaba algunas tardes de silencio, cuánta azúcar le ponía al café de las mañanas, de qué modo había dado en gustarle la sal, cómo dormía doblada sobre su lado derecho y qué caminos debía él seguir para tocar sus sueños.

Agradecía de Emilia la ventura de saberse querido y la emoción diaria de verla ir por el mundo persiguiendo siempre una sorpresa. No sabía darse por vencida, no usaba nunca la palabra incurable, no creía en Dios, pero de qué manera en algo así como la Divina Providencia. Cuando no le funcionaba un tratamiento intentaba otro. Le había enseñado a Zavalza que nadie se enfermaba igual de la misma cosa y que por lo mismo nadie tenía por qué curarse de lo mismo con lo mismo. Diagnosticaba los males de la gente con sólo verle el color de la piel o la luz en los ojos, con sólo detenerse en el tono de la voz o el modo de mover los pies. Zavalza la consideraba tan eficaz como un laboratorio ambulante. Nunca la escuchó hacer preguntas tan imprescindibles como el simple y directo ¿qué le duele? Y cuando nadie se atrevía a decir de dónde venía un mal o todos lo encontraban desconocido y peligroso, ella salía con tres contundencias increíbles y la mayor parte de las veces acababa teniendo razón. Gracias a su empeño conciliador el hospital a veces parecía más un consejo de locos que un centro científico, pero en el fondo estaba de acuerdo con su eclecticismo y sus búsquedas.

Para cuando al país entero lo tomó la epidemia de influenza española, además de la planta de médicos con título universitario, Emilia había ido llevando poco a poco a un tanto igual de curadores sin

título, cuya presencia dio al hospital la fama de ser
un sitio en el que todo era posible. Convivían ahí
enriqueciéndose con el intercambio indiscriminado
de sus conocimientos, tres célebres médicos homeópatas, dos autoridades indígenas que se llamaban a
sí mismos médicos tradicionales y una partera de
oficio más apta para el trance de sacar hijos que el
más famoso ginecólogo neoyorquino. Además, enviado por Hogan, cada semestre los visitaba un
médico extranjero, dispuesto como nadie al sorpren-
dente intercambio de conocimientos.

Como llamada por la fuerza de un eco, la
pequeña Teodora apareció un mediodía en la botica
de los Sauri. Cuando Emilia y Zavalza llegaron a la
Casa de la Estrella muertos de hambre, por ahí de
las cuatro de la tarde, encontraron a Josefa acostada
en el suelo, con Teodora subida sobre su espalda
apretándole los sitios que desde su caída no encontraban alivio. Por Emilia, Zavalza sabía de aquella
vieja y sus manos de artista, así que no lo sorprendió oír a su mujer nombrarla con la intacta devoción de una alumna y alegrarse, pero nunca
sorprenderse con su llegada.

Total, para que aquel hospital fuera lo más
parecido a un circo de tres pistas, un atardecer ana-
ranjado apareció Refugio con su colección de enigmas bajo el brazo. Al verlo entrar en su despacho,
guiado por Diego Sauri, Emilia sintió el recuerdo de
unos pájaros en el centro de su estómago y se preguntó mientras lo abrazaba qué sería del marido que
le vaticinó como un imposible. Llevaba casi cuatro
años sin verlo, y aunque vivía en paz y su corazón
estaba mejor cuidado que nunca, Emilia sabía como
quien sabe que tiene ojos, sin por eso vivir siempre
pensando en ellos, que su cuerpo guardaba inamovi-
ble su devoción por el otro hombre de aquella vida.
No pensaba de más en esa certidumbre, la guardaba

para sí como todo el mundo guarda secretos bajo el
alma con que sonríe, pero a veces, se permitía incluso alimentarla, y aunque no hiciera una sola pregunta cuando Milagros resumía sus cartas en ausencia
de Zavalza, sabía todo lo que necesitaba saber de él.
Que estaba bien y vivo, que seguía escribiendo para
varios periódicos y que aún la quería a pesar de la
furia con que la había odiado durante todo el primer
año que siguió a la separación que él llamaba sin
más, su arbitrario abandono.

Milagros tenía el don de olvidar las cartas de
Daniel en el mismo cajón del tocador, que seguía siendo trajinero de Emilia en su recámara de la Casa de la
Estrella. De ahí las tomaba Emilia cada dos o tres
meses, y ahí las devolvía bien leídas una tarde después de encontrarlas, a la hora de la siesta. Habían
vuelto a ser cartas muy largas, que empezaban con un
breve querida tía y que de ahí para adelante usaban
siempre el plural ustedes: *¿Cómo están? Les gustaría,
les mando, les extraño, les recordé.* No hablaban nunca de volver, poco de política, mucho de otros países,
nada de otras mujeres. A veces, lograba que Emilia se
sintiera culpable sin siquiera mencionarla, y a veces
le hacían correr hasta la mecedora a invocar el sorti-
legio de otros tiempos. Después, las horas, la curiosidad y el amor de cerca, volvían a imponérsele como
un filtro entre la vida real y la fantasía de recordar al
hombre de sus muchas guerras.

Refugio entró al hospital con el cargo de conversador oficial. Al principio, sólo Emilia confiaba en
los poderes curativos de su lengua, pero la experiencia hizo que casi todos ahí lo consideraran de una
utilidad práctica sin igual. Refugio lo mismo servía para
hablar con recién paridas que con moribundos, con
niños lastimados que con hombres reacios a decir de
sí mismos nada más allá que su nombre, y como tenía
más tiempo que nadie para escuchar, resultaba un

espléndido compendiador de las fases por las que iba pasando cada enfermo.

En el transcurso de los últimos años, Emilia había desarrollado una particular predilección por los casos relacionados con el cerebro y la médula espinal, esos dos misántropos, que encerrados en sus cajas de hueso lo controlan todo sin rendir más cuentas que las sugeridas por uno que otro destello, con el que muchas veces no se sabe qué hacer. Iban a parar a sus manos todos los casos relacionados con cambios abruptos en el estado de ánimo, trastornos en la memoria o el lenguaje, parálisis, convulsiones, visión rara, falta de arreglo en los movimientos o cualquier otra cosa inusitada. Ella se daba a la tarea de clasificar los síntomas y los signos que podían venir de eso que ya daba en llamarse el sistema nervioso central y que no era entonces mucho menos desconocido y arcano de lo que sería ochenta años después. Refugio la ayudaba escuchando, recuperando con paciencia cada una de las sensaciones, imágenes, impulsos y despropósitos que aparecían en un paciente cuando ella no estaba cerca.

El azaroso año de 1920 vio levantarse contra el gobierno a una mayoría de generales inconformes con la calma restauradora del carrancismo, lidereados por Álvaro Obregón y la buena estrella militar que Josefa reconoció siempre en su agricultor predilecto. Emilia vivió ese año intrigada como nadie por los desolados paisajes interiores de una mujer que entristeció sin más, los insólitos sueños de un hombre enfebrecido porque sí, los atisbos de música angelical que oía una muchacha antes de caer en convulsiones que su cura confesor consideraba la toma de su cuerpo por el demonio, las dificultades en el habla de un niño inteligentísimo para escribir, la contundencia con que un hombre maduro se empeñaba en afirmar que su mujer era un paraguas, el nítido recuerdo del ayer y el preciso olvido del presente que confundía la vida de algunos viejos, la luz tibia y morada con que veía las cosas un adolescente en los minutos previos a un desmayo del que volvía cinco minutos más tarde extenuado como si regresara de escalar un monte. Nada le llenaba más la vida profesional que su trato con el desconsuelo, los placeres y encantos guardados en el misterioso parentesco entre lo que cada quien siente, piensa, imagina, y lo que su cuerpo alberga bajo el nombre de cerebro. Movida por semejante pasión, decidió emprender un viaje a los Estados Unidos para tomar un curso al que Hogan la convocó de un día para otro, en el tono suave pero conminatorio con que los maestros no dejan nunca de llamar a sus mejores alumnos. Zavalza no podía acompañarla porque el viaje era demasiado largo y el hospital no se adaptaba a la falta de ambos por tanto tiempo. Así que Emilia buscó la compañía de Milagros, siempre dispuesta al viaje, dado que a su edad, según decía, era ya la única manera sensata de correr riesgos y sentirse como recién enamorada.

Era octubre y el día anterior la Cámara de Diputados había declarado presidente constitucional de la República al general Álvaro Obregón, cuando Zavalza las dejó en un barco que salía de Veracruz rumbo a Galveston y Nueva York. Emilia notó la cara de animal abandonado que Antonio pretendía ocultar mirando al frente como si algo se le hubiera perdido en el infinito. Era un hombre generoso y sensato, se hubiera lastimado con cualquier cosa antes que disputarle a Emilia su derecho al viaje, pero a pesar del esfuerzo que hacía para no demostrarle su desazón, todo en él había perdido el sosiego con que solía ayudarse. La lógica se negaba a estar con él para explicarle que no la estaba perdiendo para siempre, que las separaciones fortalecen, que antes había podido vivir solo, que no se moriría por más que se sintiera agonizando.

—Si quieres no voy —le dijo Emilia conmovida, pero tramposa.

Zavalza sonrió, agradeciéndole el guiño mientras se desprendía de su abrazo. Luego le pidió que no lo sacara de su cerebro y bajó del barco que avisaba de su partida lanzando al aire un grito ronco.

—Suena a promesas —dijo Milagros tras escuchar la sirena varias veces. Agitó entonces su brazo envejecido para acompañar la fiebre con que su sobrina movía el suyo en homenaje y bendición del Antonio Zavalza que palpitaba en la orilla.

XXVIII

Josefa Veytia decía siempre que no era necesario perseguir al destino, porque nada era menos previsible y nada sorprendía tanto con su innata previsión, como el azar. Sabiendo el modo en que sus padres habían dado uno con otro, a Emilia los decires de Josefa sobre el acaso y sus eventualidades le resultaban un mero recuento de su privadísima experiencia, misma que como todo el mundo sabe, nunca es la de los demás. Sin embargo, cuando al entrar al hotel en Nueva York dio con la euforia de Daniel como si fuera un espejismo, todos los discursos de Josefa se resumieron entre sus costillas igual que un remolino de sinrazones, al que sin remedio había que darle la razón.

Daniel estaba sentado en el vestíbulo del hotel, platicando con un rubio que tendía a albino y un negro que tendía a morado. Lo primero que se le ocurrió a Emilia fue enfrentarse a Milagros que caminaba a sus espaldas conversando con el maletero. Pensó que nadie sino ella podía tener la culpa de semejante encuentro. Pero fue tal el gesto de sorpresa en su rostro incapaz de fingir un sentimiento, que bastó para exculparla.

Emilia sabía de qué manera se concentraba Daniel en una plática, y cómo su único fin era conseguir un suspiro para poner en orden sus emociones. Caminó hasta quedar frente al conserje, un hombre ojeroso acostumbrado a entenderse con gente cuyos hábitos de prisa y nula cordialidad, no lo sorprendían. Sin preguntarse las causas de que aquella mujer estuviera tan pálida y actuara como si la persiguiera un elefante, le dio una bienvenida de cinco palabras y la llave de un cuarto en el séptimo piso de aquel palacio iluminado. Emilia se deslizó hasta el elevador donde la esperaba Milagros, cuya conversación con el maletero parecía no tener fin, y desapareció del horizonte.

En cuanto cerraron la puerta del cuarto, se tiró de bruces sobre una de las camas, maldiciendo la curiosidad que la había sacado del hueco de mundo en que tan bien estaba, y el mal momento en que aceptó que el poeta Rivadeneira pagara su estancia en un hotel que él mismo se encargó de reservar. Mientras, le iba creciendo un dolor de cabeza que no sabía si atribuir a los desmanes de su cerebro o a los de su corazón. Compadeció de un golpe a todos los acorralados del mundo.

Horas después de tropezar en la oscuridad con la respiración de una Milagros silenciosa pero despierta, Emilia logró perderse en un letargo y soñar que dormía con Antonio Zavalza. Daniel entraba a su cuarto cargado de medallas y la despertaba para entregárselas como si fuera una niña ansiosa de tenerlas. Iba desnudo y se acostaba un rato a dormir junto a ellos. Después salía de la habitación sin hacer ruido, pero dejaba sus zapatos al pie de la cama. De ahí, ella los veía volar hasta posarse en el centro de su pecho y oprimirlo como si fueran de plomo. Sin poder librarse de aquel peso, recordó en el sueño de su sueño, un letrero pintado en la parte de atrás de una carreta desvencijada, sobre cuya carga de alfalfa habían viajado los dos una tarde camino al pueblo de San Ángel, en busca de un aire menos poblado de guerra que el de la ciudad de México en aquel tiempo: "Alza tus piececitos, porque me estás pisando el alma."

La despertaron unos golpes en la puerta. Se levantó aún evocando el perfume de su risa contra el cielo que cubría el mercado del pueblo, y fue a abrir. En el umbral, tocándose el sombrero con una mano enguantada, idéntico al recuerdo que le había tergiversado la noche, apareció Daniel nombrándola como un eco que no había querido escuchar.

—¿No sabes tú que el aire cambia de color cuando le das la espalda? ¿Vienes conmigo o me desnudo aquí en la puerta? —preguntó soltando el nudo de su corbata y quitándose el saco.

Emilia fue con él. Segura de que hubiera necesitado mucho menos que un reto para seguirlo, iba en camisón, con la melena suelta y los pies descalzos, caminando por el pasillo del hotel con un temblor de ladrón inexperto, a robarle a la vida otro pedazo de aquel hombre cuya suerte había jurado no volver a seguir, segura como nunca de que todos sus juramentos eran falsos.

Entraron a un cuarto alumbrado apenas por la luz de una lámpara baja. Emilia caminó hasta la espalda desnuda de Daniel, le recorrió los huesos con el índice izquierdo:

—Siempre que te encuentro pareces perro hambreado— le dijo y se inclinó a tocarlo con la punta de la lengua, para saborear la sal y el lujo de su piel.

Pasaron dos días encerrados hasta que no hubo entre ellos sino el aire y el silencio de los que se han maldecido y bendecido sin tregua ni hartazgo. Cuando por fin salieron a comer con Milagros Veytia, en uno de los restoranes de mariscos acomodados a la orilla del mar, ella los encontró luminosos y desesperantes, como cuando eran niños. Daniel jalaba con el tenedor un mechón del pelo de Emilia, se lo llevaba a la boca para chupárselo y encendía en Emilia una sonrisa de fiera recién despertada, a la que la medicina y sus albures parecían no importarle en lo más mínimo.

—No voy a ir al congreso —decidió.

—Esa fortuna tienen los hombres con encanto —contestó Milagros mientras intentaba despegar una almeja de su concha.

—Y esta condena las mujeres que dan con ellos —dijo Emilia.

Las semanas siguientes recorrieron la ciudad como una feria, como si fuera un tiovivo el rodar de tantos coches motorizados y una rueda de la fortuna subir la cuesta de sus edificios. Entraban a los teatros como a cajas de sorpresa, miraban como una oferta las embarcaciones que llegaban de otros mundos, comían extravagancias hasta que les salía por las orejas el olor a mares remotos.

Una tarde que oscureció temprano, como el primer aviso de que el invierno estaba encima, Rivadeneira llegó en un barco español. Había pasado casi un mes desde que Milagros y Emilia dejaron Veracruz y una semana desde que terminó el congreso, en el que Emilia sólo se paró para rogar el silencio de su amigo el doctor Hogan, y obtener a cambio un regaño y la dádiva de su complicidad.

—Te estás perdiendo una colección de descubrimientos —dijo Hogan.

—Pero estoy haciéndome de otra —contestó Emilia, abriendo una sonrisa de ángel.

—¿Te hace promesas? —preguntó Hogan deslumbrado con la luz de su cara.

—Es una promesa —contestó Emilia.

—¿De qué? —preguntó Hogan.

—De presente —dijo Emilia al besarlo para despedirse.

Tres noches después, Daniel lució hasta el último de sus encantos durante una cena en la que Hogan, en solidaridad con Zavalza, se propuso ser poco hospitalario y distante. Lo consiguió hasta el fin de la sopa, pero desde ahí hasta el postre no pudo sino rendirse ante la inteligencia y el encanto de ese hombre cuyo pacto con las aventuras le había parecido siempre reprochable. Hogan le repitió a Emilia la invitación a pasar un tiempo en su casa de Chicago, que ella y Zavalza no habían podido atender cuando estuvieron en Estados Unidos. Daniel se entusiasmó con el ofrecimiento y prometió que muy pronto Emilia y él irían a amenizar uno de sus domingos y hasta podrían quedarse una semana en la ciudad. Selló su promesa con una despedida impetuosa, que puso a Hogan a sus pies.

En cuanto estuvieron solos, caminando sin rumbo por las calles frías de un noviembre ensimismado, Emilia Sauri quiso saber de dónde sacaba Daniel su certeza de que ella podría ir a Chicago.

—De que puedo ir yo —le respondió él con la certidumbre de tener una verdad entre los labios.

—Daniel, ¿qué voy a hacer contigo? —dijo Emilia preguntándose más que preguntándole, con el recuerdo de su vocación y del hombre con quien la compartía, como una repentina y larga herida para la que Daniel no sólo no tenía cura, sino que ni siquiera notaba.

—Cásate conmigo —le pidió Daniel agachándose a mordisquear la punta de su oreja.

Emilia meneó la cabeza para esquivar el coqueteo.

—Ya me casé contigo —dijo.

—Pero me engañas con el médico —le reprochó Daniel.

—No entiendes nada —contestó Emilia.

—Con lo que entiendo, tengo.

—Tú eres el que se va —dijo Emilia.

—Se va mi cuerpo. Mi cabeza está siempre contigo —dijo Daniel con un tono que ella no le conocía.

—¿Y eso de qué me sirve? ¿En qué me ayuda a vivir? ¿En cuál lío me acompaña? ¿Qué hijos me da? —le preguntó Emilia.

Daniel no tuvo con qué defenderse sino buscándole los deseos bajo la ropa. Así que caminaron de prisa hasta el cuarto del hotel donde sólo imperaba la razón de sus cuerpos.

Al día siguiente volvieron a la feria, a festejar la ventura de tenerse, a recorrer el mundo desordenado y hospitalario de esa ciudad siempre dispuesta a ofrecer refugio a las pasiones irremisibles. Daniel tenía trabajo en un periódico y vivía en un departamento pequeño, cuyo desorden Emilia no intentó trastocar. Ahí se instalaron a dormir y besarse mientras el mundo trabajaba. Pospusieron sus desacuerdos. Ambos le tenían pavor al sucio espacio de los reproches y las aclaraciones. Cada cual por motivos distintos, pero cada uno con la misma reticencia a indagar algo que no fuera su irrebatible capricho en boga. Estaban juntos, sin más futuro que el de la tarde inmediata. La vida era valiente y generosa, irrevocable y promisoria.

Fueron a Chicago. No una, sino dos semanas pasaron en la casa de Hogan, convirtiendo sus domingos en festejos y sus noches en tertulias. Caminaron y bebieron con Hogan y Helen como si los cuatro estuvieran dispuestos a morirse con tal de no perder un minuto del júbilo que la vida en parranda les procuraba.

—Este hombre es más tu tipo —le dijo Helen un atardecer de confidencias, tras elogiar el modo en que a su amiga le brillaban la piel y las pupilas cuando lo tenía cerca.

—No cuando necesito estar en paz —le dijo Emilia.

—¿Para qué quieres la paz, si tienes la dicha?

—Eso pienso ahora, pero no siempre es ahora —contestó Emilia evocando su vida con Antonio, como quien evoca un paraíso perdido.

Volvieron a Nueva York a pasar la navidad con Milagros y Rivadeneira, cuya condición de alcahuetes los había decidido a quedarse un tiempo más en esa ciudad a la que empezaban a temer después de dos semanas. Emilia los encontró envejecidos, como se encuentra que crecieron sin mesura los hijos tras un rato de no verlos. Pensó que algo así estaría pasando con sus padres. No había escrito a Puebla más que notas breves. Ni siquiera había intentado un pretexto para explicar su tardanza. Todo lo resumía en mandar abrazos y decir que estaba bien y era feliz. Cartas idénticas para destinatarios tan distintos como Zavalza, Sol y los Sauri. Sin embargo, sólo en ráfagas le había llegado un remordimiento que espantaba en cuanto iba a convertirse en algo parecido a un dolor. Ninguna razón, ninguna culpa, ningún recuerdo se atrevió a mortificar su presente.

Una tarde, dos días después de la magnífica y alegre cena de Navidad, Daniel le participó la urgencia de salir cuanto antes rumbo a un lugar en donde se entrevistaría con otros mexicanos y un agente del gobierno de Obregón. Estaba eufórico, haciendo planes y recontando amigos, dispuesto una vez más a entregarse sin recato al teje y maneje de líos y disputas. Mientras bebían ron con azúcar y limones, Emilia lo escuchó en silencio, cierta de que sería inútil contradecir su devoción, concentrada en su voz como quien arma un rompecabezas, sabiendo que su paisaje es una trama infinita de tiempo y paciencia. Así estuvieron un vaso de ron sobre otro, hasta que ya muy entrada la noche, él se cansó de oírse sin oírla y empezó a interrumpir sus imaginerías para besarla entre palabras, dándole a trozos la euforia que lo tenía tomado.

Al día siguiente, el arrastre de un impulso relegado irrumpió en el abandono con que Emilia dormía junto a Daniel y trastocó el encanto. Despertó presa de un temor que reconoció viejo: se sabía incapaz de perdonarle otro abandono. Evocó la fiebre que pulía los ojos de Daniel cuando habló de volver a la política. Era el momento de regresar a México. De Daniel había que huir cuando la lumbre estaba en alto, de otro modo, más temprano de lo previsto, él se perdería en la luz de una aventura menos doméstica que la guerra de sus cuerpos.

Adivinó sus facciones en la penumbra, mirándolo con la tristeza de quien abandona un reino. No lo besó para no despertarlo, para llevarse el conjuro de quien no se despide para no irse del todo. "El que se va es mi cuerpo, mi cabeza está siempre contigo", escribió con letras grandes sobre el programa de un concierto. Luego lo dejó en el lugar que habían ocupado sus quimeras junto a él, sobre la almohada.

Un rato después, todavía aletargado, Daniel extendió un brazo buscándola. Al no encontrarla cerca, la llamó con la voz modorra que a ella le gustaba oír mientras bebía café y revisaba el periódico junto a la ventana. Como no hubo respuesta abrió los ojos, vio la nota, maldijo, y con su ausencia como un abismo, corrió a buscarla al cuarto de hotel de una Milagros aún medio dormida.

—¿Qué es lo que quiere esta mujer? —le preguntó a su tía bufando como un toro lastimado y perplejo.

—Todo —le contestó Milagros, falta por primera vez de algo que pudiera consolarlo.

Emilia volvió a México llena de brío. No explicó el por qué de su tardanza. Nadie quiso saberlo. Zavalza menos que nadie.

—¿Quieres tener un hijo? —le preguntó la noche de amores en que se recuperaron.

—Estuve con Daniel —contestó ella.

—Ya lo sé —dijo Zavalza. Y no se habló más.

XXIX

Antonio Zavalza lo supo siempre. Con ese conocimiento estuvo hilado desde el principio el fino enlace de su complicidad con Emilia Sauri. Era un hombre extraño entre los hombres, querible como ningún otro, porque como ningún otro fue capaz de comprender la riqueza de alguien que sin remedio y sin pausa tiene fuerzas para dos amores al mismo tiempo.

Terminó la guerra. Diego Sauri lo celebraba con el recelo de quien ya no espera que el mundo cambie para hacer el intento de vivir en paz. Josefa lo convenció de que ése era el camino, sin más argumento que el de transitarlo un día tras otro como cantan los pájaros después de la tormenta.

—Vamos a ver tu mar —le pidió una tarde.

Dos días después emprendieron el viaje. Desde entonces no hubo para Josefa una idea de paraíso que no estuviera teñida por el azul del Caribe.

—Aquí tendríamos que quedarnos a bien morir —dijo tocada por su incorregible romanticismo.

—Yo extrañaría el aire de los volcanes —contestó Diego.

Tuvieron tres nietos, vivieron para verlos crecer bajo las alas incansables de su hija.

Terca como la lluvia, Milagros los llevó a las pirámides, al mar, a los panteones, al reino de los astros y al de lo imprevisto. Los domingos comían frente al agua plateada de una presa, en la cabaña que Rivadeneira construyó para jugar ajedrez y tener un velero.

Nadie supo nunca cuántas veces volvió Daniel. La casa que Milagros dejó para sus andanzas frente a la Plazuela de La Pajarita fue el albergue anónimo en que él y Emilia encontraron treguas para su interminable guerra. Ahí se veían a veces una tarde y a veces a media mañana, ahí aclaraban su tormenta, sus imposibles, su acuerdo, sus recuerdos.

Una vez, presos del azar se encontraron en el panteón de San Fernando. Otra, Emilia fue a buscarlo embarazada y risueña, con su eterno gesto de pájaro en alerta.

—Pareces una matrioska —dijo Daniel. —¿Será que si uno te abre, adentro encuentra otra y otra y otra?

¿Cuántas Emilias iban por la vida viviéndola como si les urgiera devorarla? Daniel estaba seguro de que nunca las conocería a todas. Algunas, incluso, prefería no imaginarlas.

—¿Este hijo es mío? —preguntó.

—Aquí todos los hijos son del doctor Zavalza.

¿Cuántas Emilias? La Emilia que todos los días despertaba en la misma cama junto un hombre más entendido que él, la que se hundía en los terrores de un hospital como quien bebe un vaso de leche, la que desde temprano se perdía en elucubraciones sobre el cerebro y sus enigmáticas respuestas, la Emilia que iluminaba la rutina de otros.

—¿Octavio es hijo mío?

—Ya te dije. Los hijos son de Zavalza.

—Pero a Octavio le gusta la música.

—A los tres les gusta la música.

Todas eran Emilias que le robaban a la suya. A la Emilia encendida sólo para él, a la que nunca se cansó de aventurarse en el universo inasible de su corazón.

—Cásate conmigo.

—Ya me casé contigo.

—Pero me engañas con el médico.

—No entiendes nada.

—Entiendo que me engañas con el médico.

¿Cuántas Emilias? La de Zavalza, la de sus hijos, la de la piedra bajo la almohada, la del árbol, la del tren, la médica, la boticaria, la viajera, la suya. ¿Cuántas Emilias? Mil y ninguna, mil y la suya.

En 1963 la llave de la casa de Milagros seguía siendo la misma. Daniel había vuelto a usarla colgando de su cuello. Se ponía el sol contra los volcanes hospitalarios e impredecibles, cuando Emilia entró a la sala con sus deseos intactos, pese al montón de años que llevaba cargándolos. Daniel había abierto el balcón y miraba hacia la calle.

—¿Es mi nieta la niña que te trajo hasta la puerta?

—Ya sabes —contestó Emilia—. Aquí todos los hijos y todos los nietos son del doctor Zavalza.

—Pero ésta se quita el pelo de la cara con un gesto mío —dijo Daniel.

—¿A qué horas llegaste? —le preguntó Emilia besándolo como cuando todo era terso en sus bocas. Un hueco invariable latió bajo su pecho.

—Nunca me voy —dijo Daniel acariciando su cabeza con olor a misterios.

Mal de amores terminó de imprimirse en marzo de
1996 en los talleres de Gráficas La Prensa, S.A. de C.V.
Prolongación de Pino 577, Col Arenal, C.P. 02980,
México, D.F. Se tiraron 25 000 ejemplares más
sobrantes para reposición. Cuidado de la edición
Sandra Hussein, Enrique Mercado y Marisol Schulz.